श्याम

श्याम

भागवत

का सचित्र पुनर्कथन

देवदत्त पटनायक

रेखाचित्र लेखक द्वारा

अनुवाद : रचना भोला 'यामिनी'

MANJUL

मंजुल पब्लिशिंग हाउस

MANJUL

मंजुल पब्लिशिंग हाउस

कॉरपोरेट एवं संपादकीय कार्यालय

•द्वितीय तल, उषा प्रीत कॉम्प्लेक्स, 42 मालवीय नगर, भोपाल-462 003

विक्रय एवं विपणन कार्यालय

•सी-16, सेक्टर 3, नोएडा, उत्तर प्रदेश, 201301

वेबसाइट : www.manjulindia.com

वितरण केन्द्र

अहमदाबाद, बेंगलुरू, कोच्चि, कोलकाता, चेन्नई,
हैदराबाद, मुम्बई, नई दिल्ली, पुणे

मूल अंग्रेजी संस्करण पेंगुइन रैंडम हाउस इंडिया प्राइवेट लिमिटेड द्वारा प्रकाशित

देवदत्त पटनायक द्वारा लिखित मूल अंग्रेजी पुस्तक
श्याम : भागवत का सचित्र पुनर्कथन का हिन्दी अनुवाद

Shyam: An Illustrated Retelling of The Bhagavata
by Devdutt Pattnaik – Hindi Edition

यह हिन्दी संस्करण 2020 में पहली बार प्रकाशित
द्वितीय आवृत्ति 2025

ISBN 978-93-90085-56-9

चित्र कॉपीराइट © देवदत्त पटनायक
लेखक फोटोग्राफ़ : धैवत छाया
कवर डिज़ाइन : देवांगना दाश

हिन्दी अनुवाद : रचना भोला 'यामिनी'

मुद्रण व जिल्दसाज़ी : सौरभ प्रिंटर्स प्रा. लि.

हम सबके भीतर विराजमान
प्रेमासिक्त,
श्यामवर्णी रसिकाओं व ऋषिकाओं,
योगिनियों और गोपिकाओं के नाम

अनुक्रम

लेखक की ओर से :

जो उत्तरी ने वज्रनाभि से कहा

पंढरपुर के विट्ठल, महाराष्ट्र

सभी कृष्ण के विषय में बातें किया करते, परंतु कोई नहीं जानता था कि वे कैसे दिखाई देते थे। और इस तरह, अनिरुद्ध के पुत्र, प्रद्युम्न के पौत्र तथा कृष्ण के प्रपौत्र राजा वज्रनाभि, यात्रा करते हुए मथुरा से हस्तिनापुर आ पहुँचे, जहाँ उनके प्रपितामह ने पांडवों के साथ अपना अधिकतर समय व्यतीत किया था, वे किसी ऐसे व्यक्ति से मिलने की आशा रखते थे जिसने कृष्ण से भेंट की हो।

वहाँ उनकी भेंट विराट की पुत्री, अभिमन्यु की विधवा स्त्री तथा राजा परीक्षित की माता उत्तरी से हुई। जो अब बहुत वृद्ध व अशक्त हो चली थीं, उन्होंने कहा, "अरे हाँ, मुझे उनका भली-भाँति स्मरण है। मेरे श्वसुर अर्जुन और वे दोनों अभिन्न थे मानो नर और नारायण ऋषि। मुझे सूर्य के सुनहरे प्रकाश में चमचमाता श्याम वर्ण, वन्य पुष्पमाल से किया गया शृंगार भूला नहीं है। वे उस भीषण संग्रामभूमि में भी कितने अलौकिक जान पड़ते थे।" कृष्ण के उल्लेख मात्र से उत्तरी की आँखों में चमक आ गई और मुख आनंद से प्रकाशित हो उठा।

उत्तरी कृष्ण का वर्णन करने लगीं : "उनके कसे हुए स्कंध तथा विस्तीर्ण नितंब - प्रायः पुरुषों में नहीं पाए जाते, उनके गरिमामयी अंग, घुंघरयुक्त केश, उनकी गहरी श्यामल त्वचा, उदार

नेत्र, आत्मविश्वासयुक्त दृष्टि और नटखट सी मुस्कान।" उन्होंने बताया कि कृष्ण को पीत वर्णी रेशमी वस्त्र, चंदन का अंगराग, मछली के आकार के कर्णफूल तथा सुगंधित वन्यपुष्प माल व मोरपंख बहुत प्रिय थे।

"उनसे प्रेम करने वाले उन्हें श्याम पुकारते थे।"

उत्तरी ने कृष्ण की सुंदरता का बहुत भव्य वर्णन किया और वज्रनाभि ने अनेक मूर्तिकारों को नियुक्त कर दिया कि वे सब इस भव्यता को पाषाण में अंकित कर सकें। परंतु कृष्ण का सौंदर्य इतना विशाल, इतना अनुभवातीत था कि कोई भी एक कलाकार, उसे पूरी तरह से अपनी प्रतिमा में नहीं उतार सका। कुछ केवल उनकी अँगुलियों का सौष्ठव दिखा सके, कुछ ने उनके पैरों की अँगुलियों के आकर्षण को उकेरा कुछ केवल भुवनमोहिनी मुस्कान ही उतार पाए।

वज्रनाभि इन सभी मूर्तियों की आराधना किया करते। समय के साथ, इन सभी मूर्तियों को भारत के विभिन्न हिस्सों में ले जाया गया, जहाँ उन्होंने अनेक अनुकृतियों व नई मूर्तियों को प्रेरित किया, जिन्हें विभिन्न मंदिरों में प्राण प्रतिष्ठित किया गया और विविध समुदायों के लोग उन्हें पूजने लगे, जिनका मानना था कि वे सभी मूर्तियाँ *(स्वयंभू)* स्वयं रची गईं थीं यानी उन्हें कृष्ण के ही रूप *(स्व-रूप)* में बनाया गया था : इन्हें विभिन्न नामों से जाना गया : केरल में गुरुवायुरप्पन, ऐसा बालक जो माता-पिता के लिए चार भुजाधारी विष्णु के रूप में प्रकट हुआ। कर्नाटक में उडुपि के कृष्ण, जिनके हाथ में एक मथानी है और वे मुड़ कर भक्तों को देखते हैं; वृंदावन के बाँके बिहारी जो हाथ में बाँसुरी लिए किसी नर्तक की तरह त्रिभंगी मुद्रा में हैं; उदयपुर में नाथद्वारा के श्रीनाथजी जो गोवर्द्धन पर्वत हाथों में लिए हैं; गुजरात में डाकोर के चारभुजाधारी रणछोड़राय जो रणभूमि से भाग गए थे; तमिलनाडु के चेन्नई में मूँछों वाले पार्थसारथी जिनके हाथों में शंख और तुरही है; ओड़िशा के साक्षी गोपाल, जो अपने भक्तों के साक्षी बनते हैं; महाराष्ट्र में पंढरपुर के विट्ठल, जो कमर पर हाथ रखे हुए भक्तों की प्रतीक्षा करते हैं।

वृंदावन के राधा रमणजी

इनमें से प्रत्येक मूर्ति को बहुमूल्य वस्त्रों से सुसज्जित करते हुए, बहुत स्वादिष्ट भोजन का भोग लगाया जाता है, उत्कृष्ट संगीत और नृत्य से मनोरंजन किया जाता है और वे अद्भुत शोभा यात्राओं पर निकलते हैं ताकि यह संसार एक लीलाभूमि लगे, जिसमें देने और पाने में आनंद छिपा है। यही मूर्तियाँ हिंदू धर्म में भागवत की कथाओं का आधार हैं।

- उत्तरी, संस्कृत ग्रंथों में उत्तराकुमारी नाम से अधिक लोकप्रिय है। महाभारत में उसके और अभिमन्यु के विवाह का प्रसंग आता है।
- कृष्ण के पौत्र का यह प्रसंग मंदिर परंपरा की कथाओं से आता है जो मंदिर में प्रतिष्ठित मूर्ति को वैधता प्रदान करता है। इनमें से अधिकतर मंदिर एक हज़ार वर्ष से भी कम पुराने हैं परंतु इन कथाओं के माध्यम से वे एक और अधिक प्राचीन इतिहास के साथ संपर्क स्थापित करना चाहते हैं।
- दक्षिण भारतीय मंदिर परंपरा की कथाओं में, व्यक्ति को पता चलता है कि किस तरह देव, मुनि और नाविक द्वारका के विनाश के बाद कृष्ण की मूर्तियों को लाए। ऐसी ही एक प्रतिमा, केरल के गुरुवायुर मंदिर में मिलती है, दूसरी उडुपि के कृष्ण मंदिर में है, जिसकी स्थापना मध्वाचार्य ने की थी।
- ब्रज में, हम जानते हैं कि किस प्रकार वज्रनाभि ने कृष्ण की छवियों को स्थापित करते हुए, मथुरा की खोई हुई कीर्ति की प्रतिष्ठा की। परंतु समय के साथ यह सब भुला दिया गया। लगभग 500 वर्ष पूर्व, गो-स्वामी नामक भक्तों ने उन्हें पुनः प्रतिष्ठा प्रदान की। बाद में, कई छवियों ब्रज से पश्चिम की ओर राजस्थान और गुजरात ले जाकर, हवेलियों में रखा गया और राजपूत क्षत्रियों ने मुस्लिम हमलावरों से उनकी रक्षा की।
- कृष्ण के सांसारिक रूप का वर्णन, उनका सौंदर्य और दिव्य स्वभाव उन्हें श्रृंगार मूर्ति के रूप में प्रतिष्ठित करता है, एक ऐसा रूप जो रोमानी और प्रेम संबंधी भाव उत्पन्न करता है और हमारे मन का अनंत की ओर विस्तार करता है जो दिव्य है।
- कृष्ण की प्रतिमाएँ कंबोडिया तक गईं और अंकोरवाट के 1000 वर्ष प्राचीन मंदिरों भी पाई गई हैं। उनमें कृष्ण का आरंभिक रूप दिखाया गया है, जो एक रोमानी नायक नहीं, वीर नायक के रूप में कालिय, कंस, बाण का वध करते हैं। यहाँ उनका ग्वालप्रिय रूप कम चित्रित हुआ।

भागवत और भगवान

भागवत का एक सीमित और एक विस्तृत अर्थ है। सीमित भाव में, यह भागवत पुराण की उन कथाओं के लिए कहा जाता है जो आज से लगभग हज़ार वर्ष पूर्व अपने अंतिम रूप में आईं। अगर विस्तृत रूप में देखें, तो ये उन वैष्णव लोकगाथाओं का संपूर्ण संग्रह है जो दो हज़ार से भी अधिक वर्षों तक फैली हैं, जिनमें भागवत पुराण के एक हज़ार वर्ष पूर्व के पहले (पंचतंत्र, महाभारत, रामायण, हरिवंश और विष्णु पुराण) से ले कर वे कथाएँ भी शामिल हैं जो उसके आने के एक हज़ार वर्ष बाद आईं (*गीत गोविंद,* ब्रह्मवैवर्त पुराण तथा तमिल, तेलुगु, मलयालम, कन्नड, मराठी, गुजराती, राजस्थानी, ओड़िया, बांग्ला, असमी, ब्रज भाषा और मैथिली में रचे भक्ति गीत)

पंढरपुर के वरकारी तीर्थयात्री

भागवत भगवान का सूचक है, हिंदुओं ने विष्णु को यह उपाधि दी है। वे ईश्वर का संरक्षक रूप हैं। विष्णु शिव के पूरक हैं, जो ईश्वर के संहारक रूप में जाने जाते हैं। विष्णु और शिव के विपरीत परंतु पूरक रूप, संकट का समाधान करते हैं और इस बीच ब्रह्मा की अनेक संतानें, संसार का अर्थ जानने के लिए देवी के रूप में जन्मती हैं। ब्रह्मा, विष्णु और शिव के प्रसंग तथा देवियों से उनके मेल-मिलाप से ही पौराणिक हिंदू धर्म की आधारशिला तैयार हुई है। जो दो हज़ार वर्ष पूर्व, कहीं अधिक अमूर्त तथा अनुष्ठानिक वैदिक हिंदू धर्म पर छा गई।

'भगवान' शब्द केवल हिंदू धर्म तक ही सीमित नहीं है। यह उपाधि बौद्धों ने बुद्ध को दी है। जैनियों ने अपने सर्वोत्कृष्ट गुरुओं, जिनों को भी यह नाम दिया। इसका अर्थ है, 'सबसे सौभाग्यशाली' या जिसने अनंत विवेकया प्रज्ञा को प्राप्त किया है।

भागवत का विचार बहुत प्राचीन है। यह तब प्रकट हुआ, जब भारत के ऋषि और मुनि प्रकृति का अन्वेषण करते हुए, मानवता को सराहने और दिव्यता की खोज करने निकले। उन्होंने वेदों की ऋचाओं, ब्राह्मणों के अनुष्ठानों, उपनिषदों के रूपांतरण तथा पुराणों की कथाओं के रूप में अपने ज्ञान को संप्रेषित किया।

उन्होंने लक्ष्य किया कि किस तरह भोजन की भूख तथा भोजन बनने का भय, एक सजीव को अजीव से अलग करता है। मनुष्यों में यही भाव विस्तृत हो कर, व्यक्ति की कल्पना द्वारा भय और महत्त्वाकांक्षा में बदल जाता है। भूख और भय, महत्त्वाकांक्षा और उद्वेग हमारे मन को कुचलते हुए, सांसारिक दृष्टिकोण को विकृत करते हैं। योग हमें इस योग्य बनाता है कि हम मन को विस्तार देते हुए स्पष्टता प्रदान कर सकें। भय से परे, अनंत रूप से विस्तारित मन भूख व भय से उबरने के बाद ईश्वर का मन हो जाता है। जब यही दिव्य मन, कुचले हुए संकीर्ण मन से समानुभूति रखता है और उनके मन को भी विस्तृत और उन्मुक्त करता है तो हम उसे भगवान कहते हैं।

हम सभी ब्रह्मा की संतानें हैं जो भूखी और भयभीत हैं। मनुष्यों के रूप में, हम सभी भूख और भय से उबर कर ईश्वरीय अनुभूति पा सकते हैं। जब हम दूसरों को उनकी भूख से उबरने में मदद करते हैं तो हमें भगवान समझ कर पूजा जाता है।

प्रकृति, वह भोजन, शक्ति और ज्ञान की अनंत ऊर्जा का स्रोत है जिसे हम देवी भगवती कहते हैं, उसे ही लक्ष्मी, दुर्गा और सरस्वती के रूप में दिखाया जाता है। भूख, भय और अज्ञान से उबरने के लिए प्रकृति बुभुक्षितों, भयभीत और अज्ञानियों से जो अंश लेती है, उसे भाग कहते है। जिस अंश का उपभोग होता है, वह भोग है। साधक भगत या भक्त है। देने वाला भगवान, ईश्वर है। वह ना केवल दूसरे की क्षुधा, भय और भूख को सराहता है परंतु दूसरे से पोषण, सुख तथा निर्देश पा कर आनंदित भी होता हे। इस प्रकार वह सबको अर्थ प्रदान करता है।

- हिंदुओं की मान्यता है कि वैदिक हिंदू धर्म में अनुष्ठानों और फिर आगे चल कर दर्शन के माध्यम से एक संवाद था और पौराणिक बौद्ध धर्म में यह संवाद कहानियों के माध्यम से हुआ। पश्चिमी विद्वानों ने अनिरंतरता को जाना और हिंदुओं के अखंड कालहीन संवाद - सनातन धर्म को अस्वीकार किया।
- यक्ष की शब्द व्युत्पत्ति पुस्तक 2500 वर्ष पुरानी है, जिसमें भक्ति को संतानीय प्रेम के रूप में परिभाषित किया गया है। इसने लगभग 1000 वर्ष पूर्व एक सुनिश्चित आध्यात्मिक, भावात्मक व दैवीय अर्थ ग्रहण करना आरंभ किया। समकालीन दौर में, अब्राहिमी एकेश्वरवाद, जिसमें ईश्वर के प्रति अधीनता का बढ़ावा दिया जाता है, भक्त का अर्थ है अहं-हीन अनुयायी, जो अपने चतुराई से भरे मन को अस्वीकार करते हुए, बिना किसी शर्त के गुरु या राजनीतिक नेता के शब्दों को स्वीकार करता है।

इतिहास के साथ रूपांतरण

भागवत के प्रसंग, विभिन्न युगों में, विविध लोगों तक विभिन्न तरीक़ों से आए। इसमें संसार को चक्रों के माध्यम से दर्शाते हुए कहा गया है कि हर जन्म और पुनर्जन्म के बाद प्रलय आती है, हर चक्र या कल्प के चार युग होते हैं, इनके अंत में भगवान नश्वर रूप में प्रकट हो कर, धर्म की स्थापना करते हैं - परशुराम, राम, कृष्ण व कल्कि।

कई लोग इस पारंपरिक गाथा को ज्योतिशषास्त्रीय विवरण के अनुसार लेते हैं। उनका दावा है कि अंतिम हिम युग, जो आज से 10,000 वर्ष पूर्व हुआ, वह प्रलय थी। राम आज से 7000 और कृष्ण 5000 वर्ष पूर्व रहते थे। इस तरह भागवत प्रसंग 5000 वर्ष पुराने हैं और वेद इनसे भी पुराने हैं, जो मनुष्य की काल की अवधारणाओं को नकारते हैं।

मिर्ज़ापुर गुफा चित्र 2800 वर्ष पुराने

वैज्ञानिक उपायों को प्रश्रय देने वाले जानते हैं कि वैदिक ग्रंथ आज से 3500 वर्ष पूर्व सिंधु के मैदानों में रचने आरंभ हुए और वे 3000 वर्ष पूर्व, गंगा के मैदानी इलाक़ों में अपने परिष्कृत रूप में आए। कृष्ण का आरंभिक पाठ्य संबंधी संदर्भ ऋग्वेद से आता है (1.22.18) जिसमें विष्णु को ग्वाला कहा गया है। छांदोग्य उपनिषद में, कृष्ण को देवकी का पुत्र कहा गया और ऐतरेय आरण्यक में वे वृष्णि वंश के सदस्य कहे गए हैं। यक्ष की शब्द व्युत्पत्ति पुस्तक व पाणिनी की व्याकरण में, कृष्ण के जीवन की घटनाओं का विवरण 2500 वर्ष पूर्व दिया गया है। परंतु नामों व प्रसंगों के घटने का अनिवार्य अर्थ यह नहीं कि ये भागवत दर्शन के प्रसार से जुड़े हैं।

जैसा कि हम वर्तमान में जानते हैं, भागवत जहाँ दर्शन कहानी के साथ एक होता है, यह 2500 वर्ष पूर्व बौद्ध और जैन धर्म के श्रमण जीवनशैली के लिए प्रतिरोधक बल के रूप में प्रयुक्त हुआ। जहाँ श्रमण जीवनशैली में मोक्ष की प्रधानता थी। वहीं रामायण और महाभारत जैसे हिंदू ग्रंथ संसार, धर्म में सहयोग तथा राजाओं की सफलता, अर्थ को प्रोत्साहन देते हैं।

महाभारत के नरायणियम विभाग में, हमें नारायण को दैवीयता के सर्वश्रेष्ठ रूप के समान करने के आरंभिक प्रयास मिलते हैं, जो धरती की समस्याओं का निवारण करने के लिए नाना रूपों में प्रकट होते हैं। पंचतंत्र में, संसारातीत या परा को धीरे-धीरे पाँच मनुष्य रूपों (व्यूह) के माध्यम से इस भौतिक और अपरा संसार का अंग बनाने का प्रयत्न किया गया है : वसुदेव (संसार के स्वामी) तथा उनके भाई संकर्षण (जो लोगों को अपनी ओर खींचते हैं), उनके दोनों पुत्र प्रद्युम्न और सांब, और उनके पौत्र अनिरुद्ध, जिनकी कथाएँ हरिवंश में मिलती हैं, वे महाभारत का परिशिष्ट हैं। वैष्णव एकेश्वरवाद का यह आरंभिक रूप ही भागवतवाद कहलाता है।

इंडो-ग्रीक सिक्के, 2200 वर्ष पूर्व

तमिलकम का संगम साहित्य वैदिक अनुष्ठानों का संदर्भ देता है, जिनमें विष्णु को मेयोन, पेरुमल और तिरुमल कहा गया और भागवत को मुक्कोल भगवार कहा गया। जिनसे पता चलता है कि ये विचार आज से 2000 वर्ष पूर्व सारे महाद्वीप में प्रचारित हुए।

विष्णु पुराण के समय तक, आज से 1500 वर्ष पूर्व, अवतारों का विचार मूर्त रूप ले चुका था और हम देखते हैं कि किस प्रकार नारायण निद्रा से उठ कर अनंत विष्णु का रूप लेते हैं। जो विविध अनंत रूप धर कर अपने भक्तों के लिए मोक्ष का मार्ग सरल करते हैं। यह भागवतवाद का वैष्णववाद में परिवर्तन का सूचक है। इसके तुरंत बाद, जब भागवत पुराण अपने सबसे परिष्कृत रूप में पहुँचता है तो वैष्णववाद कृष्णवाद में बदलता है, जहाँ कृष्ण विष्णु को भी पीछे छोड़ देते हैं और उनका वर्चस्व हो जाता है, हम देखते हैं कि यहाँ रस और काम को भी प्रश्रय दिया गया है।

अगर सांसारिक वेदों व श्रमण जीवनशैली वाले बौद्ध धर्म के तनाव ने नायकत्व से भरपूर सांसारिक कृष्ण की कथाओं को जन्म दिया

जिन्होंने भाव, वात्सल्य, माधुर्य और शृंगार पर बल दिया, तब 1000 वर्ष पूर्व, इस्लाम के आश्रय में, काम से जुड़े तंत्र और संयमित वेदांत के बीच तनाव पैदा हुआ। नतीजन भक्ति आंदोलन सामने आया और कृष्ण का नाम-जप आरंभ हुआ, उनके भजन-कीर्तन और प्रवचन होने लगे जिनमें इस विषय में तर्क-वितर्क भी होते थे कि कृष्ण के सगुण रूप पर अधिक ध्यान दिया जाना चाहिए या निर्गुण रूप पर, राधा उनकी स्वकीया थीं या परकीया, उनकी लीला को शाब्दिक तौर पर लेना चाहिए या लाक्षणिक रूप से देखना चाहिए। तब तक, 500 वर्ष पूर्व ब्रह्मवैवर्त पुराण रचा जा चुका था, राधा देवी हैं, दिव्य स्त्री और दैवीय पुरुष कृष्ण के संग हैं, वे संसार की रचना करती हैं।

यह ध्यान देना भी उल्लेखनीय है हमें कृष्ण की कथा सुनाने वाले ग्रंथ किसी क्रमानुसार प्रकट नहीं हुए। 2000 वर्ष पुराने महाभारत से कृष्ण के वयस्क जीवन और मृत्यु की कथा मिलती है; 1700 वर्ष पुराने हरिवंश में उनके बालपन की कथाएँ दी गई हैं; 1000 वर्ष पुराने भागवत पुराण के कुछ अंशों में उनके गोलाकार रास नृत्य के कुछ वर्णन आते हैं; राधा के प्रति उनके प्रेम को, 800 वर्ष पुराने गीत गोविंद में स्पष्ट रूप से अभिव्यक्त किया गया; और वे दोनों 500 वर्ष पुराने ब्रह्मवैवर्त पुराण में स्वर्गिक जोड़ी, ब्रह्माण्ड के नियंता रूप में सम्मुख आए।

- दस अवतारों पर आधारित समकालीन वैष्णववाद, का परिचय, भागवतवाद में कृष्ण-वसुदेव के पाँच व्यूहों में मिलता है जिसका मूल पंचतंत्र सिद्धांत में है, जहाँ वैदिक नारायण-विष्णु ईश्वर में परिवर्तित हुए हैं।
- उत्तर प्रदेश के मिर्ज़ापुर में गुहा अंकन, लगभग 800 ई. का है। एक व्यक्ति ने हाथ में चक्र ले रखा है, दो अश्वों वाले रथ पर सवार है और कुछ लोगों का मानना है कि वे कृष्ण हैं।
- 2100 वर्ष प्राचीन, राजस्थान में ब्राह्मी व संस्कृत भाषा में हाथीबाड़ा घोसुंडी के अभिलेखों में संकर्षण और वासुदेव की उपासना का संकेत मिलता है। 1900 वर्ष प्राचीन, मथुरा में प्राप्त पाषाण तख़्ती पर भी ब्राह्मी और संस्कृत भाषा में पाँच वृष्णि नायकों का वर्णन है : बलराम, कृष्ण, प्रद्युम्न, अनिरुद्ध और सांब। ये भागवत और पंचतंत्र परंपराओं के आरंभिक साक्ष्य हैं।
- मध्य प्रदेश के गरुड़ स्तंभ की स्थापना 120 ई.पू. में हुई, इसे इंडो-ग्रीक राजदूत हेलियोदोरस ने बनवाया था, जिसने स्वयं को भगवतेन के रूप में जाना, इस स्तंभ को वसुदेव को समर्पित किया गया जिसे जैन और वैष्णव परंपराओं में कृष्ण के रूप में जाना जाता है। इसके अतिरिक्त, इन अभिलेखों में कृष्ण से संबंधित एक श्लोक भी है जो महाभारत के अध्याय 11.7 से है, जो कहता है कि आत्म-संयम, उदारता व जागरुकता से महान अमरत्व व स्वर्ग प्राप्त कर सकते हैं।
- कृष्ण की आरंभिक छवियों में वे हाथ में चक्र या पहिया उठाए हुए दिखते हैं और बलराम के हाथों में एक गदा है, ये अंकन 180 ई.पू. में, इंडो-ग्रीक सिक्कों पर दिखाई देते हैं, और राजा अगाथोक्लीस के युग से हैं जिसकी राजधानी भारतीय उपमहाद्वीप के उत्तर -पश्चिमी हिस्सों में स्थित थी। इंडो-ग्रीक कृष्ण व बलराम से सम्मोहित थे और दोनों

को भ्रमवश एक ही इष्ट माना, हरक्यूलस का स्थानीय संस्करण। इस तरह यह अद्भुत परिकल्पना सामने आई कि हरक्यूलस संभवतः हिंदू व जैन परंपरा के घुमंतू बलदेव थे, जिन्हें पश्चिम में हरि-कुल-एश या हरि वंश के स्वामी के रूप में जाना गया।

- कृष्ण की कथाओं के अंश, बहुत अधिक अलग रूप में, बौद्ध(गाथा जातक) व जैन पौराणिक गाथाओं (हरिवंश और पांडवचरित) में भी मिलते हैं।
- कृष्ण उपासकों के सबसे आदरणीय ग्रंथ, भागवत पुराण में कृष्ण को सर्वश्रेष्ठ दैवीय रूप माना गया है, जो विष्णु से भी श्रेष्ठ हैं, परंतु भागवत पुराण के रचे जाने कि तिथियों के विषय में मतभेद हैं। यह हरिवंश (1700 वर्ष प्राचीन) तथा विष्णु पुराण (1500 वर्ष प्राचीन) के बाद अस्तित्व में आया। रुढ़िवादी विद्वानों का मानना है कि यह 1400 वर्ष से कम पुराना है, क्योंकि इसमें हर्ष जैसे प्रसिद्ध राजा का उल्लेख नहीं है, जो 1300 वर्ष पूर्व हुए। हालाँकि शंकर के अद्वैत पुराण के कई संदर्भ मिलते हैं जो आठवीं सदी में हुए और इसके साथ ही छठी से नवीं सदी के अलवर संत-कवियों की विष्णु-कृष्ण उपासना के भी संदर्भ मिलते हैं। शंकर का जन्म केरल में हुआ और वे उत्तर की ओर आए। जबकि अलवर तमिलकम के रहने वाले थे। इससे अनुमान लगाया जाता है कि भागवत पुराण, अपनी अलंकृत व संपन्न भक्ति-भाव सहित, 1000 वर्ष पूर्व अपने अंतिम रूप में आया और यह दक्षिण भारत के ब्राह्मणों का लेखन है। यह भी एक कौतूहल का विषय है कि बारहवीं सदी के महान गुरु रामानुज, जिन्होंने प्रतिष्ठित श्रीरंगम मंदिर प्रांगण की स्थापना की, उन्होंने इस आदरणीय पुराण का कहीं संदर्भ नहीं दिया। माधव-आचार्य तेरहवीं सदी में इस ग्रंथ का संदर्भ देते हैं।
- कृष्ण वासुदेव कहलाते हैं, पहले अक्षर पर बलाघात है ताकि यह स्पष्ट हो सके कि वे वसुदेव के पुत्र हैं। उन्हें सूरसेन का पौत्र होने के नाते, सौरि भी कहते हैं।
- एक वंश वृक्ष जो पंचतंत्र भागतववाद की व्यूह अवधारणा को स्थापित करता है जो वैष्णववाद की अवतार अवधारणा से पहले मौजूद थी।

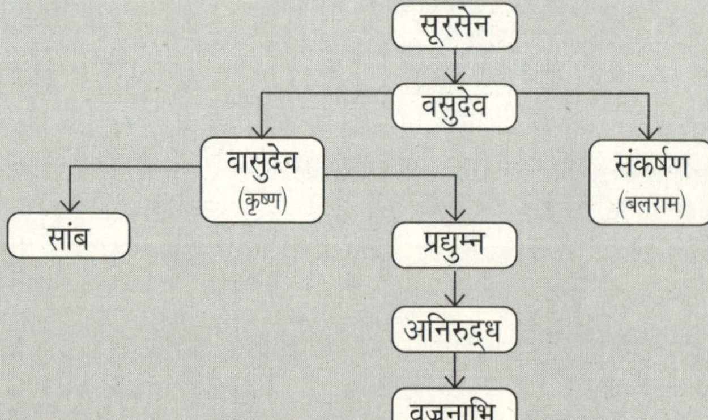

भूगोल के साथ रूपांतरण

हालाँकि कृष्ण के जीवन की घटनाएँ उत्तर भारत, पूर्वी गंगा के मैदानी इलाके (मथुरा) तथा पश्चिमी सागर तट (द्वारका) तक सीमित हैं, जैसा कि हम जानते हैं, यह संभव है कि भागवतवाद की रचना प्रमुख रूप से विंध्य के दक्षिण में हुई, जिन मैदानों को कावेरी नदी सींचती है। दरअसल, दक्षिण ने प्राचीन अनुष्ठानिक हिंदुत्व के रूपांतरण में महत्त्वपूर्ण भूमिका अदा की। (वैदिक, निगम, श्रौत) को परवर्ती ईश्वरवादी हिंदू धर्म (पौराणिक, अगम और स्मार्त) में परिवर्तित किया, जहाँ देवों को मंदिरों में प्रतिष्ठित किया गया और वे कथाओं व गीतों के माध्यम से जाग्रत हुए।

हरिवंश से भी पूर्व, 2000 वर्ष प्राचीन तमिल संगम साहित्य में, हम सबसे पहले मेयन के श्यामल स्वामी के बारे में पढ़ते हैं, नप्पीनई के साथ उनका विलास, बैलों व गौओं के प्रति उनका प्रेम व बांसवन और चंदन के प्रति उनका लगाव। दक्षिण से ही आरंभिक भक्ति काव्य का उदय हुआ जैसे अलवर आज से 1000 वर्ष पूर्व, गौ प्रेमी पेरुमल का गुणगान करते हैं। दक्षिण में ही सर्वप्रथम विष्णु के मंदिर प्रांगणों के आसपास ऐसे ग्राम और नगर बसाए गए, जिनमें गीत व नृत्य को दैवीय स्तुति के परिष्कृत माध्यम के रूप में प्रस्तुत किया गया। इससे भी महत्त्वपूर्ण तथ्य यह रहा कि दक्षिण के आचार्यों; आठवीं सदी में केरल से आए शंकर, बारहवीं सदी में तमिलनाडु से आए रामानुज और तेरहवीं सदी में कर्नाटक से आए माधव ने सजगता से पौराणिक गाथाओं व उपनिषद की कथाओं में संपर्क स्थापित किए, जिनमें कृष्ण को ब्रह्माण्डीय आत्मा के प्रतीक - परम आत्मा के रूप में देखा गया। हमें दक्षिण में ही, यह प्रवृत्ति मिलती है जिसमें धीरे-धीरे संस्कृत के शब्दों को प्रांतीय भाषाओं में बदला गया जिनमें नौवीं सदी में कंबन का तमिल में रामायण का अनुवाद, तेरहवीं सदी में भगवद् गीता के ध्यानेश्वर कृत मराठी अनुवाद से ले कर पंद्रहवीं सदी में सरल दास का महाभारत का ओड़िया अनुवाद तथा अन्नमया का तेलुगु संकीर्तन शामिल है जिसे उसी समय के आसपास तिरुमला के वेकेंटेश्वर बालाजी के लिए रचा गया।

जब ये धारा उत्तर में भी प्रवाहित हुई तो बहुत ही भावप्रवण साहित्य सामने आया जिसके लिए तेरहवीं सदी के निम्बार्क, चौदहवीं सदी के रामानंद तथा सोलहवीं सदी के वल्लभ का आभार प्रकट किया जा सकता है, इस साहित्य में कृष्ण एक प्रेमी, बालक, सखा व गुरु के रूप में प्रकट हुए और लगभग हर स्थानीय भाषा में इनका साहित्य रचा गया।

अन्नमया, आंध्र, पंद्रहवीं सदी

दक्षिण की कृष्ण भक्ति, उत्तर की कृष्ण भक्ति से पूरी तरह से अलग रही। दक्षिण में कृष्ण को ग्वाला (गोविंद) कहा गया परंतु उनकी कल्पना विष्णु के रूप में की गई, खड़े हुए, बैठे हुए या उकड़ूँ लेटे हुए, जैसा कि हम तिरुपति और श्रीरंगम में देख सकते हैं। विष्णु और उनके अवतारों, राम और कृष्ण के बीच की रेखा धूमिल हो गई है। जगन्नाथ पुरी में भी, इष्ट दोनों हैं विष्णु (अवतारी) तथा कृष्ण (अवतार)। हालाँकि, उत्तर में, विष्णु पृष्ठभूमि में हैं, और इस विषय पर बहुत तर्क-वितर्क है कि अधिक आदरणीय अवतार कौन है - राजा राम या फिर गोविंद, सारथी और राजाओं को बनाने वाले कृष्ण।

रामानुज
बारहवीं सदी, तमिलाकम

कृष्ण की कथाओं के शृंगार पक्षों का संबंध पूर्व से रहा जहाँ तंत्र फला-फूला। ओड़िशा में, हमें योगिनियों और उनके भैरवों के गोलाकार मंदिर मिलते हैं जो कृष्ण के रास-मंडलों के अग्रगामी हो सकते हैं। कृष्ण की गृहस्थी में अनेक स्त्रियाँ, जैसे उनकी पत्नी रुक्मिणी तथा पौत्रवधू उषा, तथा उनके शत्रु पौंड्र, नरक और बाण भी उत्तरपूर्व भारत से ही माने जाते हैं। इस प्रकार हम भागवत कथाओं के निर्माण में एक जटिल अखिल भारतीय योगदान देखते हैं।

- जहाँ राम की कथाएँ उत्तर से दक्षिण, गंगा के निचले मैदानी इलाक़ों से विंध्य, दंडक वन व गोदावरी नदी से श्री लंका तक फैलीं, कृष्ण की कथाएँ केवल उत्तर तक सीमित रहीं और पूर्व से पश्चिम तक, गंगा के ऊपरी मैदानी इलाक़ों से विदर्भ और मालवा प्रांत होते हुए गुजरात के द्वारका तक प्रसारित हुईं।
- तमिल संगम साहित्य में प्रेम और युद्ध के आवेगमयी भूदृश्यों से युक्त काव्य ने प्राकृत और फिर आगे चल कर संस्कृत काव्य को प्रभावित किया और रसों व भावों के आधार पर, भारतीय रसों का एक संसार स्थापित करने में महत्त्वपूर्ण भूमिका निभाई। यह वैदिक, बौद्ध व जैन विचारों के भौतिकवाद तथा बौद्धिकता के नाटकीय रूप से विपरीत है, जिनके साक्ष्य गंगा के मैदानी इलाक़ों में मिलते हैं। कृष्ण में, हमें एक ऐसे देव का उदय मिलता है जिन्हें रसों के परिष्कार का मूर्तिमान रूप माना गया।
- राजनीतिक प्रचार के चलते, एक ऐसी प्रवृत्ति पाई जाती है जिसमें हिंदू धर्म को समय और स्थान के अनुसार एकरूप करते हुए, अनेक पारिस्थितिक तंत्रों के गतिशील भूदृश्यों के रूप में पहचानने के स्थान पर एक समान वृक्षों के झुरमुट में बदल दिया गया है। परिणामवश प्रायः यह समझा जाने लगा कि हिंदू धर्म उत्तर भारत और संस्कृत पर केंद्रित है, जो शेष भारत तथा इसकी अनेक भाषाओं के योगदान को नकारते हैं। इस तरह हम कृष्ण के बारे में उन विचारधाराओं को नहीं जान पाते, जो धीरे-धीरे समय के साथ, विभिन्न कालखंडों में प्रसारित हुईं।

समुदायों के साथ रूपांतरण

विभिन्न लोग कृष्ण तक विभिन्न रूपों में पहुँचे। कुछ सोलहवीं सदी के बंगाल के चैतन्य जैसे थे, जिन्होंने राधा व कृष्ण के संबंध को मान दिया, और इस दिव्य युगल को मंदिरों में प्रतिष्ठित किया। कुछ अन्य तेरहवीं सदी के महाराष्ट्र के चक्रधर स्वामी तथा सोलहवीं सदी के असम के शंकरदेव जैसे थे जिन्होंने कृष्ण को राधा के बिना, मूर्तियों व प्रतीकों के अभाव में पूजा।

गंगा के मैदानी इलाक़ों के अलावा, अधिकतर मंदिरों में, कृष्ण राधा या रुक्मिणी के बिना अकेले खड़े दिखते हैं, उन्हें बालक या गोविंद रूप में दिखाया जाता है। हम राजस्थान में नाथद्वारा की श्रीनाथजी की हवेली तथा महाराष्ट्र, पंढरपुर के विट्ठल मंदिर में, उन्हें इसी रूप में पाते हैं। पुरी, ओड़िशा में, कृष्ण को संसार के स्वामी जगन्नाथ के रूप में उनके भाई-बहनों संग पूजा जाता है। गोवा में, वे अपनी माता देवकी के साथ पूजे जाते हैं।

गृहस्थ घरों में, कृष्ण एक बालक लड्डू गोपाल के रूप में पूजे जाते हैं जो पालने में हैं। वे हाथ में बाँसुरी लिए हुए झूले में बैठते हैं तो वेणुगोपाल कहलाते हैं। चेन्नई का पार्थसारथी मंदिर, संभवतः भारत का एकमात्र पारंपरिक मंदिर है, जिसमें कृष्ण को भगवद् गीता के उपदेशक के रूप में मान्यता दी गई है; यहाँ उनके मुख पर मूँछें भी सोहती हैं। कृष्ण के विराट रूप की प्रस्तर प्रतिमाएँ दुर्लभ हैं; वे लघु चित्र कला और बाद में कैलेंडर आर्ट में लोकप्रिय हुईं।

आरंभिक मुस्लिम शासन काल में, दिल्ली के सुलतानों के अधीन, विशेषतौर पर उत्तर भारत के मंदिरों को नष्ट किया गया। वृंदावन से कृष्ण की प्रतिमाओं को हटवा कर, राजपूत हवेलियों में रखवाया गया। मुस्लिम शासनकाल के परवर्ती भाग में, मुगलों के अधीन, कृष्ण की कथाओं ने मुसलमानों के शाही दरबारों में भी स्थान पाया और उनके महलों में होली जैसे उत्सव मनाए जाने लगे।

चैतन्य
सोलहवीं सदी, बंगाल

हालाँकि अंग्रेज़ों ने कृष्ण की कथाओं को अश्लील माना। एक देवता किस तरह स्त्रियों के साथ नाच-गा सकता था? 1862 में, बांबे हाईकोर्ट के अंग्रेज़ जज सर मैथ्यू सॉसे ने कृष्ण को कामुकता और व्यभिचार का दोषी कहा। अपने औपनिवेशिक स्वामियों से लज्जित अनेक भारतीयों ने हिंदू धर्म का स्वच्छीकरण आरंभ किया, जिनमें विशेष तौर पर भागवत परंपरा की कथाएँ शामिल थीं।

और इस तरह, आज कृष्ण के अनेक भक्त, राधा के तांत्रिक मूल अथवा बंगाल के बाउल गीतों को मान्यता नहीं देना चाहते, जिनमें कृष्ण व काली एकरूप हुए हैं, अथवा *सखी परंपरा,* जिसमें पुरुष भक्त स्त्री वेश में

मीरा, राजपूताना
सोलहवीं सदी

स्वयं को कृष्णार्पित करते हैं जो पूर्ण पुरुष हैं, या फिर देवदासी परंपरा, जो सदियों से मंदिर में *गीत गोविंद* को अभिनीत करती आ रही हैं। दक्षिण भारत की आंडाल व उत्तर भारत की मीरा के गीतों के शक्तिशाली आवेगों व कामुकता को शुद्धता और संयम के साथ प्रस्तुत किया गया।

कृष्ण अपने हाथ को उठा कर, तर्जनी पर चक्र घुमा रहे हैं, यह छवि उन राष्ट्रवादियों के बीच विशेष तौर पर लोकप्रिय हुई जो उन्हें एक प्रेमी के स्थान पर निर्देशक व मार्गदर्शक के तौर पर देखना चाहते हैं। युद्ध के मैदान में अर्जुन का नेतृत्व करने वाले कृष्ण को वैधता मिली और उनके नाक में नथुनी और बालों की चोटी वाले स्त्रैण रूप को हिंसक रूप से नकारा गया। यहाँ तक कि कृष्ण के मुकुट में सजा मोरपंख भी लुभाने के लिए नहीं, बल्कि ब्रह्मचर्य का प्रतीक माना गया, क्योंकि कई हिंदू ऋषियों का मानना है कि मोर संभोग नहीं करते, उनके आँसुओं से मोरनी संतान उत्पन्न करती है।

नगरीकरण हमें प्रकृति से दूर ले गया और कृष्ण की कल्पना श्यामलवर्णीय देव के रूप में नहीं की जाती, अब वे नीले या श्वेत वर्णीय दिखाए जाते हैं। ग्रेनाइट या सैंडस्टोन की तुलना में, कभी अशुभ माने जाने वाले संगमरमर से कृष्ण की मूर्तियाँ बनाई जाती हैं जो रंगीन बत्तियों से जगमगाती हैं। यह अनुभव उस अनुभव से बहुत अलग है जो एक चट्टान से बनी, पुष्पों से सुसज्जित काली प्रतिमा को तैल दीपकों के प्रकाश के मध्य देखने में मिलता था। कार्टून चैनलों पर कृष्ण एक मनमोहक नायक की तरह दुष्टों को प्रताड़ित करते दिखते हैं। हिंसा ने प्रज्ञा का स्थान लिया है और काम को लज्जा से ढाँप दिया गया है।

आंडाल
सातवीं सदी, तमिलाकम

मन में यह विचार आता है कि क्या कोई सटीक व प्रामाणिक कृष्ण मौजूद हैं? वे राजा हैं या गोविंद, बालक हैं या सखा, प्रेमी हैं या गुरु, पुरुष हैं या उभयलिंगी, आवेगपूर्ण हैं या शांत, श्याम हैं नील या फिर श्वेत?

हालाँकि इस पुस्तक में इन प्रश्नों के उत्तर खोजने की चेष्टा नहीं की गई। कृष्ण से जुड़ी प्राचीन प्रज्ञा व विवेक का स्थान लेने के बजाए, यह पुस्तक भागवत

परंपरा का अन्वेषण करती है ताकि कृष्ण से जुड़ी पुरानी मान्यताओं को अस्वीकृत किए बिना, नई प्रज्ञा व समझ खोजी जा सके जिससे मन का विस्तार हो। यह शुद्धता के स्थान पर समावेश को चुनती है, और दृढ़ मान्यता रखती है :

अनंत पुराणों में छिपा है सनातन सत्य
इसे पूर्णतः किसने देखा?
वरुण के हैं नयन हज़ार
इंद्र के सौ
आपके और मेरे, केवल दो।

- मंदिरों में प्रिय और शुभता के प्रतीक भागवत कृष्ण पर केंद्रित होने की प्रवृत्ति रही, वे एक गोविंद नहीं बल्कि अशुभ महाभारत के कृष्ण हैं जिनका संबंध युद्ध से है। हालाँकि उन्नीसवीं और बीसवीं सदी में भागवद् गीता की लोकप्रियता में उदय के साथ, और इसके साथ ही आक्रामक हिंदुत्व राजनीति के उदय के साथ, रणभूमि के कृष्ण को अधिक मान दिया जाने लगा है।
- पुरी, ओड़िशा में, जहाँ *गीत गोविंद* रचा गया, पिछले 800 वर्षों से इसका निरंतर जाप होता है और इष्ट की प्रतिमा जगन्नाथ के नाम से जानी जाती है। ये आरंभ में एक जनजातीय इष्ट थे जिन्हें बाद में ब्राह्मणवादी रूप दिया गया। ये इष्ट रोग, जन्म और मृत्यु के चक्र से गुज़रते हैं। दैत्य पुरोहित (विद्यापति के वंशज, जिन्होंने मूल कबीलों के साथ संपर्क स्थापित किया) जगन्नाथ को उनके वार्षिक रोग के समय कुछ सप्ताह तक और उनके पुनर्जन्म (नबकलेबर) के समय जो अपनी सेवाएँ देते हैं। प्रति बारह से चौदह वर्ष में नबकलेबर का अनुष्ठान होता है। बाक़ी समय में पंडा पुरोहित (मंदिर के परंपरागत ब्राह्मण) अपनी सेवाएँ प्रदान करते हैं। वैसे तो जगन्नाथ की वामांगी लक्ष्मी हैं, परंतु वे कई बार राधा, कई बार सरस्वती, और कई बार दुर्गा (गुप्त गुंडेचा) के साथ पूजे जाते हैं। उनकी उत्सव प्रतिमाएँ मदन मोहन कलाती हैं, परंतु स्थानीय व्यक्ति इष्ट की पहचान को केवल कृष्ण तक सीमित नहीं रखते। वे अवतार (कृष्ण) और अवतारी (विष्णु) और इसके साथ ही श्रेष्ठ निराकार पार-ब्रह्म हैं इसलिए वे जग के नाथ यानी संसार के स्वामी हैं। वे देवकी के रूप में कृष्ण को जन्म देते हैं और कौशल्या के रूप में राम को जन्म देते हैं। वे अपने वामन, राम व कृष्ण के रूप में अपने माता-पिता का अंत्येष्टि संस्कार करते हैं। यह जटिलता भले ही स्थानीय तौर पर समझ आती है परंतु अन्य हिंदू संप्रदायों को विचित्र लग सकती है तथा गैर हिंदुओं को भ्रमित करती है।
- उन्नीसवीं सदी में, कई आंदोलनों जैसे बहाई आंदोलनों आदि ने, कृष्ण को ईसा और मुहम्मद के समान सिद्ध करना चाहा। हिंदुओं की अवतार की अवधारणा (ईश्वर का नश्वर रूप) को पैगंबरों (अल्लाह के संदेशवाहक) की अब्राहिमी विचारधारा के समान बताया गया ताकि सभी धर्मों की समानता स्थापित की जा सके।

आमुख

शुक द्वारा जीवन का अंगीकार

केरल के गुरवायुरप्पन

भयभीत अजन्मे शिशु ने माँ के गर्भ से बाहर आने से ही इंकार कर दिया, उसे बाहर धकेलने और खींचने के सारे जतन व्यर्थ रहे। माँ कई माह और वर्षों तक प्रतीक्षारत रही, वह अपने फूले हुए पेट को देख कर, सोचती, खेद प्रकट करती और ईश्वर से प्रार्थना करती।

जब अजन्मे शिशु को लगा कि वही माँ की पीड़ा का स्रोत था, तो एक रात, जब माँ सो रही थी तो वह उसकी देह से बाहर आ गया। एक भी आवाज़ किए बिना, धरती को स्पर्श किए बिना, एक बार भी पीछे की ओर देखे बिना, वह चुपचाप तारों से भरे आकाश की ओर उठने लगा।

विस्मय और तड़प से भरे एक स्वर ने पुकारा, "मेरे पुत्र! कहाँ जा रहे हो?" वे व्यास थे, उसके पिता, वैदिक मंत्रों के रचयिता।

"मैं कष्ट भरे संसार से दूर जा रहा हूँ।" शिशु ने उत्तर दिया।

"तुम कैसे जानते हो कि संसार में कष्ट ही कष्ट भरा है?"

"जिस क्षण से मैंने गर्भ में प्रवेश किया, मैं वेदों के मंत्रों का जाप सुनता आया हूँ, जिसे आपके शिष्य आपके पीछे-पीछे दोहराते थे। मैंने उस ध्वनि और अर्थ को सुना। अब मेरे मन का विस्तार हो गया। वेदों ने मुझे विवेक प्रदान किया : मैं वह देखता हूँ, जिसे अन्य नहीं देख सकते। मैं इस संसार को अज्ञान से उपजी

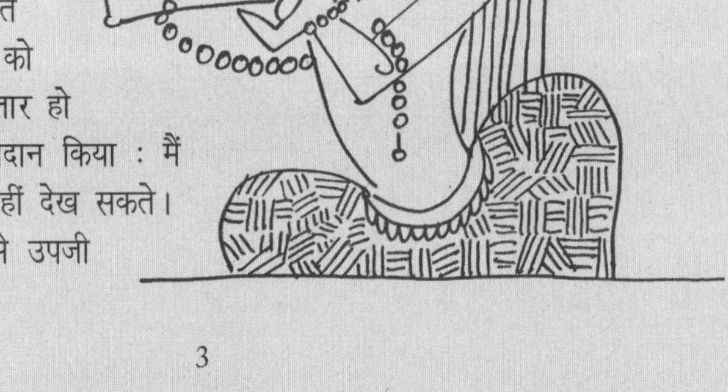

माया के रूप में देखता हूँ। संसार मुझे नहीं मोह सकेगा। मैं इससे सम्मोहित नहीं हो सकता। मेरे लिए कोई बंधन नहीं होगा; अब कोई बंधन मुझे नीचे नहीं ला सकता। वेदों ने मेरे लिए सत्य को उद्‌घाटित कर दिया। इसने मुझे मुक्ति प्रदान की। इसने मुझे समत्व प्रदान किया। अब मुझे जन्म लेने का कोई औचित्य नहीं दिखता।"

व्यास ने देखा कि उनके पुत्र के नन्हे पैर, देवताओं के उद्‌यान के अलभ्य पुष्प की पंखुड़ियों के समान थे।

वे बोले, "तुम अपनी माँ के गर्भ में ही ऋषि हो गए हो। आज तक कभी ऐसा अजूबा ना देखा, ना सुना। पुत्र! मैं तुम्हें उसी प्रकार प्रणाम निवेदित करता हूँ, जिस प्रकार ब्रह्मा सनत् कुमारों को प्रणाम करते हैं। मैं तुम्हें रोकूँगा नहीं... मैं तुम्हें रोक ही नहीं सकता, पुत्र। परंतु यदि तुम जन्म नहीं लेते, यदि तुम मृत्यु का सामना नहीं करते तो तुम कभी सौंदर्य को नहीं सराह सकोगे और ना ही उनका अनुभव ले सकोगे।"

नवजात वहीं थम गया और पूछा, "उनका? किसका, पिताजी?"

"श्याम! कृष्ण! वे जो साँवले-सलोने हैं। जिनके केश घुंघराले हैं। वे जो अपने मुकुट में मोरपंख, कानों में मछली के आकार के कुंडल, अपनी भुजाओं पर चंदन का अंगराग, अपनी जंघा पर पीत वस्त्र, कंठ में वन्यपुष्प माल और पैरों में नुपुर धारण करते हैं। वे जो सारा दिन चारागाह में गौएँ चराते हैं। वे जो सारी रात बाँसुरी बजाते हैं। जो गाँव की पगडंडियों पर बैलों से उलझते हैं, नदी किनारे ग्वालिनों के साथ नृत्य-संगीत की रासलीला रचाते हैं। वे जो सूर्य को अधीर और सितारों को आकुल बना देते हैं। वे, जिनके लिए मधुमक्खियाँ पुष्पों को त्याग देती हैं। वे, जो हम सबके लिए वही हैं जैसे सूखी प्यासी धरा के लिए वर्षा के जल से भरा काला मेघ। वे!"

व्यास के मुख से ऐसा विवरण सुन कर नवजात शिशु नई संवेदनाओं से परिपूरित हो उठा। उसने कहा, "मुझे उनके विषय में और बताएँ।" वह नीचे की ओर, धरती के निकट आ गया ताकि वह और अधिक स्पष्टता से पिता की बात सुन सके।

व्यास बताने लगे, "एक बार एक कामदेव थे। वे अपने साथ अप्सराओं व देवियों की सेना लिए, संसार भर में घूमते और किसी भी व्यक्ति के अनजाने में ही, उस पर बाण चला कर, हृदय में काम का संचार कर देते। उसकी देह वासना से सुलग उठती। ऋषियों के संकल्प डिग जाते, मुनि और तपस्वी अप्सराओं की भुजाओं में आने को विवश हो जाते, पुरुष मारे वासना के मदमत्त होते और स्त्रियाँ आनंद से झूम कर बेसुध सी हो जातीं। ऐसा तब तक चलता रहा, जब तक उसे शिव के आग उगलते तीसरे नेत्र ने जला कर भस्म नहीं कर दिया। देवी उस भस्म को देख विलाप करने लगी और उसका स्वर गहरी गुहाओं व ऊँचे पर्वतों तक जा पहुँचा। शिव उसे सांत्वना देने के लिए विवश हुए। देवी के मुख पर पुनः मुस्कान लाने के लिए, शिव ने प्रेम को जाना। वह गहरे वर्ण वाली, वन्य तथा सभी वर्जनाओं से परे काली बनी। वह, जिसे श्यामा नाम से भी जाना गया, उसने शिव की गौर वर्ण देह पर नृत्य करते हुए, उनके भीतर इंद्रियों व भावों की शक्ति को जाग्रत किया। शिव ने घोषणा की कि जब वे उनके जीवन में नहीं थीं तो वे एक शव के समान थे। वे मुस्कराईं। शिव ने काली के विवेक से प्रेरित हो कर कहा कि कामदेव का पुनः जन्म हो। काली ने कहा कि वह मेरे समान श्यामल वर्ण होगा और इस प्रकार हमें श्याम मिले, जो कामदेव की तरह संपूर्ण संसार में विराजते हैं, रात को चंद्र किरणों व वन्य पुष्पों की मादक गंध के बीच, मोर, तोतों, तितलियों व मधुमक्खियों से घिरे, हृदय को आकर्षित करते हुए, मन को उद्वेलित करते हैं। परंतु उनमें एक ऐसी विशिष्टता है जो काम में कभी नहीं थी। विजय का भाव नहीं दिखता। केवल स्नेह की ही धारा प्रवाहित होती है। वे वन्य योगिनियों को प्रेममग्न गोपिकाओं में रूपांतरित कर देते हैं। वे सारा दिन दूध बिलो कर मक्खन निकालती हैं और रात को उनके संगीत की प्रतीक्षा करती हैं। वे उन्हें प्रेम का माखन लगाती हैं, वे उन्हें रक्त देते हैं।"

केष्टो काली अथवा बंगाली बाउलों की श्यामा-श्याम

"रक्त?"

"हाँ, रक्त। युद्धभूमि का रक्त। उन राजाओं का रक्त, जो भूल गए हैं कि प्रेम क्या है और जिन्हें घृणा में ही कल्याण दिखता है। वे उस प्यासी धरती माता की प्यास बुझाते हैं जो क्रोधी राजाओं के भार तले दबी है। वे वही मत्स्य हैं जिसने संपूर्ण संसार को अपने अधीन करने

वाले जल प्रलय से वेदों की रक्षा की। वे ही कच्छप हैं जिसने उस असीम मंथन को सँभाला जो संसार में संपदा और वैभव लाने का माध्यम बना। वे ही वराह हैं जिन्होंने धरती को सागर की तह से निकाला। वे ही अश्व हैं जिन्होंने मुनियों को वेदों का ज्ञान दिया। वे ही परशु के राम, धनुष के राम और हल के राम हैं। वे नारायण हैं जो क्षीरसागर में शेष नाग की शैय्या पर विराजमान है। वे विष्णु हैं। जो सुनहरे पंखों वाले विशाल गरुड़ पर सवार हो कर देवों के लिए संघर्ष करते हैं व असुरों को छलते हैं। यदि आकाश को पाने के लिए धरती का त्याग किया तो उनके विषय में कभी नहीं जान सकोगे।"

"पिता श्री, मुझे उनके विषय में बताइए, उनके विषय में और अधिक बताइए ना!"

व्यास ने पुत्र से कहा, "मैं तुम्हें बताऊँगा परंतु तुम्हें एक वचन देना होगा।" जब उन्होंने पुत्र को यह सुन कर सकुचाते देखा तो बोले, "कथाएँ उनके लिए बनी हैं जो उन्हें सुनते हैं; उनके लिए नहीं जो भटकते हैं। मैं तुम्हें और उन्हें देवकी और यशोदा, राधा व रुक्मिणी, कुंती व गांधारी की कथा सुनाऊँगा जो मेरे पास रहेंगे।"

व्यास के पुत्र को सँभलने के लिए संघर्ष करना पड़ा क्योंकि नाव नदी के प्रवाह के विपरीत जा रही थी। इन कहानियों के ज्ञान के बिना स्वतंत्रता भी स्वादहीन जान पड़ती है। यह हृदय मस्तक को ऊँचा नहीं उठने देगा। मुझे ये कहानियाँ सुननी ही चाहिए। पिता श्री, आप मुझसे क्या चाहते हैं?"

"यदि तुम्हें कहानी पसंद आए - यदि कहानी मन को भाए - और वेद का कोई नया पक्ष सामने आए, तो तुम कथा दोहराओगे, शब्द दर शब्द, प्रसंग दर प्रसंग, किसी भी ऐसे व्यक्ति को दिलासा दोगे जो भयभीत है, उसे उसका प्रेम पाने में सहायता करोगे।"

"दोहराना यानी उसी तरह दोहराना, जैसे आपके शिष्य वैदिक मंत्र दोहराते हैं? एक शुक की भाँति?"

"हाँ, एक शुक, एक तोते की तरह। कोई फेर-बदल नहीं। बिना किसी परख़ या स्पष्टीकरण के केवल कथा कहना। जैसी वे हैं, वैसी नहीं, जैसे तुम उन्हें चाहते हो।"

"मैं वादा करता हूँ। मैं आपका तोता बनूँगा। मैं स्वयं को शुक कहूँगा, परंतु तभी जब मुझे कथा पसंद आएगी।"

वैकुंठ विष्णु
- सातवीं सदी, कश्मीर

"पुत्र! तुम्हें इस कथा में ना केवल आनंद आएगा बल्कि तुम उसी संसार का आनंद भी ले सकोगे, जिससे तुम बच कर भागना चाहते थे। वेदों ने भले ही मन का विस्तार किया हो, परंतु इस कथा से हृदय का विस्तार होगा। तुम भय के वन से परे सुंदरता के दर्शन करोगे। मज्जा में धँसने वाली प्रत्येक क्षुधा में संगीत सुनोगे। इस कथा के बिना, स्वर्ग का जीवन भी रक्तस्नात युद्ध-क्षेत्र या रणभूमि से अधिक नहीं होगा। इस कथा के साथ, धरती पर जीवन रंग-भूमि होगा, एक ऐसा मंच जो सबको मोह लेता है।"

"यह एक लंबी कथा है?"

"यह धरती पर देवता के आगमन, उनके अनंत से नश्वर लोक की यात्रा, नश्वर रूप, मानवता के प्रत्येक पक्ष की खोज : आदान, प्रदान, बाँटना, संपर्क करना, संपर्क तोड़ना, सुनना, बोलना, साक्षी होना और अंततः सब त्याग देना आदि की कथा है। यह तुम्हारी इच्छा के अनुसार ही छोटी या बड़ी हो सकती है। मैं सरलता के लिए इसे सोलह अध्यायों में विभाजित कर दूँगा।"

"सोलह ही अध्याय ही क्यों?"

"इनमें से प्रत्येक उनके जीवन की एक अवस्था के लिए है। वैसे भी मंदिर में सोलह शृंगार से ही देवता का अनुष्ठानिक पूजन होता है।"

"इस कथा को क्या कहते हैं?"

"भागवत, भगवान की कथा, जो भूखों को भोजन, भयाकुल को सांत्वना, अज्ञानी को ज्ञान देते हैं जो पिता व माता, माता व पिता हैं। भगवान ऋषियों के लिए विष्णु, ग्वालों के लिए गोविंद, राजाओं के लिए कृष्ण तथा प्रेम की चाहना रखने वालों के लिए श्याम हैं।"

"श्याम! श्याम!" व्यास के पुत्र ने यह नाम दोहराया तो हृदय आंदोलित हो उठा, भीतर से प्रेम करने व देने की गहरी चाह उठी। धरती उसका पालना बनी; आकाश उसका चंदोवा। वह किलकारी भरते हुए बोला, "श्याम!" और उसने स्वयं को जन्म लेने की अनुमति प्रदान की।

- व्यास अर्थात लेखक या संकलनकर्ता। उन्होंने वैदिक ऋचाओं को गीतों अर्थात सूक्तों में रचा, गीतों को मंडलों और मंडलों को संहिता में संकलित किया। उन्होंने वैदिक सत्य के संप्रेषण के लिए पुराणों की रचना की। उनके पुत्र का मानसिक चित्रण करते हुए, उन्हें एक ऐसे मनुष्य के रूप में देखा जाता है जिसके सिर पर तोते यानी शुक का मुख है जो अपने पिता के कहे शब्दों को ज्यों का त्यों दोहराता है। जहाँ व्यास के छात्र ज्ञान व कर्मों का ज्ञान देते हैं, शुक प्रभु के लिए भाव अथवा प्रेम संप्रेषित करता है जिसने उपासना तथा आराधना के रीति-रिवाजों को जन्म दिया।
- हिंदू धर्म के इतिहास में गृहस्थ तथा संन्यास परंपराओं के बीच सदैव तनाव रहा है। शुक की ओर से भौतिक संसार का अंश नहीं बनने का दावा संन्यास परंपरा का पोषक है। व्यास गृहस्थ परंपरा का प्रतिनिधित्व करते हैं। एक अज्ञानी गृहस्थ के लिए लौकिक जीवन

भार या मोह है परंतु कृष्ण एक प्रबुद्ध गृहस्थ का मूर्तिमान रूप हैं। वे एक गृहस्थ की भाँति जीवनयापन करते हैं परंतु स्वयं को एक संन्यासी मानते हैं। वे हर चीज़ में लिप्त होने के बाद भी किसी पर भी स्वामित्व का भाव नहीं रखते।

- पुराणों में कथाएँ मिलती हैं कि किस प्रकार ताल में स्नान करती युवतियों को शुक के निकट ही उड़ने पर भी विचित्र नहीं लगता, परंतु वे व्यास को देख कर सकुचा जाती हैं क्योंकि शुक की दृष्टि लिंगहीन आत्मा या देही पर पड़ती है जबकि व्यास की दृष्टि में लैंगिक देह के प्रति सजगता है। शुक को मूल गो-स्वामी अर्थात इंद्रियों का स्वामी कहा गया है जिनका यौगिक परंपरा में गौओं के रूप में मानसिक चित्रण किया गया है जो निरंतर ऐंद्रिक उद्दीपन के लिए चरती हैं।
- सभी हिंदू महाकाव्य इस प्रकार लिखे गए मानो वे मौखिक रूप से संप्रेषित हों। वैशंपायन ने जनमेजय को महाभारत की कथा कही और उसे सुन कर सौति ने नैमिषारण्य में ऋषियों को उन्हें सुनाया। शुक ने परीक्षित को भागवत कथा सुनाई। लव और कुश ने राम को वाल्मीकि की रामायण सुनाई। ये सभी लगभग 2500 वर्ष पुराने मौखिक संप्रेषण थे, जिन्हें लिखित रूप मिले 1500 वर्ष भी पूरे नहीं हुए।
- उपासना के षोडशोपचार इस तरह बनाए गए हैं मानो हम दिव्य स्वरूप का आतिथ्य सत्कार कर रहे हों - 1. आवाहन 2. आसन 3. देवता के चरण धोना 4. अपने हाथ धोना 5. अपना मुख साफ़ करना 6. इष्ट को स्नान करवाना 7. वस्त्र धारण करवाना 8. यज्ञोपवीत धारण करवाना 9. गंध समर्पित करना 10. अलंकार समर्पित करना 11. पुष्प समर्पित करना 12. धूप समर्पित करना 13. दीप समर्पित करना 14. भोजन या नैवेद्य समर्पित करना 15. तांबूल समर्पित करना 16. उनकी प्रशंसा में आरती करना।
- सातवीं सदी में कश्मीर में विष्णु की वह प्रतिमा लोकप्रिय हुई जिसमें उन्हें वराह और नरसिंह मुख के साथ दिखाया गया है, भूदेवी उनके चरणों में विराजी हैं और चक्रपुरुष (चक्र पुरुष रूप में) व गदादेवी (गदा एक स्त्री रूप में) उनके आसपास खड़े हैं।
- मदनमोहनजी, गोविंददेवजी और गोपीनाथजी की जो मूर्तियाँ खो गई थीं वे बाद में, पंद्रहवीं सदी में, वृंदावन में गोस्वामी जी ने खोज निकालीं और उन्हें मुस्लिम हमलावरों से बचाने के लिए राजस्थान ले जाया गया, इन्हें ब्रजकिरीट या 'वज्रनाभि द्वारा निर्मित' माना जाता है।

पहला खंड

अवतार

व्यास ने शुक से कहा, "सीमित असीमितता को खोज सके
इसलिए उसकी सहायता करने के लिए अनंत,
सीमित रूप धर कर आते हैं।
परमात्मा करे, श्याम की इन कथाओं को सुन कर तुम
उस विस्मय को अनुभव कर सको।"

मन्नारगुड़ी के राजगोपालस्वामी, तमिलनाडु

नारायण की निद्रा

क्षीर सागर की अनंत फेनिल सतह पर सुनहरा नाग तैरता है, आदि अनंत शेष। उसके अनेक फनों तले, उसकी कुंडली में छिपकर, श्याम वर्णी नारायण निद्रालीन हैं, वे सदा की भाँति मनमोहक जान पड़ रहे हैं।

नारायण की नाभि से एक कमल उगता है। वह खिल जाता है। उस पर ब्रह्मा जी विराजे थे। वे अकेले थे। वे अपने एकांत का कोई साथी चाहते थे। वे बुभुक्षित थे, उन्हें भोजन चाहिए था, वे भयभीत थे, उन्हें आश्रय चाहिए था। इन्हीं वासनाओं से संसार रचा गया।

ब्रह्मा के विचार एकत्र हुए और ऋषियों में बदल गए। ब्रह्मा की इन मानस संतानों ने अपने पिता के अकेलेपन, क्षुधा व भय का निदान करना चाहा। वे अपने साथ दार्शनिक, भोजन संग्रह करने वाले, किसान, चरवाहे, योद्धा, कारीगर, व्यापारी और अनुचर लाए - जिन सबने मिल

कर वनों को क्षेत्रों में बदला और उन बस्तियों में परिवार भोजन व शस्त्रों सहित रहने लगे। परंतु इन संबंधों, संपन्नता तथा सुरक्षा के बावजूद अकेलेपन, भूख तथा भय का अंत नहीं हुआ।

नारायण को जगाने का समय आ गया था, उन्हें विष्णु रूप में, मानवता के उत्थान के लिए धरा पर भेजना था। वे लोगों को उनकी पाशविक वृत्तियों से उठने में सहायक होते, परस्पर समानुभूति प्रकट करते हुए धर्म का आचरण करते। उन्हें कौन जगाता? सनत्-कुमारों, भृगु व शुक्र ने मिल कर उन्हें नींद से जगाने का भार अपने सिर लिया।

- जहाँ इब्राहिमी परंपराओं में कहा गया कि ईश्वर ने शून्य से संसार की रचना की, वहीं हिंदू परंपरा में सृष्टि एक ऐसा कर्म है जिसमें गहरी निद्रा से जगा कर, अंततः पूरी तरह से जागरूक किया जाता है। इसे विष्णु पुराण में नारायण के जागने से दर्शाया गया है, वे ब्रह्मा को जन्म देते हैं और अंत में विष्णु बनते हैं, जो धरती पर अनंत और नश्वर रूपों में आ कर, अवतार धारण करते हैं।
- तैतरेय उपनिषद में (3.10.5) बताया गया है कि वैदिक विचारधारा का सार इसी में है कि सभी जीव खाते हैं और खाए जाते हैं। तभी कहा गया है : मैं भोजन हूँ और मैं इसे खाने वाला हूँ (अहम् अन्नम्, अहम् आनंदः।)
- भागवत पुराण में जंगल के क़ानून का विचार प्रस्तुत किया गया है(1.13.47) : जिनके हाथ नहीं हैं, वे उनके लिए भोजन हैं जिनके हाथ हैं (अहस्तानि सहस्तानाम्); जिनके पैर नहीं हैं वे चार पैरों वालों के लिए भोजन हैं (अपादानि कैतुस-पदम्), दुर्बल सबलों के लिए हैं (फाल्गुनी तत्र महत्तम), जीवन जीवन को ग्रहण करता है (जीवो जीवस्य जीवनम्), केवल मनुष्य ही ऐसे जीव हैं जो ऐसे प्राणी हैं जो जंगल के नियम को बदल सकते हैं और ऐसे धर्म की स्थापना कर सकते है। जिसमें सबल दुर्बल की सहायता करता है।

सनत्-कुमार विष्णु को जगाते हैं

सनत्-कुमार दिखने में बालक लगते हैं परंतु सबसे प्राचीन जीवित प्राणी से भी कहीं अधिक विवेकवान हैं। वे विष्णु के धाम वैकुंठ में प्रवेश चाहते हैं। वैकुंठ के द्वारपाल जय और विजय, उन्हें द्वार पर ही रोक देते हैं ताकि वे भीतर जा कर भगवान विष्णु की निद्रा में बाधा नहीं दें। विष्णु सो रहे थे।

ऐसा तीन बार हुआ। सनत्-कुमारों ने कुपित हो कर जय तथा विजय को शाप दिया, "तुम्हारा जन्म वैकुंठ से बहुत दूर हो। पहले तुम असुर, फिर राक्षस और अंततः मानव के रूप में जन्मो।"

परंतु द्वारपाल तो केवल अपना कर्तव्य निभा रहे थे। वे विलाप करने लगे। फिर उन्होंने संकल्प लिया, "जब भी हम वैकुंठ से दूर जन्म लेंगे, हम तब तक दुष्ट कर्म करते रहेंगे, जब तक प्रभु हमें उस नश्वर जीवन से मुक्त नहीं करते।"

नारायण यह कोलाहल सुन कर उठ गए, उन्होंने वचन दिया कि जय तथा विजय को वैकुंठ वापस लाने के लिए जो भी करना होगा, वे अवश्य करेंगे।

सनत्-कुमार मुस्कराए, अब विष्णु को विवश हो कर धरा पर अवतार लेना ही होगा - वे वराह-नरसिंह के रूप में हिरण्याक्ष और हिरण्यकश्यप असुरों का वध करेंगे; राम के रूप राक्षस रावण तथा कुंभकर्ण का नाश करेंगे; और श्याम के रूप में मानव शिशुपाल तथा दंतवक्र का वध करेंगे।

- विष्णु स्वयंभू हैं। ब्रह्मा उनसे ही जन्मे हैं अतः उन पर ही निर्भर हैं। इस तरह वे उनसे निम्न देव हैं। ब्रह्मा के पुत्र मानस से जन्मे हैं। फिर वे भौतिक जगत से जुड़े, उन्होंने प्रजनन किया और योनिज के रूप में, भौतिक वस्तुओं के लिए गहरी इच्छा को अनुभव किया, इसके साथ ही उन्होंने मृत्यु का भय भी भोगा। हम स्वयंभू से, मानस से उपजे और योनि से उपजे जीवों के बीच निरंतर गति देखते हैं जो मानसिक से भौतिक और फिर अनंत से नश्वर की ओर जाता है।

- चार सनत् कुमार अकामजनित जीवों की आरंभिक विविधता है। जो स्वभाव से ही कामुक नहीं थे और इस तरह उन्हें बालकों के समान माना जाता है।
- विष्णु मंदिरों में, जय और विजय को विष्णु की मूर्ति माना जाता है परंतु उनके विषैले दंत थे जिनसे पता चलता है कि वे लोगों को देवों तक नहीं जाने देते थे। दक्षिण भारतीय मंदिरों में, उन्हें एक उठी हुई अँगुली के साथ दिखाया जाता है जो भक्तों को चेतावनी देते हैं कि वे इस ब्रह्माण्ड में अपने स्थान को जानें।
- कुछ पुनः कथनों में, जय और विजय को कार्तवीर्यअर्जुन जैसे खलनायक की तरह दिखाया गया है जिसे विष्णु ने परशुराम के रूप में मारा था। इसी तरह कंस, जरासंध, नरक और बाण हैं जिन्हें विष्णु ने कृष्ण का रूप ले कर मारा।
- भागवत परंपरा में, विपरीत भक्ति भी एक रोचक विचारधारा है या भक्ति को द्वेश-भक्ति से प्रकट किया जाता है जो कृष्ण के शत्रुओं को भी उनके भक्त मानती है क्योंकि वे निरंतर उनका नाम जपते हैं, भले ही घृणा से क्यों नहीं लेते हों। इस तरह हिरण्याक्ष, हिरणकश्यप, रावण, कुंभकर्ण, शिशुपाल और दंतवक्र भक्त हैं जो अपनी दुष्टता और हर समय विष्णु स्मरण के साथ अपनी भक्ति का प्रदर्शन करते हैं।
- असुर पाताल में वास करते हैं। राक्षण वन में रहते हुए वन के नियमों का पालन करते हैं। मानव बस्तियों में रहते हुए अपनी पाशविक वृत्तियों को वश में रखते हैं और ऋषियों के मार्गदर्शन में वेदों से प्रेरित होते हैं।

भृगु ने विष्णु को मारी लात

विष्णु नींद से जग गए थे परंतु अभी लेटे ही हुए थे। अब भी उन्हें शेषनाग पर सहारा ले कर झुके हुए थे। भृगु दनदनाते हुए वैकुंठ लोक में पधारे, विष्णु को उनके दाएँ कंधे पर लात मारते हुए चिल्लाए, "उठो, ब्रह्मा के यज्ञों ने स्वर्ग में वेदों के विवेक को प्रकट नहीं किया। शिव कैलाश पर शक्ति की बाँहों में खोए, तंत्रों के गूढ़ रहस्य समझा रहे हैं और तुम सोने में व्यस्त हो! मानवजाति की सेवा कौन करेगा? उठो! नीचे जाओ!"

विष्णु उठे व भृगु के चरणों पर गिर कर उनसे क्षमायाचना करने लगे। उसके इस विनय भाव को देख सौभाग्य की देवी लक्ष्मी कुपित हुईं। उन्होंने कहा, "आपका कोई आत्म-सम्मान नहीं है।" वह वैकुंठ छोड़ कर चली गईं।

भृगु मुस्कराए। अब विष्णु के पास कोई उपाय शेष नहीं था। उन्हें कुपित लक्ष्मी को मना कर वापस लाने के लिए धरती पर जाना ही होगा। जब वे रेणुका का

रूप धरेंगी, तो विष्णु परशुराम होंगे; जब वे सीता होंगी तो विष्णु राम होंगे, जब वे राधा, रुक्मिणी, सत्यभामा व द्रौपदी होंगी तो वे श्याम होंगे।

- विष्णु की दो पत्नियाँ भू और श्री, उनके बाएँ और दाएँ कंधों पर विराजती हैं। भृगु के प्रहार के कारण श्री को वैकुंठ त्याग कर धरती पर आना पड़ा। यह लोकगाथा मंदिरों में कही जाती है। नाथद्वारा और पुरी में विष्णु की प्रतिमा पर, दाएँ कंधे पर भृगु के पैरों की छाप अंकित है। दक्षिण भारत की चोल कालीन कांस्य प्रतिमाओं में, दाएँ कंधे पर त्रिकोण का प्रतीक, लक्ष्मी (श्रीवत्स) का सूचक है।
- भृगु द्वारा विष्णु को पैर से प्रहार करना, तिरुमला स्थल पुराणम का विषय है जिसमें बताया गया है कि विष्णु आंध्र में सात पहाड़ियों पर तिरुपति बालाजी के रूप में क्यों रहते हैं।
- लक्ष्मी को भार्गवी या भृगु की पुत्री भी कहते हैं, कई दक्षिण भारतीय मंदिरों की परंपरा में माना जाता है कि लक्ष्मी ने धरती पर कमल में जन्म लिया और उनका पालन भृगु के पास हुआ। भृगु के पास भविष्यकथन की गुप्त विद्या थी। जो भविष्य को देख सकता है, वही उस तक जा भी सकता है, यहीं से भृगु और लक्ष्मी के मेल को समझा जा सकता है।

शुक्र ने दिया विष्णु को श्राप

शुक्र असुरों के गुरु थे, जो धरती तले, पाताल लोक में रहते थे। असुर वह सब चाहते थे जो देवों के पास था; मनोकामना पूर्ति करने वाली गौ, कामधेनु; मनोकामना पूर्ति वृक्ष, कल्पवृक्ष तथा इच्छा पूर्ति करने वाला रत्न, चिंतामणि। परंतु स्वर्ग में, आकाश के ऊपर रहने वाले देव अपनी कोई भी वस्तु बाँटना नहीं चाहते थे।

शुक्र ने कहा, "जब नारायण उठे और विष्णु का रूप धरा तो यह सारा संसार अस्तित्व में आया। जब विष्णु नारायण का रूप ले कर सोने चले जाएँगे तो संसार का अंत हो जाएगा, मैंने यही सुना है। पिछली बार जब वे जगे थे, तो विष्णु ने असुरों को पराजित करने में देवों की सहायता की थी; जब असुरों ने सुरक्षा के लिए मेरी माँ की ओट ली तो उन्होंने मेरी माँ का सिर भी धड़ से अलग कर दिया था। मैं उस अपराध के लिए विष्णु को श्राप देता हूँ : उनका जन्म इस धरती पर हो और उन्हें भी एक साधारण मनुष्य की तरह जन्म, कष्ट व मृत्यु

का सामना करना पड़े। वे भी अपनी ही माता का सिर काटें, अपनी ही पत्नी का त्याग करें और अपनी आँखों के आगे अपनी संतान को प्राण त्यागते हुए देखें।"

अब तो विष्णु को धरती पर आना ही था और उन्होंने परशुराम के रूप में इस श्राप को स्वीकार किया, जो अपनी माता रेणुका का सिर काटेंगे, राम के रूप में अपनी पत्नी सीता का परित्याग करेंगे और श्याम बन कर अपनी ही आँखों के आगे अपनी संतानों की मृत्यु के साक्षी होंगे।

- हिंदू पौराणिक गाथाओं में, आकाश में रहने वाले देव निरंतर धरती के नीचे रहने वाले असुरों से संघर्ष करते हैं। उन्हें देव और दानव कहना उचित नहीं है, सबसे पहले मुगल काल के फ़ारसी कलाकारों (उन्होंने असुरों को काले रंग का दिखाया) और फिर अंग्रेज़ प्राच्यविद् ने ऐसा किया। दरअसल वे दो प्रकार के देव थे जो ब्रह्मा से जन्मे। देवों को बृहस्पति का सहयोग मिला और उन्होंने अमृत पाया, जबकि असुरों को शुक्र का साथ मिला और उन्होंने संजीवनी विद्या प्राप्त की। इस तरह वे बराबर थे। हालाँकि असुर, देवों की सारी संपत्ति छीन लेना चाहते थे; उन्होंने छला गया महसूस किया और देवों ने दिखाया कि वे सब कुछ पाने के अधिकारी थे।
- स्वर्ग में लक्ष्मी को शची कहते हैं जो असुरराज पुलोमन और देवराज इंद्र की पत्नी इंद्राणी की पुत्री हैं। वे सौभाग्य की देवी हैं जिन्हें सभी चाहते हैं। परंतु जहाँ सभी उन्हें चाहते हैं, वे विष्णु को पाना चाहती हैं, जो स्वयं को उनके योग्य बनाते हैं और उनकी रक्षा करते हुए धर्म को स्थापित करते हैं।
- श्राप और वरदान के माध्यम से ही हिंदू पौराणिक कथाओं में कर्म के नियमों को परिभाषित किया गया है। इस प्रकार शुक्र के श्राप के साथ विष्णु के अवतारों का वर्णन आता है। ईश्वर भी कर्म से आबद्ध हैं। विष्णु का आना संयोगवश अथवा मनमानी नहीं है; इसका एक कारण है। यह उनके ही कर्मों का फल है।

धरती माता विष्णु से आग्रह करती हैं

और फिर एक गौ के विलाप से वैकुंठ गूँज उठा। वह भू देवी थी, धरती माता।

उसने विष्णु को अपने जन्म की कथा का स्मरण करवाया, "बहुत समय पहले की बात है, जब आप निद्रालीन थे तो आपके कान की मैल से मधु और कैटभ नामक दो दैत्य उत्पन्न हुए, जिन्होंने ब्रह्मा को सताते हुए, वेदों को चुराने का प्रयत्न किया। आपकी नाभि से उठे कमल से जन्मे ब्रह्मा, असहाय हो कर रुदन करने लगे। अंततः आपने उठ कर हयग्रीव का रूप धरा, अश्व के सिर वाला प्राणी, फिर आपने वेदों की रक्षा की, मधु और कैटभ दैत्यों का वध कर, उनकी अस्थि-मज्जा को आदिकालीन जल में डूबने दिया, जहाँ वे धरती के रूप में बदल गए। इस प्रकार मेरा जन्म हुआ। आप मधु के हंता, मधुसूदन हैं, जिन्होंने मुझे रचा। मैं मधु और कैटभ नामक दैत्यों की अस्थियों से जन्मी, मेदिनी हूँ।"

फिर भू देवी ने विष्णु से अपनी व्यथा कही। जब राजा वेण ने धरती का शोषण किया, तो ऋषियों ने उसका वध कर दिया और फिर उसकी ही मृत देह के मंथन से एक परिष्कृत राजा पृथु को जन्म दिया। भू देवी को भय था कि कहीं पृथु भी अपने पिता की तरह ही अत्याचारी नहीं हो जाए अतः वह गौ का रूप धर कर, उससे भागती फिर रही थी। पृथु ने अपने रथ से उसका पीछा करते हुए, बाण चलाने की धमकी दी। भू देवी को तभी सांत्वना मिली, जब पृथु ने वचन दिया कि वह धर्म की स्थापना करते हुए, धरती के सभी जीवों के साथ आदर से पेश आएगा। उसने घोषणा की कि उस दिन के बाद से सभी राजा धरती से उसी तरह व्यवहार करेंगे जिस प्रकार गोपाल, अपनी गौओं से व्यवहार करते हैं। गो-माता के गो-पाल!

"राजाओं ने अपने दिए हुए वचन का मान नहीं रखा। वे देने के स्थान पर लेने लगे; उन्होंने लिया परंतु किसी से नहीं बाँटा।" भू देवी ने विलाप करते हुए कहा, "हे प्रभु! धरती पर उतरें और धर्म की पुनः स्थापना करें। मैं यह कष्ट और सहन नहीं कर सकती। मनुष्य के भय की सीमा नहीं है। मनुष्य की क्षुधा की कभी पूर्ति नहीं होती। धन और सत्ता की चाह में, वे धरती के ही संसाधनों का शोषण कर रहे हैं। वे मेरे स्तनों को तब तक निचोड़ते हैं, जब तक उनसे दूध की बजाए रक्त नहीं निकलने लगता। उन पर अंकुश लगाने वाला कोई नहीं है। मेरी सहायता के लिए किसी को तो आगे आना ही होगा।"

विष्णु के लिए उचित समय आ गया था कि वे धरती के गोपाल के रूप में जन्म लें। वे अपने दाएँ स्कंध पर भृगु के पैर का निशान रखेंगे ताकि भृगु वाली घटना का स्मरण बना रहे।

- हरिवंश में, विष्णु मधु और कैटभ का संहार करते हैं। महाभारत के नरायणियम भाग में, विष्णु हयग्रीव का रूप लेते हैं ताकि ब्रह्मा से वेदों को चुराने वाले दो असुर भाइयों से वेदों की रक्षा हो सके।
- भागवत पुराण में पृथु की कथा कही गई है। जब ऋषि वेण की देह मथते हैं तो सबसे पहले निषाद प्रकट होता है जो वन में भोजन की खोज करके पेट भरता है। फिर पृथु आते हैं जो सभ्यता और संस्कार का प्रतिनिधित्व करते हैं, जैसा कि उनके हाथ में देवों के दिए धनुष से पता चलता है।

- पृथु विष्णु का अधूरा अवतार हैं। राम और कृष्ण विष्णु के पूर्ण अवतार हैं। इनमें से कृष्ण संपूर्ण अवतार हैं, राम को सदा अपनी दिव्यता का भान रहता है जबकि कृष्ण लीला व रास में मग्न रहते हैं और अपने स्त्रैण पक्ष को भी सरलता से स्वीकार करते हैं।
- अनेक वैष्णव परंपराओं में, गुरुओं को कृष्ण का अवतार माना गया है या फिर अवतार का अवतार कहा गया। यही वजह है कि गौड़ीय वैष्णव परंपरा में चैतन्य और राधा-कृष्ण के सम्मिलित रूप में कोई अंतर नहीं है (श्री-कृष्ण-चैतन्य राधा-कृष्णा नहि अन्ये।)
- इच्छा होने पर प्रभु के प्रकट होने का विचार विविध रूपों में, वैदिक साहित्य में मिलता है और बहुत प्राचीन है। पहले 'व्यूह' शब्द का प्रयोग होता था। परंतु जब 1500 वर्ष पूर्व पुराण रचे गए, तो 'अवतार' शब्द लोकप्रिय हो गया।
- अवतार और धर्म, दोनों ही सामाजिक अवधारणाएँ हैं, अवतार वह साधन है जिसके माध्यम से दिव्यता, संसार से संपर्क साधती है और धर्म मनुष्य की संभावना को बढ़ाता है ताकि वह आत्म-रक्षक की पाशविक वृत्ति से उठ सके। विष्णु की कथाओं में ये विचार, दिव्य तत्व के गृहस्थ पक्ष के साथ उभरे हैं जो अनासक्त होने को प्रश्रय देते हैं। हालाँकि, इन दिनों, लोग शिव और देवी के अवतारों का अधिक संदर्भ देने लगे हैं जिससे संसार पालक विष्णु, संसार त्यागी शिव तथा संसार का प्रतिरूप देवी के बीच का अंतर कम होता जा रहा है।
- विष्णु के दस अवतारों की सूची, जयदेव के *गीत गोविंद* में स्थान पाने के बाद लोकप्रिय हुई। पुराने भागवत पुराण में बाइस अवतारों की बात की गई है, जिनमें जैन नेता ऋषभ, मोहिनी, ऋषि कपिल और हंस भी शामिल हैं।
- हिंदुओं की अवतार की अवधारणा (अनंत, सीमित रूप ले कर आता है ताकि मनुष्य मानवता को जान सके) अमेरिकी महानायक अवधारणा (साधारण समस्याओं को हल करने के लिए असाधारण बनता है) से बहुत अलग है।

दूसरा खंड

नवजात

व्यास ने शुक से कहा,
"उन्होंने बुभुक्षित, भयभीत, प्रेम से वंचित और
उपेक्षित मनुष्यों के संसार में प्रवेश किया।
इन कथाओं से तुम्हारे भीतर जो घृणा का भाव उपजेगा,
वह तुम्हें आगे आने वाले आनंद के लिए प्रस्तुत करेगा।"

वात-पत्र-शायी नारायण

देवयानी और शर्मिष्ठा

यह सब ठीक उसी प्रकार आरंभ हुआ, जैसा कि होता आया है, दो लोगों के बीच का मिथ्याबोध एक झड़प में बदल गया। शुक्र असुरों के राजा वृषपर्व के गुरु थे। उनकी पुत्री, देवयानी तथा राजा की पुत्री शर्मिष्ठा, उस दिन तक परस्पर परम सखियाँ थीं, जब तक एक दुर्भाग्यपूर्ण दिन का उदय नहीं हुआ। उस दिन, वे एक साथ तैरने के लिए ताल पर गईं और जल्दी घर वापस जाने की हड़बड़ी में, देवयानी ने भूलवश शर्मिष्ठा का उपरिवस्त्र धारण कर लिया और उस पर चोरी का आरोप लगाया गया!

"तुम्हारे पिता मेरे पिता से भिक्षा में दान ग्रहण करते हैं और तुमने मेरे वस्त्र चुराने का दुःसाहस किया?" असुर राजकुमारी क्रोध से गरजी।

जब देवयानी ने अपने पिता को इस घटना के विषय में बताया तो शुक्र ने वृषपर्व से कहा कि यदि उन्होंने अपनी पुत्री को नहीं फटकारा तो वे उनके राज्य को त्याग देंगे। राजा ने अपनी असभ्य पुत्री से कहा कि जब तक उसे लोगों से आदरपूर्वक बात करना नहीं आता, तब तक उसे देवयानी की दासी बन कर रहना होगा।

इसी बीच, देवयानी का विवाह हस्तिनापुर के राजा ययाति से हुआ। शर्मिष्ठा भी दासी के रूप में, देवयानी के साथ उसके ससुराल गई। एक दिन, देवयानी को पता चला कि उसके पति ने चोरी से, उसकी दासी से विवाह कर लिया था और उनकी संतानें भी हो चुकी थीं। जब उसने अपने पिता से शिकायत की तो उन्होंने ययाति को श्राप देते हुए कहा, "तुमने अपनी इस अतृप्त वासना के कारण ही मेरी पुत्री का हृदय दुखाया। ईश्वर करे कि तुम वृद्ध हो जाओ और कोई वासना शेष नहीं रहे।" शुक्र को शीघ्र ही अहसास हो गया कि जल्दीबाज़ी में दिया गया यह श्राप उनकी पुत्री के जीवन से भी प्रसन्नता छीन लेगा। उन्होंने अपने श्राप में

सुधार करते हुए कहा, "अगर तुम्हारे पुत्रों में से कोई एक, तुम्हें अपनी युवावस्था दे दे तो तुम अपने बुढ़ापे से मुक्त हो सकते हो।"

- शर्मिष्ठा देवयानी पर वस्त्र चुराने का आरोप लगाती है और देवयानी शर्मिष्ठा पर अपने पति को चुराने का आरोप लगाती है। यहाँ दोनों के बीच स्तर का संघर्ष है : राजा, उसका परिवार, उसके सलाहकार, उसके साथी और दासी। यह कथा हमारा ध्यान इस ओर ले जाती है कि सेवाएँ देने वाले दास के रूप में अपमानित होते थे। कृष्ण अंत में स्वेच्छा से अर्जुन का सारथी बनने का निर्णय लेते हैं। क्या इस तरह सेवा देने वाले के रूप में उनका स्तर बढ़ता है या दास के रूप में घट जाता है?
- ययाति भारत के एक प्राचीन राजा हैं जो चंद्र वंश से जुड़े हैं। एक असुर राज और उनके पुरोहित की पुत्रियों से उनका विवाह दर्शाता है ऐसे समुदायों के बीच भी मेलजोल था जो वैदिक अनुष्ठानों का पालन करते थे और नहीं करते थे।
- महाकाव्यों में असुरों के लिए विभिन्न शब्दों का प्रयोग किया गया है; दानव (दनु की संतान), दैत्य (दिति की संतान), जो निरंतर आदित्य से लड़ते हैं (अदिति की संतान), वे भी दानव कहलाते हैं। अकसर असुरों को राक्षस मान लिया जाता है। देवों और असुरों के बीच का संघर्ष, विभिन्न समूहों के बीच का संघर्ष है जो शत्रु को दानव मान लेते हैं।
- हिंदू ग्रंथों में लिखा है कि संसार एक परिवार है, वसुधैव कुटुंबकम क्योंकि सभी एक ही पिता, ब्रह्मा की संतान हैं, वे ही सबके पितामह हैं। हालाँकि यह परिवार प्रसन्न नहीं है। इसमें संसाधनों व स्तर के लिए निरंतर संघर्ष बना रहता है, जो देवयानी और शर्मिष्ठा के बीच हुई कलह में देखा जा सकता है।

ययाति ने दिया यदु को श्राप

राजा ययाति ने अपने पुत्रों को श्राप के बारे में बताया और उनसे आग्रह किया कि कोई उनकी वृद्धावस्था को स्वीकार ले, ताकि वे पुनः अपना यौवन पा सकें।

उनकी वैध पटरानी देवयानी से उत्पन्न संतान, सबसे बड़े पुत्र यदु ने ऐसा करने से इंकार कर दिया। उसने तर्क दिया, "यौवन का संबंध पुत्र से तथा वृद्धावस्था का संबंध पिता से होता है। व्यक्ति को कालक्रम का आदर करना चाहिए।"

ययाति ने निराश हो कर, यदु को महल से निष्कासित कर दिया और उसे श्राप दिया कि वह या उसके वंशजों में से कोई भी यादव, कभी राजा नहीं बनेगा।

पिता के आग्रह को मानने के लिए उनका सबसे छोटा पुत्र पुरु तैयार हो गया, जिसे कनिष्ठ अवैध पत्नी शर्मिष्ठा ने जन्म दिया था। "पुत्र की प्रसन्नता से पिता की प्रसन्नता अधिक महत्त्वपूर्ण है।" उसने भावुक होकर कहा। "मैं पिता की वृद्धावस्था को झेलूँगा जबकि मेरे पिता मेरी युवावस्था का आनंद लेंगे।"

पुरु के प्रत्युत्तर से प्रसन्न हो कर, ययाति ने उसे कहा कि भले ही वह छोटा पुत्र है पर वही हस्तिनापुर का शासक होगा, इस तरह उसके वंशज, भरत राज करेंगे।

- यह कथा दर्शाती है कि कृष्ण एक यादव होने के कारण राजा नहीं हैं और वे रामायण के राम की तरह नहीं हैं। हम राम के पट्ट-अभिषेक और रामराज्य के बारे में सुनते हैं परंतु कभी कृष्ण के अभिषेक या राज्य के बारे में नहीं सुनते, वे एक यादव हैं, यदु के वंशज और इस तरह उन्हें मुकुट पहनने का अधिकार नहीं है। कृष्ण अपने लोगों व नगरी के अभिभावक तो हैं परंतु उन्हें सम्राट नहीं माना जाता।
- मनोविश्लेषक ओपीडियस कांप्लैक्स की बात करते हैं जिसमें एक युवक अपने पिता की हत्या कर, अपनी माँ से विवाह कर लेता है जिससे पता चलता है कि किस तरह नई पीढ़ी, पुरानी पीढ़ी को दबा देती है। इस तरह ययाति की कहानी में यह ग्रीक/पश्चिमी विचारधारा विपरीत हो गई है। ययाति के प्रसंग में एक बूढ़ा आदमी अपनी संतान की युवावस्था पर अपने जीवन का भोग करना चाहता है जिससे पता चलता है कि पुरानी पीढ़ी किस तरह नई पीढ़ी का शोषण करती है।
- देवताओं ने मनु को पहले राजा के रूप में प्रतिष्ठित किया ताकि मानवजाति जंगल के नियमों पर नहीं चलने लगे जहाँ सबल निर्बलों पर हावी होते हैं। इसे संस्कृत में मत्स्य न्याय कहा गया है। मनु से राजाओं के दो वंश सामने आए : सूर्य और चंद्र वंश। चंद्र वंश की तरह, सूर्य वंश सत्यनिष्ठ था और उसने इच्छाओं को अपने पर हावी नहीं होने दिया। राम, सूर्यवंशी राजा थे और उनकी कथा रामायण में कही गई है। आत्म-मुग्ध ययाति राजाओं के चंद्र वंश से थे। उनके वंशज भरत थे जिनकी कथा महाभारत में कही गई है।
- यदु और पुरु के अलावा, अनु, द्रुह्यु और तुर्वसु भी ययाति के पुत्र थे। ऋग्वेद में दशराजन युद्ध में इनके बारे में वर्णन मिलता है। नामों की समानता के अतिरिक्त, दस राजाओं के वैदिक युद्ध तथा महाभारत में वर्णित युद्ध के बीच कोई संबंध नहीं है। ऋग्वेद आज से 3500 वर्ष पूर्व पूर्ण हुआ जबकि महाभारत 2000 वर्ष पूर्व अस्तित्व में आई। इन दो कथाओं के बीच लगभग एक हज़ार वर्ष का अंतर है।
- 'भारत' नाम, पुरुओं के वंशज, भरत से आया है जिन्होंने उत्तर भारत पर राज्य किया। वे ही शाही संरक्षक के रूप में जाने जाते हैं जिन्होंने ऋग्वेद की रचना पूर्ण करवाई। ऋषभ के पुत्र भरत, चंद्र वंश से थे। कहा जाता है कि वे भारत के पहले चक्रवर्ती थे, जो अंततः एक ऋषि बने। उनका नाम हिंदू व जैन, दोनों ही ग्रंथों में मिलता है।

यादवों का उदय

जब पुरु राजा बना, यदु यमुना नदी के किनारे, दक्षिण पश्चिम में ब्रज के मैदानों की ओर चला गया। वह मथुरा नगरी में पहुँचा, जहाँ नागों का शासन था, उन पर कोई राजा राज नहीं करता था, वृद्धजन की परिषद ही शासन का भार सँभालती थी।

यदु के सौंदर्य, शक्ति और बुद्धिमता से प्रभावित हो कर, नागों ने उन्हें अपने यहाँ बसने दिया और अपनी पुत्रियों के विवाह भी उनसे किए। इस संयोग से दस पुत्र जन्मे जो दसरह कहलाए और उन्होंने वृष्णि, अंधक और भोजक जैसे अनेक कबीलों की स्थापना की। इन कबीलों का समूह अपनी पहचान, यदु के वंशजों के रूप में यादवों की तरह देता था।

हर यादव कबीले का मुखिया, मथुरा के बीच बने विशाल कक्ष में नियमित रूप से भेंट करता था। इस विशाल कक्ष को सुधर्म कहा जाता था। परिषद सभी कबीलों के कल्याण के लिए कार्यरत थी।

- मथुरा या मधुरा नगरी का अर्थ है, शहद से भी मीठी नगरी।
- पुराणों में, यादवों की परिषद को, यदु के दस पुत्रों 'दसरह' के नाम पर 'दसरही' कहा जाता था। जैन ग्रंथों में, कृष्ण के पिता वसुदेव, उन दस भाइयों में से एक हैं।
- आठवीं सदी के, जिनेश पुनट्ट रचित जैन हरिवंश के अनुसार, सौराष्ट्र में रहने वाले एक मुनि, हरि, कृष्ण के पूर्वज थे इसलिए उनके वंश का हरि-वंश भी कहते हैं। यदु हरि के पुत्र हैं और यदु के पुत्रों में अंधक-वृष्णि और भोजक-वृष्णि शामिल हैं। उनकी दो बहनें हैं - कुंती और माद्री, जिनका विवाह पांडु से हुआ है।
- अगर कृष्ण के वंश का पता करें तो हम देख सकते हैं कि उनमें नागों का (यदु की पत्नियाँ) और मानवों (यदु के पिता) का रक्त है।
- मौर्य साम्राज्य के उदय से पूर्व, गंगा के मैदानी इलाक़ों में सोलह गणराज्य थे, उनमें से एक आधुनिक मथुरा के निकट, सूरसेन था। महा कच्चन के समय में अवंतिपुत्त सूरसेन का राजा था, जो गौतम बुद्ध के प्रमुख शिष्यों में थे, जिन्होंने मथुरा प्रांत में बौद्ध धर्म का प्रचार किया।

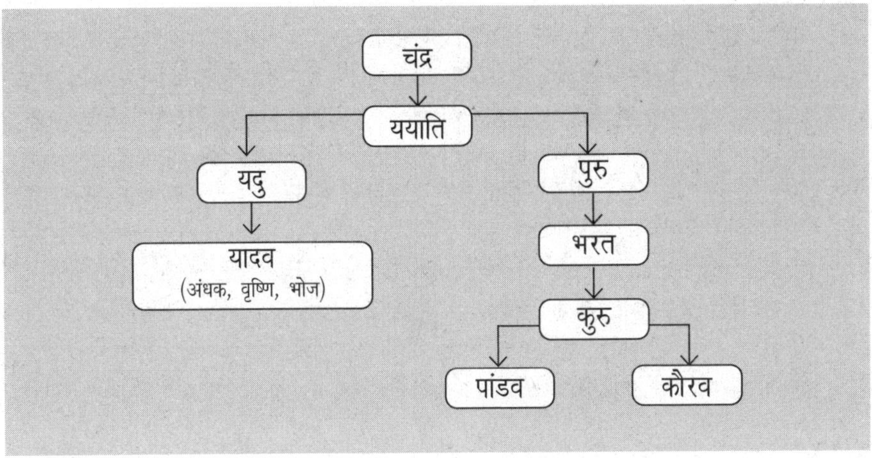

कंस का जन्म

वृष्णियों का सूरसेन, सुधर्म का वरिष्ठ सदस्य था। उसकी पुत्री का नाम पृथा तथा पुत्र का नाम वसुदेव था। पृथा को भोजक वंश के कुंतीभोज ने गोद ले लिया और उसे कुंती नाम दे कर, हस्तिनापुर के राजा पांडु से ब्याह दिया। इस तरह यादव, एक बार फिर से इस विवाह संबंध के कारण पुरुओं के वंशज, भरत से जुड़ गए।

अंधकों का उग्रसेन भी सुधर्म का वरिष्ठ सदस्य था। गोभिल नामक राक्षस ने उसकी पत्नी पद्मावती का अपहरण किया, उसका बलात्कार किया जिससे वह गर्भवती हो गई। पद्मावती को अपनी कोख में पल रही इस संतान से घृणा थी। हालाँकि उसने इसे गिराना चाहा पर बच्चा किसी तरह बच गया। जब पद्मावती ने इस पुत्र को जन्म दिया तो उसने अवांछित संतान को श्राप दिया, “तू एक सच्चे यादव के हाथों मारा जाए।” इस बालक का नाम कंस था।

कंस की माँ ने शीघ्र ही अपने प्राण ले लिए। कंस, यादवों से घृणा और भय के बीच बड़ा हुआ। वह चाहता था कि यादवों की परिषद का अंत कर, स्वयं उनका राजा बने और उनके स्वतंत्र अस्तित्व को कुचल दे ताकि उनमें से कोई भी उसे हानि नहीं पहुँचा सके।

पूतना नामक राक्षसी ने अपने पुत्र को जन्मते ही खो दिया। वही कंस की दाई बनी और उसे अपनी संतान की तरह पाला-पोसा।

- कंस की कथा पद्म पुराण और सनातन गोस्वामी के बृहत भक्तामृत में आती है जिसमें उसे बलात्कार से उपजी संतान कहा गया है। कुछ स्थानों पर कहा गया कि कि एक यक्ष ने उग्रसेन का रूप ले कर पद्मावती से शारीरिक संबंध बनाए। यह ग्रीक पुराकथाओं के उस प्रसंग से मिलता-जुलता है, जिसमें ज्युइस एंफीट्रयोन का रूप लेकर एलक्मेने को लुभाता है जिससे हिराक्लस का जन्म होता है। कृष्ण की कथाओं में कई जगह इंडो-ग्रीक प्रभाव देखने में आता है।
- कंस की माता का बलात्कार करने वाले राक्षस को कहीं गंधर्व तो कहीं यक्ष कहा गया है या फिर उसे द्रमिल या गोभिल नामक असुर भी कहा गया है। द्रमिल से कई बार भारत के दक्षिणी भाग का संदर्भ मिलता है। गोभिल भी एक ऋषि का नाम है जो सामवेद और विविध अनुष्ठानिक लघु ग्रंथों से संबंध रखते हैं। कंस के जैविक पिता का विस्तृत वर्णन अस्पष्ट ही है।
- हमें हरिवंश से पता चलता है कि असुर कालनेमि को अपने अगले जन्म में कंस के रूप में जन्म लेने का श्राप मिला था और कालनेमि की संतानों को श्राप मिला था कि वे उसके भतीजों, देवकी के पुत्रों के रूप में जन्म लेंगी।
- तकनीकी रूप से कंस यादवों का रक्त नहीं है। वह एक बाहरी व्यक्ति है। उग्रसेन के प्रेम के बावजूद, वह सदा अस्वीकृत अनुभव करता है। उसे यादवों से भय है, जिनमें से कोई एक उसे मारने के लिए जन्मेगा। इस तरह इस चित्र में कंस के गहन मनोवैज्ञानिक दबाव को प्रस्तुत किया गया है :

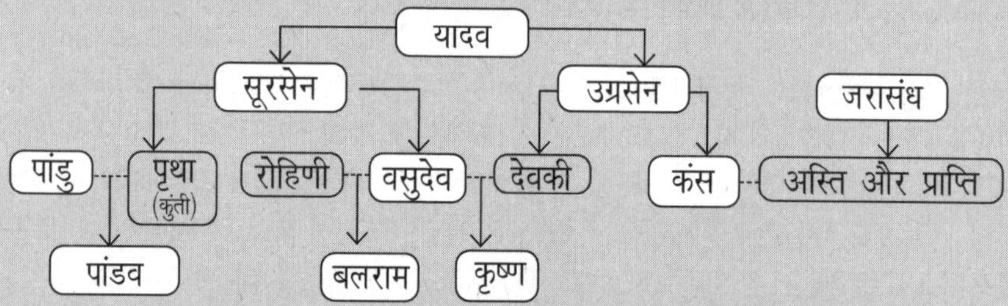

जरासंध की माँ और बहनें

मगध के राजा बृहदरथ ने, काशी के राजा की जुड़वाँ पुत्रियों से विवाह किया था। वह दोनों को समान भाव से प्रेम करता था इसलिए जब उसे एक ऐसा जादुई फल मिला जिससे किसी स्त्री को यशस्वी पुत्ररत्न की प्रप्ति हो सकती थी, तो उसने वह फल आधा-आधा काट कर दोनों रानियों को खिला दिया। नतीजन, दोनों रानियों ने अधूरे निष्प्राण भ्रूण को जन्म दिया जिन्हें वन में फिंकवा दिया गया। मांस की गंध पा कर जरा नामक राक्षसी उसे खाने के लिए आई पर उसने कौतूहल और ममतावश भ्रूण के दोनों हिस्से आपस में जोड़े तो वे एक जीवित बालक में बदल गए। दो रानियाँ एक जीवित संतान को आपस में नहीं बाँट सकती थीं। इस बालक का नाम जरासंध रखा गया, ऐसा बालक जिसे जरा ने प्राण दिए।

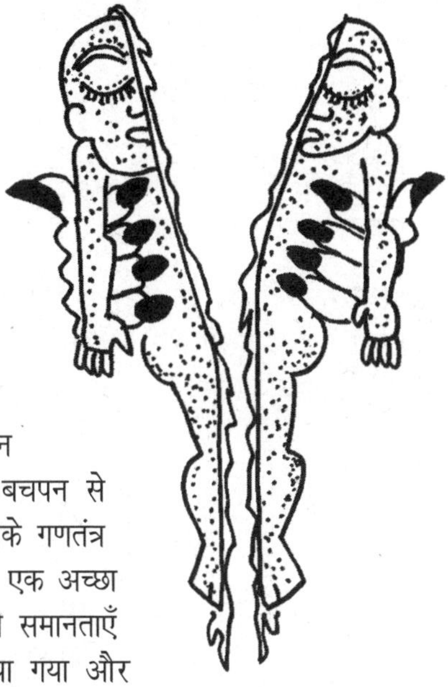

जब जरासंध राजा बना, तो वह संपूर्ण दुनिया का सम्राट बनना चाहता था, एक ऐसा चक्रवर्ती, जिसके चरणों में अन्य राजा प्रणाम करें। उसकी सेनाएँ सभी दिशाओं में निकल पड़ीं। उन्होंने सभी सम्राटों को विवश कर दिया कि वे जरासंध की अधीनता स्वीकारें। जो लोग उसके आगे नहीं झुके, उन्हें मार दिया गया और उनके राज्य जला कर राख कर दिए गए।

जरासंध अपने राज्य के वर्चस्व को यादवों के कबीलों से होते हुए, कुरु और पांचाल के संपन्न राज्यों तक ले जाना चाहता था। उसे लगा कि बचपन से यादवों के लिए मन में घृणा रखने वाला और उनके गणतंत्र को राजतंत्र में बदलने की इच्छा रखने वाला कंस एक अच्छा साथी हो सकता था। कंस और उसमें बहुत सारी समानताएँ थीं : दोनों को ही जन्म के समय अस्वीकृत किया गया और राक्षसियों ने उनका पालन-पोषण किया। जरासंध ने अपनी दो पुत्रियों अस्ति और प्राप्ति का विवाह कंस से कर दिया।

कंस और जरासंध की मैत्री के कारण मथुरा में राजनीतिक अस्थिरता आ गई। इसने सुधर्म को विभाजित कर दिया। परिषद के कुछ लोगों का मानना था कि इस विवाह के कारण ब्रज जरासंध की सेनाओं से बचा रहेगा और दूसरों का मानना था कि इससे यादवों के गणतंत्र का अंत हो जाएगा।

- जरासंध की देह के दो हिस्सों वाले जन्म के प्रसंग को तार्किक ठहराने के लिए माना जा सकता है कि शायद वह बहुमुखी व्यक्तित्वों वाला या स्प्लिट पर्सनेलिटी का स्वामी रहा हो।
- जरा एक राक्षसी है जो वन में रहती है, उसे कई कथाओं में जंगली और ख़तरनाक बताने के साथ-साथ माया की जानकार भी कहा गया है।
- गंगा के निचले मैदानी इलाक़ों में बसा, मगध, उस साम्राज्य का केंद्र था जिसने उन पुराने भारतीय जनपद या गणराज्यों को नष्ट किया जो गंगा के ऊपरी मैदानी इलाक़ों में पनपे हुए थे। यहीं मौर्य साम्राज्य फला-फूला। मौर्यों से पूर्व, मगध पर नंदों का शासन था। मौर्यों के बाद, शुंगों ने मगध पर राज किया।

वसुदेव और देवकी का विवाह

सूरसेन को भय था कि कंस के विवाह ने उसे बहुत शक्तिशाली और महत्त्वाकांक्षी बना दिया था और सुधर्म में उसका बढ़ता प्रभाव, यादवों की जीवनशैली के लिए संकट बन गया था। यादवों को एक करने के लिए, सूरसेन ने अपने पुत्र वसुदेव से कहा कि वह प्रत्येक यादव कुल की एक-एक कन्या से विवाह करे।

वसुदेव ने रोहिणी और देवकी से भी विवाह किया। रोहिणी का भाई नंद, ग्वालों का मुखिया था, जो यमुना नदी के दूसरी ओर गोकुल में रहता था। देवकी कंस की बहन थी। कंस को यह जान कर अपने ताक़तवर होने का अहसास होता था कि वह यादवों को भयभीत कर सकता था।

- विष्णु पुराण में शौरसेनी एक ऐसा कबीला है जो राम के छोटे भाई शत्रुघ्न से जुड़ा है। शौरसेनी का संबंध, गंगा के मैदानी इलाक़ों के चरवाहा अहीर वंश के संस्थापक सुरभीर से संबंध रखते हैं।
- जैन पुराकथाओं में, वसुदेव चौबीस कामदेवों में से हैं, ऐसे पुरुष जिन्हें देख कर स्त्रियाँ मोहित हुए बिना नहीं रहतीं। वे सारी दुनिया के रोमांच के दौरान कई विवाह करते हैं, उनके ये प्रसंग लोक गाथाओं में कहे जाते हैं जिन्हें *वसुदेवहिंडी* कहा जाता है, ये मध्ययुगीन भारत के लोककथासंग्रह *बृहदकथासागर* से मिलते हैं। वे रोहिणी को अपनी पत्नी के रूप में लेकर वापस आते हैं जिसके बाद कंस देवकी का हाथ उनके हाथ में देता है।
- कथा के कुछ प्रसंगों में, वसुदेव देवक की सातों पुत्रियों से विवाह करते हैं और उनमें से सबसे छोटी देवकी है। इस तरह देवकी कंस की सगी नहीं नातेदार बहन थी।

कंस की मौत की भविष्यवाणी

अगर यादवों में से, कंस को किसी से प्रेम था तो वह उसकी बहन देवकी और उसका पति वसुदेव था। उनके विवाह के समय, कंस स्वयं नवविवाहित जोड़े का सारथी बना था। सभी उसके भ्रातृ प्रेम को देख गद्‌गद् हो उठे।

हालाँकि, जब उनका रथ मथुरा की गलियों से हो कर निकला, तो आकाश में एक रहस्यमयी आवाज़ गूँज उठी। 'कंस मूर्ख है, उसी बहन के विवाह का समारोह मना रहा है जिसकी आठवीं संतान के हाथों उसकी मौत होगी।'

जल्दी ही यह आवाज़ कंस के हृदय में भय बन कर बैठ गई। उसे अपनी माँ का श्राप याद आ गया। उसने देवकी को बालों से पकड़ते हुए, अपनी तलवार उठा ली, वह उसे मार कर स्वयं को बचाना चाहता था। उसने कहा, "ना माँ होगी, ना आठवीं संतान!"

वसुदेव कंस के आगे विनती करने लगा। उसने राजा की महत्त्वाकांक्षा और करुणा की दुहाई देते हुए कहा, "एक स्त्री का वध करने वाला व्यक्ति राजा नहीं हो सकता। विष्णु को भी शुक्र ने एक स्त्री की हत्या करने के लिए श्राप दिया था। इसके प्राण मत लो। मैं वचन देता हूँ, इसकी आठवीं संतान तुम्हें ला कर सौंप दूँगा। तुम जो जी में आए, कर लेना।"

कंस ने तलवार झुका ली क्योंकि वह जानता था कि वसुदेव अपना वचन नहीं तोड़ेगा।

- यह कथा ग्रीक पौराणिक गाथाओं के ढर्रे पर चलती है जैसे ज्युइस, जेसन, परस्यूस व ओडिपस, जहाँ भविष्यवक्ता एक बच्चे के हाथों राजा की मौत की भविष्यवाणी करते हैं जो प्रायः उनका ही पुत्र या पौत्र होता है। राजा बच्चे को जन्म के साथ ही मारना चाहता है परंतु हालात ऐसे बनते हैं कि बच्चा जीवित रहता है ताकि भविष्यवाणी पूरी हो सके।
- कृष्ण की अनेक कथाओं में ग्रीक प्रभाव दिखता है। दरअसल, भागवत संप्रदाय के उदय का प्रारंभिक संदर्भ, इंडो-ग्रीक राजाओं या यवनों के सिक्कों या शिलालेखों में मिलता है, जो आज से दो हज़ार वर्ष पूर्व, महाद्वीप के उत्तरी प्रांत में पाए जाते थे।
- जैन महाभारत में, वसुदेव और कंस आपस में मित्र हैं। और वे जरासंध की मदद करते हैं ताकि मगध के राजा सिंहरथ को गद्दी से हटाया जा सके। आभारस्वरूप, जरासंध अपनी पुत्री जीवद्यास का विवाह कंस से कर देता है। फिर वसुदेव कंस की मदद करता है ताकि उग्रसेन को हटा कर कंस राजा बन सके, कंस अपनी बहन देवकी का विवाह उससे कर देता है। कंस की पत्नी साधु अतिमुक्त का अपमान करती है तो वह उसे श्राप देता है कि उसके पिता जरासंध और पति कंस की मौत, देवकी के सातवें (आठवें नहीं) बच्चे के हाथों होगी।

देवकी के पहले पुत्र की मृत्यु

नौ माह बाद, देवकी ने पहले पुत्र को जन्म दिया। पहले तो कंस बहुत प्रसन्न हुआ, पर जल्दी ही उसे भय ने जकड़ लिया। वह सूरसेन के पुत्र वसुदेव पर कैसे विश्वास कर सकता था, जिसने उसकी बहन से राजनीतिक कारणों से विवाह किया था? उसे यह कैसे पता लग सकता था कि उसके सामने रखा बालक, देवकी की आठवीं संतान तो दूर, उसकी संतान है भी या नहीं?

कंस धड़धड़ाते हुए देवकी के कक्ष में गया और नवजात को टाँगों से पकड़ कर, उसका सिर पथरीली दीवार पर दे मारा।

वसुदेव की अन्य पत्नियाँ अपने प्राणों के भय से मथुरा छोड़ कर, अपने पिता या भाइयों के घर चली गईं। रोहिणी को उसके भाई के पास गोकुल भेज दिया गया।

- भागवत कथाओं में, अक्सर महर्षि नारद स्वर्ग और धरती के बीच चक्कर लगाते हैं, उन्होंने ही कंस को उकसाया कि वह देवकी के नवजात की हत्या कर दे।
- भक्ति परंपरा में, कंस के भयंकर कृत्यों को, विपरीत-भक्ति माना गया है, ताकि भगवान को स्वयं धरती पर आ कर, उसे धरती के बंधनों से मुक्त करना पड़े।

सुधर्म का पतन

कंस के कारनामों से क्षुब्ध यादव परिषद ने उसे मथुरा से निष्कासित करने का निर्णय लिया।

इससे पहले कि परिषद कोई क़दम उठाती, कंस ने राजनीतिक गृहयुद्ध आरंभ करवा दिया। उसके सैनिकों ने परिषद के सारे सदस्यों को बंदी बना लिया और सुधर्म से मथुरा का नियंत्रण ले लिया गया। किसी भी शत्रु को नहीं छोड़ा गया। कंस के पिता, उग्रसेन तक बंदी बना लिए गए। कंस ने स्वयं को मथुरा का राजा घोषित कर दिया, यह सुन कर जरासंध की प्रसन्नता की सीमा नहीं रही व यादव आतंकित हो उठे।

सूरसेन यादवों की परिषद का पतन नहीं देख सके और उनकी हृदयाघात से मृत्यु हो गई।

- कंस ने मथुरा के प्रजातांत्रिक शासन को हटा कर तानाशाही साम्राज्य की स्थापना की और एक तानाशाह बना। यह प्रसंग, गंगा के मैदानी इलाक़ों में एक ऐतिहासिक सत्ता - बदल को दर्शाता है। कई इतिहासकारों का मानना है कि प्राचीन भारत, अपने जनपदों में गणराज्य व प्रजातंत्र के बारे में जानता था और फिर जरासंध जैसे महत्त्वाकांक्षी राजा ने इन्हें नष्ट करके तानाशाही को प्रश्रय दिया।
- कई इतिहासकारों का मानना है कि कंस का नाम उसे कुषाण राजा, कनिष्क से जोड़ता है जिसने दो हज़ार वर्ष पूर्व, अधिकतर उत्तरी भारत पर राज किया।
- कृष्ण की कहानी शिशु-हत्यारे कंस से आरंभ हो कर शिशु-हत्यारे अश्वत्थामा पर अंत होती है।

छ: बच्चों की मृत्यु

देवकी के लिए अपने नवजात की अपने ही सामने हत्या होते देखना किसी सदमे से कम नहीं था। उसने अपने पति से कहा, "हमें और संतान पैदा नहीं करनी चाहिए।"

वसुदेव सहमत नहीं हुए। वे बोले, "अगर हमारी आठवीं संतान इस संसार को कंस के लोभ और महत्त्वाकांक्षा से मुक्त करेगी तो यह सुनिश्चित करना हमारा कर्तव्य है कि उसका जन्म अवश्य हो।"

कंस पति-पत्नी को अलग रखने का विचार बना रहा था ताकि देवकी गर्भ ही नहीं धारण कर सके। परंतु पूतना ने कहा, "जब भी कोई स्त्री महावारी से गुज़रती है तो एक पूर्वज पुनः जन्म पाने का अवसर खो देता है। तुम पुनर्जन्म की प्रक्रिया को रोक कर, पितरों का रोष मोल मत लो। वे तुम्हें उसी तरह श्राप देंगे, जैसे तुम्हें तुम्हारी माँ ने दिया था। ऐसा मत होने देना। क्या पहले ही कम श्राप मिले हुए हैं? वसुदेव को देवकी के साथ रहने दो। अगर वे सब जान कर भी संतान पैदा करते हैं तो यह उन पर भार होगा, तुम पर नहीं।"

इस तरह देवकी और वसुदेव संतान पैदा करते रहे और कंस उनकी संतानों का वध करता रहा। ऐसा छह बार हुआ।

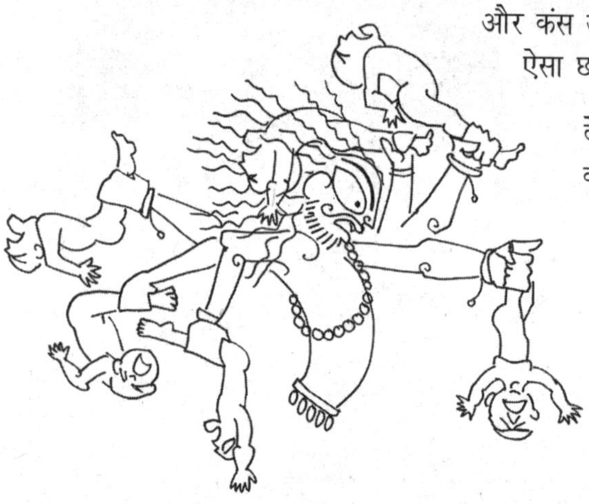

देवकी सोच रही थीं, "हम इतना कष्ट क्यों भोग रहे हैं?"

वसुदेव ने उत्तर दिया, "इस संसार में कुछ भी अकारण नहीं होता। हमारा कष्ट, हमारे बच्चों का कष्ट, हमारे पिछले जन्म के कर्मों का फल होगा। इस संसार को चलाने वाला कर्म का नियम कहता है कि प्रत्येक व्यक्ति अपने कर्मों के फल का अनुभव पाता है, फिर चाहे वह इसी जन्म में हो या फिर अगले जन्म में।"

- छठी सदी में रचित, देवी भागवतम् के अनुसार, वसुदेव अपनी छः संतानों की मृत्यु के साक्षी बनते हैं क्योंकि वे पिछले जन्म मे काश्यप थे और उन्होंने वरुण की गौ का बछड़ा चुराया था और गौ को अपनी संतान खोने का दुख सहना पड़ा। देवकी भी इसी तरह कष्ट सहती हैं क्योंकि पिछले जन्म में, अदिति के रूप में, उन्होंने अपने पुत्र इंद्र को प्रोत्साहित किया था कि वह उनकी बैरी, दिति के गर्भ में पल रहे भ्रूण के छह हिस्से कर दे।
- हरिवंश से हमें पता चलता है कि मारीचि की छः संतानों ने, ब्रह्मा को अपनी पुत्री के पीछे वासनामयी दृष्टि के साथ भागते देखा तो वे खिलखिलाने लगीं। ब्रह्मा ने उन्हें असुर की संतान बनने का श्राप दिया। वे कालनेमि के पुत्रों के रूप में जन्मे। कालनेमि के पिता हिरण्यकश्यपु ने उन्हें ब्रह्मा की पूजा करते देख लिया। उसने उन्हें श्राप दिया कि वे अगले जन्म में अपने ही पिता के हाथों मरेंगे। और इस तरह देवकी की संतान, जो कालनेमि की संतान का पुनर्जन्म थे, वे कंस के हाथों मारे गए, जो कालनेमि का पुनर्जन्म था।
- जैन हरिवंश में, देवकी कृष्ण को जन्म देने से पूर्व छः बच्चों को जन्म देती है। उन बच्चों को देव ले जाते हैं और उनकी जगह नवजात दे दिए जाते हैं।

बलराम का जन्म

जब देवकी ने सातवीं संतान को गर्भ में धारण किया, तो विष्णु ने देवी योगमाया से कहा कि वह अजन्मे बच्चे को वसुदेव की दूसरी पत्नी रोहिणी के गर्भ में भेज दे।

इस तरह देवकी का भ्रूण, रोहिणी के गर्भ में पला-बढ़ा, उसे बलराम नाम दिया गया। वह पूर्ण चंद्रमा के समान गौर वर्ण था। उसके बाल लंबे और सीधे थे। वह शेष नाग का अवतार, यादव राम था।

बलराम बड़ी-बड़ी आँखों और घनी भवों वाले लंबे और बलशाली युवक बने। वे एक योद्धा थे, जिन्हें बाग, बगीचों, खेतों और कृषि कर्म से बहुत लगाव था - वे नगर के स्थान पर ग्रामीण जीवन को अधिक पसंद करते थे।

कंस से कहा गया कि देवकी की सातवीं संतान का गर्भपात हो गया इसलिए वह व्यग्रता से आठवीं संतान की प्रतीक्षा में था - वह संतान जो उसकी हत्या करने वाली थी।

- बलराम का जन्म, एक कोख से निकाल कर (कर्षण) और दूसरे में डाल कर (सम) हुआ, इसलिए वे संकर्षण कहलाते हैं। संकर्षण का यह अर्थ भी निकलता है, 'जो एक साथ लाता है', यह एक विडंबना है, बलराम एक अनासक्त वैरागी हैं और कृष्ण की तरह मित्रवत् स्वभाव नहीं रखते।
- जैन पौराणिक गाथाओं में, प्रत्येक युग में, विभिन्न कालों में, संसार नौ हिंसक नायकों का साक्षी रहा जिन्हें वसुदेव के नाम से जाना गया, जिनके एक शांतिवादी भाई बलदेव और एक बैरी प्रति-वासुदेव थे। जरासंध कृष्ण और बलराम का प्रति-वासुदेव है जिस प्रकार रावण लक्ष्मण और राम के लिए प्रति-वासुदेव था।
- जैन पौराणिक गाथाओं में, महान जिन, ब्राह्मण महिला के गर्भ में पनपते हैं और एक हिरण के मुख वाले इष्ट भ्रूण को क्षत्रिय महिला के गर्भ में डाल देते हैं। मिसाल के लिए, तीर्थंकर महावीर देवानंदा के गर्भ में अवतरित होते हैं परंतु वे त्रिशला के गर्भ से जन्म लेते हैं। यह कहानी जैन समुदाय में ब्राह्मणों और क्षत्रियों के संघर्ष के बारे में बताती है, जो क्षत्रियों को प्रश्रय देते थे।
- संसार की अनेक पौराणिक गाथाओं में, एक बड़े भाई के जन्म के बाद, महान व्यक्ति का जन्म होता है। जैसे ईसा मसीह से पूर्व जॉन द बैपस्टि जन्म लेते है। बलराम कृष्ण से पहले आते हैं - वे शेष हैं जो विष्णु के आगमन की सूचना देते हैं।

कृष्ण का जन्म

गहरी अंधेरी और तूफ़ानी रात में, तेज़ चलने वाली हवाओं ने नगरदीप बुझा दिए। चंद्रमा के धुंधले प्रकाश में आकाश में, ग्रामीण अंचल में हो रही वर्षा के बीच, वसुदेव की आठवीं संतान चुपके से देवकी के गर्भ से बाहर फिसल आई।

वह एक लड़का था। वह उसी रात जैसा गहरा साँवला था, जिसमें वह जन्मा था। आकाश में घिरे काले मेघों जैसा साँवला था।

देवकी को कोई प्रसव पीड़ा नहीं हुई। शिशु रोने के स्थान पर मुँह से तरह-तरह की आवाज़ें निकाल रहा था। बिजली की चमक के बीच वसुदेव को उसके शरीर पर चार पवित्र चिह्न - शंख, चक्र, गदा व पद्म दिखाई दिए। उन्हें विश्वास हो गया कि वह कोई साधारण बालक नहीं था। वे विष्णु थे, इस धरती पर अनंत का प्रतिरूप।

देवी योगमाया के परामर्श से, वसुदेव ने शिशु को सरकंडों से बनी टोकरी में लिटाया और उसे कंस की पहुँच से दूर, मथुरा से बाहर ले जाने को प्रस्तुत हो गए। योगमाया की माया के प्रभाव से नगर में सभी सो गए और महल के द्वार भी खुल गए ताकि पिता-पुत्र बिना किसी को कुछ पता चले, आराम से जा सकें।

देवकी ने अश्रुपूरित स्वर में अपने पुत्र को विदा दी, "मुझे इसे स्तनपान कराने का भी अवसर नहीं मिला।" वसुदेव उस काली अंधियारी रात में शिशु को ले कर निकल गए।

योगमाया ने देवकी से कहा, "चिंता मत करो देवकी, जल्दी ही तुम्हारे घर एक पुत्री का जन्म होगा। तुम उसका नाम सुभद्रा रखना। वह तुम्हें मातृत्व सुख प्रदान करेगी।"

- कृष्ण का जन्मदिन, उन कुछ हिंदू उत्सवों में से है, जो कृष्ण पक्ष में मनाया जाता है, यह चातुर्मास के चार महीनों के दौरान होता है जब देव सोते हैं और असुर जागते हैं।
- कहते हैं कि जब कृष्ण चले गए तो देवकी ने अपने शिशु जैसी दिखने वाली चारभुजाधारी मूर्ति बनाई। कई मंदिरों का दावा है कि उनके पास वही मूर्ति है जिसे देवकी अपने पुत्र की तरह पोसती थीं, जिन दिनों कृष्ण ग्वालों के बीच पल रहे थे।

- पुरी मंदिर में, प्रति वर्ष कृष्ण के जन्मदिवस पर, देव जगन्नाथ, देवकी का रूप लेते हैं और प्रसव पीड़ा सहन करते हैं, तब उन्हें पीड़ा से राहत पाने के लिए दवा दी जाती है।

यमुना के पार

वसुदेव ने सोचा कि वे अपने पुत्र को, अपनी दूसरी पत्नी रोहिणी के पास छोड़ देंगे, जो उन दिनों अपने भाई के पास गोकुल में रह रही थीं, ग्वालों का वह ग्राम, यमुना के पार था। शिशु उस स्थान पर सुरक्षित रहता।

उन्हें उस जगह जाने के लिए नदी पार करनी थी। परंतु नदी उफान पर थी और कोई नाव दिखाई नहीं दे रही थी। वसुदेव के पास उफनती नदी को पैदल पार करने के अतिरिक्त कोई उपाय नहीं था। ज्यों ही उन्होंने पानी में पैर रखा, नदी का पानी चढ़ने लगा मानो पिता और पुत्र को डुबोने की ठान ली हो। वसुदेव ने टोकरी को अपने सिर पर रख लिया ताकि शिशु को बचाया जा सके।

परंतु उन्हें यह नहीं पता था कि यमुना देवी प्रभु के चरण छूना चाह रही थीं, तभी जल का स्तर ख़तरनाक रूप से ऊपर तक आ रहा था। शिशु ने यथासंभव प्रयास से, अपना एक पैर टोकरी से बाहर निकाल दिया। शिशु के पैर की अँगुली का स्पर्श पाते ही नदी का पानी वापस लौट गया और वसुदेव के लिए नदी पार करना सरल हो गया।

सर्पों के राजा, वासुकि अपने लोक आए और पिता और पुत्र के सिर पर अपने फन से छाँह कर दी ताकि उन्हें वर्षा से बचाया जा सके।

- बीसवीं सदी में, कर्नाटक के होयसल द्वारा निर्मित अमृतेश्वर मंदिर में वसुदेव को एक गधे के आगे झुकते दिखाया गया है। वे उससे विनती कर रहे हैं कि वह कृष्ण के जन्म के समय नहीं रेंके। जब भी देवकी संतान को जन्म देती तो वह अवश्य रेंकता था और यह सुन कर कंस देवकी के कक्ष में आ कर नवजात को मार देता।
- वसुदेव नदी पार करने के लिए संकरे मार्ग पर थे, जिसे संस्कृत में तीर्थ कहते हैं। एक तीर्थ को हमेशा पवित्र स्थान माना जाता है जो मुनियों को नदी पार उतरने में सहायक होता है। वे आम लोगों की तरह नाव में सवार होने के बजाए पैदल ही नदी पार कर लेते हैं।
- एक नायक या देवता का सर्प के फन तले होने का प्रसंग, हिंदू, बौद्ध व जैन ग्रंथों में बार-बार आता है।
- प्राचीन पुराकथाएँ नायक देवताओं के प्रसंगों से भरी हैं जैसे मैसेपोटामिया के सारगोन और इजरायल के मोजेस, उन्हें संभावित हत्यारों से बचाने के लिए नदी के पार ले जाया गया था।
- वसुदेव को अनकदुंदुभि नाम दिया गया क्योंकि देवों ने उनके जन्म के समय नगाड़े बजाए थे कि वे कृष्ण के पिता होंगे। उन्हें भूकश्यप या धरती के कश्यप भी कहते हैं।

नंद की पुत्री

इस दौरान, गोकुल में, नंद की पत्नी यशोदा प्रसव पीड़ा में थीं।

कई वर्षों से, उनके ग्राम की औरतों ने उनसे मेल-मिलाप छोड़ दिया था क्योंकि वे बाँझ थीं। जब उन्हें यह पता चला कि बाल पकने की उम्र में, वे माँ बनने वाली हैं, तो वे अपने भाग्य पर विश्वास नहीं कर सकीं।

जब वसुदेव यमुना पार कर रहे थे, तो यशोदा गौशाला में, पुआल पर लेटीं प्रसव पीड़ा सह रही थीं और उनके आसपास गौओं का झुंड था। जब तक शिशु का जन्म हुआ, वे इतनी क्लांत हो उठीं कि उसी समय सो गईं।

ज्यों ही वसुदेव गोकुल आए तो योगमाया ने उन्हें गौशाला में जाने को कहा, जहाँ यशोदा एक कन्या को बाँहों में लिए सो रही थीं। देवी के निर्देशानुसार, वसुदेव ने दोनों नवजातों को बदल दिया। अपने पुत्र को यशोदा के पास लिटा कर, वे नंद की पुत्री के साथ मथुरा लौट आए।

केवल नंद ही इस रहस्य को जानते थे। परंतु उन्होंने संसार के कल्याण हेतु प्रसन्नता से अपनी पुत्री का बलिदान किया। उन्होंने वसुदेव से कहा, "मैं अपने प्राण दे कर भी तुम्हारे पुत्र की रक्षा करूँगा। यही कंस के अत्याचारों से हमें मुक्ति प्रदान करेगा।"

- बौद्धगाथा जातक में, राजा महाकंस के दो पुत्र हैं - कंस और उपकंस और एक पुत्री है, देवभग्गा। भविष्यवाणी हुई थी कि देवभग्गा का पुत्र उनके नगर और वंश का नाश करेगा। वे पिता की प्यारी पुत्री को मार कर, सार्वजनिक रोष का सामना नहीं करना चाहते थे इसलिए उन्होंने अपनी बहन को एक मीनार में बंद कर दिया। महासागर का पुत्र और सागर का भाई, उपकंस का मित्र उपसागर देवभग्गा से प्यार करने लगा और उसे चोरी छिपे मिलने आता रहा। जल्दी ही देवभग्गा ने एक पुत्र को जन्म दिया जिसे उसकी दासी नंदगोपा और उसके पति अंधकवेणु की संतान से बदल दिया गया। ठीक इसी तरह, देवभग्गा के अन्य नौ पुत्र भी नंदगोपा की पुत्रियों से बदले गए। चूँकि भविष्यवाणी पुत्रों के लिए थी इसलिए पुत्रियों को छोड़ दिया गया। इस दौरान, अंधकवेणु ने उन उपसागर और देवभग्गा के दसों पुत्रों का पालन किया और वे बलवान मल्ल योद्धा बने। उनके नाम थे - वासुदेव, बलदेव, चंडीदेव, सूर्य देव, अग्गिदेव, वरुणदेव, अज्जुण, पज्जुण, गाथा पंडित और अंकुर। इस प्रकार बौद्धग्रंथों में भी कृष्ण की जन्म कथा का परिचय मिलता है।
- जैन कल्पसूत्र में, कृष्ण के जन्म से पहले आए सात सपनों से पता चलता है कि वे वासुदेव हैं और बलराम के जन्म से पहले आए चार सपनों से पता चलता है कि वे बलदेव हैं, जो क्रमशः उनकी माताओं ने देखे। चक्रवर्ती के जन्म का पता चौदह स्वप्नों से तथा तीर्थंकर के जन्म का पता सोलह स्वप्नों से चलता है। हर सपना किसी शुभ वस्तु को दर्शाता है, जैसे एक पात्र, रत्नों का ढेर, कमल के पुष्प, एक सिंहासन, पताका, हाथी, सौभाग्य की देवी, ताल, सूर्य व चंद्रमा आदि।

योगमाया की भविष्यवाणी

अगले दिन, कंस को समाचार मिला कि देवकी ने अपनी आठवीं संतान - एक कन्या को जन्म दिया है। कंस आश्चर्यचकित हुआ परंतु फिर भी वह अपना कुकृत्य दोहराने के लिए देवकी के कक्ष में आ पहुँचा।

ज्यों ही उसने नवजात को उठाया और उसे दीवार पर पटक कर मारने ही वाला था, वह उसके हाथ से छूट कर आकाश में चली गई, फिर वह कन्या एक दिव्य अष्टभुजाधारी देवी

गई, जिनके प्रत्येक हाथ में आयुध जगमगा रहे थे। वे तो अपने भव्य स्वरूप में स्वयं योगमाया ही थीं। पूरे नगर में किसी तूफ़ानी गर्जना की तरह उनकी हँसी गूँज उठी।

"कंस, तू जिसे खोज रहा है, मैं तो वह नहीं हूँ। वह तुम्हारे हत्यारे हाथों से दूर, सुरक्षित है, उनके बीच है जो उसे प्रेम करते हैं।" देवी ने ओझल होने से पूर्व कहा।

कंस भयभीत हो उठा। अपनी नियति बदलने के सारे प्रयास निष्फल हुए। इसके बाद वह कभी शांति से सो नहीं सका।

- यह हिंदू साहित्य में, अष्टभुजाधारी देवी के आरंभिक संदर्भों में से है। वे कृष्ण की अभिभावक हैं। जब वे छोटे ही थे तो वे उसकी उसी तरह रक्षा करती हैं जैसे नारायण के सोने पर धरती रक्षा करती है। बाद में, वे शिव की पत्नी बनती हैं। तमिल की मंदिर परंपरा गाथाओं में, ब्रह्मा देवी के पिता हैं, विष्णु भाई तथा शिव पति हैं।
- केरल में, इरिंगोल कावु नामक पवित्र वन है। कहते हैं कि उसमें योगमाया की शक्ति समाई है। वे भोर के समय सरस्वती के रूप में प्रकट होती हैं, दिन में वन देवी रहती हैं और रात को काली का रूप धरती हैं।
- क्या योगमाया सुभद्रा बनती हैं या देवकी बाद में एक संतान को जन्म देती हैं जिसे सुभद्रा नाम दिया गया है? यह ग्रंथों में स्पष्ट नहीं है। पुरी मंदिर में, सुभद्रा की पूजा उनके भाइयों संग होती है, उन्हें अक्सर योगमाया कहते हैं। लाल और काले वस्त्रों में लिपटीं, वे देवी भुवनेश्वनरी के प्रतीक लिए रहती हैं जिनमें एक पाश और अंकुश भी शामिल है। उनके रथ को दर्पदलन यानी अहंकार का नाश करने वाला कहा जाता है।

तीसरा खंड

शिशु

व्यास ने शुक से कहा,
"कुछ लोगों ने उन्हें चोट पहुँचानी चाही,
जिसे कोई चोट नहीं पहुँचा सकता। कुछ लोगों ने उसे बचाना चाहा,
जिन्हें कोई सुरक्षा नहीं चाहिए। इन्हीं कथाओं के माध्यम से तुम
उस श्याम को लोरी सुनाओ जो पलने में सो रहे हैं।"

गोवा के देवकी-कृष्ण

यशोदा का पुत्र

यशोदा ने सुबह उठ कर, पाया कि रात को उन्होंने एक पुत्र को जन्म दिया। ज्यों ही ग्वालों के गाँव में ख़बर फैली तो शंख फूँके गए और सबके बीच मिठाइयाँ बाँटी गईं। नंद और यशोदा माता-पिता बन गए थे।

ग्वाले और गोपियाँ शिशु को देखने के लिए जमा हो गए। उन्होंने उसकी सुंदर आँखों, घुँघराले केशों और तिर्यक मुस्कान में सजे होंठों को सराहा। उन्होंने उसे उठाया और, खुशियों से भरी नन्ही पोटली की तरह सबके बीच घुमाने लगे।

इसके बाद तानाकशी होने लगी, "बालक इतना काला कैसे, माता-पिता तो साँवले नहीं हैं?" कोई बोला। परंतु यशोदा अपने शिशु को देख कर इतनी प्रसन्न थीं कि ऐसी तुच्छ बातों पर उनका ध्यान तक नहीं गया।

नंद बोले, "इसे श्याम कहा जाएगा क्योंकि इसका रंग साँवला है, और यह हमें उन काले मेघों का स्मरण करवाएगा, जो इसके जन्म के समय आकाश में घिरे थे। उन्हीं मेघों की तरह यह प्यासी धरती और प्यासे हृदयों की प्यास बुझाएगा।"

- प्राचीन भारत में, श्यामल वर्ण को, समकालीन भारत की तरह बुरा या बदसूरत नहीं माना जाता था। जहाँ टी.वी. पर दिखाए जा रहे कृष्ण धारावाहिकों में कृष्ण को निरंतर गौर वर्ण दिखाया जाने लगा है। तेरहवीं सदी में, मार्को पोलो ने कहा था कि भारत के लोग श्यामल वर्ण को प्राथमिकता देते हैं।
- भारत को जम्बू द्वीप या जामुन की धरती कहते थे। फल की गहरी छाल का रंग देवों का रंग था, राम व श्याम, विष्णु और काली इसी वर्ण के थे।
- बंगाल की बाउल परंपरा में, कृष्ण काली का पुनर्जन्म हैं और यही वजह है कि कृष्ण और काली श्यामल हैं।

- कृष्ण के बचपन के प्रसंग महाभारत में नहीं मिलते। ये इसके परिशिष्ट, हरिवंश में दिए गए हैं। प्रसिद्ध संस्कृत नाटककार भास ने बालचरित नामक नाटक रचा, जो कृष्ण के बचपन पर आधारित था। हरिवंश के अनुसार, यह 1700 वर्ष पूर्व रचा गया।
- कृष्ण का जन्मदिवस श्रावण मास के कृष्ण पक्ष में मनाया जाता है। इस रात कृष्ण की मूर्तियों को झूला झुलाते हुए, उनके आनंद के लिए गीत गाए जाते हैं। इस अनुष्ठान को दक्षिण भारतीय मंदिरों में दोलई कण्णन कहते हैं। इसे कृष्ण मंदिर में नियमित रूप से किया जाता है ताकि दैवीय बालक के प्रति स्नेह के अनुभव को जाग्रत किया जा सके।

श्याम और बलराम

नंद-गोप, ग्वालों के मुखिया और बहुत ही प्रसन्नमना व्यक्ति थे। वे बरसों संतान की आस में तरसे और अब उनके आंगन में दो-दो बालकों की किलकारियाँ गूँज रही थीं; उनका पुत्र श्याम और उनकी बहन का पुत्र बलराम। हालाँकि वे जानते थे कि दोनों ही बालक वास्तव में वसुदेव के पुत्र थे, परंतु उन्होंने सदा उन्हें अपने पुत्रों की तरह माना क्योंकि पितृत्व हृदय में उपजता है।

नंद पीत वस्त्र में लिपटे साँवले श्याम को एक भुजा में तथा नीले वस्त्र में लिपटे गौर वर्ण बलराम को दूसरी भुजा में उठा कर, दिन-रात अपने आँगन में चक्कर लगाते। अपने पुत्रों को सोते देख, वे उत्साह के मारे अपनी नींद भूल जाते। उन्हें ऐसा लगता था कि गंगा और यमुना के मध्य, संपन्न बाढ़ के मैदानों को शुभता और संपन्नता का वरदान मिल गया था।

यशोदा ने पति के चेहरे पर प्रसन्नता देखी तो वे भी संतुष्ट हो उठीं। उस प्रसन्नता से परिपूर्ण घर में रोहिणी मथुरा और कंस की हिंसा के बारे में सब भूल गईं।

- पुरी मंदिर में, इष्ट जगन्नाथ, अपने दो पिताओं वसुदेव और नंद तथा दो माताओं, देवकी व यशोदा के अंतिम संस्कार करते हैं। इस तरह वे अपने जैविक और पालनकर्ता माता-पिता, दोनों को ही मान देते हैं।
- विष्णुचित्त या पेरियलवार का तमिल ग्रंथ *तिरुमोली,* लगभग 1100 वर्ष पूर्व रचा गया, इसमें जो गीत शामिल किए गए, उनमें कृष्ण की माता उन्हें सुला रही हैं, बहला कर स्तनपान करवा रही हैं, उनका पहला स्नान, कच्ची नींद, उनके कान छेदन का समारोह आदि। वे पहले कवि थे जिन्होंने कृष्ण का गीतों के माध्यम से मानवीकरण किया। इसके लगभग 700 वर्ष बाद ब्रज भाषा में सूरदास भी वैसे ही शब्दों का प्रयोग करते दिखते हैं।

हत्यारी दाई

परंपरा के अनुसार, गाँव और उसके आसपास के इलाक़े की माँएँ, यशोदा के घर में उनके पुत्र को दूध पिलाने का प्रस्ताव ले कर आ गईं। उनमें से ही एक हत्यारी पूतना दाई भी थी।

पूतना को कंस ने आदेश दिया था कि वह अपने स्तनों पर विष लगा कर जाए और ब्रज के सभी शिशुओं को दूध पिला कर मार दे। "आशा करता हूँ कि उनके साथ ही वह बालक भी मारा जाएगा, जिसे मुझे मारने के लिए भेजा गया है।" पूतना कंस के प्रति अपने स्नेह के कारण ऐसा घिनौना काम करने को राज़ी हो गई।

सैकड़ों नवजातों को मारने के बाद, वह नंद के घर पहुँची। वह अपनी दुर्भावना को मन में छिपा कर बोली, "मुझे भी नवजात को अपना दूध पिलाने दें।" श्याम उछल कर उसकी गोद में आ गया। वह रोहिणी को देख कर बोली, "देखा, यह मुझे पसंद करता है। तुम अपना काम करो। बच्चा मेरे पास सुरक्षित है।"

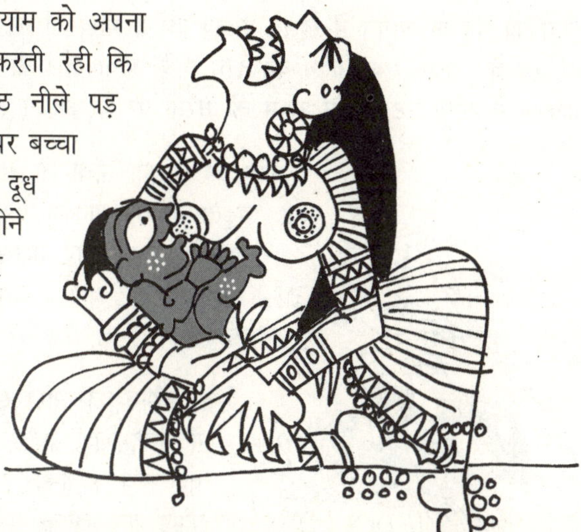

जब सभी चले गए तो पूतना श्याम को अपना दूध पिलाने लगी। वह प्रतीक्षा करती रही कि अभी उसके स्तन से लगे होंठ नीले पड़ जाएँगे। वह इंतज़ार करती रही पर बच्चा तो अब भी उसी चपलता से दूध पी रहा था। वह तेज़ी से दूध पीने लगा तो पूतना ने उसे खींच कर हटाना चाहा पर वह साँवला शिशु तो उसके गोरे स्तन से इस तरह चिपक गया था जैसे बंदरिया का बच्चा माँ से चिपक जाता है, वह और भी तेज़ी से उसका स्तन चूसने लगा। पूतना कमजोर पड़ रही थी। वह ना तो उठ पा रही थी और ना ही बैठ पा रही थी। उसे अहसास हुआ कि शिशु उसका दूध नहीं, देह से प्राण चूस रहा था। उसने मुख खोल कर हृदयविदारक चीख़ मारनी चाही पर आवाज़ कंठ में ही अटक गई। दृष्टि धुँधला गई और फिर श्वास चलनी बंद हो गई।

- पूतना शब्द का अर्थ है, ऐसी स्त्री जिसकी कोई संतान नहीं है। विद्वानों का मानना है कि पूतना का संदर्भ प्राचीन भारत की उस दुष्ट ज्वर देवी से हो सकता है जिसके कारण स्त्रियों के गर्भ गिर जाते थे और बच्चों को लाल चकत्तों के साथ ज्वर आ जाता था।

- बौद्धधर्म में, दुष्ट आत्मा हरीति जो बच्चे चुराती है, वह बुद्ध के मार्गदर्शन में एक स्नेही उर्वरा देवी बन जाती है, निःसंतानों को संतान देती है। उसका संबंध पूतना से जोड़ा गया है।
- ग्रीक पौराणिक गाथाओं में, हरक्यूलस - इसे उत्तर-पश्चिम भारत के इंडो-ग्रीक शासकों द्वारा प्रायः कृष्ण से जोड़ा गया - वह दैवीय शक्ति पाने के लिए हेरा का स्तनपान करता है। जब हेरा ने उसे पीछे धकेला तो स्वर्ग से कुछ दूध छलका और आकाशगंगा बन गई।

चक्रवात

कंस ने तृणावर्त से कहा कि वह गोकुल में बवंडर उठा दे, उसकी प्यारी पूतना को मारने वाले शिशु को, उसकी माँ की नज़र पड़ने से पहले, उठा कर धरती पर पटक दे।

राक्षस एक चक्रवात में बदल कर, यमुना पार कर गोकुल में पहुँचा। वहाँ उसने गोकुल में श्याम को नंद के आँगन में खेलते देखा। यशोदा माखन बिलो रही थीं और नंद गौशाला साफ़ कर रहे थे। राक्षस एक गिद्ध की तरह नीचे आया और बालक को साथ उड़ा ले गया। वह आकाश में ऊँचा उठा ताकि श्याम को धरती पर पटका जा सके।

परंतु वह जितना ऊँचा जा रहा था, श्याम का भार उतना ही बढ़ता जा रहा था। हालाँकि वह अभी मुश्किल से तीन माह का शिशु था, और राक्षस की मंशा से अनजान चैन की नींद सो रहा था। अचानक उसका भार पर्वत के समान हो गया।

जब श्याम की आँख खुली तो उसने स्वयं को आकाश में पाया, शिशु नहीं रोया। वह भयभीत भी नहीं हुआ। वह स्वयं को स्थिर करने के लिए तृणावर्त की गर्दन पकड़ कर लटक गया। राक्षस बेदम हो गया और बवंडर उठाने में अक्षम हो उठा। वह एक हानिरहित हवा के झोंके में बदल कर धरती पर आ गया।

जब उसने श्याम को पालने में वापस रखा, तभी शिशु ने उसे अपनी पकड़ से मुक्त किया। राक्षस वहीं गिर कर ढेर हो गया। उस दिन, गोकुल की हवा ऐसे शांत थी मानो श्याम का बल देख कर मंत्रमुग्ध हो उठी हो।

- सूरदास ने अपने प्रसिद्ध काव्य ग्रंथ *सूर सागर* में, कागासुर-वध का वर्णन किया है, कंस कागासुर को कृष्ण के वध के लिए भेजता है। कृष्ण पालने में सो रहे हैं। जब कागासुर

उन पर चोंच मारने लगता है तो वे इसे इतनी ज़ोर से ठोकर मारते हैं कि वह सीधा कंस के दरबार में जा कर गिरता है और प्राण त्याग देता है।

- जिस प्रकार हरक्यूलस सर्पों को अपने पालने में ही मार देता है, कृष्ण भी ऐसे कई राक्षसों का तब वध करते हैं, जब वे पालने में विश्राम कर रहे हैं। इस तरह ग्रीक और भारतीय कथाओं में काफ़ी साम्य देखा जा सकता है।
- पालने में दैवीय शिशु का प्रतीक, कृष्ण के जन्मोत्सव में प्रमुख होता है।

एक बैलगाड़ी का ढीला पहिया

इसके बाद कंस ने शकट राक्षस को भेजा, वह गोकुल की ओर आ रही एक बैलगाड़ी के पहिए में छिप गया।

गाँव में सभी श्याम और बलराम के नामकरण समारोह की तैयारियों में लगे थे जिसमें स्वयं गर्ग महर्षि पधारने वाले थे। कुछ समय के लिए यशोदा ने श्याम को धरती पर बिठाया और किसी काम में व्यस्त हो गईं। इसी अवसर का लाभ उठाते हुए, शकट राक्षस ने स्वयं को गाड़ी से अलग किया और एक पहिए के रूप में लुढ़कते हुए, शिशु की ओर आने लगा।

जब यशोदा ने एक पहिए को अपने शिशु की ओर आते देखा तो वे चिल्लाईं। नंद उसे पकड़ने के लिए भागे। संकट से अनजान श्याम इस तरह किलकारी मार रहे थे मानो कोई नया खिलौना हाथ आने वाला हो। नंद के आने से पहले ही पहिया श्याम के पास आ गया। शिशु ने उसे एक ठोकर दे मारी और सबके देखते ही देखते वह पहिया चकनाचूर हो गया।

नंद ने अपने पुत्र को उठा लिया और यशोदा उसे सँभालने भागी आईं पर श्याम को कुछ हुआ ही नहीं था। वे तो आनंद से माँ की छाती से लग कर, गहरी नींद में सो गए। चेहरे पर अभूतपूर्व शांति विराजमान थी। शकट राक्षस मारा गया था।

- इंडो-ग्रीक सिक्कों में कृष्ण की आरंभिक छवियों में उन्हें एक पहिया लिए हुए दिखाया गया है।
- भारत के महान राजा 'चक्रवर्ती' कहलाते थे और उनका प्रतीक एक चक्र था, जो उनकी शक्ति को क्षितिजों तक प्रकाशित करता था। बौद्धऔर जैन गाथाओं में, राजाओं की सेना के आगे एक गतिमान चक्र रहता है, जो उनकी सत्ता स्थापित करता है। वही कृष्ण पहिया तोड़ते हैं, आगे चल कर उसी चक्र को अपना शस्त्र बनाते हैं जो शायद राजाओं के बलों के लिए एक चुनौती है।

गोकुल से प्रस्थान

पूतना दाई, बवंडर और शकट राक्षस वाली विचित्र सी घटनाओं ने यशोदा को डरा दिया। जाने कहाँ से भेड़ियों का झुंड आया और उसने गौओं, बछड़ों व ग्वालों पर हमला कर दिया।

वे बोलीं, "ये अपशकुन हैं। शायद भगवान हमें संकेत दे रहे हैं कि हम इस स्थान को छोड़ कर कहीं और बस जाएँ।"

नंद मान गए। "वैसे भी चरागाह पहले जैसे अच्छे नहीं रहे। चलो, दक्षिण में गोवर्धन की ढलानों की ओर चलें।"

गोकुल में सभी साथ चलने को तैयार थे। परिचित भय पैदा कर रहा था। अपरिचित सुरक्षा का आश्वासन दे रहा था। जल्दी ही गौओं, ग्वालों और गोपियों का कारवाँ यमुना के किनारे-किनारे, एक और शुभ घर की खोज में चल दिया। अब पीछे मुड़ कर देखने का समय नहीं था।

- हरिवंश में कृष्ण गोकुल से वृंदावन जाते हुए, अपने पोरों से हत्यारे भेड़िए पैदा करते हैं। वे रंग में श्यामल हैं और उनके दोनों ओर श्रीवत्स का चिह्न है। यह घटना परवर्ती भागवत पुराण में नहीं मिलती।
- जहाँ परवर्ती ग्रंथों में, कंस के भय को प्रवास का कारण बताया गया, हरिवंश में कृष्ण यह निर्णय इसलिए लेते हैं कि गोकुल बहुत अधिक पशुओं को चराने, आग जलाने और लकड़ी कारोबार करने की वजह से वन संपदा से हीन हो गया है। कृष्ण इस पुरानी जगह को आनंदहीन, स्वादहीन, पक्षी और वायुविहीन करते हैं। यह वर्णन बताता है कि वे चरवाहों के एक डेरे से प्रवास कर रहे थे, यह कोई बसी हुई बस्ती नहीं थी जैसा कि आजकल मानी जाती है।

चौथा खंड

नन्हा बच्चा

व्यास ने शुक से कहा,
"यह विशाल जगत एक नश्वर शरीर को अलग दिखता है,
जब तुम्हारे अंग भी तुम्हारा भार नहीं उठा पाते और
तुम्हें अपने खिलौनों के पास भी घिसट कर जाना पड़ता है।
इन अगली कथाओं से तुम्हारे भीतर मातृत्व के प्रति स्नेह उत्पन्न हो
ताकि तुम्हें भी उस नन्हे से बच्चे के लिए चिंता हो, जो सब बड़ी चीज़ों को
अपने भीतर संजोए है और तुम्हारे आँगन में घुटनों के बल लोटते हुए, हर
छोटी से छोटी खोज पर किलक उठता है।"

नवनीत प्रियजी

वृंदावन

गोवद्र्धन की ढलानों पर, यमुना नदी के किनारे एक नया गाँव बस गया। इसे वृंदा-वन या वृंदावन कहा जाने लगा, तुलसी के वन में बसा हुआ। इस जगह को यह नाम इसलिए मिला क्योंकि हर ओर तुलसी यानी वृंदा की गंध व्याप्त थी।

गाँव के बीच नंद का घर था, जो उसके परिवार और गौओं का घर था। इसमें एक विशाल प्रांगण था जिसमें दो एक समान बड़े अर्जुन के वृक्ष थे। प्रांगण के आसपास कई कक्ष थे जिनमें से एक यशोदा की रसोई और श्याम के सोने का कमरा भी था।

जब श्याम घुटनों के बल चलने लगे तो वे पिता के नए घर के कोने-कोने में पहुँच जाते। अन्य सामान्य बालकों की तरह - फ़र्श पर चलती चींटी, बाग में कीट-पतंगे, पत्तियों से टपकता पानी और चहचहाते हुए पक्षी, उन्हें कौतुक और विस्मय से भर देते।

- प्राचीन हरिवंश में, ग्वालों के डेरे पर गाड़ियों को अद्र्धचंद्राकार खड़ा किया जाता था ताकि गौओं को रहस्यमय भेड़ियों से बचाया जा सके जिन्होंने उन्होंने गोकुल से वृंदावन जाने पर विवश कर दिया था। बाद वाले ग्रंथों में ये विवरण नहीं मिलते, जिससे इन कथाओं के प्राचीन चारागाही मूल का परिचय मिलता है।
- अनेक भारतीय घरों में, लड्डू गोपाल की मूर्ति पूजी जाती है। वे अपने हाथ में माखन का एक गोला लिए रहते हैं और जो उन्हें प्रेम करते हैं, उन्हें खिलाना चाहते हैं।

श्याम, कन्या

श्याम को दुष्ट, अदृश्य और नकारात्मक शक्तियों से बचाने के लिए, यशोदा को सलाह दी गई कि वह अपने पुत्र को पुत्री की तरह वस्त्र पहना कर रखे। गाँव के बड़े-बूढ़ों ने कहा, "भूत लड़कों को नहीं छोड़ते परंतु लड़कियों से भय खाते हैं।"

यशोदा ने श्याम को उसी तरह वस्त्र पहनाने आरंभ कर दिए जैसे लड़कियों को पहनाए जाते हैं। वे उसे नाक में नथुनी पहना कर, बालों की चोटी गूँथ कर फूल लगा देतीं।

श्याम ने देखा कि किस तरह उनकी अनुपस्थिति से माँ व्याकुल हो जातीं और उनके सामने होने से बहुत शांति अनुभव करतीं। उन्होंने देखा कि वे किस तरह उसके आँसुओं को देख कर दुखी होतीं और उसकी मुस्कान देख कर आनंदित हो उठतीं।

उसने देखा कि उसे माँ के हाथों खाने में जो आनंद आता था, माँ को भी उसे खिलाने में उतना ही आनंद मिलता था। श्याम ने माँ को अपनी देख-रेख का भार सौंपा, उन पर आश्रित हुए और इस तरह माँ के जीवन को एक अर्थ और मूल्य मिल गया।

- भारत के ग्रामीण समाज में अक्सर लड़कों को लड़कियों की तरह कपड़े पहनाए जाते हैं ताकि उन्हें नज़र लगने से बचाया जा सके।
- कई मंदिरों में, जैसे पुरी, वृंदावन, नाथद्वारा और डाकोर में, कृष्ण को चोटी गूँथे हुए और नाक में नथनी पहने दिखाया गया है जो यह ध्यान दिलाता है कि किस तरह उन्हें बचपन में लड़की बना कर रखा जाता था और किस तरह अपने स्त्रैण पक्ष को स्वीकारने से वे संपूर्ण या पूर्ण पुरुष बनते हैं।

जुड़वाँ वृक्ष

संसार को देखने के कौतूहल में श्याम हर जगह घुटनों के बल रेंग कर चले जाते - रसोई में भोजन को शरीर पर मल लेते, गौशाला में गोबर में और दूध औटाने के स्थान पर मलाई में लिपट जाते। यशोदा को उनके पीछे-पीछे भागना पड़ता ताकि वे किसी मुसीबत में नहीं आ जाएँ। उन्हें लगता था कि काश! वे और युवा होतीं और उनका पुत्र थोड़ा कम चंचल होता।

एक दिन, यशोदा अपने पुत्र के पीछे भाग-भाग कर थक गईं और उन्होंने तय किया कि उन्हें ऊखल से बाँध दिया जाए। इसके बाद वे माखन बिलोने लगीं।

हमेशा की तरह चंचल बालक ने घुटनों के बल चलना आरंभ किया और ऊखल को घसीटते हुए, अपने पीछे ले आए, वह आँगन में लगे वृक्षों के बीच फँस गया। श्याम का बल इतना था कि जब उन्होंने ऊखल को उसमें से खींचा तो दोनों पेड़ तेज़ आवाज़ के साथ जड़ सहित उखड़ गए।

ऐसी आवाज़ से चौंक कर, अनहोनी की आशंका से डरी हुई यशोदा भागी हुई आई तो पुत्र को दो सुंदर युवकों की गोद में देखा जो आँगन में पेड़ों के स्थान पर खड़े थे। वे बोले, "हम यक्षराज कुबेर के पुत्र नलकुबेर और मणिग्रीव हैं। हमें एक मुनि ने पेड़ बनने का श्राप दिया था क्योंकि हमने मदमत्त हो कर उनका अपमान किया था। इस वृक्ष को जड़ से उखाड़ कर हमें मुक्ति देने वाले, आप और कोई नहीं, इस धरती पर विष्णु ही हैं। यह हम निश्चित रूप से कह सकते हैं।"

श्याम का प्रसंग यशोदा को बता कर वे बोले, "आप धन्य हैं, आप भगवान की माता हैं।" इसके बाद वे दिव्य पुरुष अपने धाम लौट गए।

- नंद के घर गोविंद वाक्य इस बात का सूचक है कि एक बूढ़े माता-पिता के घर संतान जन्मी है।
- कृष्ण दामोदर कहलाते हैं क्योंकि उनकी माता ने उनके पेट के साथ रस्सी बाँध कर उन्हें ऊखल से बाँध दिया था। वे घुटनों के बल चलने वाले बालक होने पर भी अपने बल से उस ऊखल को अपने साथ घसीट ले गए, जिस तरह ग्रीक हरक्यूलस ने दो विशाल पेड़ों को उखाड़ दिया था।
- प्राचीन हरिवंश में, दो वृक्षों का गिरना बुरा शकुन माना गया है और इसे गोकुल से वृंदावन जाने की वजह बताया गया। इसमें स्वर्गिक जीवों का कोई वर्णन नहीं आता।
- हिंदू पौराणिक गाथाओं में प्रायः यह प्रसंग सुनने को मिलता है जिसमें कोई वृक्ष या जानवर श्रापित है और बाद में स्वर्गिक जीव में बदल जाए। प्राचीन काल से ही हिंदू वृक्षों व जलराशियों का संबंध यक्षों व यक्षिणियों से जोड़ते आए हैं, जो गुस्सा होने पर बुरे और प्रसन्न होने पर अच्छे हो सकते हैं। बौद्धजातक कथाओं में भी अक्सर, पेड़ों से संबंधित कई प्रकार के यक्ष और यक्षिणी पाए जाते हैं। इससे प्राचीन भारत में वृक्ष पूजन की लोकप्रियता का पता चलता है।

एक मुट्ठी फल

एक आदिवासी स्त्री अपनी टोकरी में बेर लिए नंद के घर आई। श्याम अभी बोलना और चलना सीख रहे थे, वे दरवाज़े के पास आ कर तोतली आवाज़ में बोले, "बेर, बेर!"

"एक मुट्ठी चावल के बदले में एक मुट्ठी बेर।" वह स्त्री बोली।

श्याम डगमगाते हुए रसोई में यशोदा को देखने गए। वे उधर नहीं थीं। फिर वे अनाज के पात्र के पास गए और दोनों मुट्ठियों में चावल भर कर बाहर भागे। उन्होंने हाथ आगे किए, "ये लो!"

उस स्त्री ने दोनों नन्हे हाथ देखे। वे तो ख़ाली थे। बच्चे ने बाहर तक आते-आते ही सारा अनाज गिरा दिया था। बच्चे की मासूमियत से द्रवित हो कर स्नेहवश, उस स्त्री ने मीठे बेर चुने और उन्हें अपने हाथों श्याम को खिलाया।

जब वह घर वापस गई तो यह देख कर दंग रह गई कि उसकी टोकरी बेरों से नहीं अमूल्य रत्नों से भरी थी। देवी लक्ष्मी ने उसे यह उपहार दिया था क्योंकि उसने विष्णु को भोग लगाया था।

- बेर का संबंध राम व कृष्ण दोनों से है। ये आदिवासी लोगों के साधारण फलों की श्रेणी में आता है जबकि केले या बिल्व आदि श्रेष्ठ फलों की श्रेणी में आते हैं।
- कृष्ण के बचपन के प्रसंग इस तरह लिखे गए हैं जिससे भक्तों में वात्सल्य रस पैदा होता है। हम जानते हैं कि ब्रह्माण्ड में जो सबसे शक्तिशाली हैं, वही एक शक्तिहीन बालक के रूप में लीला करते हैं ताकि देखने वाले को आनंद आए। यह एक दैवीय लीला है। हालाँकि ईसाई धर्म में भी मसीह के बचपन की ऐसी कहानियाँ मिलती हैं, परंतु उन्हें कहा नहीं जाता। कृष्ण के बालपन की कथाएँ विस्मित और मंत्रमुग्ध करती हैं। यहीं हिंदुओं की भगवान के प्रति भक्ति और ईसाइयों के ईश्वर के प्रति भक्ति का अंतर भी दिखता है। हालाँकि औपनिवेशिक काल में ऐसे प्रयत्न किए गए कि दोनों को सभी धर्मों की समानता के आधार पर एक दिखाया जा सके।

मत्स्य और मनु

श्याम को उस कक्ष में बहुत आनंद आता था जिसमें कई तरह के पात्र रखे रहते, उन्हें माखन और घी से भर कर रखा जाता था। एक दिन, उन्हें उन पात्रों के बीच देख, यशोदा ने उन्हें एक कहानी सुनाने का निर्णय लिया।

'एक दिन, जब मनु नदी में स्नान कर रहे थे तो एक छोटी मछली ने उनके पास आ कर कहा कि वे उन्हें बड़ी मछली से बचा लें। मनु को उस जीव पर दया आ गई। उन्होंने मछली को पानी से भरे बर्तन में डाला और अपने घर ले आए। अगले दिन मनु ने देखा कि मछली का रंग सुनहरा हो गया था और आकार भी बहुत बड़ा दिख रहा था। उन्होंने उसे और बड़े बर्तन में डाल दिया। अगले दिन मछली फिर से बड़ी हुई और उसका पानी वाला पात्र बदलना पड़ा। अंततः इतनी बार पात्र बदले गए कि उसे तालाब में ही छोड़ना पड़ा। फिर एक नहर और फिर नदी में ले जाया गया। उस जगह से वह सागर की ओर चल दी। कई वर्ष बाद, जब धरती जलप्रलय में नष्ट होने वाली थी तो वह विशाल मछली मनु के पास आई और उसे एक नाव बनाने को कहा। उसने कहा कि उसमें सारी दुनिया की वनस्पति, पशुओं और चारों वेदों को लाकर रखा जाए। मनु ने अपनी नाव को इस मछली के गलफड़ों से बाँध दिया और वह उसे प्रलय से सुरक्षित निकाल ले गई। वे सब मेरु पर्वत पर आ गए, उस पर्वत तक पानी नहीं आया था। क्या तुम जानते हो कि वह मछली कौन थी?"

श्याम इतने छोटे थे कि यशोदा का कहा एक अक्षर नहीं समझे। परंतु वे माँ की आवाज़ के सम्मोहन में बँध गए। उन्होंने यशोदा को ऐसे देखा मानो वह दुनिया की सबसे अद्भुत जीव हो। यशोदा के भीतर वात्सल्य उमड़ पड़ा। उन्होंने श्याम को कस कर गले से लगाते हुए कहा, "वह मछली विष्णु थे। उन्होंने ही मनु, मेरी और तुम्हारी रक्षा की है।"

- हिंदू पुराकथाओं में, जंगल न्याय के लिए मत्स्य न्याय शब्द का प्रयोग होता है यानी जिसकी लाठी उसकी भैंस, इसमें छोटी मछली, बड़ी मछली की दया पर निर्भर है। छोटी मछली को बड़ी मछली से बचाना सभ्यता का रूपक है। मनु ने छोटी मछली को बचाया और हिंदू सभ्यता के संस्थापक बने। जिस सिद्धांत के बल पर मनुष्य अपनी मानवता को जगा कर, एक ऐसे समाज की स्थापना करते हैं जो सबका ध्यान रखता है, उसे धर्म कहते हैं। जब लोग पशुओं की तरह पेश आते हैं, तो वह अधर्म कहलाता है।
- वह छोटी मछली बड़ी हो कर मनु को बचाती है, वह मत्स्य है। विष्णु का पहला अवतार।

कला में इसे प्रायः चार बच्चों के साथ दिखाया जाता है जो चार वेदों का प्रतीक हैं।

- लोग अक्सर मनु द्वारा मत्स्य रक्षा की कथा को नूह की नाव वाली कथा से जोड़ते हैं परंतु नूह ने जिस प्रलय का सामना किया, वह ईश्वर का कहर था परंतु मनु ने जिस बाढ़ का सामना किया वह प्रलय थी, एक ऐसी घटना जो तब घटती है, जब कोई सभ्यता समाप्त होती है, मनुष्य पशुओं की तरह पेश आता है और दुर्बलों का बल बनने के स्थान पर उनका शोषण करने लगता है।
- सोलहवीं सदी में, केरल में, मेलपाथुर नारायण भट्टहरि ने भागवत पुराण के 18,000 श्लोकों को 1000 श्लोकों में संक्षिप्त रूप दिया और उसे नरायणियम नाम दिया। उन्हें पक्षाघात पीड़ा रहती थी और किसी ऋषि ने उन्हें कहा था कि यदि स्वस्थ होना है तो पहले मछली खानी होगी। वे सोचने लगे कि कोई ऋषि किसी शाकाहारी को मछली खाने को क्यों कहेगा, तब उन्हें लगा कि उन्हें जो मछली खाने को कहा गया था, दरअसल वह विष्णु के पहले अवतार की बात हो रही थी। तब उन्होंने पूरे सौ दिन तक, एक दिन में दस श्लोक तैयार करते हुए, विष्णु की पूरी कथा रची और पूरी तरह से रोगमुक्त हो गए। केरल के गुरुवायुरप्पन मंदिर में प्रतिदिन इन्हीं श्लोकों का पाठ होता है।

मुख में मिट्टी

एक दिन यशोदा ने देखा श्याम रसोई वाटिका में से मिट्टी उठा कर खा रहे थे। वे बालक की ओर दौड़ीं और उसे मुख खोल कर दिखाने को कहने लगीं ताकि मिट्टी भरा मुख धुलवा सकें।

बहुत मनाने के बाद श्याम ने अपने होंठ खोले। यशोदा को अपने बालक के मुख में मिट्टी के बजाए संपूर्ण ब्रह्माण्ड दिखा : धरती और उसके सात पर्वत, सात नदियाँ, आकाश पर सूरज, चंद्रमा, ग्रह और नक्षत्र और क्षीर सागर व सातों सागर।

यशोदा मंत्रमुग्ध हो उठीं। परंतु तभी श्याम ने पलकें झपकाईं और यशोदा पल भर पहले देखा हुआ दृश्य भूल गईं। ज्यों ही उन्होंने मिट्टी सेलिपटा, अपने चंचल बालका का मुखड़ा देखा तो वे सब भूल गईं। श्याम माखन खाने चल दिया पर पहले मुख भी तो धुलवाना था।

- भागवत की कथाओं में कई बार कृष्ण अपना अनंत रूप प्रकट करते हैं। राम या परशुराम आदि किसी भी अन्य अवतार ने ऐसा नहीं किया। अन्य देवों ने भी ऐसा नहीं किया। कृष्ण माता को अपनी दिव्य शक्ति का दर्शन देते हैं। वे अक्रूर, धृतराष्ट्र और फिर अंत में अर्जुन को भी यह दिव्य दर्शन देते हैं।
- यह कहानी इस विचार को प्रस्तुत करती है कि ईश्वर संसार में उपस्थित है और संसार ईश्वर में उपस्थित है।

पाँचवाँ खंड

नटखट

व्यास ने शुक से कहा, "जब वे माखन और प्रेम पाने के लिए घर से बाहर, दूसरे घरों की ओर गए तो उन्हें सीमाओं, अविश्वास, क्रोध और खीझ का सामना करना पड़ा। ईश्वर करे कि ये प्रसंग तुम्हारी प्रतिरक्षा को सौम्य करें, और तुम्हारे हृदय का द्वार उन्मुक्त करें।"

उडुपि कृष्ण हाथ में मथानी लिए खड़े हैं

यशोदा श्याम का शृंगार करती हैं

वह समय भी आ गया जब यशोदा ने श्याम को बलराम संग घर से बाहर जाने की अनुमति दी ताकि वे दूसरे गोप-बालकों के साथ खेल सकें। जल्दी ही वे ऐसे बच्चों के दल से जुड़े जो नित नए रोमांच खोजा करते। वे स्वयं ही अपना ध्यान रखते। उन्हें माता-पिता की प्रताड़ना और फटकार से मिलने वाला ध्यानाकर्षण भी बहुत भाता था। बड़े लोग उनकी नटखट हरकतों से मुदित होते और आधे-अधूरे मन से उन्हें अनुशासित करने का ढोंग किया जाता।

एक दिन श्याम रोते हुए घर लौटे, “वे कहते हैं कि मैं तुम्हारा पुत्र नहीं। मैं गोपवंश से भी नहीं हूँ। मैं कोई बाहरी संतान हूँ, मुझे गोद लिया गया है। यही वजह है कि बाक़ी सब तुम्हारे जैसे गोरे हैं, केवल मैं ही काला हूँ।”

यशोदा ने श्याम को अंक में भर लिया और दिलासा देते हुए कहा, “वे तुमसे जलते हैं। उन्होंने तुम्हें बताया नहीं कि तुम इतने सुंदर थे कि देवताओं को तुम्हें काला रंग देना पड़ा कि कहीं तुम्हें किसी की नज़र नहीं लगे या लोग तुमसे नहीं जलें। तुम मेरे पुत्र हो, मेरी रक्त-मज्जा की संतान। यह कभी मत भूलना।”

और श्याम के साँवले रंग से सबका ध्यान हटाने के लिए, यशोदा अपने श्याम को पीत वस्त्र पहनातीं, उसके चेहरे पर चंदन का उबटन लगा कर, वन पुष्पों व तुलसी की पत्तियों से बनी माला पहना देतीं। फिर उनके केशों में एक मोरपंख भी सजा दिया जाता।

- बलराम के गौर वर्ण के विपरीत कृष्ण श्यामलवर्णी थे। कृष्ण श्यामल विष्णु हैं और कई परंपराओं में बलराम गौरवर्णीय शिव हैं। शिव कर्पूर गौरांग हैं यानी जो कपूर की तरह गोरे हैं। काला और सफ़ेद दोनों एक साथ पूरक विचारों के प्रतीक हैं और हिंदू पुराकथाओं में बार-बार सामने आते हैं। और इसी तरह गंगा श्वेत और उनकी बहन यमुना साँवली हैं। देवी काली श्यामल हैं और संसार के नियमों से परे हैं। देवी गौरी गौर वर्ण हैं, वे बहुत ही शिष्ट और विनीत हैं।
- कृष्ण गाथाओं में, जब प्रेम एक महत्त्वपूर्ण भाव के रूप में उपजता है तो जीवविज्ञान और विधान दोनों को ही चुनौती देता लगता है। कृष्ण का प्रेम जैविक या वैधानिक संबंधों या दायित्वों से नहीं जुड़ा। उनकी माता, उनकी माता नहीं हैं। उनके पिता उनके पिता नहीं हैं। उनके भाई उनके भाई नहीं हैं। बाद में उनकी प्रेमिका, उनकी पत्नी नहीं है। उन्हें केवल प्रेम बाँधता है।

गौर वर्ण बलराम और साँवले श्याम

स्त्रियों की तरह शृंगार करने के बाद भी श्याम बार-बार यही सोचते कि उनके भइया बलराम का रंग गोरा और केश सीधे थे जबकि वे साँवले रंग के घुँघराले केशों वाले बालक क्यों थे।

उनके मित्र सुझाव देते, "दूध सफ़ेद होता है। अगर तुम बहुत सारा माखन और मलाई खाओ तो रंग गोरा होगा और घुँघराले केश भी सीधे हो जाएँगे।"

इस तरह श्याम बहुत सारा दूध पीने लगे और डट कर मक्खन-मलाई का भोग लगाते। इस तरह उन्हें दूध और दूध से बने पदार्थों से लगाव हो गया।

- प्राचीन हरिवंश में, कृष्ण और उनके भाई संकर्षण को एक ही आत्मा व दो देहों के रूप में देखा गया है। गुप्त काल में भाइयों की यह आत्मीयता लोकप्रिय थी परंतु धीरे-धीरे जब अर्जुन, राधा और उद्धव कृष्ण के सखा बनते हैं तो यह ओझल हो जाती है।
- सूरदास सोलहवीं सदी में हुए और ब्रज भाषा में कृष्ण पर अनेक पद रचे। उनका संकलन *सूर सागर* के नाम से जाना गया। उनमें उन्होंने यशोदा को अपनी बोली में जशोमती कहा। वे माताओं के वात्सल्य भाव और गोपियों के माधुर्य भाव पर केंद्रित हैं।
- सूरदास के पदों में कृष्ण अक्सर विचार करते हैं कि उनका रंग बलराम की तरह गोरा और केश बलराम जितने लंबे क्यों नहीं है। उनकी माता कहती हैं कि काली गाय का

सफ़ेद दूध पीने से रंग गोरा होगा और बाल भी लंबे होंगे। वे दूध पीते हैं और बार-बार अपने बालों को छू कर देखते हैं कि वे लंबे हुए या नहीं। यशोदा उनके ऐसे भोले मुखड़े को देख कर हँस देती हैं।

- कुछ पुराणों में, विष्णु अपनी छाती से एक काला और एक सफ़ेद बाल तोड़ते हैं और उन्हें देवकी के गर्भ में रख देते हैं। सफ़ेद बाल से बलराम और काले बाल से कृष्ण का जन्म होता है।

मक्खन बिलोना

श्याम अपनी माँ को बर्तनों में दूध रखते, मलाई अलग करते और दूध बिलो कर मक्खन तैयार करते हुए देखते। वे दही के पात्रों में मथानी चलाते हुए दूध-दही बिलोतीं। माखन बनातीं। एक दिन उन्होंने श्याम को बहुत ध्यान से यह सब देखते देखा तो वे बोलीं, "एक बार देवों और उनके सौतेले भाई असुरों के बीच होड़ हो गई। वे क्षीर सागर का मंथन करना चाहते थे। पर वे ऐसा नहीं कर सके। पता है, क्यों?" श्याम ने सिर हिलाया। "क्योंकि वे मथने की रस्सी के दोनों सिरों को एक साथ खींच रहे थे।"

"इतनी छोटी सी मथानी से क्षीर सागर कैसे मथ सकते हैं?" नन्हे श्याम ने पूछा।

"ओह! वह कोई साधारण मथानी नहीं थी। वह तो पर्वतराज मंदार था और वासुकि को रस्सी बनाया गया, जो नागों के राजा थे। और यह कच्छपों के राजा अकूपर पर तैर रहा था। इस तरह मथने से वासुकि का जी मिचलाने लगा, वह वमन करना चाहता था। उससे निकले विष से देवों व असुरों के प्राण जा सकते थे परंतु शिव सबकी रक्षा के लिए आगे आए और उस विष का पान किया। और फिर विष्णु ने देवों व असुरों को सिखाया कि उन्हें किस तरह एक साथ नहीं बल्कि बारी-बारी से डोरी बने वासुकि को खींचना है। जब देव खींचते तो असुरों से रुकने को कहा जाता और जब असुर खींचते तो देव रुक जाते। दोनों को ही अधिक बलप्रयोग से मना किया गया था अन्यथा वासुकि स्वयं को मंदार से अलग कर लेता।"

"इस तरह विष्णु ने मंथन का काम पूरा करवाया?

"हाँ, और उस मंथन से अमृत प्राप्त हुआ जिस प्रकार दूध बिलोने से मक्खन निकलता है।"

"मुझे भी अमृत चाहिए।" श्याम ने माँग की।

यशोदा ने थोड़ा मक्खन निकाल कर श्याम के मुख में दे दिया। उन्होंने उसके शाम के भोजन के लिए थोड़ी छाछ भी अलग रख दी थी।

- कृष्ण नवनीत-प्रिय कहलाते हैं क्योंकि उन्हें ताज़ा बिलोया हुआ माखन बहुत भाता है। भारत में, गर्मियों के मौसम में ग्वाले दूध से दही जमा कर, उससे माखन बनाते हैं। ठंडे इलाक़ों में दूध आप ही बिलोया जाता है। भारतीय गौएँ बहुत अधिक मात्रा में दूध नहीं देतीं इसलिए दूध से प्रायः मलाई नहीं निकाली जाती थी। कुछ दिन तक दही जमा किया जाता और फिर उसे बिलोया जाता।
- विष्णु के दूसरे अवतार कूर्म हैं। उनकी पीठ पर रख कर मथानी चलाई जाती है और वे क्षीरसागर के मंथन में मदद करते हैं। इस तरह वे अपने कुछ ऐसे शत्रु बना लेते हैं जो निरंतर इसी ब्रह्माण्डीय कलह में उलझे हैं।
- सागर मंथन का आरंभ करने वाले देवता, अमृत पर अपना दावा जताते हैं। असुर बाद में आगे आए इसलिए वे दावा करने का अधिकार नहीं रखते। इस तरह देवों को प्रश्रय मिल जाता है। परंतु असुरों को शिव से संजीवनी विद्या मिल जाती है, जिसके बल पर उनके गुरु शुक्र मृतकों को भी जिला देते हैं। इस तरह देव और असुर समान स्तर पर आ जाते हैं। जिस तरह विष्णु प्रयास करते हैं कि देव और असुर मिल कर चलें। उसी तरह कृष्ण भी कोशिश करते हैं कि पांडव और कौरव मिल कर चल सकें।

माखन प्रेम

वृंदावन का जीवन माखन के आसपास घूमता था। भोर के समय, नंद गौओं का दूध दोहते। यशोदा दूध उबालतीं और मलाई जमा कर, घृत तैयार करतीं। थोड़े दूध को बिलो कर मुलायम सफ़ेद माखन बनाया जाता। वे इसे बर्तनों में एकत्र करते और किसानों, व्यापारियों व ब्रज के पंडितों के घर पहुँचा देते। इसके बदले में ग्वालों को वस्त्र, अनाज, आभूषण, पात्र और भांडे आदि मिलते।

श्याम का ध्यान बारंबार दुग्धशाला में रखे माखन से भरे पात्रों की ओर ही जाता। अगर वे माखन से भरे बर्तनों तक नहीं पहुँच पाते, तो वे किसी पत्थर या छड़ी की सहायता से मटके में छेद कर देते और उसमें से रिसने वाला सारा माखन चाट जाते। जब कभी यशोदा उन्हें माखन से भरी अँगुलियों के साथ पकड़ लेतीं, तो वे कहते, "मैं तो चींटियों को भगा रहा था।"

जब श्याम और बड़े व मुखर हुए तो यशोदा मटकों को छत से लटकाने लगीं ताकि वे उन तक नहीं पहुँच सकें। श्याम भी कम तो नहीं थे। वे खिड़की पर चढ़ कर, शहतीरों को पकड़-पकड़ कर, संदूकों पर छलाँगें लगाते या फिर पत्थर मार कर मटका ही फोड़ देते - माखन खाने के लिए वे कुछ भी कर सकते थे।

जब भी उन्हें माखन मिलता तो वे उसे अपने मित्रों व अपने साथ हर जगह घूमने वाले

वानरों के साथ बाँटते। लेकिन जैसे इतना ही काफ़ी नहीं था।

श्याम अपने मित्रों को इकट्ठा करते और बर्तन तक पहुँचने के लिए उनके बने पिरामिड पर चढ़ जाते। यदि पकड़े जाते तो मित्रों की ओर इशारा करते और कहते, "इनके कहने से ही करना पड़ा। मैंने कुछ नहीं किया। मैं तो निर्दोष हूँ। मेरा विश्वास करो।" और यशोदा को समझ नहीं आता था कि हठी और नटखट माखन चोर को डपटें या अंग लगा लें।

- सूरदास एक पद गाते हैं जिसमें तीन लोकों के स्वामी कृष्ण को उनकी माता कहती हैं कि माखन खाना है तो नाच कर दिखाना होगा। जिनकी एक दृष्टि मात्र से काल भयभीत होता हो वे अपनी माता के गुस्से से डरते हैं।
- राम की तरह कृष्ण का संबंध भी वानरों से रहा। हालाँकि जहाँ वानरों ने राम की मदद की थी, वे कृष्ण के साथ खेलते हैं।
- मुंबई में, प्रतिवर्ष ऐसी प्रतियोगिताएँ होती हैं जिनमें युवकों के दल, सड़कों पर ऊँची रस्सियों में बँधी मटकियों को नीचे उतारने का प्रयत्न करते हैं। यह आयोजन स्नेह और प्रेम से प्रेरित कम है और जीत पर अधिक केंद्रित होता है जो राजनीति और पूँजीवाद की देन है। परंतु यह आज भी युवाओं को आकर्षित करता है और लोग समुदाय बनाते हैं।

माखन चोर

शिकायतों का अंबार बढ़ता ही जाता था।

'यह चोर है। इसने मेरे घर से माखन चुराया।'

'इसने माखन के लिए मेरे घर के सारे मटके फोड़ दिए। अब मैं पानी किसमें भर कर लाऊँगी?'

'यह भोग चढ़ाने के लिए रखा माखन भी खा गया।'

'तुम्हारे नटखट बेटे को धन्यवाद। मेरे बच्चों का पेट माखन से इतना भरा रहता है कि उन्होंने मेरे हाथ का पका भोजन ही खाना छोड़ दिया है।'

श्याम और उनके साथियों का दल माखन की खोज में जिस ओर निकल जाता, वे उपद्रव मचा देते। यशोदा क्या कर सकती थीं? पुत्र को दंड देतीं? उसका बचाव करतीं? उसकी अनूठी सफ़ाइयों पर हँसतीं? एक बार तो नन्हे को मारने के लिए हाथ भी उठा दिया था पर उसकी चमकदार और नटखट अँखियों को देखते ही उनका मन पिघल गया। वह भी तो माखन था और वह उसका भरपूर स्वाद लेना चाहती थीं।

और यदि वे उसे बनावटी गुस्से से घूरतीं तो वह मुँह बना कर उलाहने देने लगता, "तुम मुझसे प्रेम नहीं करतीं। तुम्हें अपने बेटे के कहे का भरोसा नहीं है। तुम उनको प्रेम करती हो। उन पर भरोसा करती हो। क्योंकि तुम्हें भी यही लगता है ना कि मैं तुम्हारी असली संतान नहीं हूँ।"

वे जानती थीं कि श्याम भी दूसरे बालकों की तरह उनके स्नेह का नाजायज़ लाभ लेता था पर फिर भी वे सोचने लगतीं। क्या ऐसा भी हो सकता था? वे उससे ज़्यादा दूसरों की बातें मानती थीं? यशोदा उन्हें सीने से लगा लेतीं और उसे व ख़ुद को दिलासा देतीं – "मैं केवल तुमसे प्रेम करती हूँ। तुम मेरे जीवन हो।"

- संत कवियों के गीतों में सदा यह भाव आता है कि गोपियाँ यशोदा को उलाहना देती हैं कि उसका बेटा माखन चुराता और वह तय नहीं कर पातीं कि पुत्र को डाँटें या उसका साथ दें। तमिल कवि संत नाम्मलवर आज से 1000 वर्ष पूर्व हुए हैं, जब उन्होंने माखन चुराने वाले कृष्ण को थप्पड़ जड़ने वाला पद लिखा तो वे मौन में चले गए थे। वे उस दैवीय कृपा से अभिभूत हो गए थे जिसने उन्हें ईश्वर के मानवीकरण का अवसर प्रदान किया।
- कृष्ण एक संस्कृत नाम है। बंगाल में वे केष्टो हैं। गंगा के मैदानी इलाक़ों में कान्हा कहलाते हैं। तमिल में वे कण्ण हैं। महाराष्ट्र में वे कन्होबा हैं।
- महाराष्ट्र के संत कवि नामदेव आज से 400 वर्ष पूर्व हुए। वे अपने काव्य में रचते हैं कि कृष्ण लकड़ी के लट्ठों को एक पर एक जमा कर दूध और माखन लेने के लिए उन पर चढ़ते हैं। उनके मित्र पेंड्या उन्हें सराहते हुए देख रहे हैं। जब उन्हें पकड़ने के लिए, वहीं छिपी ग्वालन आती है तो कृष्ण अपने मुख में भरे दूध का उस पर कुल्ला कर देते हैं और मारे ख़ुशी के किलकारी भरते हुए भाग जाते हैं।
- गुजरात के कवि नरसी मेहता ने 500 वर्ष पूर्व गुजराती में, गीत रचे जिनमें यशोदा उलाहना देने वाली गोपियों से कहती हैं कि उनका बेटा कोई शरारत नहीं कर सकता क्योंकि वह घर से नहीं निकलता; वह तो हमेशा भीतर रहता है। यह अंतर्यामी के लिए एक चतुर वाक्य है। वे कृष्ण को कंजी का संबोधन देते हैं।

जल से भरी मटकियाँ फोड़ना

जब यशोदा का ध्यान दूसरी ओर होता तो श्याम उन गोपियों का पीछा करते जो अपनी दुग्धशालाओं का ताज़ा माखन बाज़ार में बेचने जाती थीं।

वे आग्रह करते, “थोड़ा माखन वृंदावन के बालकों के लिए बचा लो।” फिर वे उस माखन को नाचते-गाते, अपने मित्रों और वानरों के बीच बाँट देते।

जब वे किशोर हुए तो उन्हें अहसास हुआ कि गाँव से लौट रही स्त्रियों के मटके फोड़ने में भी अपना ही आनंद था। वे सावधानी से कंकड़ों से निशाना लगाते और गोपियाँ पानी से भीग जातीं। वे चीख़ती-चिल्लातीं और उलाहना देतीं।

यशोदा अपने पुत्र से बात करतीं और वह क्षमा माँगते हुए पैरों में गिर जाता। आँखों की नटखट शरारत मानो कह रही होती, “बस कल का दिन भी कंकड़ों और मटकों के नाम होगा।”

“तुम्हें अयोध्या के राम जैसा होना चाहिए, आज्ञाकारी पुत्र, जो सबकी बात सुनते, उन्होंने कभी किसी का बुरा नहीं किया।” यशोदा ने एक बार कहा था।

“हम्म, मुझे ऐसा ही होना चाहिए। पर मैं वह नहीं हूँ। मैं कोई छोटा घोड़ा नहीं बछड़ा हूँ। आप कोई घोड़ी नहीं गाय हो। वे जो हैं, उन्हें वही रहने दो। मैं जो हूँ, मुझे वही रहने दो।” झट से प्रत्युत्तर मिला था।

किसी स्त्री को पता नहीं होता था कि वह श्याम की शरारतों की शिकार बन जाएगी। हालाँकि उन्हें मटके टूटने पर दुख होता था पर जब मटके नहीं टूटते और श्याम की आवाज़ सुनाई नहीं देती तो वे निराश हो जातीं। वे उनकी शरारतों की आदी हो गई थीं।

मटकों से फूटा पानी उनकी देह पर पड़ता तो उन्हें लगता कि किसी ने उन्हें दुलारा हो। वे जीवंत महसूस करतीं। तब श्याम शरारतें करने वाले नहीं लगते थे। अब वे बालक नहीं, किशोर हुए। उन्होंने टकटकी लगाकर उन्हें देखने का अनुभव कभी नहीं लिया था।

- कृष्ण के जन्मोत्सव के दो भाग हैं। जन्माष्टमी की रात को वे पलने में नवजात हैं जिन्हें माताएँ दूध पिलाती हैं। अगले दिन, नंद-उत्सव में, वे नटखट कान्हा हैं जो ग्वालों की पीठ पर चढ़ कर माखन-मिश्री से भरी मटकी ले आते हैं। हम उन्हें धीरे-धीरे स्त्रियों के संसार से पुरुषों के संसार में, बालक से किशोर और फिर प्रेमी बनते हुए देखते हैं।

- पद्म पुराण में कहा गया है कि जब विष्णु राम के रूप में आए और वन में गए तो सभी मुनियों को उनसे प्रेम हो गया। राम अपनी पत्नी सीता के प्रति प्रेम व निष्ठा रखते थे। उन्होंने कहा कि अगले जन्म में वे कृष्ण होंगे और वे सब मुनि गोपिकाओं रूप में उनके प्रेम का अनुभव ले सकेंगे।
- राम की सेवा और सीता को बचाने में मदद करने वाले वानर सोचते थे कि राम का बालरूप कैसा होता होगा। इसलिए वे सभी वृंदावन में वानरों के रूप में जन्मे ताकि अपने स्वामी के बालपन का आनंद ले सकें।

करों का भुगतान

एक दिन, श्याम और उनके ग्वाले मित्रों ने मथुरा की ओर जाती गोपियों को रोका। गोपियों ने कहा, "हमें जाने दो। यह दूध यादवों के दरबारियों के लिए है, यह दही उनकी पत्नियों के लिए है और यह माखन उनके बच्चों के लिए है।"

श्याम ने कहा, "तुम कर दिए बिना नहीं जा सकतीं क्योंकि मैं वृंदावन का राजा हूँ।"

गोपियों ने उन्हें पीछे धकेलते हुए कहा, "पीछे हटो, शरारती बच्चे। हमें जाने दो। तुम अपने मित्रों के साथ बाँसुरी बजाओ, गौओं के साथ खेलो। हमें हमारा काम करने दो।"

श्याम ने उन्हें जाने नहीं दिया। उन्होंने उनके हाथ पकड़ लिए। वे उन्हें अपने से दूर करना चाहती थीं पर उनके स्पर्श से वे काँप उठीं। यह किसी बच्चे का स्पर्श नहीं था। यह तो एक पुरुष का स्नेहिल स्पर्श था। उन्होंने श्याम के नेत्रों में देखा और अचानक अपने हृदय की तड़प का अहसास हुआ, वे चाहती थीं उन्हें जीवन में कोई ऐसा मिले, जो उन्हें सराहे। वे पत्नियों, बहनों, माताओं और गोपियों से कहीं अधिक थीं। उनकी भी कुछ इच्छाएँ और स्वप्न थे। जिस तरह वे माखन बिलोती थीं, उस तरह वे चाहती थीं कि उन्हें सराहा जाए, उन्हें उनकी शर्तों पर भोगा जाए। वे चाहती थीं कि कोई पुरुष उन पर स्नेह वर्षा करे। वे अपनी आँखें झुका कर कोमलता से कहतीं, "हमें जाने दो, वृंदावन के नाथ। दया करो। लज्जा करो। हमें सबके सामने नहीं छुओ। हम असहाय पुरुषों की पत्नियाँ, पुत्रियाँ और बहनें हैं।"

श्याम उन्हें जाने देते। ग्वाले अपनी शरारत पर खिलखिलाते। स्त्रियाँ उन्हें मज़ा चखाने की कसमें खातीं। परंतु हृदय में रोमांचित हो उठतीं, वह स्पर्श, जो उन्हें रोमांचित और भयभीत करता था।

- लोक मराठी रंगमंच, तमाशा में, ग्वालों के जीवन का प्रसंग दिखाया जाता है जिसमें कृष्ण प्रायः अपने सखा के साथ होते हैं जो अक्सर टूटे हुए हाथ या पैर वाला विदूषक होता है। इसे पेंड्या भी कहते हैं और एक बूढ़ी स्त्री होती है जो ग्वालिनों को इन ग्वालों से बचाती है जो उनके मथुरा जाने की राह रोके खड़े हैं।
- मराठी संत-कवि ध्यानेश्वर ने अपने काव्य में कहा कि कान्हा के प्रेम में मग्न गोपिका मथुरा में दूध बेचने जाती हैं तो 'गो-रस' कहने के बजाए 'गो-पाल' पुकारने लगती हैं।
- प्रकृति शिकारी और शिकार से भरी है। सभ्यता में, मनुष्य निरंतर, दूसरे मनुष्य के शोषण, व पाशविक वृत्ति से भयभीत रहा है। इस तरह हम सभी सावधानी से जीते हैं। यह विशेष तौर पर सत्य भी है जहाँ स्त्रियों को शिकार की तरह देखा जाता है। कृष्ण की गाथाओं में स्त्रियों के जीवन में प्रेम और भरोसा बनाए रखने का संघर्ष दिखता है। वे उन्हें उनकी शर्तों पर प्रामाणिक स्नेह का आश्वासन देते हैं। और यह सब आक्रामकता के झूठे अभिनय से आरंभ होता है जैसे कर की माँग करना; प्रायः राजा और दरबारी समुदायों को अपने अधीन करने के लिए ऐसी माँगें रखते थे।
- नरसी मेहता के अनुसार, कृष्ण को भी भक्तों की उतनी ही आवश्यकता है जितनी उनके भक्तों को उनकी रहती है। जब गोपिकाओं को दूध व माखन बेचने के लिए मथुरा भेजा जाता है तो वे माखन बिलोती गोपिकाओं के घर के बाहर मुख खोल कर खड़े हो जाते हैं।

नौकायन

मल्लाह कहीं नहीं दिख रहा था। गोपियों को अपने सामान के साथ मथुरा जाना था। श्याम ने कहा कि वे उन्हें पार उतार देंगे, पर वे उन पर भरोसा नहीं कर सकीं : क्या ये हमें पार ले जाएगा? क्या ये हमें मझधार में छोड़ देगा? क्या हमें घुमा कर यहीं वापस ले आएगा? और मथुरा की प्रजा और उनका निर्दयी राजा, दूध-दही और माखन नहीं मिलने पर क्रुद्ध नहीं होंगे? क्या हम यशोदा के पुत्रपर भरोसा कर सकती हैं?

"अगर ये बीच में रुका तो हम कूद कर वापस आ सकती हैं।" गोपियों ने कहा।

दूसरी गोपी बोली, "नदी के मगरमच्छ हम पर धावा बोल देंगे।" फिर उसने मन बदल दिया और नाव पर बैठने की सोचने लगी।

श्याम उन्हें देख कर मुस्कराते रहे। वे हाथ में डांडी थामे उनके निर्देशों की प्रतीक्षा में थे। जब वे मान गईं तो वे सब गोपियों को झट से उस पार ले गए और जब उनका काम हो गया तो उसी गति से वापस भी लिवा लाए।

वे इतनी जल्दी क्यों कर रहे थे? उन्होंने जल में अधिक समय क्यों नहीं लगाया? जब वे गोपियाँ घर जा रही थीं तो मन में यही आ रहा था कि काश! वे नदी में ही होतीं और नाव चलाने वाला किशोर उन्हें ही ताकता रहता। अपने ही ख़यालों में गुम हो कर गोपियाँ ग़लत घरों में जा पहुँची। फिर लज्जित हो कर अपने घर लौटीं और सारी रात सपनों में नाव और वह किशोर ही दिखता रहा।

- तेरहवीं और चौदहवीं सदी के आसपास प्रेम काव्य में, कृष्ण व गोपिकाओं के प्रसंग लोकगीतों में प्रकट होने लगे। वे श्रृंगार रस से भरपूर थे। समय के साथ, नैतिकतावादी बल इस बात पर जोर देने लगे कि ये सब दृष्टांत थे और उन्होंने उन्हें नकारने की पूरी कोशिश की। उन्होंने कहा कि कृष्ण बालक थे इसलिए ऐसी कामुक बातें नहीं कह सकते थे।
- चौदहवीं सदी के बंगाल में, चंडीदास नामक मंदिर पुरोहित थे जो एक धोबिन रामिणी से प्रेम करते थे। यह एक निषिद्ध प्रेम था जिसे समाज की स्वीकृति कभी नहीं मिल सकती थी। वे दुखी हो कर कृष्ण और राधा व गोपियों के प्रसंगों में सांत्वना खोजने लगे। मिथिला के विद्यापति ने भी ऐसी ही पंक्तियाँ लिखीं। उन पर तांत्रिक बौद्धधर्म का गहरा प्रभाव था जिनमें स्त्रियों को योगिनी कहा गया है और वे सहायकों की आध्यात्मिक यात्रा को सुगम बनाने में अहम भूमिका निभाती हैं।
- यमुना वृंदावन को मथुरा से अलग करती है, यह कृष्ण की विलास भूमि और कर्म भूमि के बीच का अंतर है। कृष्ण निरंतर गोपियों को उस ओर जाने से रोकते हैं। अंततः उन्हें स्वयं उस ओर जाना पड़ता है और फिर वे कभी वापस नहीं आते।

माखन नहीं, वस्त्रों की चोरी

गोपियाँ नदी के किनारे चट्टान पर अपने वस्त्र उतार कर, दोपहरी में यमुना में स्नान का आनंद ले रही थीं। उन्हें अपनी सखियों को पिछले दिन की पति से हुई झड़प के किस्से भी तो सुनाने थे। गर्मी बहुत ज़्यादा थी और स्नान करने से शांति मिलती थी। जल्दी ही लौटने का समय हुआ, परंतु उनके वस्त्र किधर गए?

तभी एक खिलखिलाहट सुनी और वे चौंकीं। एक पेड़ की शाखा पर सलोने श्याम बैठे थे और गोपियों के वस्त्र पेड़ की शाखाओं पर टँगे थे।

"हमें हमारे वस्त्र वापस दे दो।" वे चिल्लाने लगीं।

"तुम्हें जल से बाहर आ कर विनती करनी होगी।" श्याम ने कहा।

"हम बाहर कैसे आ सकती हैं? हमारे वस्त्र दे दो।" एक गोपी बोली।

मुस्करा कर श्याम ने पूछा, "वरना।"

"वरना तुम्हारी माँ से शिकायत कर देंगी।" पहले उन्होंने धमकाया और फिर वे विनती करने लगीं। "हम पर दया करो।" उन्होंने माखन से भरे मटके देने का भी वादा किया पर श्याम टस से मस नहीं हुए।

जल में लज्जा से काँपती गोपियों ने जल में, श्याम की छवि देखी। उस चमकते काले जल में उन्हें चमकदार कमल नेत्र दिखे। वे क्या चाहते थे? उनकी देह की एक झलक, उनके रहस्यों की एक झलक, उनके निजी संसार की एक झलक, उनके अस्तित्व की शक्ति? उन्होंने उनके भीतरी प्रांगण के द्वार चुरा लिए थे, उनका आसरा छीना और उन्हें बाहर आने को कहा। क्या वे इससे बेहतर नहीं जानते थे? स्त्रीत्व कोई खेल नहीं था। लज्जा कोई खिलौना नहीं था जिसे दोबारा लिया जा सके। वे जिस देह को देखना चाहते थे, वे उसकी स्वामिनी नहीं थीं। उनके वस्त्र तो छिपने की आड़ भर थे, दूसरे व्यक्ति के दावे का प्रतीक। परंतु क्या श्याम से भय था? क्या कोई भूखा शिकारी अपने शिकार पर लपकना चाहता था? क्या यह कोई जीत

थी? या फिर यह उस आदिम की खोज थी? वस्त्रों तले छिपी मांस की परतें : श्वास, दिल और दिमाग़? क्या उनकी दृष्टि उनके नाम थी, जिन्हें अब तक देखा नहीं गया था? मोटी, पतली, शुष्क और झुर्रियों से भरी, श्रम व लू से क्लांत, वे सभी सुंदर पात्र थीं, प्रेम और स्नेह से परिपूरित। परंतु इस बात पर किसका ध्यान गया?

अचानक पूरे आत्मविश्वास के साथ, वे वन की वन्य योगिनियों सी पानी से बाहर आ गईं, उनके केश मुक्त थे और अंग सहज। उन्होंने प्रसन्नता से अपने वस्त्र समेटे, जो ढँकने के लिए नहीं उन्हें सुसज्जित करने के लिए थे। वे श्याम की दृष्टि से सजग परंतु बेपरवाह रहीं।

- कृष्ण 'माखन चोर' व 'चित्त चोर' कहलाते हैं। इस चोरी से आनंद आता है। दैवीय चोरी का विषय मनुष्य के भय को इंगित करता है जो हमें हर चीज़ को तालों में रखने पर विवश करता है। कृष्ण हमें हमारे हृदयों के साथ-साथ ख़ज़ाने भी खोलने को विवश करते हैं क्योंकि वे माखन और चित्त चुराते हैं।
- वन, संकट के स्थान का रूपक है। कोई उस स्थान पर भय को त्याग कर सुरक्षा कैसे पा सकता है? कृष्ण की गोपियों के संग छेड़छाड़ इसी भय की ओर ध्यान दिलाती है, सुरक्षा के लिए बनी आड़ की ओर ध्यान दिलाती है, यह एक रूपक है जो बताता है कि जब हम स्वयं को सुरक्षित अनुभव करते हैं, तभी हम अपने हृदय को उन्मुक्त कर पाते हैं।
- किसी स्त्री के वस्त्र खींचना, स्त्री के लिए आनंद का कारण या उसकी मर्यादा का हनन हो सकता है जो वस्त्र खींचने वाले के भाव पर निर्भर करता है। कृष्ण जब गोपिकाओं के वस्त्र हरण करते हैं तो प्रसंग का अंत प्रेम पर समाप्त होता है परंतु दुःशासन की ओर से भरी सभा में द्रौपदी का वस्त्र हरण द्वेश और युद्ध का कारण बनता है।

श्याम ने लिया कन्या रूप

यमुना से निकली गोपियों ने सीधे यशोदा के घर की राह ली और उसे बताया कि किस तरह माखन चोर वस्त्र चोर बन गया था। गोपियों की सभा ने तय किया, "इसे दंडित करना होगा। चलो इसे भी गोपियों के वस्त्र पहना दें।"

श्याम को पकड़ कर स्त्रियों के अंतःपुर में लाया गया। स्त्रियों के वस्त्र, आभूषण और शृंगार का सामान लाया गया। श्याम ने झूठ-मूठ का विरोध जताया परंतु गोपियों के अधीन बने रहे।

गोपियों ने उनके वस्त्र उतारकर उन्हें स्त्रियों के वस्त्र पहनाए। उन्हें लहँगा-चोली पहना कर दुपट्टे से घूँघट काढ़ा गया। होंठों पर लाली, आँखों में कजरा, हाथों में कंगन, कानों में बाले और पैरों में नुपुर पहनाए गए। श्याम नाचने-गाने लगे और गोपियाँ ताल देने लगीं।

श्याम ने अपने दंड को भी आनंद के क्षणों में बदल दिया था।

- कई मंदिरों में, वर्ष में एक बार कृष्ण को स्त्री वेश में अवश्य सजाया जाता है। यह स्त्री वेश है जिसमें वे अपनी माताओं और गोपिका सखियों के लिए स्नेह अभिव्यक्त करते हैं।
- कृष्ण बाँसुरी बजाते हुए त्रिभंगी मुद्रा में खड़े होते हैं। कृष्ण ने यह स्त्रैण मुद्रा अपनाई है। कला में, कृष्ण को प्रायः किसी स्त्री की तरह चोटी, नथुनी, पायल, आलता व मेंहदी आदि से सुसज्जित दिखाया जाता है। कहते हैं कि कृष्ण अपने स्त्रैण तत्व के साथ इतने सहज थे कि वे उसे बैरागियों की तरह उसका त्याग नहीं करते।
- 'रसिया को नार बनाओ री', इस गीत में कृष्ण को गोपियों से दंड मिल रहा है परंतु वे इसे भी अपने प्रेम में सराबोर कर देते हैं। इस गीत में गोपिकाओं ने कृष्ण को स्त्री वेश में सजा कर दंड देना चाहा है।
- समकालीन विषाक्त पौरुष भाव, अपने भीतर छिपे स्त्रैण भाव के नकार में छिपा है। वे स्वयं को शिकारी और स्त्रैण तत्व को शिकार के रूप में देखते हैं। प्राचीन भारत में, कोई स्त्रैण तत्व को अपना कर ही पूर्ण पुरुष बन सकता था। शिव स्वयं अर्धनारीश्वर रूप धारण करते हैं और कृष्ण को स्त्री वेश धारण करने में कोई परेशानी नहीं होती। इनमें से कोई भी स्त्रैण भाव से आशंकित नहीं है। वास्तव में, इस स्त्रैण भाव ने इनकी दिव्यता को और भी गहन व पुष्ट ही किया है।

छठा खंड

गोपाल

व्यास ने शुक से कहा, "बस्तियों से परे वन हैं, ऐसी भूमि जो किसी के अधीन नहीं, जहाँ शिकारी शिकार करते हैं, अपने क्षेत्र चुनते हैं और प्रतिद्वंद्वी को दूर रखते हैं। बस्तियों में मनुष्यों से अपेक्षा की जाती है कि वे पशुओं की नक़ल नहीं करें और ऐसी संस्कृति विकसित करें, जिसमें भोजन बाँटा जाता है, सत्ता बाँटी जाती है और क्षुधा बढ़ती जाती है। इन प्रसंगों से जानो कि श्याम ने कैसे बाहर और भीतर के इन पशुओं का सामना किया।"

नाथद्वारा, राजस्थान के श्रीनाथ गोवर्धन पर्वत उठाए हुए

गोचारण

बालक को शरारतों से परे रखना था। उसे व्यस्त रखना था। उसकी असीम ऊर्जा को दिशा देनी थी। बस बहुत हुआ खिलाना, उसे कोई काज सौंपना था।

"गोपों के साथ चारागाह जाओ और चरती हुई गौओं की रखवाली करो। यह ध्यान रहे कि वे सुरक्षित रहें। वे भरपूर पानी पी सकें। सुबह उन्हें ले कर जाओ और गोधूलि बेला में ले कर वापस आओ।" नंद ने कहा।

इसके बाद, हर दिन, भोर के समय, श्याम और बलराम, अपनी-अपनी माँओं से मिले चबैने अपनी कमर में बँधे गमछे में लपेट, गौओं को चराने के लिए गोवर्धन पर्वत ले जाते। दोपहर को गौओं को यमुना में स्नान करवाया जाता और वे अपनी प्यास बुझातीं।

गाँव में संध्या के समय, यशोदा और रोहिणी द्वार पर खड़े हो कर क्षितिज से उठती गौओं के खुरों की धूल की राह देखतीं। उसे देख कर अनुमान लगाया जा सकता था कि उनके लाल वापस लौट रहे थे। रात को वे अपने पुत्रों के थके अंगों की तेल से मालिश करतीं, वे उनसे दिन के किस्से सुनतीं; आलसी गौओं के किस्से, शरारती बछड़े, उनके नए मित्र, आनंदी श्रीधाम और चिड़चिड़ा सुबल।

कुछ ही दिनों में गाँव में उत्तेजना की लहर दौड़ गई। गौएँ पहले से अधिक दूध दे रही थीं और इतनी प्रसन्न तो वे कभी नहीं दिखी थीं। "अब हमें इन्हें हाँकने के लिए लाठी की ज़रूरत नहीं पड़ती और ना ही बछड़े दल से बिछुड़ कर भटकते हैं।" गोपों ने गोपियों से कहा। "श्याम बाँसुरी बजाता है और गौएँ उसके पीछे उसी तरह चल देती हैं जैसे संतान अपने माता-पिता के पीछे और प्रेमी अपनी प्रेमिका के पीछे जाते हैं।"

“मेरे पुत्र, तुमने बाँसुरी बजाना कब सीखा?” नंद ने पूछा।

“क्या यह सबको नहीं आता?” श्याम ने विस्मित हो कर पूछा। “चारों ओर संगीत बसा है : हमारी श्वास में, हमारे हृदय में, नदी में, वायु में, वृक्षों में, चक्की के पाट में, बिलोए जा रहे मक्खन की हांडी में, पैरों की चाप में, पक्षियों के कलरव में। भला सीखना किससे है?”

- गौओं की देख-रेख, दूध और माखन का आनंद, भारत में कृष्ण मंदिरों की सबसे बड़ी पहचान है। शाकाहारवाद और गौ-पूजन ने उन्हें वैष्णववाद के माध्यम से, हिंदू धर्म में प्रवेश दिया।
- ब्रज में, आज भी, तीर्थयात्री बारह वनों तथा चौबीस तालों की यात्रा करते हैं जो कृष्ण व उनकी गौओं के चारागाह थे।
- जहाँ राम एक क्षत्रिय हैं, वहीं कृष्ण का सामाजिक स्तर स्पष्ट नहीं होता क्योंकि उनके जैविक पिता तो राजपरिवार से हैं परंतु पालक पिता एक ग्वाले हैं और बाद में, महाभारत में, वे अपने लिए सारथी का कार्य चुनते हैं।
- महाराष्ट्र के संत कवियों की रचनाओं में, कृष्ण के ग्राम्य भाव का विस्तार हुआ, उन्हें सखा रूप में देखा गया। उनके अपने मित्रों के साथ खेलने, मूत्र विसर्जन करने, आपस में सताने, उनके साथ कीचड़ में लोटपोट होने, उन्हें मुँह बना कर चिढ़ाने और स्नेह से आलिंगन करने के प्रसंग मिलते हैं।
- गौओं को इंद्रियों का प्रतीक कहा गया है। जिस प्रकार गौएँ चारागाह में चरती हैं, उसी तरह इंद्रियाँ भी गोचर हैं। कृष्ण गो-स्वामी यानी इंद्रियों के स्वामी हैं।
- संध्या समय को गो-धूलि कहते हैं। वह समय जब चारों ओर गौओं के खुरों से उठती धूल उड़ती है। भारतीय साहित्य में इसे विशेष महत्त्व दिया गया है।

सारस, बक

कई बार, जब गर्मी बहुत अधिक हो जाती तो श्याम और कुछ गोप चारागाह के पास बने ताल में स्नान को चले जाते और कुछ गोप गौओं की रखवाली करते। जंगली पुष्पों से घिरा ताल सुगंधित और सुंदर दिख रहा था। जब वे ताल में तैरते हुए, वृक्षों को निहार रहे थे तो उन्हें लगा मानो इंद्र का स्वर्ग भी ऐसा ही होता होगा।

परंतु एक दिन, अचानक एक विशाल सारस ने ताल की शांति भंग कर दी। यह अपने पंख फैलाए, विशालकाय देह लिए गोपों की ओर दौड़ा और वे चीख़ते हुए बाहर भागे। वह कोई साधारण जलीय जीव नहीं था। वह एक राक्षस था जिसने अपनी चोंच से श्याम को पकड़ लिया ताकि उन्हें निगल सके।

श्याम ने उसकी चोंच को ऐसे ही चीर दिया मानो वे एक पत्ती के दो हिस्से हों और फिर वे खेलने चल दिए। परंतु उनके मित्र दोबारा पानी में नहीं जाना चाहते थे। उन्होंने दिलासा दिया कि अब कुछ नहीं होगा पर वे भयभीत थे। श्याम को पहली बार अहसास हुआ कि सबको वन्य जीवों से भरे वन से कितना भय लगता था जिसके जीव बिना किसी चेतावनी के हमला कर देते थे। हर कोने से संकट झाँकता था। चारागाहों में भेड़िए, नदियों में मगरमच्छ, झाड़ियों में कंटक। यह सुंदर संसार विषैला भी हो सकता था।

श्याम को लगा कि किसी व्यक्ति को सुरक्षित महसूस करवाना, प्रेम की सबसे सरल अभिव्यक्ति होगी।

- हिंसक नायक कृष्ण-वासुदेव, रोमानी, स्त्रैण तथा प्रिय कृष्ण-गोपाल से बहुत अलग है। तमिल संगम साहित्य और हरिवंश में उनका आरंभिक रूप मिलता है जबकि भागवत पुराण व *गीत गोविंद* में हमें उनका परवर्ती रूप देखने को मिलता है।

- पहली सदी में कुषाण काल से कृष्ण की आरंभिक छवियों में, उन्हें नायक कृष्ण-वासुदेव के रूप में दिखाया गया है जबकि चौथी सदी में गुप्त काल के बाद, वे स्नेही गोपाल-कृष्ण के रूप में दिखते हैं।
- कृष्ण की भक्ति अनेक रूप लेती है। उनमें से एक सखा-भाव भी है, जिसमें कृष्ण को मित्र रूप में दिखाया गया है।

वत्स, बछड़ा

कई बार गाँव से बाहर नहीं, भीतर ही रोमांच के क्षण पैदा हो जाते। एक बार वत्स नामक बछड़ा इस तरह हरकतें करने लगा मानो उस पर भूत सवार हो गया हो। वह ग्वालों के पीछे भागने लगा, उन्हें धरती पर गिरा कर उनके हाथ-पैर कुचल देता।

बाँसुरी का स्वर भी उसे शांत नहीं कर पा रहा था। गौओं ने उसके जंगलीपन से घबरा कर चरना बंद कर दिया। हार कर, श्याम उसके पीछे भागे। उसकी पूँछ पकड़ कर उसे गोल-गोल घुमाया और हवा में उछाल दिया। पशु सुदूर वृक्ष पर पक्षी की तरह जा टँगा। वह नीचे नहीं उतरा। गोपों ने श्याम को कंधे पर बिठाया और जय-जयकार करते हुए गाँव ले गए, उन्होंने उसे ब्रज का राजा घोषित कर दिया।

श्याम ने देखा कि लोगों को क्यों हमेशा नायकों और राजाओं की तलाश रहती है। उन्हें अपने लिए किसी रक्षक की ज़रूरत होती है। उस दिन के बाद जब भी किसी गोप को गाय या बछड़े की ओर से कोई परेशानी होती, वह श्याम के पास ही जाता और वे चुटकियों में समस्या हल कर देते। अब उन्हें कोई ऐसा मिल गया था जो सबकी रक्षा कर सकता था।

- बुंदेलखंड के अहीर-यादवों का जोशीला बरेड़ी नृत्य, कृष्ण और उनके युवक मित्रों के संबंध को दिखाता है, जब वे देहाती इलाक़ों में अपनी गौओं के साथ घूमते थे। यह प्रायः दीवाली पर आयोजित होता है।
- लगभग 700 वर्ष पूर्व महाराष्ट्र के भक्ति काव्य में कृष्ण का जो रूप सामान्यतः आता है, उसमें वे अपनी लाठी, कंबल, गौओं और मित्रों के साथ वनों में गौओं को चराने निकलते हैं। इस काव्य में सखा-भाव प्रधान है। वे स्वयं को विठोबा या कान्होबा कहते हैं।

अरिष्ट, बैल

श्याम और बलराम को गोप होने के नाते, जल्दी ही बैल और साँड का अंतर समझा दिया गया। नंद ने कहा था, "बधिया साँड, बोझ ढोने में माहिर बैल बन जाता है और हल व गाड़ी जोतता है पर वह गाय को बछड़ा नहीं दे सकता। और अगर बछड़ा नहीं हुआ तो गाय दूध नहीं देगी। यही वजह है कि कुछ बैलों को छुट्टा घूमने दिया जाता है। इन जंगली साँडों से दूर रहना। इन्हें लड़ना और अपना रोब जमाना पसंद है।"

अधिकतर साँड वृंदावन के बाहर खेतों में या नदी किनारे भीषण आवाज़ें करते हुए, अपना शक्ति प्रदर्शन करते फिरते। पर कई बार वे गाँव में घुस आते तो लोगों को घर की शरण लेनी पड़ती ताकि वे अपने पैने सींगों से उनके पेट न चीर दें।

एक बार, अरिष्ट नामक साँड गलियों में बौराया घूमने लगा। वह राह में आने वाली हर चीज़ को कुचल रहा था। उसने शांत होने से इंकार कर दिया था।

"यह कोई साधारण साँड नहीं। कोई राक्षस लगता है।" बलराम ने कहा।

श्याम को अहसास हुआ कि उस साँड को वश करने में अलावा कोई उपाय नहीं है। वे बोले, "फिर तो हमें इसे दंडित करना चाहिए।"

श्याम गली में निकले और अरिष्ट की ओर बढ़े। बलराम उनके साथ थे। साँड अपना सिर नीचे कर, बिजली की तेज़ी से सींग नचाता हुए उनकी ओर बढ़ा। दोनों भाई डटे खड़े रहे। वे मुस्करा रहे थे। श्याम ने साँड को खिलौने की तरह समझते हुए, उसके माथे पर हाथ रखा और उसे अठारह फ़ीट दूर धकेलते हुए, धरती पर स्थिर होने के लिए विवश कर दिया। श्याम ने उसके एक सींग को झकझोरते हुए उसे शांत कर दिया।

अब वृंदावन के साँड और बैल जान गए थे कि सबसे बलशाली कौन था?

- हरिवंश में, गोपियाँ कृष्ण को, वृंदावन के गोबर से भरे मार्गों पर बैलों को निहत्थे साधते देखती हैं तो उनके भीतर कृष्ण से प्रेम करने का भाव उमड़ता है।
- सिंधु घाटी की मुहरों पर भी बैलों के साथ नाचने-खेलने की छाप देखी जा सकती है। चारागाही समुदायों में अक्सर ऐसा होता था। दक्षिण भारत के जलिकट्टू में, कृष्ण अरिष्ट से लड़ते हैं, उन्हें इन गतिविधियों का दैवीय संरक्षक माना जा सकता है।

- वैदिक ब्राह्मण गौओं के बलिकर्म से सहज नहीं थे जो उन्हें आजीवन पोषण देती थीं परंतु बछड़ों को बधिया करना या बैलों को नाथना, चारागाही जीवनशैली का अंग था। राजनीतिक रूप से प्रेरित, आक्रामक, इक्कीसवीं सदी के गौ-रक्षक इन विवरणों की परवाह नहीं करते।

केशि, अश्व

श्याम और बलराम के लिए हिंसा नई बात नहीं थी। उन्होंने झुंड से भेड़ियों और मगरमच्छों को दूर रखने के लिए लाठी चलाना और पत्थरों से मारना सीखा। बौराए साँड भी बलप्रयोग और धमकी से ही क़ाबू आते थे। चारदीवारियों का काम करने के अलावा, वे लोग खेतों से खरपतवार भी तोड़ते थे। बाहरी इलाक़ा अपशकुनी माना जाता था। जब भी वे संध्या को घर लौटते तो उनकी माताएँ नमक, हल्दी और चंदन के उबटन से मल कर उनकी देह साफ़ करतीं ताकि सारा प्रदूषण दूर हो सके।

वे कहतीं, "इस जंगल की गंदगी को बाहर ही रहने दो।"

परंतु जंगलीपन तो बढ़ता ही जा रहा था। एक बार केशि नामक जंगली काला अश्व, लाल-लाल नेत्रों से गौओं को ताकते हुए, सीधा उनकी ओर बढ़ा। वह उन्हें कुचल देना चाहता था। केशि नहीं चाहता था कि उसकी घास कोई और भी खाए। गोप अपनी जान बचाने के लिए भागे। श्याम उसी जगह अडिग खड़े रहे। ज्यों ही अश्व ने उन पर छलाँग मारी तो वे उसे धता बता कर पीछे हट गए। फिर उसे पिछली टाँगों से पकड़ा और उलझा कर गिरा दिया। केशि घायल हो गया था, उसने फिर से हमला किया श्याम ने उसके मुख में हाथ डाल कर दाँत तोड़ दिए और उसका गला दबा कर जान ले ली।

गौएँ गोपों की थीं और बैल किसानों को दिए जाते थे। कुत्ते शिकारियों के होते हैं। अश्व राजाओं के होते हैं। एक जंगली अश्व वन में क्या कर रहा था? वृंदावन में उस रात यही प्रश्न किया गया। क्या मथुरा के किसी दुष्ट राजा ने राक्षस भेजा था, जिसके सिपाहियों ने पूतना के हत्यारे का पता लगाया था?

"बाबा, एक राजा का काम हमारी रक्षा करना है, हमें धमकाना नहीं?" श्याम ने कहा।

नंद बोले, "कुछ लोग भय को ही सम्मान मान लेते हैं।"

"वन के पशुओं से अधिक, हमें मनुष्य हृदय में बसे पशु से सावधान रहना चाहिए।" बलराम ने कहा। श्याम भी उनसे सहमत थे।

- कृष्ण को केशव भी कहते हैं क्योंकि उन्होंने अश्व राक्षस केशी का वध किया था।
- कृष्ण की प्राचीनतम छवियों में से एक, जो लगभग 1500 वर्ष पुरानी है, वह गुप्त काल से है जिसमें उन्हें गंधर्व शैली में अपनी बाजू अश्व के मुख में डालते हुए दिखाया गया है। कुषाण काल की भी एक प्रतिमा मिलती है जो लगभग 1700 वर्ष पुरानी है, परंतु यह पक्के तौर पर नहीं कह सकते कि उसमें दिखाया गया पात्र कृष्ण हैं या नहीं क्योंकि उन्हें मकर कुंडल या मोरपंख के साथ नहीं दिखाया गया है।
- इंडो-ग्रीक इस घटना की तुलना, हरक्यूलिस के आठवें कारनामे से करते हैं, जब वह डायोमिडीज के जंगली अश्वों को पकड़ता है।

प्रलम्ब, राक्षस गोप

गोप अक्सर समय बिताने को कोई न कोई खेल रचते थे। एक दल का नेता श्याम बनते और दूसरे दल का नेता बलराम होते। हारने वाले को जीतने वाले को पीठ पर बिठा कर, चारागाह से नदी के किनारे तक ले जाना होता था।

ऐसे ही एक खेल के दौरान, विजेता बलराम को ध्यान आया कि जिस गोप ने उन्हें उठा रखा था, वे तो उसे जानते ही नहीं हैं। जब वह गोप नदी के किनारे जाने के बजाए, वन की दिशा में भागने लगा तो उनका संदेह और पक्का हो गया।

श्याम को बहुत देर तक बलराम की अनुपस्थिति का पता नहीं चला। जब वे गौओं की गिनती कर, नदी किनारे गए तो बलराम उस जगह नहीं थे।

"क्या हमें चिंता करनी चाहिए?" एक गोप ने कहा।

श्याम मुस्कराए, "चिंता किसकी?"

प्रलम्ब नामक गोप बलराम को पीठ पर उठाए इतनी तेज़ी से भाग रहा था कि बलराम को दोनों ओर के वृक्ष तक नहीं दिख रहे थे।

बलराम ने पूछा, "तुम किधर जा रहे हो?" परंतु उसने कोई उत्तर नहीं दिया। बलराम को अहसास हुआ कि प्रलम्ब कोई साधारण गोप नहीं, वह तो बच्चे चुराने वाला

राक्षस था, जिसके बारे में माता हमेशा सावधान करती आई थी। बलराम को अपनी टाँगों पर प्रलम्ब की पकड़ सख़्त होती महसूस हुई। अब उसके नाख़ून उनके मांस में गड़ रहे थे। बलराम जान गए कि बचना आसान नहीं होगा। वे अपनी जाँघों को सिकोड़ कर पास ले आए और धीरे-धीरे राक्षस का सिर कुचलने लगे। प्रलम्ब की गति धीमी हो गई। वह घुटनों के बल गिरा और उसका सिर पके कद्दू की तरह खुल गया।

जब बलराम नदी के किनारे लौटे तो उनकी देह रक्त से सनी थी। गोपों ने प्रलम्ब के बारे में नहीं पूछा। उन्होंने बलराम को स्नान करवाया और जंगली पुष्पों की माला पहना दी ताकि उनकी देह से मृत्यु की गंध निकल जाए।

- महाराष्ट्र के संत-कवियों ने ऐसे गीत रचे जिनमें कृष्ण ग्वालों के संग गेंद और लुका-छिपी का खेल खेलते हैं।
- बलराम को दाउजी या बड़ा भाई भी कहते हैं। और ब्रज-मंडल में, उन्हें लुक-लुक दाउजी कहते हैं जो सदा कृष्ण पर अपनी नज़र रखते हैं।
- पुरी के मंदिर में, गौर बलराम श्याम अश्व की सवारी करते हैं और श्यामल कृष्ण श्वेत अश्व पर सवारी करते हैं।

धेनुक गदर्भ

बलराम ने देखा कि ताड़ वन गोवर्धन के चारागाहों से दूर नहीं था। उन्होंने सोचा कि वे पेड़ पर चढ़ कर थोड़ा ताड़ फल तोड़ लें। छोटे गोप उत्साहित थे परंतु बड़े गोपों ने उन्हें सावधान किया। “यह जगह गदर्भ राक्षस धेनुक की है, अगर उसके क्षेत्र में पैर भी रखा तो वह जान से मार देगा।” वे बोले।

बलराम किसी गदर्भ से नहीं डरते थे। वे निडर हो कर उस ओर चल दिए। गदर्भ पेड़ों पर चढ़ने की कोशिश कर रहे गोपों पर लपका। बलराम ने उसे उठा कर धरती पर पटक दिया, जिस तरह धोबी कपड़े धोता है, और इस तरह गधा मारा गया।

प्रकृति में कुछ भी सहज भाव से नहीं आता। कई बाधाओं का सामना करना ही पड़ता है। तभी तो भोजन में स्वाद आता है। श्याम को लगा कि उन्हें भाई के हाथों जमा किए ताड़ फल की गिरी बहुत स्वादिष्ट लगी थी।

- ताड़ वृक्ष बलराम के लिए पवित्र थे। वे उसका फल खाते हैं, उसका रस पीते हैं और उनकी पताका पर भी इसका ही चित्र अंकित है।
- बचपन में कृष्ण अपने भाई के साथ रोमांचक कारनामे करते हैं और आगे चल कर उन्हें अर्जुन का साथ मिलता है।
- कृष्ण और बलराम की जोड़ी कोई नहीं तोड़ सकता। वे यमुना और गंगा की तरह श्याम और गौरांग हैं। वे अनेक परंपराओं में विष्णु और शिव, हरि और हर हैं।

द्विविधा, वानर

जब वे बड़े हुए, तो बलराम को ताड़ पेड़ से निकले रस से मदिरा बनाना अच्छा लगने लगा, वे अपने मित्रों के साथ ताड़ी का आनंद लेते। एक बार जब वे ताड़ी का स्वाद ले रहे थे तो ताड़ वन में एक वानर आ गया। वह पेड़ों पर उछल-उछल कर सताने लगा।

पहले तो किसी ने ध्यान नहीं दिया। पर फिर उसने सब पर ताड़ फल फेंकने आरंभ कर दिए। जब सभी उसे उपेक्षित कर रहे थे तो वह भाग कर आया और बलराम के हाथ से ताड़ी से भरा मटका छीन कर फोड़ दिया।

बलराम को बहुत गुस्सा आया और उन्होंने ताड़ फल तोड़ने की लग्गी से पीट-पीट कर वानर के प्राण ले लिए।

- बलराम का संबंध कृषि उपकरणों, मूसल व हल से है। इस तरह वे किसानों के देवता हैं। ग्वालों के देवता, कृष्ण के साथ, वे मनुष्य की बस्तियों के आरंभिक उद्‌योगों का प्रतीक हैं।
- प्राचीनतम भागवत संप्रदाय को पंचरात्र कहा जाता था, बलराम को संकर्षण और कृष्ण को वासुदेव कहते थे। वे भारत के उत्तर-पश्चिम इंडो-ग्रीक के लोकप्रिय इष्ट थे। बलराम अपने हाथों में लाठी और कृष्ण एक चक्र रखते हैं। आगे चल कर इस छवि से विष्णु को रचा गया, जो हाथ में गदा और चक्र लेते हैं।
- वानरों की रामायण और महाभारत में महत्त्वपूर्ण भूमिका रही। द्विविधा का स्वभाव हमें रामायण के बाली की याद दिलाता है जो राम के हाथों मारा गया। परंतु दोनों कथाओं में सहायता देने वाले वानर भी हैं। वानरों ने राम को सागर पर पुल बनाने में सहायता की और कृष्ण वानरों से खेलते थे और उन्हें अपने साथ माखन खिलाते थे।

बलराम यमुना को अधीन करते हैं

एक दिन, बलराम मदमत्त थे। वे स्नान करना चाहते थे परंतु आलस्य के मारे यमुना नदी के पास नहीं जाना चाहते थे। उन्होंने नदी की देवी को अपने पास आने का आदेश दिया।

यमुना ने कहा, "नदी किसी मनुष्य के लिए अपनी राह नहीं बदलती। तुम्हें ही मेरे पास आना होगा।"

बलराम ने अपना हल उठाया और यमुना को बालों से पकड़ कर तब तक घसीटा, जब तक वह उनके निकट नहीं बहने लगी। फिर उन्होंने उसमें स्नान किया।

गाँव वालों ने कहा कि बलराम ने नदी को उसी तरह जीता था जैसे शिव जी ने गंगा को अपने अधीन किया था।

- यह हिंसक कथा संभवतः नहरों से सिंचाई का दृष्टांत है।
- बलराम की तुलना प्रायः शिव से होती है। वे दोनों ही गौर वर्ण हैं, नागों से संबंध रखते हैं, मादक द्रव्यों का सेवन करते हैं और बहुत जल्दी कुपित होते हैं परंतु इन्हें प्रसन्न कर करना भी सरल है। जिस तरह शिव गंगा को अपने वश में करते हैं, बलराम ने यमुना को वश में किया था।
- गुप्त काल से ही, मंदिरों में गंगा और यमुना की छवियाँ अंकित होने लगी थीं। इन दोनों जल देवियों के हाथों में पात्र रहते हैं। गंगा मकर पर सवार होती हैं और यमुना कूर्म की सवारी करती हैं। गंगा को एक गौरवर्णीया फेनिल नदी के रूप में देखा जाता है। यमुना श्यामल, अलस और विषादयुक्त दिखती हैं। गंगा उद्दाम हैं। यमुना निरंतर शिकायत करती दिखती हैं। वे दोनों मिल कर हिंदू पौराणिक गाथाओं की आद्य प्रारूपीय सह-पत्नियों की भूमिका में दिखती हैं।
- यमुना को प्रायः शोकाकुल गोपिका के रूप में दिखाया जाता है जिसे लगता है कि कृष्ण ने उसे त्याग दिया है। अंततः यमुना, कालिंदी के रूप में, द्वारावती में कृष्ण की पत्नी बनती है।

अघ, अजगर

गोप बड़े हो कर निर्भीक होते गए। वे वनों में भटकते और गोवर्धन की ढलानों से परे पहाड़ियों में घूमते। वे अपने अज्ञात के भय से पीछा छुड़ाने के लिए अनजान जगहों पर जाना चाहते थे। एक मार्ग उन्हें गहरी और अंधेरी सुरंग की ओर ले गया। यह तो वह नहीं था जो उन्हें

लगा था। यह एक विशाल अजगर का मुख था जिसका नाम अघ था और वे उसके भीतर चल रहे थे।

श्याम को यह अनुभव हुआ और उन्होंने अपने शरीर का इस तरह विस्तार कर लिया कि अजगर अपना जबड़ा बंद नहीं कर सके। वे गोपों के साथ उसके और भीतर चलते गए और उसकी श्वासनली को बंद कर दिया। अघ का मुख खुला रहा, दम घुटा और उसने प्राण त्याग दिए। गोप जान भी नहीं सके कि वे सभी मौत के मुख में चल रहे थे।

गोप अपने खेलने के लिए नई जगह पा कर उत्साहित थे। काश! उन्हें पता होता कि वे कितने बड़े जोखिम से निकले थे। श्याम के आसपास होने से सभी सुरक्षित रहते थे। परंतु तब क्या होगा, जब वे साथ नहीं होंगे। निर्भरता भार है; ये हमें बेड़ियों में बाँधती है।

- यह प्रसंग हमें हनुमान द्वारा सागर की राक्षसी सिंहिका वध की याद दिलाता है। रामायण में हनुमान सिंहिका के मुख में छोटे हो कर प्रवेश करते हैं और भीतर जा कर अपने आकार को विशाल कर देते हैं जिससे राक्षसी का पेट फट जाता है।

एक सर्प ने नंद को लील लिया

एक दिन सभी गोप और गोपियाँ नदी किनारे जमा हुए ताकि ईश्वर के प्रति आभार प्रकट कर सकें। जब अनुष्ठान समाप्त हुआ, उसके बाद भोज का आयोजन किया गया। भोज के बाद सभी झपकी ले रहे थे। अचानक नंद मदद के लिए पुकारने लगे।

विशाल सर्प ने नंद को पैर से पकड़ लिया था और समूचा ही निगल रहा था।

ग्वालों ने सर्प को लाठियों से पीटा पर वह नंद को नहीं छोड़ रहा था। श्याम अभी आए नहीं थे, गोप घबरा गए। जब श्याम आए तो उन्होंने केवल सर्प को छुआ। सर्प ने उसी समय नंद को छोड़ा और एक विद्याधर में बदल गया। "मुझे एक ऋषि का ध्यान भंग करने के लिए पशु बनने का श्राप दिया गया था। मुझे कहा गया था कि जब श्याम मेरा स्पर्श करेंगे, तभी मेरी मुक्ति होगी। मैंने नंद पर हमला किया ताकि श्याम मुझे छू सकें।" उसने कहा।

विद्याधर ने नंद से माफ़ी माँगी और अपने धाम को लौट गया।

जब वे वापस आए तो नंद ने अपने पुत्रों से कहा, "मेरे पुत्र, यदि हम उनकी कथा सुनें तो जान सकते हैं कि सभी खलनायक भी शिकार होते हैं। मथुरा का दुष्ट कंस ऐसा बालक था जो बलात्कार से जन्मा, उसकी अपनी माँ ने उसे शाप दिया और उसे पालने की बजाए अपने प्राण दे दिए। मगध के अत्याचारी जरासंध को जन्मते ही जात से बाहर कर दिया गया, यह माना गया कि वह मरा हुआ जन्मा था। इस तरह के दुख में पले बालक साधारण नहीं हो सकते। वे सदा संसार को एक चेतावनी के रूप में देखते रहेंगे।" नंद ने अपने दोनों पुत्रों को गले से लगा कर कहा, "तुम स्नेह में पले हो। तुम हमें प्रिय हो। तुम कभी संसार को इस दृष्टि से नहीं देख सकते। इससे भी महत्त्वपूर्ण बात यह है कि तुम संसार को दूसरों के लिए भी दुख का कारण नहीं बनने दे सकते।"

- कुछ जंगली पशु देव माने जाते हैं और कुछ को दानव माना गया है। कुछ की पूजा की जाती है और कुछ पशुओं से लोग भयभीत रहते हैं। इस तरह मनुष्यों को अवैयक्तिक वन्य को समझने में मदद मिलती है।
- इंडोनेशिया के नौवीं सदी के कांडी विष्णु मंदिर में कृष्ण और बलराम की एक छवि मिलती है जिसमें वे सागर के राक्षस के मुख पर झपट रहे हैं, एक बैल को वश में कर रहे हैं और फिर वे एक व्यक्ति से युद्धरत दिखते हैं जो संभवतः कंस है। कृष्ण-वासुदेव की इन कथाओं का, भारत में भक्ति काल के उदय से पूर्व, दक्षिण पूर्व एशिया में प्रचार हुआ। आगे चल कर भारत में कृष्ण के गोपाल रूप को वरीयता दी गई।

कालिय के फन पर नृत्य

यमुना नदी के एक छोर पर, जल काला, ठहरा हुआ और विषैला था। उसी में कई फनों वाला नाग कालिय रहता था। ग्वाले यमुना के उस हिस्से में जाने की बजाए अपनी गौओं को और दूर पानी पिलाने ले जाते थे।

हालाँकि श्याम अपनी गौओं और मित्रों के साथ इसी हिस्से में जाना चाहते थे। उनके मित्रों ने मना किया परंतु श्याम ने सुनने से मना कर दिया। वे पेड़ की शाखा पर चढ़े और पानी में छलाँग लगा दी। फिर वे मारे उत्साह के किलक उठे।

जल्दी ही वे उस जगह थे, जहाँ नाग ने अपनी पूँछ से उनकी टाँगों को लपेट लिया और अपने ज़हरीले दाँत उनकी बाजू में गड़ा दिए। ग्वाले मारे भय के चिल्ला उठे। सारा गाँव वहीं आ पहुँचा। लोग श्याम की मदद के लिए भी आने से डर रहे थे। स्त्रियों को यह सोच कर ही सदमा हो गया कि श्याम अब नहीं बच सकते।

हालाँकि श्याम को इस खेल में अनूठा आनंद आ रहा था। वे कालिय की पकड़ से फिसले और उसके सिर पर जा चढ़े। उन्होंने कालिय की पूँछ पकड़ी और मस्त हो कर नृत्य करने लगे। नदी का जल छलकते हुए, संगीत पैदा कर रहा था। श्याम के पैरों तले पिसते कालिय ने हार मान ली। कालिय की पत्नियों ने श्याम से आग्रह किया कि उनके पति को छोड़ दें।

"तुम्हें इस नदी को छोड़ कर जाना होगा।" श्याम ने कहा।

कालिय ने बहस की, "ओह, श्याम, तुम मुझे हटा कर इस जल को अपने गोपों और गौओं के लिए सुरक्षित बनाना चाहते हो पर कभी यह सोचा कि मैंने इस गहरे पानी में अपने ही विष के भीतर रहने का निर्णय क्यों लिया? इस जगह मैं सुरक्षित रहता हूँ। यमुना के काले जल में कालिय नाग किसी को नहीं दिखता। पर तुम्हारे आदेश से इस जगह को छोड़ा तो गरुड़ उसी समय मेरे प्राण ले लेगा। क्या तुम गोपों की रक्षा के लिए मेरे प्राण ले लोगे? क्या विष्णु हम सबके संरक्षक हैं या वे केवल कुछ ही लोगों की रक्षा करते हैं?"

श्याम ने कालिय को वचन दिया कि गरुड़ उसे या उसकी पत्नियों को नहीं मारेगा। कालिय यमुना को छोड़ गया और वह जगह वृंदावन के लोगों और उनकी गौओं के लिए निरापद हो गई।

- हिंदू, बौद्ध व जैन पुराणकथाओं में नागों या फन वाले सर्पों की अहम भूमिका रही है। शायद ये मिथकों के आरंभिक रूपों का प्रतिनिधित्व करते थे, जिन्हें आगे चल कर, और अधिक व्यवस्थित पौराणिक कथाओं का हिस्सा बना लिया गया। फन युक्त सर्प किसी नायक या मुनि के सिर पर छाया देते हैं जैसे बुद्‌ध पर सर्प को छत्र की तरह देखा जा सकता है। इसी तरह जिन पार्श्व, शिव और नवजात कृष्ण के सिर पर भी सर्प अपने फन से छाया देते हैं। इसके अतिरिक्त विष्णु शेषनाग पर ही निद्रालीन होते हैं।

- शिव के गले में सर्प लिपटता है और कृष्ण नाग के फन पर नृत्य करते हैं। इस प्रकार सर्प शिव के ऊपर है और कृष्ण सर्प के ऊपर हैं। यह हिंदू पुराण गाथाओं में शिव-विष्णु के बैर का सूचक है।
- यह महत्त्वपूर्ण है कि कृष्ण और कालिय का अर्थ एक ही है - श्याम - यानी वे एक-दूसरे के पूरक हैं।
- गरुड़ और कालिय का बैर, हिंदू साहित्य में बार-बार परिलक्षित होता है और पक्षी पूजक घुमंतू समुदायों और सर्प पूजक बस्तियों में रहने वाले मनुष्यों के पुराने बैर को स्पष्ट करता है।
- कालिय पर नृत्य करने वाले कृष्ण, नटवर कहलाते हैं जो अपने हाव-भाव और भंगिमाओं से गोप-गोपिकाओं का दिल बहलाते हैं - यह नटराज शिव के विपरीत है, जो नृत्य करते हुए नेत्र नहीं खोलते, वे एक मुनि की भाँति मग्न हैं और उन्हें दर्शकों की परवाह नहीं है।
- कहते हैं कि नाग के माथे पर जो चिह्न दिखता है, वह कृष्ण के पैर की छाप है।
- कुछ कथाओं में, कृष्ण कालिय नाग के विष के प्रभाव से नीले हो जाते हैं जिससे वे नीलमाधव कहलाते हैं। शिव ने भी सागर मंथन के समय निकला हलाहल पिया था जिससे उनका कंठ नीला हो गया था और वे नीलकंठ कहलाए। हिंदू समुदायों में काले और नीले के बीच का भ्रम बना हुआ और कई स्थानों पर वे श्यामल कृष्ण के बजाए नीले रंग के कृष्ण को पूजना पसंद करते हैं।

दावानल

एक बार बहुत सारे जंगली जानवर भाग कर चरागाहों की ओर आ गए - हिरण, खरगोश, सर्प व गिलहरी। वे गोपों और गौओं के बीच से होते हुए नदी की ओर भागे। गोपों ने देखा तो पता चला कि वृंदावन के आसपास के वनों में आग लग गई थी। वे घबरा गए, और चिल्लाने लगे, "भागो!" सभी पानी की ओर भागे परंतु श्याम ने ऐसा नहीं किया।

श्याम ने मुख खोला और उस आग को निगल लिया। जो सब कुछ लील लेती थी, उसे लील लिया गया था। चरागाह सुरक्षित था। वन सुरक्षित था। हिरण वन में लौटे और गौएँ चरागाह में वापस आ गईं। अग्नि देवता को कोई संदेह नहीं था कि उन्हें जिसने निगला वे स्वयं भगवान थे। उन्होंने यह समाचार मेघों और सितारों तक प्रसारित कर दिया।

- अग्नि वेदों के महत्त्वपूर्ण देवों में से हैं परंतु वे कृष्ण के अधीन होते हैं और इस तरह बाद के पौराणिक हिंदू धर्म में कृष्ण की श्रेष्ठता स्थापित की जाती है।
- कृष्ण वन्य पशुओं के अलावा प्राकृतिक आपदाओं जैसे जंगल की आग आदि से भी ग्रामवासियों की रक्षा करते हैं और प्राचीन युग के अभिभावक देव बन जाते हैं।
- वृंदावन जाने वाले तीर्थयात्री ब्रज भी जाते हैं जो पारंपरिक रूप से चौरासी कोस (एक कोस लगभग 3 कि.मी. के बराबर होता है) है और इसमें वनों, बगीचों व तालों से हो कर गुज़रते हैं जिन स्थानों पर कृष्ण अपने सखाओं के साथ लीला रचाते थे।

अग्नि उपासकों की पत्नियाँ

श्याम और बलराम सुबह-सुबह ही माँ के हाथों से बनी बाजरे की नमकीन रोटियों को मक्खन से खा लेते और दोपहर तक फिर से भूख लगने लगती। फिर वे वन में बेर और फल खोजते। एक दिन, उन्हें खाने को कुछ नहीं मिला। वे वन में गहरे उतरते चले गए। उस जगह ऋषि यज्ञ करते दिखे, उनके पास भोजन, माखन और दूध से भरे पात्र रखे थे, वे उसी का भोग लगा कर अनुष्ठान कर रहे थे।

"आप क्या कर रहे हैं?" श्याम ने पूछा।

"हम देवताओं को हविष्य दे रहे हैं।" उत्तर मिला।

"वे किस जगह हैं?" श्याम ने पूछा

"सितारों के परे। यह अग्नि ही देवों का मुख है। यह भोग धूम्र के माध्यम से उनके पास जाता है।"

"क्या बेहतर नहीं होगा कि भोजन को भूखों के लिए दिया जाए, जिन देवों को आप देख तक नहीं सकते, उन्हें भोजन देने से लाभ? जाने वे कौन से दिव्य लोक में रहते हों?" श्याम ने कहा।

"जाओ, नीच ग्वालों। तुम समझ नहीं सकोगे। तुम्हारे साए से भी पवित्र वेदी अपवित्र हो रही है।" अनुष्ठान करने वाले चिल्लाए।

श्याम इस कटुता से हतप्रभ हो उठे और उस जगह से थोड़ी दूरी पर बसी बस्ती में चले गए। उस जगह कुछ स्त्रियों ने देखा कि वे भूखे थे, उन्होंने बालकों को अपने हाथों से भोजन खिलाया।

"वे लोग अग्नि में भोजन फेंक रहे हैं और उन्होंने हमें नीच ग्वाले कहा।" गोपों ने व्यथित हो कर कहा।

"भोजन उच्च और नीच में अंतर नहीं करता।" उदार स्त्रियों ने कहा। उनके चेहरे पर उल्लास था। वे बालकों के मुख पर लगे दलिए को देख हुलस उठीं। वे यज्ञकर्ता उनके पति थे।

इस दौरान, अग्नि ने पुरोहितों से कहा, "तुम इस जगह बैठे मंत्र जप रहे हो। तुम्हारी पत्नियाँ अपने हाथों से विष्णु को भोजन करवा रही हैं।" पुरोहितों को अपनी मूर्खता का अहसास हुआ और वे घर भागे। हालाँकि श्याम तब तक जा चुके थे।

- गोपियों की तरह ऋषियों की पत्नियों का संबंध भी भावनाओं व संवेदनाओं से जोड़ा गया है जैसे क्षुधा और भाव, भक्ति मार्ग। जबकि उनके पति और गोप अनुष्ठानों और नियमों के संसार से संबंध रखते हैं, कर्म मार्ग।
- शिव पुराण में, शिव को देखते ही ऋषियों की पत्नियाँ मुग्ध हो उठती हैं। वे अपने पतियों को छोड़ कर शिव का पीछा करती हैं। इसी तरह, इस प्रसंग में भी आनंदी कृष्ण को देख कर ऋषि पत्नियों के मन में वात्सल्य भाव पैदा होता है, वे उन्हें पूरे संतोष से भोजन करवाती हैं। इस प्रकार, परवर्ती पौराणिक हिंदू धर्म में, बौद्धिकता तथा वैदिक अनुष्ठान की तुलना में भावों तथा उदारता को अधिक प्रश्रय दिया गया।

ब्रह्मा का संदेह

यह समाचार स्वर्ग में ब्रह्मा जी तक भी पहुँचा कि विष्णु, एक ग्वाले श्याम के रूप में गौओं को चराते हुए धरती पर वनों में भटक रहे थे। सभी जीवों के पितामह, ब्रह्मा जी को विश्वास नहीं हुआ।

'निस्संदेह विष्णु ने राम, वामन या परशुराम की तरह किसी राजसी परिवार या किसी पुरोहित के परिवार में जन्म लिया होगा, वे किसी ग्वाले के परिवार में नहीं जन्म सकते।

स्वयं सत्य की जाँच करने के लिए वे वृंदावन पधारे। उन्होंने अपनी माया से श्याम की सारी गौओं और साथियों को गुफा में छिपा दिया। श्याम को तो भान था कि ब्रह्मा क्या चाहते थे। उन्होंने असंख्य रूप धरे और उतनी ही गौएँ व ग्वाले दिखने लगे जितने वृंदावन से आए थे। किसी को पता नहीं चला कि वे लोग ओझल हो चुके थे।

कई दिन बीत गए। वृंदावन का जीवन उसी तरह चलता रहा। किसी को भी उन गौओं और ग्वालों की असलियत पता नहीं चली। ब्रह्मा जी को लगा कि उनकी चाल विफल कर दी गई है। उन्होंने गुफा से सबको मुक्त कर दिया। उन्हें लगा कि ज्यों ही वे लोग वृंदावन पहुँचेंगे तो गाँव वाले भ्रमित हो उठेंगे।

पर जब गौएँ और ग्वाले वापस आए तो उन्हें रहस्यमयी गुफा में बिताए दिनों के बारे में कुछ भी याद नहीं था। ज्यों ही वे गाँव में आए, उनके हू-ब-हू रूप अपने-आप ही ओझल हो गए और कोई कुछ नहीं जान सका।

मानो उनका अपहरण हुआ ही नहीं हो। केवल भगवान ही ऐसा कर सकते थे : समय को बदलना और उनके मस्तिष्क से सारी स्मृति हटा देना, एक ही समय व स्थान पर अलग-अलग रूपों में अपनी उपस्थिति दिखाना।

तब ब्रह्मा को कोई संदेह नहीं रहा कि श्याम ही विष्णु थे। वे उनके पैरों पर गिर गए और उनके दैवीय स्वरूप को मान दिया।

- कृष्ण पहले अग्नि को अपने अधीन करते हैं और परवर्ती पौराणिक हिंदू ग्रंथों में अपनी श्रेष्ठता स्थापित करने के लिए ब्रह्मा को अधीन करते हैं।
- खोए हुए बालकों के स्थान पर दूसरे बालक उत्पन्न कर कृष्ण स्वयं सर्जक से भी आगे निकल जाते हैं। अब्राहिमी पौराणिक गाथाओं की तरह, ब्रह्मा को मिथ्या देव नहीं, वे एक सीमित देव हैं, जबकि कृष्ण को एक विस्तृत इष्ट का रूप दिया गया जो अनंत और शाश्वत भाव रखते हैं।
- कृष्ण अलग-अलग स्थानों पर अपने कई रूप दिखाने में सक्षम हैं, वे दूसरे जीवों का रूप लेते हैं और इस तरह वे स्वयं को भगवान के रूप में स्थापित करते हैं यानी ऐसा ईश्वर जो समय और काल को भी अपने अनुसार चला सकता है।

गोवर्धन पर्वत उठाना

प्रति वर्ष, यादव वर्षा आगमन की खुशी में यज्ञ का आयोजन करते ताकि आकाश के देवता राजा इंद्र का आभार प्रकट कर सकें। उनके वज्र से ही तो मेघों से वर्षा मुक्त होती थी। ब्रज के ग्वाले यज्ञ की अग्नि में भारी मात्रा में मक्खन डाल कर यज्ञ रचाते।

श्याम ने पूछा, "हमें सुदूर रहने वाले एक देवता का पूजन क्यों करना चाहिए जो हमारा सारा मक्खन खा जाता है। हमें तो गोवर्धन का पूजन करना चाहिए जिसका शिखर वर्षा वाले मेघों का मार्ग रोकता है ताकि हमें भरपूर वर्षा मिल सके। उसकी ढलानों पर ही हरे-भरे चारागाह हैं जिनसे हमारे पशुओं का पेट भरता है।"

श्याम से प्रेरित, सभी ग्रामीणों ने निर्णय लिया कि वे इंद्र के स्थान पर गोवर्धन पर्वत की पूजा करेंगे। इंद्र कुपित हो उठा और उसने निर्णय लिया कि इतनी घनघोर बरसात होगी जिससे सारा ग्वाल समुदाय बह जाएगा। ब्रह्मा ने रोकना चाहा। अग्नि ने समझाना चाहा। परंतु स्वर्ग के देव ने किसी की नहीं सुनी। उसने आकाश को काले मेघों से ढँक दिया और वृंदावन में आकाशीय बिजली रौद्र रूप दिखाने लगी।

ग्वालों के घर, गौशालाओं और खलिहानों में पानी भर गया। वे सभी भीग कर सर्दी से काँपते हुए, अपनी गौओं सहित नंद के घर जा पहुँचे। वे भी नहीं समझ पा रहे थे कि अब क्या करना चाहिए। जल्दी ही पानी उन सबको बहा ले जाने वाला था। क्या यह प्रलय थी?

श्याम ने सारा भार सँभाला, "चिंता नहीं करें। मेरे साथ चलें।" उन्होंने गोवर्धन पर्वत को उठा लिया ताकि सारा ग्वाल समुदाय उस निर्दयी वर्षा से अपना बचाव कर सके। सबने देखा कि वह पर्वत श्याम की छोटी अँगुली पर टिका था परंतु इस बात पर विश्वास करना लगभग असंभव था।

पर्वत के उस छत्र तले सुरक्षित ग्वाले प्रसन्नता में झूम-झूम कर नाचने लगे। अपमानित इंद्र धरती पर आया और श्याम के चरणों पर गिर कर अपने दंभी आचरण के लिए क्षमा चाही। इंद्र ने कहा, "आप मेरे स्वर्ग चलें। वह आपके रहने के लिए उपयुक्त स्थान है।"

"इंद्र, तुम्हें दूसरों पर अपनी शक्ति का प्रयोग करने में आनंद आता है इसलिए तुम आकाश में अपने वैभव को इतना महत्त्व देते हो। मुझे दूसरों को शक्ति देने में आनंद आता है, यही कारण है कि मुझे गौओं और ग्वालों के घर पसंद हैं। इनके घर गोबर से पुते हैं और मटकों में माखन भरा है।"

- कृष्ण व इंद्र के बीच टकराव की कथा कृष्ण को एक नायक की तरह प्रस्तुत करती है जो शोषितों का साथ देते हैं। यह एक शास्त्रीय ग्रीक विषय रहा है। *इलियड* में, एकीलस एगामेमनॉन के अत्याचारों के आगे झुकने से मना कर देता है और *ओडिसी* में, ओडिसियस पोसीडोन से नहीं डरता।
- इंद्र की पराजय का यह प्रसंग स्पष्ट रूप से एक परिवर्तन को रेखांकित करता है। वैदिक काल में प्रकृति पूजा लोकप्रिय थी। कृष्ण एक चारागाही समुदाय के देवता थे जो धीरे-धीरे परवर्ती पौराणिक हिंदू धर्म के भी देव हुए और पुराने वैदिक देवों को उनके स्थान से हटा दिया।
- राजस्थान के नाथद्वारा में, श्रीनाथ मंदिर की मूर्ति में, कृष्ण को गोवर्धन पर्वत उठाए हुए दिखाया हुआ और वे अपने भक्तों को आश्रय दे रहे हैं।
- हरिवंश में, ग्वाले कृष्ण को वचन देते हैं कि पशु बलि दे कर, गोवर्धन पर्वत का सम्मान करेंगे। कथा के परवर्ती संस्करणों में इन हिस्सों को काट दिया गया। जिससे पता चलता है कि आगे चल कर कृष्ण-विष्णु का पूजन पूरी तरह शाकाहारी होता चला गया।
- हरिवंश में, कृष्ण को अपने हाथों में पर्वत उठाए देख कर ही गोपियों के हृदय में उनके लिए अनुराग पैदा हुआ। उनकी वीरता और नायकत्व उन्हें और भी आकर्षक बनाते हैं।
- एक लोक रामायण में कहा गया है कि वानर ही हिमालय की चोटियों को दक्षिण में लाए ताकि लंका तक पुल बन सके। जब पुल पूरा बन गया तो अतिरिक्त शिखर वहीं छोड़ दिए गए। भारत के सागर तटीय इलाक़ों और हिमालय के बीच अनेक चोटियों को देखते हुए यह कथा कही जाती है। गोवर्धन भी ऐसा ही एक शिखर था। वह राम को देखना चाहता था परंतु यह संभव नहीं हो सका। तब राम ने उसे वचन दिया कि वे दूसरे जीवन में पुनः भेंट करेंगे। यही कारण है कि कृष्ण इस पर्वत को उठाते हैं।

- प्रतिदिन, कृष्ण के प्रमुख मंदिरों में, उन्हें दिन में कई बार भोग लगाया जाता है। सुबह के समय बाल-भोग, एक बालक के लिए विशेष तौर पर दूध और फल क्योंकि सुबह के समय कृष्ण बालक हैं। फिर दिन में राज-भोग, कृष्ण ग्वाले और सारथी हैं इसलिए वे घी और खांड में पके मिष्ठान्न का भोग लेते हैं। और फिर श्यन-भोग, रात्रि विश्राम से पूर्व हलका भोजन।
- कृष्ण सामाजिक अनुक्रम को भी पार कर लेते हैं। वसुदेव क्षत्रिय हैं परंतु यादव के रूप में उनका स्थान भरतों से नीचे है। वसुदेव या कृष्ण को कभी राजा नहीं कहा गया। वे रामायण के राम से, सामाजिक स्तर में नीचे हैं। कृष्ण की कल्पना सदा एक गोप और सारथी के रूप में होती है जो दूसरे समुदायों को अपनी सेवाएँ देते हैं।

सातवाँ खंड

प्रेमी

व्यास ने शुक से कहा, "उन्होंने स्त्रियों को ऐसा निरापद किया कि वे गाँव से बाहर, वन में आधी रात को परिजनों की निगरानी से परे पूर्ण शृंगार करके नृत्यरत होने पर भी असुरक्षित अनुभव नहीं करती थीं। इन प्रसंगों को पढ़ कर तुम्हें भी अहसास हो कि बड़े होने का अर्थ है तुम स्वयं को विश्वास करने के योग्य बना रहे हो।"

राधा वल्लभ, राधा के प्रिय

पूर्णिमा में रास नृत्य

वर्षा के तुरंत बाद, वन हरियाली से लहलहा उठे, फूलों का मकरंद धरती को मोहने लगा, चंद्रमा की रोशनी में यमुना की किरणें जगमगा उठीं और श्याम वन में अपनी बाँसुरी बजाने लगे।

यह सौम्य स्वर गोपियों के मन को मोह लेता था। वे तरोताज़ा हो कर नींद से उठतीं, धीरे से अपना शृंगार रचातीं : आँखों में काजल, पैरों में नूपुर, कंठ में मालाएँ और सुवासित बाजुएँ। वे अपने घर-बार, पिता-बालक, पिता और भाइयों को छोड़ कर वन में रास रचाने चली जातीं। उनके मन में कोई भय नहीं था। उनके केश योगिनियों की तरह उन्मुक्त थे। वे बिना किसी भय के घने वनों में तुलसी कुंज के निकट त्रिभंगी मुद्रा में खड़े, अधरों पर वंशी सजाए, कान्हा के पास पहुँच जातीं और उनके चेहरे पर एक मुस्कान खिल उठती।

श्याम बाँसुरी बजाते और सभी गोपियाँ उनके आसपास नृत्य करतीं। यह महारास था। इसमें लय थी, ताल थी। बयार में मधुर रस घुला था। मानो सारा संसार कहीं खो गया हो। केवल श्याम और गोपियों का ही अस्तित्व हो और इस मधुर प्रेम का रस उन्हें भी दैवीय आनंद से विभोर कर देता।

गोपियों के घर वापस लौटने तक नृत्य जारी रहता। फिर वे अपने पतियों, बच्चों, पिताओं और भाइयों के पास लौट कर, अपने दैनिक कार्यों में मग्न हो जातीं। उनकी रासलीला की रात्रि के बाद, उनके लिए अपने गुप्त प्रेम की मुस्कानें छिपाना कठिन हो जाता।

- 1700 वर्ष प्राचीन हरिवंश में कृष्ण व गोपियों की रासलीला की कथाएँ मिलती हैं। वे वर्षा ऋतु के बाद वन में रास रचाते थे। परंतु उसमें किसी बाँसुरी, गोलाकार नृत्य या धार्मिक रूपकों का कोई विवरण नहीं मिलता। वे युवतियाँ प्रगाढ़ संबंध स्थापित करती हैं। ऐसा कहीं नहीं लिखा कि वे विवाहित थीं।
- 1500 वर्ष प्राचीन विष्णु पुराण में, कृष्ण वंशी नहीं बजाते। वे गाते हैं और महिलाएँ उनका साथ देती हैं। वे अपने पतियों के काम भूल जाती हैं, अपने परिवार को भूल कर, कृष्ण के साथ नृत्य करने के लिए आधी रात को वन में आ जाती हैं। वे सब कृष्ण का साथ पाना चाहती हैं, वे उन्हें टहोका दे कर अपने से थोड़ा अलग करते हैं ताकि सभी उनसे एक समान दूरी रखते हुए, उनके आसपास नृत्य कर सकें। वे कृष्ण की भंगिमाओं की नक़ल करती हैं। कृष्ण के विरह का एक-एक क्षण गोपियों को अनंत कष्ट के समान लगता है।
- भागवत पुराण का दसवाँ सर्ग, लगभग 1200 वर्ष पूर्व रचा गया, इसमें पाँच अध्याय हैं जिन्हें 'रसपंचाध्याय' कहा जाता है। इनमें गोलाकार रास मंडली, कृष्ण व गोपियों के महारास का वर्णन आता है जो इसकी शृंगारिकता को एक अध्यात्म विद्या संबंधी गुप्त प्रभाव देता है। परंतु इनमें राधा नहीं है। एक विशेष गोपी का उल्लेख है परंतु वह राधा नहीं है। राधा, जयदेव के *गीत गोविंद* में आई, जो 800 वर्ष पुराना है।
- महा-रास, रास-मंडल है जो वर्षा ऋतु के बाद, शरद पूर्णिमा को भक्तों द्वारा रचा जाता है।
- हिंदू व बौद्धतंत्रों में, गोलाकार घेरे में नृत्यरत योगिनियों की एक अवधारणा है। माना जाता है कि वे गुप्त तांत्रिक विद्याओं की ज्ञाता हैं जो रात को भैरव या हेवराज के साथ नाचती हैं। कई विद्वानों का यह भी मानना है कि योगिनियों का यह गोलाकार नृत्य ही गोपिकाओं के गोलाकार नृत्य के रूप में परिवर्तित हो कर सामने आया।
- बारह अवतारों में (जो विष्णु-कृष्ण के प्रेम में मग्न हैं) एक युवती आंडाल है। वे अपने लंबे घने केशों और माला गूँथने के लिए जानी जाती हैं। उन्होंने कृष्ण को अपना प्रेमी माना। किसी मंदिर के पुजारी को वह कन्या मिली और उसने उसका पालन-पोषण किया, वे आज से 1000 वर्ष पूर्व श्रीविलीपुत्तूर में रहती थीं और उनकी कविताएँ 'तिरुपवै' तथा 'नचियार तिरुमोली' आज भी उनकी ओर से गाई जाती हैं जो कृष्ण के प्रति उनके अगाध प्रेम का अनुभव पाना चाहते हैं। उनके सम्मान में मंदिर बनवाए गए हैं। उन्हें विष्णु-कृष्ण की वामांगी के रूप में देखा जाता है और वे किसी देवी से कम नहीं मानी जातीं। विष्णु-कृष्ण के दक्षिण भारतीय मंदिरों में, विशेष तौर पर ताज़े हरे पत्तों से 'आंडाल' तोते बनाए जाते हैं। इन्हें आंडाल की मूर्ति के बाएँ हाथ में दिया जाता है। तोते कामदेव का प्रतीक हैं। इनका गोपिकाओं के कृष्ण से गहरा नाता है।

श्याम हुए ओझल

अब वृंदावन के आसपास के वनों को मधुवन कहा जाने लगा। जिस जगह वन में कोई भय नहीं, केवल आनंद ही आनंद था - जो भी गाँव से निकल कर उस मधुवन में जाता, वह आनंद से सराबोर हो उठता। दिन-प्रतिदिन मधुरता प्रवाहित होती, पुष्पों से मकरंद झड़ता, छत्तों से शहद और गन्नों से रस टपकता।

एक दिन महारास में एक महिला ने स्वयं से कहा, "श्याम केवल मुझे और मुझे प्रेम करते हैं।" एक और गोपी ने भी यही कहा। फिर एक और गोपी ने भी यही कहा।

उस रात श्याम नहीं आए। गोपियों को बाँसुरी सुन रही थी परंतु वे उनकी सलोनी देह और मुस्कान नहीं देख पा रही थीं। वे उनके आलिंगन में आने को तरस रही थीं पर उनका कोई पता नहीं था। गोपियाँ विलाप करने लगीं।

फिर एक गोपी बोली, "श्याम मेरे हैं परंतु वे तुम्हारे भी हैं।" दूसरी गोपी यह बोली और फिर तीसरी ने भी यही कहा।

श्याम प्रकट हुए और वे सब उनके आसपास गोल घेरा बना कर नाच उठीं। उन्होंने सीख लिया था कि जिस जगत में सबकी क्षुधा शांत होती हो, सारे भय तिरोहित होते हों, उसमें व्यक्ति को उदारता सीखनी ही होगी। यह उदारता और विश्वास ही सारी क्षुधा को मिटा कर भय को दूर भगाती है।

- कृष्ण से बिछुड़ना, गोपियों के अंदर विरह भाव पैदा करता है। यह भक्ति का महत्त्वपूर्ण अंग है जिसमें व्याकुलता, शृंगार और माधुर्य; तीनों ही भाव दिखाई देते हैं।
- बिल्वमंगल, ये नेत्रहीन दक्षिण भारतीय संत कवि, आज से 700 वर्ष पूर्व हुए थे। इन्होंने *कृष्णकरणामृत* की रचना की, जो वात्सल्य, सखा, शृंगार और माधुर्य के भाव उत्पन्न करता है। इनसे बंगाली रहस्यवादी कवि चैतन्य को बेहद प्रेम था, जो आज से 500 वर्ष पूर्व हुए। बिल्वमंगल चिंतामणि नामक राजनर्तकी से मोहसाक्त थे। एक दिन, उन्होंने उसे फटकारा और कहा कि यदि इतने मोह का अंश भी ईश्वर के प्रति होता तो उन्हें मोक्ष मिल जाता। इस प्रकार, बिल्वमंगल ने लज्जित हो कर अपना मोह त्यागा और अपना समय कृष्ण के जीवन पर काव्य रचने में लगा दिया। कहते हैं कि वे भी सूरदास की तरह नेत्रहीन हो गए थे, जो उनसे 300 वर्ष बाद आए। कहते हैं कि जब वे गाते थे, तो कृष्ण स्वयं किशोर रूप में उनके सामने प्रकट होते थे।

- मधु का अर्थ है, मिठास। यही वजह है कि मधुवन मीठा है। यह एक श्लेषालंकार है। वन तो वन्य और अदम्य होता है, यह भय का स्थान है परंतु कृष्ण की उपस्थिति भय को दूर कर, उसे मधुरता में बदल देती है।

श्याम हुए अनेक

श्याम केवल एक नहीं, एक साथ अकेले और असंख्य रूपों में प्रकट हुए।

हर गोपी के पास एक ही श्याम थे और उनकी इंद्रियाँ श्याम के सौंदर्य का पान कर रही थीं, उनके भावों के रस में खोई थीं। श्याम ने उन्हें उनकी इच्छाओं, भय, क्षुद्रताओं और कुंठाओं को देखने का अवसर दिया। छिपाने को कुछ नहीं था, बताने को कुछ नहीं था।

वे अलग-अलग जगह पर, एक ही समय पर सबके साथ थे। व्यक्तिगत आनंद के साथ सामूहिक संतोष भी शामिल था। गोपियों को अहसास हो गया था कि श्याम सभी के लिए थे।

पशु और पक्षी मंत्र-मुग्ध भाव से इस कौतुक को देखने जमा हो जाते, वे भूल जाते कि वे आपस में शिकारी थे या शिकार, मित्र थे अथवा बैरी। नेवले सर्प के फन पर जा बैठते, चीते हिरणियों का और हिरण मादा चीता का दूध पीते। श्याम हर नृत्यरत गोपिका को नई धुन सुनाते।

- लोकप्रिय प्रसंग में, देवी योगमाया, नृत्य के दौरान कृष्ण की सहायता करती हैं। जो लोग कृष्ण से प्रेम करते हैं वही उनका संगीत सुन सकते हैं और किसी को गाँव में उनकी अनुपस्थिति का पता नहीं चलता। हालाँकि उनकी संख्या हज़ारों में है परंतु वे यमुना के निकट उस छोटे से कुंज में समा जाते हैं और नृत्य-तंद्रा में हज़ारों वर्ष बीत जाते हैं परंतु सबको यही लगता है कि यह एक रात है और जब वे वापस जाती हैं तो उनके नुपुरों के स्वर केवल उन्हें या आकाश में जमा हुए देवों को ही सुनाई देते हैं।
- कृष्ण का संबंध अष्ट-गोपिकाओं, अष्ट-सखी से है। बाद में, जब उनका विवाह होता है तो उनकी आठ पत्नियाँ होती हैं, अष्ट-भार्या। वल्लभ द्वारा स्थापित पुष्टि-मार्ग में अष्ट-छाप नामक कवि आते हैं जो कृष्ण के आठ ग्वाले मित्रों का प्रतीक हैं। आठ का अंक आठों दिशाओं का प्रतीक भी है। इस प्रकार ये आठों स्त्रियाँ गोलाकार मंडल रचती हैं। जब दो वर्ग समकोण पर आते हैं तो वे आठ पँखुड़ियों वाला कमल बनाते हैं।

- हरिवंश या विष्णु पुराण में यह प्रसंग नहीं मिलता कि गोपिकाओं की संख्या के अनुसार कृष्ण भी अपनी संख्या बढ़ा लेते हैं परंतु यह भागवत पुराण में आता है। कृष्ण द्वारावती में भी अपनी 16,100 पत्नियों को संतुष्ट करने के लिए भी अपने कई रूप बना लेते हैं। जब ब्रह्मा ग्वालों का अपहरण करते हैं तो वे वृंदावन के हर ग्वाले का रूप बना लेते हैं। इस प्रकार इन कथाओं से कृष्ण की दिव्यता स्थापित होती है।

श्याम और राधा

इस प्रेम की मंडली के मध्य में राधा खड़ी थीं।

उन्होंने पूछा, "तुम देने में उदार हो परंतु क्या उतनी ही उदारता से ले भी सकते हो? क्या तुम मुझे लेने की अनुमति दोगे? तुम जो हर चीज़ को अपने बस में रखते हो, क्या तुम मुझ पर भरोसा कर सकते हो कि मैं इस नियंत्रण को तज सकूँ? तुम जो सबको अपने सौंदर्य और आकर्षण से मोहते हो? क्या तुम मुझे अनुमति दोगे तुम स्वयं आनंदित और विस्मित हो सको?"

उसी क्षण में, श्याम इस रहस्यमयी गोपिका को, सभी योगिनियों में अग्रगण्य, देवी के सर्वश्रेष्ठ रूप में पहचान गए, जो जाने कब से वन के घने कोनों में छिपी थीं कि एक दिन श्याम उन्हें खोज लेंगे। वे दिखाएँगी कि अनंत को, सीमित जगत की सीमाओं के बीच कैसे सफल होना होगा।

वे दोनों एक हो गए। देह, श्वास व आत्मा के साथ एक हो गए। उनके केश आपस में मिले, उनके वस्त्र आपस में मिले। कोई नहीं जानता था कि एक का आरंभ कहाँ से हुआ और दूसरे का अंत कहाँ से होगा। और फिर भी वे जान जाते कि एक-दूसरे की सुगंध में लिपट कर, विदा लेने का समय कब हो जाता था।

- राधा वृषभानु और वीराबली की पुत्री हैं और उनका ग्राम बरसाना, वृंदावन के निकट पड़ता है।
- हल की *गाथासप्तशती* (1700 वर्ष प्राचीन प्राकृत प्रेम काव्य, जो हरिवंश का समकालीन है) में कृष्ण गौओं के खुरों से उठती धूल का अंश, राधा के नेत्र से निकालते हैं जिससे पता चलता है कि वे उनकी प्रिया हैं।
- तांत्रिक बौद्धधर्म में, एक राधिका का संदर्भ आता है, जो एक उपासक की अनुष्ठानिक वामांगी है। इस साधना का संदर्भ, पाँचवीं सदी के एक छोटे नाटक (भान) *पडटडितकम* में भी आता है।

- रामचंद्र-गुणचंद्र ने ग्यारहवीं सदी में *नाट्य दर्पण* रचा, इसमें भेज्जल नामक नाटक का संदर्भ आता है, राधाविप्रलंब, यह राधा व कृष्ण के विरह पर आधारित है। सागरनंदिन के *नटकलालक्षणरत्नकोश* में, एक और एकांगी नाटिका, राधिका का संदर्भ है जिसमें कृष्ण से उनका विरह दिखाया गया है।
- आज हम जिस राधा को जानते हैं, उसका वर्णन बारहवीं सदी में जयदेव के संस्कृत ग्रंथ *गीत गोविंद* में आता है, इसमें शृंगार के माध्यम से दैवीय तत्त्व को जाने का मार्ग बताया गया है। नंद राधा से कहते हैं कि वह छोटे कृष्ण को अपने घर ले जाए क्योंकि वन में तूफ़ान आने वाला है। मार्ग में, वह बालक युवक का रूप ले कर राधा से प्रेम करता है और फिर छोटा हो जाता है। समय का विस्तार होता है और घर तक की वह छोटी यात्रा ही एक सम्मोहक रोमानी गाथा बन जाती है।
- जयदेव के युग में, संभवतः तांत्रिक प्रभाव के कारण शृंगार के माध्यम से दिव्यता पाने की अवधारणा विकसित हुई। ऐसा ही वर्णन गोवर्धन की *आर्यसप्तती* में आता है, जिसमें विष्णु मोहिनी का रूप ले कर, लक्ष्मी का मन मोहते हैं जो संभोग के समय स्वयं श्रेष्ठ पद पाना चाहती हैं। इस समय में और भी कई शृंगारपरक रचनाओं पर काम हुआ जैसे अमरु के *शतक* और बिहान के *चारुपंचशिखा*।
- भागवत पुराण कृष्ण को अ-समावेशी दिखाया गया है। जब कोई एक उनसे चिपकता है तो वे ओझल हो जाते हैं और हर गोपिका के लिए असंख्य रूप लेते हैं। हालाँकि, *गीत गोविंद* में कृष्ण को केवल राधा के लिए दिखाया गया और बाक़ी सभी गोपिकाओं को उन दोनों के अधीन दिखाया गया जो रसिका और दासी हैं। कृष्ण इस नए रूप में शृंगारमूर्ति बनते हैं, प्रेम के प्रतीक और राधा, सौंदर्य बोध सार की देवी, रासेश्वरी बनती हैं।

प्रेम क्या है?

वह सारा दिन और रात श्याम के बारे में सोचती। श्याम सारी रात और दिन राधा के बारे में सोचते।

श्याम ने मित्रों से कहा, "उसकी सुनहरी काया। उसकी आँखें। उसकी मुस्कान। उसके क़दमों में पड़ी पायल की रुनझुन। दौड़ते हुए उसकी साड़ी की सरसराहट। हिलने से उसकी चूड़ियों की खनखनाहट। मैं तो हर पल वही सब सोचता रहता हूँ।"

राधा ने अपनी सखियों से कहा, "उसकी श्यामल देह। उसकी मुस्कान। उसकी जीवन से भरी आँखें। उसके माथे का मोर पंख। गर्दन में वनपुष्पों की माल। मैं तो हर पल उन्हें ही सोचा करती हूँ।"

"तुम उससे क्या चाहते हो?" मित्रों ने पूछा।

वे बोले, "चाहना? कुछ नहीं। मुझे तो केवल एक पात्र बनना है, वह जो भी दे, उसे ग्रहण करना है।"

"तुम उससे क्या चाहती हो?" सखियों ने पूछा।

"चाहना, कुछ नहीं। मैं तो वह कल्पवृक्ष होना चाहती हूँ, जो उसकी हर इच्छा पूरी कर सके।"

उन्हें वर्ष भर आपस में भेंट करने के बहाने मिलते रहे।

बसंत में, तितलियों को देख, राधा श्याम पर रंग डालतीं और अपनी पिचकारी की मार से उन्हें भिगो देतीं। गर्मियों में वे उन्हें चंदन का लेप करतीं क्योंकि श्याम गर्मी का ताप नहीं सह पाते थे। सर्दियों में श्याम राधा का आलिंगन कर लेते क्योंकि वे सर्दी सहन नहीं कर सकती थीं। वर्षा ऋतु में, वे गुफाओं में और वृक्षों तले भेंट करते।

जब राधा नदी पार करना चाहतीं तो श्याम केवट हो जाते। जब राधा के वस्त्र मलिन होते तो वे धोबी बन जाते। जब राधा का मन उचाट होता, तो वे कथावाचक बन जाते।

गोप कहते, "महादेव शिव ने प्रेम और काम के देवता, कामदेव को जला कर भस्म कर दिया। तभी तो शिव एक हिमाच्छादित पर्वत पर शव के समान जी रहे हैं। परंतु हमारे संसार को देखो, हमारा मधुवन; प्रत्येक वृक्ष फल-फूल रहा है, हर कली सुगंधित है और नदियाँ चंद्रमा की किरणों में जगमगाती हैं, आकाश मुदित हो कर जगमग करता है, तितलियाँ आनंद से उमगती हैं, मधुमक्खियाँ स्नेह का राग सुनाती हैं। क्योंकि यहाँ श्याम हैं, वे कामदेव से कहीं अधिक मनमोहक हैं। भले ही उनके पास प्रेम जाग्रत करने का बाण नहीं, पर उनके पास अद्भुत वंशी है। इस जगह रति नहीं, परंतु राधा है। काम की आवश्यकता नहीं। हमारे पास कान्हा है।"

ग्वालिनों ने श्याम को मछलियों की आकृति वाले कर्णफूल दिए। उन्होने उन्हें तोतों के अंकन वाली पताका दी। "तुम काम का प्रतिरूप हो, परंतु तुम वासना नहीं। तुम प्रेम हो। तुम कुछ पाने नहीं, देने आए हो। तुम कुछ नहीं लेते। तुम कोई स्वामित्व नहीं रखते। तुम किसी को नहीं बाँधते। तुम्हारे प्रेम में हम मुक्त, स्वतंत्र, जीवंत और निर्भीक हुईं।"

- काम के प्रतीक, तोता और मछली, कृष्ण के प्रतीक बने। काम का धनुष गन्ने से और बाण पुष्पों के हैं। कृष्ण के पास बाँस से बनी बाँसुरी और गले में वन्य पुष्पों की माल है जो मधुमक्खियों और तितलियों को अपनी ओर खींचती है। इस तरह, कृष्ण के भीतर एक रूपांतरण होता है। काम के बसंतोत्सव, मदन उत्सव को राजाओं और दरबारियों का आश्रय मिलता था, वह होली का उत्सव बनता है जिसमें इंद्रियों को उत्तेजित करने के लिए रंगों का प्रयोग होता है और शांत करने के शीतल जल का प्रयोग किया जाता है।
- बारहवीं सदी का निम्बार्क संप्रदाय आरंभिक ब्राह्मण समुदायों में से था, जिन्होंने राधा व कृष्ण को युगल रूप में पूजा। निम्बार्क जानते थे कि केवल कृष्ण के माध्यम से मोक्ष नहीं मिल सकता; इसके लिए राधा से होकर गुज़रना होगा। इस तरह राधा-वल्लभी आंदोलन का उदय हुआ जिसमें पुरुष कृष्ण-भक्ति करते हुए स्त्रियों के वेश में सजते थे। इस जगह राधा कृष्ण की अलौकिक पत्नी और सखी हैं। इन दोनों को अलग नहीं कर सकते।
- यशोदा और राधा का नाम, गौतम बुद्ध की पत्नी के नाम से जोड़ सकते हैं जो अपनी पत्नी को त्याग कर संन्यस्त हुए और फिर बुद्ध बने। एक विचार के अनुसार, भागवत की रचना बौद्धधर्म के विरोध में की गई इसलिए कृष्ण की माता और प्रिया का नाम यशोधरा से निकला; यशोदा नाम - नाम के पहले भाग यशो से निकला है और राधा, इसे उलट कर - धारा, वह रानी के नाम का दूसरा हिस्सा था।
- तांत्रिक वैष्णववाद या सहजिया मार्ग, आज से 500 वर्ष पूर्व, भारत के पूर्वी भाग में फला-फूला, और उसने पुरानी तांत्रिक बौद्ध परंपराओं का स्थान ले लिया। सहज यानी निरंतर, इसमें कोई वर्जना नहीं है और पाँचों इंद्रियों के माध्यम से संवेदना और भाव प्रवाहित होते हैं। बंगाल के चंडी दास और मिथिला के विद्यापीठ इसी परंपरा से हैं और बहुत ही श्रृंगारपूर्ण भाषा में राधा और कृष्ण के संबंध का वर्णन करते हैं। इनके अनुष्ठान गुप्त थे और इनमें एक गणचक्र बना कर, तंद्रा में जाने वाला अनुष्ठान भी शामिल था। इसने ही योगिनी मंदिरों और अंततः महारास को जन्म दिया होगा।
- कृष्ण मछली के आकार के कर्णफूल पहनते हैं जिन्हें मकर कुंडल कहते हैं। मकर को कुछ लोगों ने गंगा में रहने वाली मछली कहा है और कुछ इसे हाथी के मुख वाली मछली या मकर भी कहते हैं।

राधा रूठ गईं

एक दिन राधा को लगा कि श्याम अब उनकी परवाह नहीं करते; उन्हें दूसरे गोपों का साथ सुहाता है। वे अप्रसन्न हो कर बोलीं, "मैं कुछ भी श्याम रंग में नहीं देखना चाहती, जो मुझे श्याम की याद दिलाए।"

और उनकी सखियों ने कहा, "परंतु काला तो हर ओर है। तुम्हारे केश। तुम्हारी भौंहें। काली रात का आकाश। धरती पर हर चीज़ का प्रतिबिंब। जब भी तुम आँखें बंद करोगी, तुम अंधकार से घिर जाओगी - श्याम से घिर जाओगी।"

इस दौरान श्याम ने देखा कि राधा उनके साथ नहीं थीं। वे उन्हें खोने के भय से ही दुखी हो गए। वे विलाप करने लगे, 'राधे! राधे!'

जब उन्हें अंत में राधा मिलीं तो वे उन्हें अपने साथ नृत्य करने को मनाने लगे। राधा ने तो उन्हें पहचानने से ही इंकार कर दिया।

"तुम कौन हो?" राधा ने पूछा।

"श्याम।" वे बोले

"श्यामल। कौन? मुर्गा या सर्प?"

"यह तो मैं हूँ, हरि।" वे बोले

"कौन, वानर।" राधा ने कहा क्योंकि संस्कृत में वानर को हरि भी कहते हैं।

श्याम ने उन्हें मनाना चाहा, "मैं कालिय नाग को हरा दूँगा जिसकी पूँछ तुम्हारी चोटी से लंबी होने का साहस रखती है। मैं गोवर्धन पर्वत को उखाड़ दूँगा जिसके शिखर तुम्हारे स्तनों से होड़ लेते हैं।"

उन्होंने राधा को उपहार दिए। उन्होंने दया की विनती की। उन्होंने राधा से क्षमायाचना की। अंत में वे राधा के पैरों पर गिर गए।

"ऐसे तो कोई पुरुष नहीं करता।" जिस भी स्त्री ने देखा, यही कहा।

"उन पुरुषों ने कभी प्रेम को नहीं जाना।" श्याम बोले।

जब आपस में मान-मनौव्वल हुआ तो राधा और श्याम झूम-झूम कर नाचे। गोपियों ने उनके आसपास नृत्य किया और सारे वृक्ष भी झूम उठे।

- लोक गाथाओं में, कृष्ण और राधा के झगड़े भी उसी तरह लोकप्रिय हैं जैसे शिव और पार्वती के बीच होते थे। अक्सर ये झगड़े इसी बात पर होते हैं कि कृष्ण किसी पथभ्रष्ट गोपिका के बहकावे में आ कर, राधा से मिलने आने में देरी करते हैं। कृष्ण किसी तरह अपनी जान बचाने के लिए अपना दूसरा रूप उत्पन्न करते हैं ताकि उन्हें प्रिया का रोष सहन नहीं करना पड़े।

- राधा भारतीय रंगमंच की परम नायिका है। वे अपने प्रिय के साथ रहने के लिए सब कुछ दाँव पर लगा देती है। वह उसकी प्रतीक्षा करती है, उसके लिए तरसती है, उससे लड़ती है और जब उसे किसी दूसरी गोपिका के बारे में पता चलता है तो उसका दिल टूट जाता है।
- ईसाइयों के प्रेम में ईश्वर के प्रति कुछ दे कर प्रेम को अभिव्यक्त किया जाता है परंतु कृष्ण भक्ति में ऐसा नहीं है। कृष्ण का प्रेम शृंगारिक है और परस्पर विनिमय पर आधारित है। और इस तरह राधा भी कृष्ण से बदले में नेह चाहती है। वह उनसे लड़ती है। कृष्ण भी उनके लिए तड़पते हैं और पुकार उठते हैं, 'राधे! राधे!' वे अपनी बोली में राधा को स्नेहवश पुकार रहे हैं। जिस तरह उन्हें प्रांतीय बोली में 'कान्हा या केष्टो' कहा जाता है।
- जहाँ राधा मिथकीय पात्र है, वहीं मीरा बाई राजपूत राजकुमारी ऐतिहासिक पात्र है। मीरा आज से 400 वर्ष पूर्व हुई। वह भी राधा की तरह कृष्ण के वियोग में तड़पती थी। मीरा की रचनाओं, *पदावली* में वह अपने पति को मान देने और उसकी चिता के साथ सती होने (इस प्रथा के अनुसार कोई स्त्री अपने पति के शव के साथ जीवित ही जल जाती थी) से इंकार कर देती है और राजपूत परिवार में असंख्य कष्टों का सामना करती है जो कृष्ण के प्रति उसकी प्रीत को सहन नहीं कर पाता। मीरा सड़कों पर नाचती और गाती थी। मीरा वृंदावन गई तो जीव स्वामी ने उससे भेंट करने से इंकार कर दिया कि वह एक स्त्री है। मीरा ने उत्तर दिया, "मुझे तो लगा था कि पूरे ब्रज में केवल एक ही पुरुष हैं, कृष्ण। हम सभी स्त्रियाँ हैं, उनकी गोपिकाएँ चाहे हमने पुरुष देह ली हो या फिर स्त्री देह।" जब उन्हें जबरन राजपूत घर में वापस ले जाया गया तो वे द्वारका में कृष्ण की प्रतिमा में समा गईं। उनके संबंधियों को उनका पहना हुआ श्वेत वस्त्र कृष्ण की प्रतिमा के पास लिपटा हुआ मिला।
- अठारहवीं सदी में, तंजावूर के नायक राजाओं के दरबार की एक दासी मुद्दूपलानी ने *राधिका सांत्वानम्* लिखी। तेलुगु में लिखी इस पुस्तक में 500 प्रेम कविताएँ हैं। इसमें राधा कृष्ण की बुआ और प्रेमिका है। कृष्ण को इला नामक कन्या से विवाह करना है जिसे राधा ने पाला है। राधा कृष्ण को प्रेम करने की कला सिखाती है और यह परवाह नहीं करती कि इला से विवाह करने के बाद कृष्ण उसे भूल जाएँगे। हालाँकि कृष्ण राधा के पास लौट आते हैं। ये प्रसंग निश्चित रूप से अंतःपुर से प्रेरित है। उन्नीसवीं सदी में कृष्ण भक्ति को पवित्र रूप देने की इच्छा रखने वाले नैतिकतावादी हिंदुओं ने इस ग्रंथ पर पाबंदी लगवा दी।
- पुरुष प्रधान समाज में, एक पुरुष स्त्री के चरणों के प्रति प्रेम दिखाए, यह लगभग अस्वीकार्य था। जयदेव *गीत गोविंद* में यह प्रसंग लिखने में सकुचा रहे थे परंतु कहते हैं कि उनकी अनुपस्थिति में स्वयं कृष्ण ने उनका रूप ले कर ये पंक्तियाँ रचीं : स्मर-गरल-खण्डनं मम शिरसि मण्डनं देहि पद-पल्लवमुदारम् (अपने मनोहर चरण किसलय को मेरे मस्तक पर आभूषण-स्वरूप अर्पण कराओ)।

महा-रास में नटराज

एक बार शिव श्याम को महा-रास रचाते देखने के लिए मधुवन पधारे परंतु वे उस वन में प्रवेश नहीं पा सके। देवी यमुना ने कहा, "इस कुंज में केवल एक ही पुरुष को प्रवेश है और वे श्याम हैं। आपको स्त्री रूप ले कर ही इसके अंदर जाना होगा।"

शिव ने नदी में स्नान किया और एक सुंदर स्त्री का रूप ले कर मधुवन में प्रवेश किया। श्याम ने राधा को छोड़ा और उसके साथ नृत्य करने लगे।

राधा ने पूछा, "कौन है यह? आप इसे मुझसे ज़्यादा महत्त्व क्यों दे रहे हैं?"

श्याम बोले, "यह स्त्री शिव है। वे नृत्य के देवता, नटराज हैं। मैंने उनसे ही नृत्य सीखा और नटवर बना। उन्होंने ही मुझे महा-रास करना सिखाया।"

श्याम के साथ जी भर कर नाचने के बाद, शिव अपने कैलास धाम लौट गए और श्याम व राधा अपना नृत्य करते रहे।

- शिव अपने दाएँ पैर पर खड़े हो कर, इस पर बायाँ पैर झुलाते हैं। कृष्ण अपने बाएँ पैर पर खड़े हो कर, अपने दाएँ पैर को इस पर तिरछा रखते हैं। शिव एक पैर पर खड़े होने के कारण एक-पाद कहलाते हैं। कृष्ण के दोनों पैर धरती पर हैं, हालाँकि दाएँ पैर का तलवा, बाईं ओर है, जिस ओर राधा खड़ी होती हैं। कुछ लोगों के अनुसार, वे इस तरह राधा की प्रेम की शक्ति ग्रहण करते हैं और दाईं ओर फूँकी जा रही बाँसुरी के माध्यम से संसार में प्रसारित करते हैं।

- कृष्ण ही वृंदावन के एकमात्र पुरुष हैं इसलिए सबको, यहाँ तक कि शिव को भी गोपिका होना होगा। इस प्रकार शिवलिंग को गोपिका की तरह सजा कर, नाक में नथुनी और घूँघट पहनाया जाता है। यह रूप गोपेश्वर-महादेव कहलाता है और गंगा के मैदानी इलाक़ों के किन्नरों को यह रूप बहुत भाता है।
- पद्म पुराण में, अर्जुन यमुना नदी में स्नान कर स्त्री रूप लेता है ताकि महा रास में भाग ले सके। अन्य देव और ऋषि गण भी स्त्री रूप धारण करने के बाद महा रास का हिस्सा बनते हैं।
- कृष्ण भक्ति काव्य में बारंबार पुरुषत्व त्याग कर गोपिका बनने का प्रसंग आता है। चौदहवीं सदी के संत-कवि वेदांत देसिका की प्रतिमा को स्त्री वेश में सजा कर, कृष्ण की प्रतिमा संग पूजा जाता है। उन्नीसवीं सदी में, बंगाल के रामकृष्ण ने चैतन्य की परंपरा का अनुकरण किया, उन्होंने स्त्री वेश धारण किया और तंद्रा में जाकर, कृष्ण के प्रति राधा के प्रेम का अनुभव पाया।
- एक बार नरसी मेहता को शिव का वरदान मिला था। उन्होंने शिव से कहा कि वे उन्हें वही दें जो शिव को प्रिय है। कहते हैं कि शिव को कृष्ण भक्ति प्रिय थी। शिव ने नरसी को रास-लीला का दृश्य दिखाया जिसे देख कर नरसी ने पुरुष चेतना को खो दिया और स्त्री हो गए।
- स्त्रियों का वन, जिसमें सभी पुरुष भी स्त्री हो जाते हैं, अनेक हिंदू गाथाओं में यह प्रसंग सुनने में आता है। महाभारत में, ऐसे वन में शिव और शक्ति का वास होता है और इसने ही सुद्युम्न को इला में बदल दिया था।

वस्त्रों की अदला-बदली

राधा ने पूछा, "जानते हो, तुमसे कितना प्रेम करती हूँ। तुम्हें कितना देखती हूँ? मुझे कैसे पता चलेगा कि तुम मुझे कितना चाहते हो?"

"अच्छा आज रात, मैं तुम हो जाता हूँ।" श्याम बोले। मैं देखना चाहता हूँ कि तुम बन कर कैसा अनुभव होता है, तुम जो देखती हो, वह देखना चाहता हूँ, तुम जो सुनती हो, वह सुनना चाहता हूँ। तुम जो स्वाद लेती हो, मैं भी वह चखना चाहता हूँ।"

इस तरह मधुवन में एक रात, श्याम ने राधा के वस्त्र पहने - वे राधा की लहंगा, चोली, दुपट्टे और चूड़ियों में सजे और राधा ने श्याम की पीली धोती, तुलसी के पत्तों की

माल, चंदन का लेप और मोरपंख धारण किया। वे बाँसुरी बजाने लगीं और श्याम उनके आसपास नृत्य करने लगे।

परंतु अंत में राधा बोलीं, "भले ही मेरे वस्त्र पहना लो, श्याम। परंतु मेरी तड़प और इच्छा को नहीं जान सकते। तुम हर तरह से संपूर्ण हो, तुम अधूरेपन की तड़प नहीं जान सकते।"

- कृष्ण द्वारा वस्त्रों की अदला-बदली वाली कथा, 'गोरे ग्वाले की लीला' उचित जान पड़ती है जिसमें कृष्ण के वेश में स्वयं राधा ही हैं।
- जगन्नाथ दास ने ओड़िया भागवत की रचना की, जो उन पाँच कवियों या पंचसखाओं में से थे, जिन्होंने सोलहवीं सदी में ओड़िशा में कृष्ण भक्ति का प्रचार किया। उन्होंने ब्राह्मणवाद का खंडन किया जो शुद्धता व संस्कृत की श्रेष्ठता पर आधारित था। उन्होंने स्वयं को शूद्र-मुनि कहा। जगन्नाथ दास स्त्री वेश में स्वयं को राधा मानते थे। उन्होंने कहा कि वे राधा के हास्य से जन्मे थे और उनके समकालीन चैतन्य का जन्म कृष्ण हास्य से हुआ था।

प्रेम जो सच्चा था

गाँव में सभी राधा और श्याम के नाम को ले कर बातें बनाने लगे थे। वे कहते थे कि यह सब ठीक नहीं था।

श्याम ने तय किया वे सबको दिखा देंगे कि सबके भीतर ऐसी भावनाएँ होती हैं जिन्होंने विधि और विधान की सीमाओं को चुनौती दी थी। अधिकतर मामलों में यह काम ही होता है परंतु राधा के मामले में यह प्रेम की बात थी, ऐसा प्रेम जो केवल देना जानता है।

एक दिन, श्याम उठे तो ज्वर से तड़प रहे थे। यशोदा ने वैद्य को बुलवाया किंतु वह भी ताप को कम नहीं कर सका।

श्याम बोले, "केवल छलनी में एकत्रित जल से ही मेरा उपचार संभव है।"

"परंतु जल को छलनी में जमा नहीं कर सकते।" यशोदा ने कहा।

"हम्म, ऐसा हो सकता है। बस यह जल किसी ऐसी स्त्री को जमा करना होगा, जिसके हृदय में काम नहीं प्रेम का वास हो।"

वृंदावन की जो स्त्रियाँ राधा के नाम पर ताने देती थीं, सबने जल संग्रह करना चाहा परंतु असफल रहीं। वे सभी असफल रहीं। केवल राधा ही ऐसा कर सकीं। वे लोगों की नज़रों की परवाह नहीं करते हुए, उस जल को ले कर कान्हा के घर चलीं। जब श्याम ने जल पीया तो उनका ताप उतर गया। सभी को अहसास हुआ कि श्याम के लिए राधा का प्रेम, संसार का सबसे विशुद्ध प्रेम था।

- कृष्ण की गाथाओं में, राधा परपुरुष की पत्नी है। वे कभी सामने नहीं आते। उन्हें राय, अयान या अभिमन्यु नाम से पुकारा गया है।
- ओड़िया लोक काव्य में, राधा को माई या मामी कहा गया अथवा यशोदा के भाई की पत्नी कहा गया है। अभिमन्यु सामंतसिंहसार का विदग्ध चिंतामणि बताता है कि राधा का विवाह चंद्रसेन से हुआ था और उसकी सास का नाम जटिला था।
- ओड़िया लोक नर्तकों द्वारा गाए हुए गीतों में, ऐसी कथाएँ भी हैं जो दावा करती हैं कि जब राधा का जन्म हुआ तो उसने आँखें खोलने से इंकार कर दिया। राधा का कहना था कि वे कृष्ण को देखे बिना आँखें नहीं खोलेंगी। उसके पिता चाहते थे कि राधा का विवाह कृष्ण से हो परंतु उसकी माता, चंद्रसेन को वचन दे चुकी थी। पूर्णमौसी (शायद योगमाया) नामक बूढ़ी औरत का भी नाम आता है जो राधा और कृष्ण को एक करने का प्रयत्न करती है। एक कथा में बताया गया है कि राधा किस तरह कृष्ण को एक संदूक में बंद कर देती है ताकि उसकी सास को कृष्ण के बारे में पता नहीं चले। पर फिर उससे चाबी खो जाती है और जब तक उसे वह बूढ़ी स्त्री चाबी खोज कर नहीं देती तब तक राधा मारे चिंता के अधमरी हो जाती है।
- अच्युतानंद दास के ओड़िया ग्रंथ, हरिवंश में, कृष्ण अपनी पत्नियों रुक्मिणी व सत्यभामा को राधा की महानता के बारे में बताते हुए कहते हैं कि वह एक लक्ष्मी है, वह अयोनिजा है और वह उसके पिता ने उसे एक कमल पत्र पर पाया था।
- अठारहवीं सदी में, बंगाल में, नवाब मुर्शिद अली खान के समय एक परिचर्चा में विद्वानों के बीच तर्क-वितर्क हुआ कि राधा स्वकीया (कृष्ण से संबंधित) थी या परकीया (दूसरे पुरुष से संबंधित)। जीव और रूप गोस्वामी ने तर्क दिया कि कृष्ण और राधा एक थे, उनका विवाह भी हुआ था। राधा मोहन ठाकुर ने कहा कि ऐसा नहीं था। अंत में, विद्वानों ने निष्कर्ष निकाला कि दूसरा तर्क सही था और सामाजिक रूप से किसी और व्यक्ति के प्रति ऐसे गहन प्रेम और इच्छा को नीति और रीति स्वीकार नहीं कर सकती। सभी सहज इच्छाओं व सामाजिक माँगों के बीच उलझे हैं। धरती पर धर्म की स्थापना करने वाले कृष्ण, सहज इच्छाओं को मान देते हुए, समाज की माँगों को स्वीकार करते हैं।
- राधा कृष्ण की आह्लादिनी शक्ति हैं, ऐसी शक्ति जो हमें आनंदमयी प्रभु का अनुभव पाने के योग्य बनाती है।

अक्रूर के हाथों निमंत्रण

गोवर्धन पर्वत पर श्याम की जीत का समाचार कंस तक भी पहुँचा। क्या छोकरे ने सचमुच अपनी छोटी अँगुली पर पर्वत उठाया था? कंस को इसमें कोई संदेह नहीं रह गया था कि इंद्र को पराजित करने वाला ग्वाला, और कोई नहीं, स्वयं उसका वही भांजा था जो उसका भावी हत्यारा था। भले ही वह उसका भांजा नहीं हो पर फिर भी लोगों को प्रेरित करने और देवताओं को चुनौती देने वाला वह छोकरा आसानी से उसके शासन के लिए संकट बन सकता था। उसे उसकी औकात दिखानी ही होगी। उसे जान से मारना होगा।

कंस ने आदेश दिया, "नंद के पुत्र को मथुरा के वार्षिक धनुष-पूजन अनुष्ठान में आयोजित होने वाले राजसी मल्ल युद्ध में पधारने का न्यौता दो। हम भी तो देखें कि वह कितना बलशाली है और क्या वह मेरे मल्ल योद्धाओं चाणूर और मुष्टिक के भालुओं जैसे आलिंगन से बच सकता है।"

यादव दरबारी अक्रूर को भेजा गया कि वह श्याम को लिवा लाए।

- अक्रूर यानी ऐसा व्यक्ति जो क्रूर नहीं है, परंतु उन्हें कृष्ण को वृंदावन से मथुरा ले जाने का क्रूर कर्म करना पड़ता है। ब्रज में, यमुना नदी के पास ही अक्रूर घाट है, जहाँ उन्होंने भगवद् मंत्र का जाप किया और उन्हें विष्णु के रूप में कृष्ण तथा शेष के रूप में बलराम के दिव्य दर्शन का सौभाग्य प्राप्त हुआ।
- सोलहवीं सदी में, बंगाल के चैतन्य महाप्रभु से प्रभावित हो कर; रूप, सनातन और जीव गोस्वामी ने मथुरा प्रांत में कृष्ण के बालपन से जुड़े स्थानों के पुनः अन्वेषण का कार्य किया और उन्हें तीर्थों में बदल दिया। रूप और सनातन भाई थे जो स्थानीय सुलतानों के दरबार में नियुक्त थे परंतु कृष्ण भक्ति में सब त्याग दिया।
- रूप गोस्वामी ने, सोलहवीं सदी में *भक्तिरसामृतसिंधु* नामक ग्रंथ संस्कृत में लिखा, जिसमें धार्मिक अनुभवों को रस और भावों के रूप में प्रकट किया गया। इसने कृष्ण भक्ति को एक अनूठे अनुभव में बदल दिया जिसमें कलात्मक परिष्कार आस्था का अखंड भाग है।
- रूप के भतीजे जीव गोस्वामी ने, छह संदर्भ पुस्तकें रचीं जिनमें बताया गया था कि किस प्रकार कृष्ण दैवीय सार का प्रतीक थे, किस प्रकार भागवत पुराण में श्रेष्ठ रूप में वेदांत दर्शन दिया गया है और वही वैदिक विचार का सार है और किस तरह भक्ति ही कृष्ण की प्रीति और पुष्टि की ओर ले जाती है। यह कृष्ण के वेदांत का विस्तृत व्याख्या थी जिसे सोलहवीं सदी में लिखा गया।
- चैतन्य का गौड़ीय वैष्णववाद, गोस्वामियों द्वारा संस्थानिक किया गया, वे ब्राह्मण के साथ अमूर्त धारणा के संपर्क को नकारते हैं और भगवान के साथ ऐंद्रिक और भावात्मक संपर्क को समर्थन करते हैं, वे भगवान जो कृष्ण के प्रतीक रूप में थे। इस बदलाव ने भागवत पुराण को सबसे आदरणीय भक्ति ग्रंथों की श्रेणी में ला खड़ा किया।

माताओं ने दी विदा

राजा की ओर से आया निमंत्रण किसी आदेश से कम नहीं था। नंद जानते थे कि उन्हें श्याम को मथुरा की कुश्ती में भाग लेने भेजना ही होगा। हालाँकि जब अक्रूर उनके घर आए तो वे बोले, "ये लड़का अकेले नहीं जाएगा। इसका भाई बलराम भी संग जाएगा।"

दोनों भाइयों ने उत्तम वस्त्र धारण किए और मथुरा जाने के लिए अक्रूर के रथ पर सवार हुए।

श्याम ने अपनी माताओं से आशीर्वाद लेते हुए पूछा, "आप रो क्यों रही हैं?"

"क्योंकि विदा देना सरल नहीं होता।" रोहिणी और यशोदा ने कहा।

- कृष्ण सदा के लिए अपने ग्राम से विदा लेते हुए सार्वजनिक तौर पर अनुमति लेते हैं। यह बुद्ध के अपने महल से गुप्त रूप से ली गई विदा के ठीक विपरीत है।
- रामायण में, राम वन जाते हैं तो उनकी माता विलाप करती हैं। हालाँकि, राम वन से वापस आ जाते हैं। हरिवंश में कृष्ण कभी वापस नहीं आते। राम को घर से बाहर निकाला जाता है, कृष्ण को घर से बाहर खींचा जाता है।
- नामदेव ने जिन भक्ति गीतों की रचना की वे अभ्यंग कहलाए, जो पुरुष और ईश्वर के बीच भंगई को हल करते हैं। नामदेव के लिए, भगवान कृष्ण पांडुरंग हैं, जो श्यामल कृष्ण के बजाए गौर वर्ण हैं। उन्हें कृष्ण में अपनी माता, गौ और अपने-आप में एक अनाथ बालक व भयभीत माँ से बिछुड़ा हुआ बछड़ा दिखाई देता है।

ग्वालिनों का विलाप

ज्यों ही रथ वृंदावन की सड़कों से निकला और मधुवन के पास आया तो ग्वालिनें विलाप करने लगीं। वे रथ के पीछे भागीं और अपने हाथों से उसके पहिए को पकड़ कर रोकने लगीं।

"क्रूर अक्रूर, हमारे श्याम को हमसे दूर मत ले जाओ।" वे रो रही थीं।

श्याम ने कहा, "वह तो राजा के आदेश का पालन भर कर रहा है। मैं जल्दी ही वापस आ जाऊँगा। हम एक बार फिर से उसी तरह नृत्य और गान करेंगे।"

गोपियों ने आश्वासन पा कर रथ को जाने दिया।

- छठी और नौवीं सदी के बीच, तमिलकम के अलवार कवियों ने विरह-भक्ति से परिचित करवाया। उनके तमिल गीतों को *दिव्य प्रबंधम* में संग्रहीत किया गया और रंगमंचीय रूप में अरैयर सेवई में लिया गया। इस जगह भक्त की कल्पना एक प्रेमी गोपिका के रूप में है जो अपने दिव्य प्रेमी, विष्णु-कृष्ण से एक होना चाहती है।
- कृष्ण के अनेक अनुयायियों के अनुसार, पुरी जगन्नाथ की रथ यात्रा, जो प्रमुख मंदिर से हो कर, मुख्य मार्ग के उत्तर में स्थित गुंडीचा मंदिर तक जाती है, वह कृष्ण की गो-लोक या वृंदावन वापसी का ही अनुष्ठानिक विधान है। वे वृंदावन छोड़ कर, दक्षिण में मथुरा गए ताकि सुभद्रा को वापस ला सकें।
- चैतन्य महाप्रभु के जीवन का आरंभिक समय वृंदावन में बीता परंतु बाद का जीवन पुरी में बीता, जहाँ उनके कीर्तन बहुत लोकप्रिय हुए। स्थानीय ब्राह्मणों के बीच तनाव का माहौल था। उन्होंने पुरी के पुरुषोत्तम जगन्नाथ नामक प्राचीन इष्ट को कृष्ण के रूप में पहचान देने में अहम भूमिका निभाई।

राधा बिन कैसी वंशी

गाँव की सीमा पर राधा खड़ी थीं। श्याम ने रथ रोकने का आग्रह किया और राधा से जा कर बोले, "प्रिय, मुझे जाना ही होगा। पर भरोसा रखना, मैं वापस आऊँगा।"

"नहीं, तुम वापस नहीं आओगे।" राधा की आँखों में उदासी थी। "तुम चाहो भी तो भी वापस नहीं आ सकोगे। नगर के उत्तरदायित्व, कर्तव्य और राजनीति, इस गाँव में मेरे और बाक़ी सबके साथ रहने की तुम्हारी इच्छा पर छा जाएँगे। तुम हमारे प्रति दयालु थे। उनके साथ भी ऐसा ही व्यवहार रखना। यह जान लो कि तुम्हारे असीम विस्तार के आगे हर चीज़ अधूरी ही रहेगी।"

शक्ति ने, संन्यासी शिव को गृहस्थ शंकर में बदल दिया था। अब राधा, श्याम को आगे की यात्रा के लिए तैयार कर रही थीं, उन्हें कम आनंदी और अधिक गंभीर बना रही थीं; बच्चों का सयाना अभिभावक, जिसे इतनी ठेस लगी थी कि अब वह किसी पर भरोसा नहीं कर सकता था।

"राधा, तुम्हारे बिना कैसा संगीत। तुम मेरे वापस आने तक वंशी रख लो। जब मैं वापस आऊँगा तो फिर से मुस्कराएँगे और एक साथ नाचेंगे।"

राधा ने मुस्कराते हुए श्याम को विदा दी।

- हाथ में बाँसुरी लेने वाले कृष्ण मुरली-धर, वेणु-गोपाल और ग्वाले बाँसुरीवादक कहलाते हैं। राधा के प्रिय के रूप में, वे राधा-वल्लभ कहलाते हैं। जब वे पुष्प की लताओं के बीच नृत्य करते हुए अपनी देह मोड़ते हैं, तो वे बाँके बिहारी कहलाते हैं।
- तांत्रिक परंपरा के अनुसार, काली के बिना शिव शव हैं। इसी तरह, राधा के बिना, कृष्ण की अनेक कथाओं में वे वृंदावन के ग्वाले ही रह जाते, वे कुरुक्षेत्र के पूर्ण-पुरुष नहीं बन पाते।
- हालाँकि समकालीन प्रदर्शों में, कृष्ण को सदा एक बाँसुरी के साथ दिखाया जाता है, जब वे रुक्मिणी और द्रौपदी के साथ द्वारावती और हस्तिनापुर में हैं, तब भी उनके पास बाँसुरी दिखाई जाती है, जबकि कृष्ण को गोपियों और राधा के बिना, कभी बाँसुरी के साथ नहीं देखा गया था।
- तुलसी के पौधे को वृंदा भी कहते हैं, जो राधा का प्रतीक है। कृष्ण भले ही तुलसी या वृंदा का वन छोड़ गए हों, परंतु तुलसी दल अर्पित किए बिना, उनकी पूजा अधूरी है क्योंकि तुलसी राधा है।

- होली का त्योहार, शिव की ओर से काम दहन की याद में मनाया जाता है। एक दूसरे स्तर पर, यह राधा व कृष्ण के अनन्य प्रेम का सूचक है। सब लोग एक-दूसरे पर फूलों से बने रंग डालते हुए, पानी से होली खेलते हैं। राजपूतों और मुगलों के शाही दरबारों से लोकप्रिय होने वाले इस चलन ने दुनिया भर में रंगों के त्योहार को प्रेरित किया है।
- होली शब्द डोल उत्सव से आया है जिसे बसंत की अमावस्या को मनाया जाता है। राधा और कृष्ण को झूले में झुलाया जाता है और भक्त उनके हृदय में प्रेम भाव उत्पन्न करने वाले गीत गाते हैं।

आठवाँ खंड

मल्ल योद्धा

व्यास ने शुक से कहा, "अब हमारी कथा आधी हो गई।
अब मन:स्थिति बदलेगी। प्रेम का स्थान भय लेगा।
नगरों के बीच पशुओं की तुलना में,
हिंसक वनों के पशु कम भयंकर जान पड़ेंगे।"

बलदेव-वासुदेव

शाही धोबी

एक बेड़े पर यमुना नदी पार करने के बाद, अक्रूर का रथ मथुरा की ओर चल दिया। बहुत सारे चौराहों और मार्गों वाली सुंदर और संपन्न नगरी। प्रवेशद्वारों और बगीचों से सजे पक्के घर, हर घर की छत पर पताकाएँ, पालकियों और रथों से भरी सड़कें और हर प्रकार के सामान की दुकानें। श्याम और बलराम पहली बार किसी नगरी में आए थे। उनके नेत्र मारे विस्मय के विस्फारित हो उठे।

श्याम ने एक धोबी को नदी की ओर जाते देखा। "क्या तुम हमारे वस्त्र धो दोगे? लंबी यात्रा में वस्त्र मलिन हो गए और हमें राजा से भेंट करनी है।" धोबी ने देहाती छोकरों को देख कर गर्व से कहा, "मैं ठहरा राजा का धोबी, मैं कैसे तुम्हारे वस्त्र धो सकता हूँ।" वृंदावन में ग्वालों का तरीक़ा अलग था, सभी एक-दूसरे की मदद करते थे, मथुरा के धोबी को यह सब नहीं आता था।

श्याम ने उसे पानी में धकेला और उसकी पोटली से सबसे बढ़िया वस्त्र निकाल कर पहन लिए। उन्होंने अपने लिए गहरी पीली और बलराम के नीली रेशमी धोती चुनी। श्याम को नगर के तौर-तरीक़े कहाँ आते थे।

- हिंदू धर्म के अनेक देवता अपने पहने हुए वस्त्रों से पहचाने जाते हैं। शिव बैरागी हैं और पशु चर्म पहनते हैं। कृष्ण गृहस्थ हैं, वे बुने हुए वस्त्र पहनते हैं। रंग भी महत्त्व रखता है। कृष्ण के लिए पीला और बलराम के लिए नीला रंग है।
- कृष्ण की अशिष्ट धोबी से भेंट इस बात का प्रतीक है कि देहाती और शहरी समाज में

कितना अंतर था। कृष्ण की गाथाओं में यह प्रमुख विषय के रूप में सामने आता है।

- रामायण में, एक धोबी सीता के चरित्र पर संदेह करता है और वे राम के महल से निष्कासित कर दी जाती हैं। धोबी को अपने किए पर पछतावा होता है परंतु एक राजा के रूप में राम उसे दंडित करने से मना कर देते हैं। जब राम कृष्ण के रूप में एक सामान्य ग्वाले बनते हैं तो उस धोबी को दंड मिलता है।

दुशाले, पुष्प और आतिथ्य

श्याम की इस धृष्टता ने मथुरावासियों को मोह लिया जो कंस से भयभीत रहते थे। क्या यही उनका रक्षक था, जिसके बारे में भविष्यवाणी हुई थी? उन्होंने श्याम का अभिनंदन किया और उनके लिए अनेक उपहार ले आए।

एक जुलाहे ने दोनों भाइयों को बहुत सुंदर दुशाले भेंट किए। फूल वाली उनके लिए सुगंधित पुष्पों की माला ले आई। श्याम और उनके भाई को लोग अपने घर आने का न्यौता देने लगे ताकि वे कुछ खा-पी कर विश्राम कर सकें और तरोताज़ा हो जाएँ। श्याम ने उनका आतिथ्य ग्रहण किया और मन से आभार प्रकट किया। जल्दी ही पूरे नगर में उनके सम्मोहन, आकर्षण, हाज़िरजवाबी और निराले तौर-तरीक़ों की चर्चा फैल गई।

यह समाचार कंस को भी मिला। राजा स्तब्ध हो उठा। लोग ग्वाले की प्रशंसा कर रहे थे और उससे भयभीत भी नहीं थे। यह कैसे संभव था? कंस बहुत अधूरा, ईर्ष्यालु और क्रोधित अनुभव कर रहा था।

- बुद्ध की तरह, कृष्ण का जन्म भी भविष्यवाणी के साथ हुआ। उनके आगमन की पूर्व सूचना थी। ग्रीक और अब्राहिमी पौराणिक गाथाओं में भी भविष्यवाणी प्रसंग बार-बार आते हैं जिससे हिंदू गाथाओं पर इंडो-ग्रीक यवनों के प्रवास का प्रभाव दिखता है।
- इन कहानियों में चरवाहे और ग्रामीण कृष्ण की नगरीय पर्यावरणतंत्र से पहली भेंट के दृश्य मिलते हैं और वे धीरे-धीरे नगरीय शिष्टाचार में ढल जाते हैं।

मथुरा की कुबड़ी

त्रिवक्रा महल की एक कुबड़ी दासी थी। उसने भी अन्य लोगों की तरह, मथुरा की सड़कों पर श्याम के बारे में सुना। वह ग्वाला, जिसने कंस को भी भयभीत कर दिया था। उसने श्याम को उनके प्रशंसकों से घिरा पाया। बदसूरत और उपेक्षित दासी हमेशा की तरह भीड़ से अलग कोने में खड़ी थी, उसके हाथ में चंदन के लेप का प्याला था, वह राजा के महल से वह लेप इस महान योद्धा के लिए लाई थी।

श्याम ने भीड़ के बीच उसे देखा और उसके पास आ कर बोले, "हे सुंदरी, घर में मेरी माता, मेरे मुख और भुजाओं पर चंदन कर लेप करती थीं पर नगर में मेरे लिए यह कौन करेगा। क्या कृपा करके, तुम लेप लगा दोगी?"

त्रिवक्रा तो जैसे अपने भाग्य पर विश्वास नहीं कर सकी। उसने किसी तरह अपने उत्साह को दबाते हुए कहा, "क्यों नहीं, क्यों नहीं।" और वह श्याम की देह पर चंदन का अंगराग लगाने लगी।

फिर श्याम ने अपना पैर त्रिवक्रा पर रखा और धीरे से उसका सिर उठाया और उसे तब तक खींचते रहे जब तक वह सीधी नहीं हो गई। श्याम ने उसे एक सुंदरी में बदल दिया था। त्रिवक्रा ने किसी तरह सकुचाते हुए कहा, "क्या आज की रात आप मेरे घर चल कर आतिथ्य ग्रहण करेंगे?"

"क्यों नहीं, मैं अवश्य चलूँगा।" श्याम ने देखा कि किस तरह मथुरा की कुबड़ी ने जीवन में पहली बार इतना आदर पाया था।

- रामायण में, मंथरा नामक कुबड़ी दासी राम के वनवास का कारण बनती है। हरिवंश में, कृष्ण एक कुबड़ी दासी को अपना स्नेह देते हैं। कई लोग मानते हैं कि त्रिवक्रा मंथरा का ही पुनर्जन्म था, जिसने फिर से जन्म ले कर मोक्ष पाया।
- कई बार त्रिवक्रा और मंथरा, दोनों को ही कुब्जा भी कहा जाता है।
- बौद्धगाथाओं में, जब बुद्ध बोधि पा लेते हैं तो वे अपनी माता को प्रवचन देने के लिए स्वर्ग जाते हैं। जब वे धरती पर वापस आते हैं तो भारी भीड़ उनसे भेंट करने के लिए जमा होती है। एक उपलवर्णा नामक भिक्षुणी भीड़ में रास्ता नहीं बना पा रही। बुद्ध उसे पुरुष बना देते हैं ताकि वह भीड़ में आसानी से आगे आ कर उनसे भेंट कर सके। कृष्ण और कुबड़ी दासी का प्रसंग भी इसी विषय पर आधारित है।

धनुष-भंग

आसपास के ग्रामों से आए लोग भी मथुरा में जमा होने लगे ताकि वार्षिक धनुष-पूजन उत्सव में भाग ले सकें। इस दिन, क्षत्रिय जाति के लोग अपने धनुषों का सार्वजनिक प्रदर्शन करते थे। इस समारोह को मनाने के लिए बड़ा उत्सव आयोजित किया जाता। इस मेले में धनुषों के प्रदर्शन के अलावा राजकीय कुश्ती भी आकर्षण का केंद्र थी।

जब श्याम और बलराम नगर के चौराहे पर आए तो उन्होंने यादव क्षत्रियों के धनुषों का प्रदर्शन देखा। उनके बीच रखा राजसी धनुष पूरी शान से जगमगा रहा था।

"इस धनुष को उठा कर प्रत्यंचा साधने में दर्जनों क्षत्रियों को बल लगाना पड़ता है।" दर्शक कह रहे थे।

"अच्छा, यह बात। मैं आज़मा कर देखता हूँ।" श्याम बोले।

सबके देखते ही देखते, श्याम ने झट से धनुष उठा लिया और उसकी प्रत्यंचा तानने लगे। द्वारपालों ने रोकना चाहा। लोग भीड़ लगाए खड़े थे। बलराम ने उन्हें रोके रखा और श्याम चेहरे पर नटखट मुस्कान लिए धनुष को तब तक खींचते रहे, जब तक वह एक टहनी की भाँति टूट नहीं गया।

राजसी धनुष के टूटने का समाचार महल तक जा पहुँचा।

"अपनी छोटी अँगुली पर पर्वत उठाने वाले, राजा के धोबी को उसकी औकात दिखाने वाले, नगरी में प्रजा का मन मोहने वाले वृंदावन के छोकरे ने राजा का धनुष किसी सूखी टहनी की तरह तोड़ दिया। निश्चित रूप से यही व्यक्ति हमें कंस से मुक्त करेगा।" मथुरावासी आपस में बातें कर रहे थे।

उस रात कंस सो नहीं पाया। उसे योगमाया की भविष्यवाणी और वह भयावह अट्टहास सता रहा था।

- धनुषों का संबंध शाही घरानों से है। कृष्ण धनुष की प्रत्यंचा चढ़ाते हैं जो उनकी श्रेष्ठता स्थापित करने का प्रतीक है।
- कृष्ण धनुष भंग करते हैं, वे राम द्वारा शिव धनुष भंग करने का अनुसरण कर रहे हैं।
- कृष्ण-विष्णु का धनुष सारंग कहलाता है और वे धनुष को ग्रहण करने वाले सारंग-पाणि कहलाते हैं।

विक्षिप्त हाथी

अगले दिन, सभी अखाड़े में जमा हो गए, जिसे राजकीय कुश्ती के लिए तैयार किया गया था। वे सभी वृंदावन से आए छोकरे को देखने के लिए उत्साह से उमड़ पड़े थे।

कंस शाही छत्र तले, अपने सिंहासन पर विराजमान था और आसपास के ग्रामों से आए मुखिया उसे उपहार दे रहे थे। उनमें ही नंद मुखिया भी शामिल थे, जो अनेक गोपों सहित नगरी आ गए थे। वे अपने पुत्रों से इतना लंबा वियोग सह नहीं सके और यह आशंका भी थी कि राजा उनके पुत्रों के साथ क्या करेगा। पीछे वाले मंडप में, शाही परिवार के सदस्यों के बीच वसुदेव और देवकी भी उपस्थित थे। वसुदेव को नंद की उपस्थिति का पता था। दोनों ही पिता श्याम की सलामती के लिए चिंतित थे।

शंखनाद सुनते ही सारे कुश्ती लड़ने वाले पहलवान अखाड़े में आ गए। भयंकर चाणूर व मुष्टिक भी उनमें ही थे।

ज्यों ही श्याम व बलराम अखाड़े में आए, उनकी राह एक विशालकाय हाथी ने रोक ली। वह राजा का हाथी कुवलयापीड़ था। उसके महावत को आदेश दिया गया था कि वृंदावन के उन ग्वालों के प्राण ले लिए जाएँ जिन्होंने एक दिन पूर्व कंस की सत्ता को चुनौती दी थी।

हाथी मदमत्त हो कर श्याम और बलराम की ओर बढ़ा। दोनों भाई निर्भीक भाव से वहीं डटे रहे। श्याम ने हाथी को सूंड से खींचा और उसे घुटनों के बल बिठा दिया और बलराम किसी सिंह की तरह हाथी की पीठ पर चढ़ बैठे, उन्होंने अपनी एक ठोकर से महावत को नीचे गिरा दिया। फिर उन्होंने हाथी के विशाल दाँत उखाड़ लिए और उनकी सहायता से ही हाथी और उसके महावत के प्राण ले लिए।

दोनों भाई, रक्तस्नात हो कर कुश्ती के अखाड़े में पहुँचे। दोनों के हाथों में राजसी हाथी का एक-एक दाँत था। मथुरा के लोग उन्हें देख कर जयजयकार कर उठे।

कंस का हृदय मारे भय के काँप उठा।

- कृष्ण हाथी को उसी तरह वश में करते हैं जिस तरह शिव ने गज-असुर को वश में किया था। जैसे बुद्ध ने नलगिरि हाथी को शांत किया था। इन तीनों प्रसंगों में, हाथी को

नायक की हत्या के लिए भेजा गया था परंतु वे तीनों असफल रहे। इससे पता चलता है कि आज से 2000 वर्ष पूर्व की कथानकों में नायक के स्तर को स्थापित करने के लिए बार-बार हाथी को वश में करने वाले विषय को लिया जाता था।

- संस्कृत साहित्य में निरंतर मदमत्त हाथी के बारे में पढ़ने को मिलता है। कहा जाता है कि यह उसकी ऐंद्रिकता के कारण उपजा पागलपन है। उसकी कनपटियों से निकला द्रव्य संस्कृत में मद कहलाता है, तभी हमारे यहाँ मदिरा को भी मद कहते हैं। कृष्ण का एक नाम मदन-मोहन भी है, जो मन में अनियंत्रित आवेग उत्पन्न करते हैं - इस नाम का आधार मद ही है और हमें स्मरण करवाता है कि यह किस तरह काम से जुड़ा है, वे मदन भी कहलाते हैं।

मल्ल युद्ध

ज्यों वे अखाड़े में आए, दोनों भाइयों को चाणूर और मुष्टिक ने चुनौती दी। श्याम और बलराम ने मुस्कराते हुए उनकी चुनौती स्वीकार कर ली।

शाही मल्ल योद्धा बड़े-बड़े सांडों से कम नहीं दिखते थे। परंतु यमुना के किनारे अनेक सांडों को अपने बस में करने वाले वृंदावन के उन किशोरों को उनसे कोई भय नहीं था।

ज्यों ही मल्ल युद्ध आरंभ हुआ, चाणूर और मुष्टिक को अनुभव हो गया कि वे उनके जोड़ के नहीं थे। दोनों भाइयों ने उनकी बाजुएँ मरोड़ते हुए, बिगड़ैल सांडों की तरह उन्हें धरती पर गिरा दिया। हालाँकि वे पहलवान भी हारे नहीं और जंगली घोड़ों की तरह दोनों भाइयों पर वार करते रहे। दोनों भाई पहलवानों पर झपटे और उनके सिर धरती से दे मारे और उनकी खोपड़ियाँ नारियल की तरह फूट गईं।

एक स्तब्ध कर देने वाला सन्नाटा छा गया और फिर सारे अखाड़े में जयजयकार गूँज उठी। दर्शकों ने खड़े हो कर करतल ध्वनि से दोनों भाइयों का स्वागत किया।

- भक्ति साहित्य में कृष्ण के पहलवान होने वाला तथ्य इतना लोकप्रिय नहीं हो सका जिसमें उन्हें एक ग्वाला और बाँसुरीवादक दिखाया गया है। भारत में कुश्ती से जुड़े देव, कृष्ण नहीं हनुमान हैं।

- बौद्धगाथा जातक में, कृष्ण और उनके भाई दस बलवान मल्ल योद्धाओं का दल हैं, जो देहाती इलाक़ों में उथल-पुथल मचा देते हैं। इस जगह मुष्टिक को मुट्टिका कहा गया है और बलदेव उसे मारते हैं तो वह इच्छा प्रकट करता है कि वह एक राक्षस के रूप में ही फिर से जन्म लेना चाहेगा। उसकी इच्छा पूरी की जाती है। वह एक आगे चल कर, एक राक्षस के रूप में बलराम को पुनः कुश्ती के लिए ललकारता है और वही बलराम की मृत्यु का कारण बनता है, जिसे कृष्ण भी नहीं रोक पाते।

कंस की मृत्यु

कंस ने दोनों की ओर संकेत किया, "बंदी बना लो इन्हें।" उसका गला सूख गया था और देह पसीने से लथपथ थी। "इन लड़कों का साथ देने वाले सभी लोगों को बंदी बना लो। वृंदावन से आए ग्वालों और गोपों व इनके साथियों को भी बंदी बना लो। इनकी गौओं को छीन लो। ये यादवों की सत्ता के लिए संकट बन गए हैं।"

ज्यों ही पहरेदार दोनों भाइयों की ओर दौड़े बलराम किसी गरजते हुए सिंह की तरह उनसे लड़ने लगे। श्याम कंस के सिंहासन की ओर किसी चीते की तरह लपके।

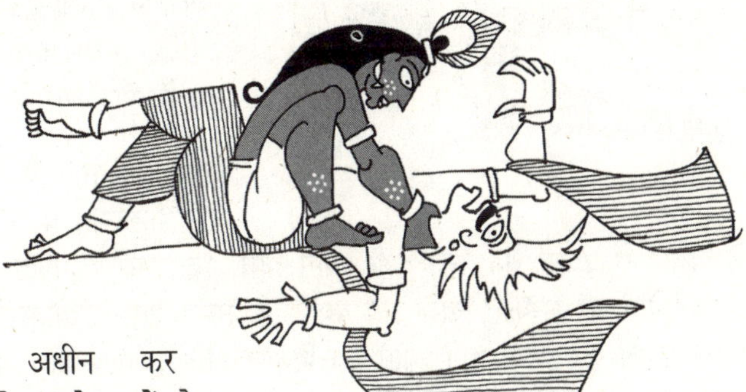

कंस ने श्याम को मारने के लिए अपनी तलवार निकाल ली। श्याम ने उसे अड़ंगी दे कर वहीं गिरा दिया। फिर जिस प्रकार कोई बाज सर्प को अपने अधीन कर लेता है, श्याम ने कंस को उसके बालों से पकड़ा और घसीटते हुए अखाड़े के आसपास चक्कर लगाया। और आख़िर में उसे मौत के घाट उतार दिया।

- रामायण में, राम अपने पिता की इच्छा का मान रखते हैं, जैसे भीष्म महाभारत में अपने पिता शांतनु की इच्छा का मान रखते हैं। यह मनोविश्लेषण में ययाति मनोग्रंथि के उदाहरण हैं जो भारतीय विचारधारा में प्रायः पाए जाते हैं। हरिवंश में, कृष्ण किसी ग्रीक नायक की तरह अपने पिता जैसी छवि को भी पार कर लेते हैं, जिससे कृष्ण की गाथाओं में ओडिपस मनोग्रंथि का प्रभाव प्रकट होता है।

- ओड़िशा और महाराष्ट्र के लोकगीतों में, कृष्ण को अपने मामा कंस और मौसी पूतना का हत्यारा कहा गया है। यह निंदा-स्तुति का भाग है, इसमें भगवान के प्रति प्रेम व आदर दर्शाने के साथ-साथ उन्हें कोसा भी गया है।
- कृष्ण के अधिकतर पुनः कथनों में, कंस की हत्या, कथानक का अंत है। हरिवंश में, इसके बाद जरासंध वध आता है, नरक और बाण को मारा जाता है। पांडवों और कौरवों के युद्ध में कृष्ण की भूमिका को अलग और अशुभ माना गया है।

ग्वाले नहीं योद्धा

मथुरावासी अपने सामने हुई इस हिंसक घटना को देखने के बाद चिल्लाने लगे, "ग्वालों ने अत्याचारी को मार कर नगर को मुक्त कर दिया।" वे श्याम की ओर भागे और उन पर प्रशंसा और आशीर्वादों की झड़ी लगा दी।

वसुदेव बोले, "ये कोई ग्वाले नहीं हैं। इन्हें ग्वालों ने ग्वालों की तरह पाला ताकि कंस से इनकी असली पहचान छिपी रहे परंतु ये मेरे पुत्र हैं और अब वे अपने घर लौट आए हैं।"

"क्या यह सत्य है?" श्याम ने पूछा। नंद ने सिर हिलाया। वे अपने पुत्रों से वियोग होने के विचार से उदास थे। परंतु तभी श्याम बोले, "क्या मेरे दो पिता हैं? और दो माताएँ हैं?" नंद के चेहरे पर मुस्कान खिल उठी क्योंकि वे समझ गए कि श्याम ने उन्हें त्यागा नहीं, अपने साथ शामिल कर लिया था। श्याम नंद-किशोर होने के साथ-साथ शूर वंश से भी थे; यशोदा नंदन होने के साथ-साथ देवकी नंदन भी थे।

- इस तरह कृष्ण के बाल्यकाल का समय समाप्त होता है, वे अब ग्राम के ग्वाले नहीं, नगर में राजाओं के बीच अपनी वयस्कावस्था बिताने जा रहे हैं।
- भक्ति परंपरा के कृष्ण एक सखा हैं जो शृंगार, माधुर्य, प्रेम और वात्सल्य भाव पैदा करते हैं। भक्ति परंपरा के बाद वाले कृष्ण वीर और रौद्र रस उत्पन्न करते हैं।

नौवाँ खंड

छात्र

व्यास ने शुक से कहा, “सर्वज्ञानी श्याम भी गुरुकुल गए
ताकि एक ग्वाले को राजनेता में बदला जा सके।
कहते हैं कि वन्य को पालतू बनाना तथा आदिम को सँवारना ही परिष्कार है।
श्याम ने कहा कि यह समानुभूति को सँवारने के लिए था।”

योग नारायण

पुनर्मिलन

देवकी ने पुत्र को कंठ से लगाया और उस पर चुंबनों की वर्षा कर दी। "यशोदा ने तुम्हारा पालन किया। परंतु मैंने तुम्हें जन्म दिया था। मैंने तुम्हें अपने गर्भ में रखा; उसने तुम्हें अपना दूध पिलाया।"

श्याम को अहसास हुआ कि वे सदा इस विचार से त्रस्त रहेंगे कि उनकी वास्तविक माँ कौन है : जिस महिला ने उन्हें जन्म दिया या जिसने उनका पालन-पोषण किया। ऐसा क्या था जो अधिक महत्त्व रखता था : एक क्षत्रिय परिवार में उनका जन्म या फिर ग्वालों के बीच बीता बचपन?

देवकी ने श्याम और बलराम को सुभद्रा से मिलवाया, "यह तुम्हारी बहन है।"

उनके नेत्र मिले और पुरानी यादें लौट आईं। वे तो योगनिद्रा थीं। जब वे सोते थे तो वही उनकी और संसार की रक्षा करती थीं। वे योगमाया थीं, जब वे जागते थे तो उन्हें उनकी रक्षा करनी होती थी।

- सुभद्रा से पता नहीं चलता कि सुभद्रा वही योगमाया और यशोदा की पुत्री हैं या उनका जन्म, कृष्ण के बाद देवकी या रोहिणी के गर्भ से हुआ।
- दूसरी सदी के आसपास, मथुरा की कुषाण आकृतियों में तीन देव एक साथ दिखाए गए हैं, एक देवी के दोनों ओर दो देव हैं। नौवीं सदी में ऐसी ही प्रतिमाएँ मध्यप्रदेश के एटा व महाराष्ट्र के एलोरा में पाई गईं। छठी सदी की *बृहत्संहिता* में इनके वर्णन मिलते हैं। इन्हें वृष्णि भाई-बहन कहा गया जो बाएँ से दाएँ, बलराम, सुभद्रा व कृष्ण हैं। इस जगह सुभद्रा को योगमाया, निद्रा और एकनांश देवी कहा गया है जो धरती पर कृष्ण के जन्म करवाने के बाद यह देखती है कि वे वृंदावन में महा-रास रचा सकें। हरिवंश के अनुसार वे उनकी शक्ति हैं, माता हैं, वामांगी और बहन हैं। ओड़िशा के पुरी में भी, ठीक इसी तरह इन तीनों की पूजा होती है। तमिल संगम साहित्य जैसे *कलीकोट्टई* या *शिल्पादिकारम्* में इनके विषय में चर्चा मिलती है जिनमें स्त्री को कृष्ण की पत्नी पिन्नई कहा गया है।

सातवीं सदी के विष्णुधर्मोत्तर पुराण में, इस युवती का संबंध यशोदा से दिखाया गया है।

- जैन पौराणिक गाथाओं में, कंस देवकी की सबसे बड़ी पुत्री को मारने के बजाए उसका नाक तोड़ देता है ताकि वह विकृत हो और किसी ऐसे बलशाली युवक से विवाह नहीं कर सके, जो उसके लिए ख़तरा बन सके। उसे एकांशा कहा गया है जो आगे चल कर एक भिक्षुणी बनती है। एक दिन वह दर्पण में स्वयं को सराह रही थी, तब बलराम के पुत्र उसका उपहास करते हैं और वह जैन भिक्षुणी बन जाती है। वन में कुछ शिकारी उसके ध्यान रूप को देख मोहित होते हैं और यह मान लेते हैं कि वह कोई देवी है। वे उसे फल और फूल चढ़ाते हैं। उनके जाने के कुछ समय बाद, एकांशी पर सिंह हमला कर देता है। वह उसके काटने को भी पूरे मन से ग्रहण करती है क्योंकि इसके साथ ही उसकी देह से आसक्ति छूटती है। जब शिकारी वापस आ कर भिक्षुणी के बैठने के स्थान पर रक्त और मज्जा पड़ी देखते हैं तो ग़लती से यह मान लेते हैं कि वह देवी फल-फूल का भोग लेने के बजाए रक्तपान करती थी। इस तरह सिंह पर सवार देवी के लिए रक्त बलि देने का चलन आरंभ हुआ।
- ओड़िशा में, विशेष रूप से, जगन्नाथ के तीर्थ में, सुभद्रा को चपटी नाक वाली कहा गया है।

संदीपनि, गुरु

श्याम को एक ग्वाले की तरह पाला गया था इसलिए उन्हें एक यादव वंशी के पुत्र होने के नाते, औपचारिक शिक्षा ग्रहण करने का अवसर नहीं मिला। वे एक देहाती ग्वाले की तरह पले-बढ़े, जिनका पूरा दिन गौओं की देख-भाल में बीतता था।

श्याम को संसार के प्रति अपने दृष्टिकोण, अपने वस्त्र-विन्यास और जनसंपर्क की कला साधने के लिए कुछ तौर-तरीक़े सीखने थे, कुछ शिष्टाचारों का पालन करना सीखना था। उन्हें राज्यकला, अर्थव्यवस्था, सौंदर्य बोध तथा आध्यात्मिकता के गहरे पक्षों का ज्ञान लेना था। उन्हें राजनीति शास्त्र का ज्ञान लेते हुए साम-दाम-दंड और भेद नीति का ज्ञान पाना था। अब लाठियों और पत्थरों से युद्ध नहीं लड़ना था। उन्हें धनुष-बाण, तलवार, गदा और रथ चालन की शिक्षा लेनी थी। उन्हें वैदिक तौर-तरीक़े सीखने थे।

उन्हें अपने बड़े भाई के साथ गुरु सांदीपनि के आश्रम में भेजा गया।

- सांदीपनि का अर्थ है, ऐसा व्यक्ति जिसने उद्‌बोधन (दीपनी) का कार्य पूरा कर लिया है।
- उनका आश्रम, मध्य प्रदेश के उज्जैन में, गोमती कुंड के निकट कहा जाता है।
- वैदिक जगत निरंतर अरण्य, ग्राम और नगर के मध्य अंतर करता रहा।

यज्ञ

सांदीपनि ने वैदिक जगत का वह पक्ष उनके आगे रखा, जो ऋषियों और राक्षसों का अंतर दिखाता था।

"यह यज्ञ है। पशु भोजन छीनते हैं। जब मनुष्य भी अपना मनचाहा छीनने लगते हैं, तो वे राक्षस हैं परंतु जब वे आपस में संसाधनों को बाँटते हैं, तो वे ऋषियों के मार्ग का अनुसरण करते हैं, वे केवल अपनी नहीं, एक-दूसरे की आवश्यकताओं का भी ध्यान रखते हैं। जब तुम कुछ पाने के लिए पहले कुछ देते हो, तो तुम उदार यजमान हो। अगर तुम कुछ देने से पूर्व ही माँग रखते हो तो तुम देवता हो। एक बालक के रूप में तुम देवता हो सकते हो परंतु बड़े होने पर तुम्हें यजमान होना होगा। जब तुम बदले में कुछ पाने की अपेक्षा किए बिना रहोगे, तो तुम सबसे बड़े यजमान बन जाओगे।"

श्याम को अपने माता-पिता का स्मरण हो आया जिन्होंने उन्हें सब कुछ दिया और बदले में थोड़े से आज्ञापालन के सिवा कभी कुछ नहीं चाहा। वे यजमान थे। राधा ने भी अपना प्रेम दिया और बदले में कुछ नहीं चाहा। जब वे अपनी बाँसुरी की धुन पर गोपिकाओं को वन में बुलाते थे तो क्या वे यजमान थे? क्या उन्होंने उन्हें आनंद दिया? क्या उन्होंने बदले में कुछ चाहा? फिर उन्हें कंस की याद आई जिसने उन्हें मथुरा में एक यजमान की तरह बुलाया परंतु वह उन्हें मारना चाहता था।

सांदीपनि बोले, "एक अच्छा राजा ऐसी पारिस्थितिकी बनाता है जिसमें सबको अपने लिए भोजन और सुरक्षा मिल सके। एक अच्छा राजन सबको यजमान बनने में सहायक होता है! तुम सदा अपने आसपास रहने वालों का पोषण करो। अपने परिवार, मित्रों, संबंधियों, अनजान लोगों व यहाँ तक कि पक्षियों, पशुओं, देवताओं, आत्माओं, पुरखों व प्रेतों का भी पोषण करो।"

श्याम ने पूछा, "भोजन तो एक रूपक है, है ना? हम्म, हमें भोजन चाहिए। परंतु हम सुरक्षा, वैधता और अर्थ भी चाहते हैं। हम लक्ष्मी चाहते हैं, जो धन हैं। परंतु हम दुर्गा की भी चाह रखते है। जो शक्ति हैं और साथ ही हम ज्ञान की देवी सरस्वती भी चाहते हैं।"

सांदीपनि अपने छात्र के शब्दों से प्रभावित हो उठे। श्याम ने बहुत कुछ देखा, बहुत कुछ सुना और अनुभव किया। सांदीपनि ने यादवों का आभार प्रकट किया कि उन्हें एक छात्र के रूप में श्याम मिले, जिन्होंने उन्हें एक श्रेष्ठ गुरु बनने में योगदान दिया।

- 'यज्ञ' को वैदिक विचारधारा का मूल कह सकते हैं। इसमें आदान-प्रदान शामिल है। देवताओं को बुला कर, भोग दे कर प्रसन्न करते हैं और वे जाने से पूर्व वरदान देने के लिए कहते हैं परंतु इसमें वापसी का आश्वासन नहीं होता।
- यज्ञ अनुबंध से अलग है जो अब्राहिमी धर्मों का मूल भाव है। अनुबंध में देना और लेना दोनों शामिल हैं। यज्ञ में आदान-प्रदान है। एक व्यक्ति अनुबंध चुकाने के लिए सहमत होता है। यज्ञ में ऐसा कोई अनुबंध नहीं होता केवल एक होता है कि कुछ मिलेगा। अपने ऋण का पुनः भुगतान करना धर्म और अपने ऋण से मुक्त होना मोक्ष है।
- विष्णु को यज्ञ पुरुष कहा गया है, वे सारे आदान-प्रदान का मूर्त रूप हैं।

बल व चतुराई

सांदीपनि ने श्याम और बलराम को कथा सुनाई - किस प्रकार विष्णु ने दो असुर भाइयों -हिरण्यकश्यप और हिरण्याक्ष को परास्त किया।

हिरण्याक्ष धरती को सागर के नीचे ले गया तब विष्णु ने वराह रूप धारण किया, पानी में कूदे और असुर को जान से मार दिया। फिर उन्होंने धरती देवी को अपने थूथन पर उठाया और जल के ऊपर ले आए।

हिरण्यकश्यप बहुत चतुर था। उसने किसी तरह यह वरदान ले लिया था कि उसे किसी भी मनुष्य या पशु, घर के बाहर या भीतर, दिन या रात के समय, धरती पर या वायु में, किसी अस्त्र या शस्त्र से नहीं मारा जा सकता था। और इस तरह विष्णु उसके समक्ष नरसिंह अवतार में प्रकट हुए। एक ऐसा जीव जो आधा नर व आधा सिंह था, इस प्रकार वह ना तो पूरा पशु था और ना ही पूरा मनुष्य। वह असुर को घसीट कर दहलीज़ पर ले आया, जो ना तो घर के भीतर थी, ना बाहर। साँझ का समय था, जो ना दिन था और न ही रात। उसने उसे अपनी गोद में रखा, जो जगह ना तो धरती थी और ना ही वायु, और उसे अपने नखों से चीर दिया जो ना तो कोई अस्त्र थे और ना ही कोई शस्त्र।

सांदीपनि ने वसुदेव के दोनों पुत्रों से कहा, "कई बार तुम्हें बल प्रयोग करना पड़ता है। कई बार तुम्हें चतुराई दिखानी पड़ती है। परंतु दोनों ही दशाओं में, विष्णु जानते थे कि वे व्यक्ति श्राप पीड़ित थे। पिछले जन्मों में, दो असुर भाई जय और विजय, वैकुंठ के रखवाले थे। इस धरती का प्रत्येक खलनायक हृदय से पीड़ित है। यदि तुम्हें उससे लड़ना भी पड़े तो उससे घृणा मत करो। यही वास्तविक धर्म है।"

- वराह और नरसिंह के मंदिर आज भी आंध्र और ओड़िशा के तटीय इलाक़ों में प्रसिद्ध हैं जिन्हें, राजसी धर्म के प्रतीक के रूप में हिंदू राजाओं का संरक्षण प्राप्त हुआ।
- नरसिंह ऐसे जीव हैं जो कई श्रेणियों के बीच आते हुए यह दिखाते हैं कि सीमाओं को मनुष्य ने बनाया है, ये प्रकृति में नहीं पाई जातीं। प्रकृति प्रवाहमान है, यह स्थिर नहीं है।
- कृष्ण वराह और नरसिंह का मिला-जुला रूप हैं क्योंकि वे बल के साथ-साथ भावकुता का भी परिचय देते हैं। इससे भी अहम बात यह है कि वे लोगों के कल्याण के लिए अपने बल और चतुराई का प्रयोग करते हैं। जब कोई मनुष्य केवल अपनी उत्तरजीविता के लिए बल और चतुराई का प्रयोग करता है तो वह पशुओं से अधिक नहीं होता।

बिल्ली और बंदरिया

सांदीपनि ने एक बार अपने शिष्यों को एक बंदर और बिल्ली दिखाए, जो अपने-अपने नवजात के साथ थे। बंदरिया के बच्चे ने कस कर अपनी माँ को थाम रखा था और बिल्ली का बच्चा इंतज़ार में था कि उसकी माँ उसे मुँह से उठा कर किसी सुरक्षित जगह ले जाएगी। सांदीपनि ने दोनों भाइयों से पूछा, "तुम किस तरह के नेता बनोगे? एक वह जो अपने अनुयायियों से अपेक्षा रखता है कि वे उससे बंदर के बच्चे की तरह चिपके रहें या वह, जो बिल्ली की तरह असहाय अनुयायियों को सुरक्षित स्थान पर ले जाता है?"

श्याम ने उत्तर दिया, "यह संसार विविधताओं से भरा है। प्रत्येक वानर या बिल्ली नहीं हो सकता। मैं नवजात के लिए वानर तथा बिल्ली के बच्चे के लिए बिल्ली बन जाऊँगा।"

- पंद्रहवीं सदी में, तमिल श्री-वैष्णव ब्राह्मणों में दो पूरक परंपराओं का प्रचलन रहा - वेदांत देसिका का मर्कट किशोर न्याय; सहभागी भक्ति का सिद्धांत तथा मन्वल मामुनि का मर्जार किशोर न्याय; निष्क्रिय आस्थापूर्ण समर्पण।
- शिक्षा कृष्ण गोपाल को कृष्ण-वासुदेव में बदल देती है। दोनों ही रूपों वे श्यामल कृष्ण हैं।

परशुराम

सांदीपनि ने बताया कि समाज में चार समुदाय थे - एक वे जो विचारों पर केंद्रित थे, दूसरे जो धरती को वश में रखते थे, तीसरे जो वाणिज्य करते थे और चौथे वे जो सेवाएँ प्रदान करते थे।

ये ब्राह्मण, क्षत्रिय, वैश्य और शूद्र हैं। ब्राह्मण क्षत्रियों से दान में मिली गौओं पर आश्रित हैं, क्षत्रिय धरती की उपज पर आश्रित हैं, वैश्य लाभ पर और शूद्र सेवाओं से मिलने वाली धनराशि पर आश्रित हैं। एक बार कार्तवीर्यार्जुन जमदग्नि नामक ब्राह्मण की गौओं की माँग करने लगा और उसने उनकी गौओं को अधीन करने के लिए बल का सहारा लिया। जमदग्नि के पुत्र परशुराम ने राजा को रोका। दोनों के बीच हुए युद्ध में परशुराम ने अपने कुठार से राजा का वध कर दिया। क्षत्रिय कुपित हुए और जमदग्नि के प्राण ले लिए। परशुराम को इतना रोष हुआ कि उन्होंने सारी धरती से क्षत्रियों का नाश कर दिया क्योंकि उन्होंने सामाजिक व्यवस्था भंग की थी। धरती रक्त से नहा उठी।

श्याम बोले, "परशुराम ने क्षत्रियों को दंड देने के लिए ब्राह्मणों के नियम भंग किए और क्षत्रियों ने क्षत्रियों के लिए बने नियम तोड़े। तब यह व्यवस्था पुनः कैसे स्थापित हुई?"

सांदीपनि ग्वाल कुमार की बुद्धिमानी पर मुस्करा कर बोले, "वास्तव में, क्या वास्तव में साधन अंत के साथ न्याय करते हैं?" "पशुराम को अहसास हुआ कि उन्होंने जो किया, वह उचित नहीं था। उन्होंने स्वयं को समाज से निष्कासित किया और अपनी कुठार सागर में फेंक दी। सागर मारे भय के काँप उठा और सागर तटों पर रेत भर गई, जिन पर नारियल के वृक्ष उग आए। उन्होंने समाज से जाने से पूर्व, अनेक व्यक्तियों को प्रशिक्षित किया ताकि वे धर्म का पालन करते हुए यह ध्यान रखें कि ब्राह्मण सदा ब्राह्मणों के समान, क्षत्रिय क्षत्रियों के समान, वैश्य वैश्यों के समान तथा शूद्र शूद्रों के समान आचरण करें।"

"परंतु धर्म तो नियमों का पालन नहीं करता। धर्म तो वन के विधान को नष्ट करता आया है ताकि बलशाली निर्बलों की रक्षा कर सकें। मेरी माँ ने तो मुझे यही बताया था।"

"तुम्हारी माँ जमदग्नि से अधिक बुद्धिमती थीं। ऋषि को पता चला कि एक बार उनकी पत्नी रेणुका ने किसी सुंदर गंधर्व को नदी में स्नान करते देखा और एक क्षण के लिए उनके मन में उसके लिए इच्छा पैदा हुई थी। वे कुपित हुए और पुत्र को आदेश दिया कि अपनी माँ का सिर धड़ से अलग कर दे। परशुराम ने एक भी प्रश्न किए बिना ऐसा ही किया। बाद में जमदग्नि को अपनी कठोरता का पश्चाताप हुआ और वे अपनी पत्नी को पुनः जीवनदान देने के लिए तड़प उठे। परंतु विनाश तो हो चुका था। वे मनुष्य की भूल को समझने में असफल रहे। वे अपने गुस्से को बस में करने में असफल रहे। नियमों के आवेश में आ कर, उन्होंने एक क्षत्रिय की तरह नियंत्रण के लिए बल

प्रयोग किया। संभवतः यही कारण था कि उन्हें भी अंततः हिंसक मृत्यु प्राप्त हुई।"

"अब परशुराम कहाँ हैं?" बलराम ने पूछा।

"कहीं होंगे, हम नहीं जानते। हो सकता है कि तुम्हारी भेंट उनके छात्रों, भीष्म, द्रोण और कर्ण से हो। वे सभी महान योद्‌धा हैं।"

"परंतु क्या वे सबल से दुर्बल की रक्षा करते हैं? क्या वे बिना किसी घृणा के युद्ध करते हैं?"

सांदीपनि ने कोई उत्तर नहीं दिया।

- परशुराम विष्णु के अवतार हैं जिनका संबंध हिंसा से जोड़ा जाता है : पिता के आदेश पर अपनी माता का सिर काटना और अधर्मी क्षत्रियों का वध। केरल और कोंकण प्रदेश की स्थापना उन्होंने ही की थी। कई समुदायों में, जिनमें ब्राह्मणों और क्षत्रियों का मिश्रित रक्त पाया जाता है, वे परशुराम के वंशज माने जाते हैं।
- परशुराम की कथा वैदिक इतिहास में ऐसे काल को प्रकट करती है जब यज्ञ करने वाले ब्राह्मण और धनुष धारी क्षत्रियों के बीच संघर्ष था।
- रेणुका, जिनका वध अपने पति के आदेश से, उनके पुत्र के हाथों हुआ। वे अपने पुत्र के कारण ही पुनः प्रकट हुईं। उन्हें महाराष्ट्र और कर्नाटक में येलम्मा देवी के रूप में पूजा जाता है।

पांचजन्य

गुरु के विस्मय का अंत नहीं था, उनके शिष्यों ने मात्र चौंसठ दिन में सारी विद्या ग्रहण कर ली थी। यज्ञ पूर्ण हुआ। सांदीपनि ने गुरु के रूप में अपने कौतूहलप्रिय शिष्यों को ज्ञान दिया। अब, समय आ गया था कि शिष्य उनकी इच्छा पूरी करें।

"आप कहें, हमसे क्या चाहते हैं?" दोनों भाइयों ने पूछा।

"मैं जो चाहता हूँ, वह तो मुझे कोई नहीं दे सकता। मैं अपने पुत्र को वापस चाहता हूँ।" गुरु ने कहा। "जब हम प्रभास किनारे गए थे तो हमने लहरों के बीच कहीं खो दिया था।"

"तब हम उसे खोज लेंगे।" दोनों भाइयों ने कहा और पश्चिम की ओर, प्रभास सागर के तट पर चल दिए। वहीं सागर देव गरुड़ से पता चला कि बच्चे को पांचजन्य नामक असुर ने हर लिया था जो सागर में एक शंख के रूप में वास करता था।

जिस तरह वराह ने धरती देवी की रक्षा के लिए सागर में छलाँग मारी थी, श्याम भी गुरु पुत्र को वापस लाने के लिए सागर में कूद गए। उन्होंने पांचजन्य को देखा और उससे कहा कि

वह गुरु के पुत्र को वापस कर दे। असुर ने श्याम को मल्ल युद्ध की चुनौती दे डाली। श्याम ने असुर को परास्त किया और उसे गुरु पुत्र की जानकारी देने को विवश कर दिया। असुर बोला, "वह तो यम के देश में है।" तब श्याम ने उस असुर को पांचजन्य नामक शंख में बदल दिया और उसे फूँक कर घोषणा की कि वे यमलोक की यात्रा पर जा रहे थे।

श्याम के पास कोई उपाय नहीं था। उन्हें किसी न किसी तरह अपनी गुरुदक्षिणा देनी थी। उन्हें वह करना पड़ा जो कभी किसी मनुष्य ने नहीं किया था; उन्होंने जीवित और मृतकों के लोक को अलग करने वाली वैतरणी को पार किया और बालक को यम के लोक से लौटा लाए।

ऐसा तो पहले कभी नहीं हुआ था। जीवित, मृतकों के लोक में प्रवेश नहीं कर सकते थे। परंतु श्याम ने ऐसा किया। यम श्याम के रूप पर ऐसे मोहित हुए कि उन्होंने बालक के वापस धरती पर जाने का कोई विरोध नहीं किया। सांदीपनि अपने पुत्र को देख झूम उठे। उन्होंने श्याम और बलराम को आशीर्वाद दिए और उन्हें आगामी सफलता की शुभकामनाएँ देते हुए विदा दी।

- पांचजन्य को कई बार शंख असुर के नाम से भी जाना जाता है।
- सांदीपनि का पुत्र प्रभास में खोया था। इसी समय हमें, भारत के पश्चिमी तट पर बसी इस जगह का परिचय मिलता है जहाँ अंततः कृष्ण अपना घर बसाते हैं और वहीं उनका देहांत भी होता है।
- नौवीं सदी की तमिल कवयित्री आंडाल, विष्णु के प्रति प्रगाढ़ प्रेम ने ही उन्हें एक देवी और दैवीय संगिनी में बदल दिया। वे *नचियार तिरुमोज़ी* नामक संग्रह में पूछती हैं कि कृष्ण के मुख की गंध कैसी है। वे पांचजन्य से पूछती हैं, 'क्या वह कपूर की गंध है? या कमल की? उनका मूँगिया लाल मुख, क्या वह स्वादिष्ट है?'
- माना जाता है कि ग्रीक नायक मृतकों के लोक जा कर आत्माओं से बात कर सकते है। इस प्रसंग पर भी वही प्रभाव दिखाई देता है।
- मृतक को जीवनदान देने वाले इस प्रसंग में कृष्ण भगवान के रूप में प्रतिष्ठित हो जाते हैं, जो समय और काल के नियम भी बदल सकते हैं। वे सभी देवों - ब्रह्मा, इंद्र, अग्नि व यहाँ तक कि यम को भी पराजित कर देते हैं।

देवकी के छह पुत्र

जब देवकी को पता चला कि श्याम अपने गुरु के पुत्र को यमलोक से वापस ले आए हैं तो उन्हें अपने छह पुत्रों का स्मरण हो आया जो कंस के हाथों मारे गए थे।

श्याम अपनी माँ की इच्छा को जान गए और उन्होंने तय किया कि वे पुनः यमलोक जा कर अपने भाइयों को वापस ले कर आएँगे ताकि वसुदेव और देवकी अपने आठों पुत्रों को एक साथ देख सकें।

यम मान गए परंतु श्याम को सूचित किया कि वे बालक यमलोक में नहीं सुतल में थे जो एक असुर के अधीन था। श्याम सुतल में गए तो उनकी भेंट राजा बलि नामक असुर से हुई, जो सुतल का रखवाला था। बलि ने उन्हें झट से पहचान लिया।

"आप तो नारायण हो। आप तो विष्णु हो। जब मैं तीनों लोकों का सम्राट था, तो आप एक बालक के रूप में आए और तीन पग धरती माँगी। मैंने हामी भर दी और सोचा कि आपके तीन पग आसानी से मेरे राज्य में समा जाएँगे जो तीनों लोकों में फैला था। परंतु आपने मुझे हतप्रभ कर दिया। आपने एक विशाल रूप धारण किया। दो पगों में धरती, आकाश व अंतरिक्ष को माप लिया और तीसरा पग रखने को जगह ही नहीं बची। तब मैंने कहा कि आप अपना तीसरा पग मेरे सिर पर धर दें। आपने मुझे इस सुतल में धकेल दिया ताकि मुझे याद रहे कि विष्णु तीनों लोकों और इससे भी अधिक स्थान के स्वामी हैं। मैं जाने कब से आपके आगमन की प्रतीक्षा में था।"

श्याम ने बलि को अपने आने का कारण बताया और देवकी के छह पुत्रों को अपने साथ धरती पर ले आए। देवकी ने सबको अंक में भर लिया। अपने आठों पुत्रों को पास पाकर, वे भरीपूरी हो उठीं। परंतु तभी वे सभी ओझल हो गए। इस नश्वर संसार से उनका नाता टूट गया था, वे अनश्वर लोक में लौट गए, जहाँ वे किसी नाम या आकार तक सीमित नहीं रह गए थे।

- जन्म के समय ही मरने वाले देवकी पुत्रों के लिए कहा जाता है कि वे पिछले जन्म में असुर थे, जो अपने पुनर्जन्म के चक्र से मोक्ष चाहते थे।
- दीवाली के उत्सव पर, हिंदू बलि को पाताल लोक में धकेलने का भी समारोह मनाते हैं। ओणम के दौरान, केरल के लोग उनके वार्षिक उदय को अपनी संपन्नता के प्रतीक रूप में मनाते हैं। बलि असुर राज अपनी उदारता के कारण, असुरक्षित देवराज इंद्र से वे विपरीत दिखते हैं। असुर पाताल लोक में और देवता स्वर्ग में रहते हैं। उन्हें अच्छे और बुरे बलों में विभाजित करना, हिंदू पौराणिकता की बुरी समझ का परिचय देता है।
- जिनसेन के *हरिवंश* के अनुसार, देवकी का गजकुमार नामक पुत्र था, जिसने अपने विवाह वाले दिन संसार का त्याग किया, जैन पुराकथाओं में संन्यास को सदा ही वरीयता दी गई है।
- धरती तले, अनेक लोकों के अस्तित्व का विचार जैसे यम लोक व सुतल लोक आदि, ये पौराणिक साहित्य के अलावा बौद्धसाहित्य में भी आता है। यह मृतकों के लोक की ग्रीक अवधारणा को ईसाई या फिर पारसियों के नरक यानी दंड देने के स्थान को आपस में मिलाता है।

उद्धव, संदेशवाहक

श्याम अपनी पढ़ाई पूरी करने के बाद मथुरा वापस आ गए। सभी कहने लगे कि वे कितने शिष्ट और नागरिक लगने लगे थे। उन्होंने दबे स्वरों में यह भी बताया कि कंस की दोनों विधवा पत्नियाँ अस्ति और प्राप्ति, मथुरा छोड़ कर पिता के पास मगध चली गईं। श्याम को उनके मुख व्याकुल दिखे। वे जरासंध से वैसे ही डरते थे जैसे हिरण चीतों से डरते हैं।

श्याम को अहसास था कि अब एक ग्वाले के रूप में उनके दिन लद गए थे। अब वे पुनः अपने ग्राम लौट कर, पूर्णिमा की रातों में मग्न हो कर बाँसुरी बजाते हुए, गोपियों के साथ नृत्य नहीं

कर सकते थे। राजाओं और उनकी राजनीतियों का संसार उनकी प्रतीक्षा में था। वे नहीं चाहते थे कि गोप सखा उनके आने की झूठी प्रतीक्षा से बँधे रहें। उन्होंने उद्धव से आग्रह किया वे वृंदावन जा कर उनके परिवार और मित्रों को उनकी दशा का वर्णन करें।

उद्धव श्याम के हमउम्र थे और मथुरावासी थे। वे भी सांदीपनि के आश्रम में ही शिक्षा ग्रहण कर चुके थे। वे आरंभ से ही श्याम को बहुत आदर और स्नेह देते आए थे, जबकि कुछ लोगों ने आरंभ में श्याम को ग्वाला जान कर अनादर भी किया था। उन्हें श्याम में एक ऐसा मित्र मिला था जो लोगों को उनके सामाजिक स्तर के अनुसार नहीं, सद्भाव के आधार पर मित्र मानता था।

श्याम ने आग्रह किया, "प्रिय मित्र, तुम वृंदावन जा कर गोप और गोपियों से कहो कि मैं वृंदावन वापस आने का वचन पूरा नहीं कर सकता। वे रोएँगे और मुझे वचन भंग करने के लिए कोसेंगे। तुम ज्ञानी हो और जानते हो कि उन्हें दिलासा कैसे देना है।"

- ब्रज भाषा में उद्धव को ऊधो कहा जाता है।
- उद्धव भागवत कथा में एक अहम भूमिका निभाते हैं - पहले वे कृष्ण और राधा के वियोग के साक्षी बनते हैं और फिर कृष्ण की मृत्यु के साक्षी होते हैं।
- कृष्ण की कथाओं में सख्य-भाव बार-बार सामने आता है। वृंदावन के ग्वाले के रूप में, श्रीदाम और सुबल कृष्ण के मित्र हैं। मथुरा में, वे उद्धव हैं। बाद में, वे अर्जुन और द्रौपदी को अपना मित्र बनाते हैं।

राधा बनीं गुरु

जब उद्धव के रथ ने वृंदावन में प्रवेश किया तो सारा गाँव, गोप और गोपियाँ उसका स्वागत करने के लिए दौड़े। वे चिल्लाने लगे, "देखो नंद, हमारे श्याम आ गए। आप कहते थे कि वे नहीं आएँगे। हमने आपसे कहा नहीं था कि हमारे प्रिय कान्हा हमें दिया वचन कभी नहीं तोड़ते!"

परंतु रथ में उद्धव को देखते ही उनके चेहरे उतर गए। जब उद्धव ने उन्हें श्याम का संदेश दिया तो वे निराश हो गए। यशोदा, रोहिणी, श्याम के संग खेलने वाले गोप, उनके साथ नृत्य

करने वाली गोपियाँ, सभी बुरी तरह से बिलख उठे। नंद ने उन्हें दिलासा देना चाहा पर कोई लाभ नहीं हुआ।

उद्धव ने उन्हें समझाना चाहा, "श्याम जा चुके हैं। हमारे आसपास जो कुछ भी है। वह एक दिन चला जाएगा। जब हमारी इच्छा की वस्तुएँ हमसे अलग होती हैं तो इससे हमारे मन को कष्ट होता हैं संसार की यही प्रकृति है। यही माया है। इतनी चिंता मत करो। सारी माया से मुक्त हो कर, मोक्ष पा लो। अपनी इंद्रियों को भोगों से परे ले जा कर, अपने भावों को योग से जोड़ दो। ऐसी अनासक्ति ही तुम्हें मन और मस्तिष्क की व्यथा से मुक्त करेगी। तुम अपनी आत्मा की शांति और प्रशांति पा सकोगे। और इसी अनश्वर आत्मा के भीतर तुम्हें वे श्याम मिलेंगे जो ना केवल तुम्हारे पुत्र, भाई या मित्र बल्कि वे श्याम होंगे, जो ईश्वर हैं।"

परंतु राधा को उद्धव के शब्दों से कोई सांत्वना नहीं मिली। वे भावुक हो कर बोलीं, "विरक्त हो कर पीछे हट जाएँ। कभी नहीं! भले ही श्याम उस भौंरे के समान हों जो पुष्प का मकरंद पी कर अगले पुष्प की ओर चल देता है परंतु हम वे पुष्प हैं जो पीछे नहीं हटेंगे। हमने उन्हें पंखुड़ियों के घेरे में ले कर, उनके स्नेह को जाना है, उनकी स्मृतियाँ आज भी हमारे बीच जीवित हैं। भले ही वे हमें त्याग दें, परंतु हम उन्हें नहीं जाने देंगे। वे सदा हमारे हृदयों में बसेंगे और हम उन्हें बिना किसी स्वार्थ के प्रेम करते रहेंगे, उनसे बदले में कुछ नहीं चाहेंगे। हम उनसे मिलने को तरस रहे हैं परंतु हम उन्हें उनके उत्तरदायित्वों से विमुख नहीं करेंगे। हम अपनी इस अंतहीन तड़प के साथ सदा उनके साथ बने रहेंगे। उद्धव, यह मोक्ष आपको ही मिले, हमें हमारे इस माया के मीठे कष्ट के बीच छोड़ दीजिए।"

उद्धव राधा के इन शब्दों व श्याम के प्रति इस प्रेम को देख अभिभूत हो उठे। वे तो सदा एक विरक्त के स्वभाव को ही मान देते आए थे। वे तो वृंदावन के उन अशिक्षितों को पढ़ाने आए थे और स्वयं कितना कुछ सीख कर लौटे। भाव कितने मायने रखते हैं। तड़प का भी तो मोल है। हृदय की हार्दिकता का भी मोल है। जब तक उद्धव वापस लौटे, माया उनके लिए भयावह नहीं रही थी। अब वह एक गुरु व मोक्ष तक जाने का माध्यम हो गई थी।

- भागवत पुराण में, उद्धव केवल गोपियों से भेंट करते हैं, परंतु लोकगाथाओं में, वे राधा से संवाद भी करते हैं। वे उद्धव के बजाए एक भ्रमर को संबोधित करती हैं जो उनके पैर छूने का प्रयत्न करता है। वे उस भ्रमर को एक कृष्ण के रूप में संबोधित करती हैं जो एक पुष्प से दूसरे पुष्प की ओर, वृंदावन की युवतियों से मथुरा की युवतियों की ओर विचरण करता है। त्याग का यही भाव, भ्रमरगीत में प्रकट हुआ है।
- वृंदावन में तथा स्थानीय ग्रंथ मथुरा-महात्म्य में, उन स्थानों का वर्णन है जहाँ उद्धव वृंदावन में गए थे। कहते हैं कि राधा की भक्ति से द्रवित हो कर वे एक लता के रूप में वापस आए।

दसवाँ खंड

शरणागत

व्यास ने शुक से कहा, "श्याम ने अनुभव पाया किस तरह अच्छे कर्मों के भी बुरे परिणाम हो सकते हैं। द्वेष के चक्र में पड़ने के बजाए, वे जानते थे कि कब रुकना है और कब क़दम पीछे हटा लेना है। ये प्रसंग तुम्हें भी स्मरण करवाते रहेंगे कि असुरक्षाओं के वन में, ईश्वर को भी शिकार बनना पड़ता है।"

डाकोर के रणछोड़राय, गुजरात

जरासंध का मथुरा पर आक्रमण

सांदीपनि ने श्याम को कर्म की शिक्षा दी थी : किस प्रकार हर घटना अतीत का फल व प्रत्येक कर्म भविष्य का बीज होता है और सभी फल मीठे नहीं होते। कंस की हत्या से भले ही श्याम को मथुरावासियों का स्नेह मिला परंतु जल्दी वे सभी उनसे कुपित हो गए क्योंकि ऐसा करने से भयंकर परिणाम सामने आ गए थे।

मगध का राजा, जरासंध यह जान कर गुस्से से भर गया कि किस तरह श्याम ने उसके दामाद कंस का वध किया और जब उसकी पुत्रियाँ अपने पति के शव पर विलाप कर रही थीं तो सारी नगरी प्रसन्नता में झूम रही थी। अपनी जीत का उत्सव मना रही थी। उसने उस नगरी को नष्ट करने का निर्णय लिया ताकि यादवों को सबक़ सिखाया जा सके।

यादव काँप उठे, "हमें उसकी दया की भीख माँगनी चाहिए।" वे कहने लगे।

श्याम बोले, "नहीं। हमने कोई पाप नहीं किया। एक नागरिक के रूप में हमें एक तानाशाह को गद्दी से हटाने का पूरा अधिकार है। हमें मिल कर अपने इस अधिकार की रक्षा करनी होगी।" श्याम ने अपने भाई के साथ मिल कर एक सेना तैयार की ताकि जरासंध के हमले का उत्तर दिया जा सके।

वसुदेव प्रभावित हो कर बोले, "तुम सच्चे योद्धा हो, मेरे पुत्रों।" उन्होंने श्याम को एक पताका उपहार में दी जिस पर एक गरुड़ अंकित था। बलराम की पताका पर एक ताड़ वृक्ष अंकित

था। श्याम का प्रिय अस्त्र, तीखे किनारों वाला चक्र था, जिसे सुदर्शन चक्र कहा जाता था। उनके पास नंदक नामक तलवार, कौमुदकी नामक गदा और सारंग नामक धनुष था। बलराम के शस्त्रों में हल नामक हल, मूसल और सुनंद नामक मुद्गर था।

जरासंध ने मथुरा पर सत्रह बार हमला किया। हर बार, श्याम और बलराम के कुशल नेतृत्व में, यादवों की सेना उन्हें पछाड़ देती। उनकी सफलता और धैर्य का समाचार धरती के कोने-कोने तक जा पहुँचा।

- मथुरा और मगध एक दूसरे के साथ युद्धरत हैं। हस्तिनापुर को जीतने के लिए मथुरा जरासंध के रास्ते में रोड़ा बना हुआ है।
- जरासंध से युद्ध के बाद कृष्ण और बलराम योद्धाओं के रूप में स्थापित हुए। अब वे पहलवान या केवल ग्वाले नहीं रह गए थे।
- हिंदू पौराणिकता के अनुसार हर क्रिया की एक प्रतिक्रिया होती है। इस तरह कंस का वध जरासंध का विनाश ले आता है।
- पारंपरिक तौर पर हाथ में पकड़े जाने वाले हथियार अस्त्र तथा फेंक कर मारे जाने वाले या चलाए जाने वाले हथियार शस्त्र कहलाते हैं।
- मगध के आसपास का इलाक़ा हाथियों के लिए जाना जाता था। इतिहासकारों का मानना है कि भारत के पहले साम्राज्य मगध के उदय में, युद्ध में हाथियों की भूमिका का बड़ा महत्त्व रहा। जिसने गंगा के मैदानी इलाक़े के स्थानीय कुलीन तंत्रों को नष्ट कर दिया।
- जरासंध की राजधानी गिरिब्रज या राजगीर थी। ऐतिहासिक तौर पर, यह स्थान बौद्ध और जैन धर्म से गहरा संबंध रखता है।

कालयवन

जरासंध ने अठारहवीं बार हमला करते समय, कालयवन सेनापति को नियुक्त किया जो मथुरा नगरी के विध्वंस के लिए ही जन्मा था।

कालयवन महर्षि गार्ग्य का पुत्र था, जो कभी मथुरा में वास करते थे। बहुत समय पहले, यादवों के राजपुरोहित शयाल ने उन्हें हिजड़ा कह कर अपमानित किया था। जब गार्ग्य ने यादवों से कहा कि वे अपने राजपुरोहित को दंड दें तो उन्हें फटकार दिया गया, "इस बात का क्या प्रमाण है कि तुम हिजड़ा नहीं हो? तुम्हारी कोई संतान भी तो नहीं है।" गार्ग्य ने अपमानित हो कर भगवान शिव की तपस्या की और उनसे वरदान में एक पुत्र की कामना की। एक ऐसा पुत्र जिसे कोई यादव पराजित नहीं कर पाएगा और वह मथुरा का नाश करेगा।

यवनेश नामक राजा की कोई संतान नहीं थी। उसने गार्ग्य को बुलवाया कि वे उसकी पत्नी को गर्भवती करें। गार्ग्य ने सहमति दे दी। इस प्रकार कालयवन का जन्म हुआ। उसके लिए भविष्यवाणी हुई कि वही एक दिन मथुरा का विनाश करेगा।

- कंस का विनाश करने के लिए जन्मे यादवों की नियति थी कि वे कालयवन के हाथों मरें। प्रकृति के लिए कोई प्रिय नहीं।
- यवन यानी ग्रीक। कालयवन का अर्थ है अश्वेत यवन या ग्रीक। उन्होंने ही आ कर मथुरा को नष्ट किया। पहली सदी से पूर्व उत्तर भारत के अधिकतर हिस्सों पर यवनों का राज रहा और फिर कुषाणों ने उनका स्थान लिया। मथुरा बहुत अधिक गतिविधियों का केंद्र था और संभवतः उसने ही ऐसी कहानियों को प्रेरित किया हो।
- यह भी एक रोचक तथ्य है कि जब जरासंध यादवों से लड़ने आया तो उसके सामने आने का साहस किसी में नहीं हुआ। इससे मगध की ताक़त और आसपास के राजाओं की दुर्बलता का पता चलता है जिनमें उत्तर में रहने वाले भारत शामिल थे, जो वर्तमान में दिल्ली और हरियाणा का क्षेत्र है।
- कहते हैं कि गार्ग्य ने कई बरसों तक लौह का ही सेवन किया और ध्यानरत रहे। तभी वे एक ऐसी संतान को जन्म दे सके जो ना केवल एक यवन के घर पैदा हुई बल्कि लौह की तरह मजबूत भी थी।
- गार्ग्य से कहा गया कि वे नियोग की प्रथा का पालन करते हुए यवनेश की पत्नी को गर्भवती कर दें। जिसके अनुसार नपुंसक पुरुष अपनी पत्नियों को किसी ऐसे पुरुष के पास संभोग के लिए भेजते थे जो उन्हें संतान दे सके। महाभारत से पता चलता है कि कुरु वंश में भी नियोग प्रथा का पालन होता आया था।
- कृष्ण की कथाओं में लौह का वर्णन बार-बार आता है। लौह से जन्मा एक पुरुष मथुरा का विनाश करता है। लौह से बने मूसल यादवों का नाश करते हैं और उसी से कृष्ण मारे जाते हैं। संभवतः यह लौह युग का आरंभ था, जो पारंपरिक रूप में कलि युग के रूप में जाना गया। अथर्व वेद में भी संयोगवश लौह का वर्णन आता है परंतु ऋग्वेद में इसका उल्लेख नहीं है।

द्वारावती की ओर पलायन

जब यादवों ने कालयवन को मथुरा की ओर आते देखा तो वे जान गए कि उसका विरोध करना व्यर्थ था। नगर की जिन दीवारों ने सत्रह बार जरासंध के हमले को झेला, वे जल्दी ही धराशायी होने वाली थीं।

बलराम और अन्य वीर यादव बोले, "हमें मिल कर उसका सामना करना चाहिए।"

श्याम बोले, "युद्ध में विवेक से काम लेना चाहिए। हम जो भी करें, नगरी तो नहीं बचेगी। परंतु यदि हम मथुरा छोड़ कर दूसरे स्थान पर जा सकें तो मथुरावासियों को बचाया जा सकता है। हम मरुस्थल के उस पार चले जाएँगे, जहाँ जरासंध की सेना हमारा पीछा नहीं कर सकेगी।"

"आपके अनुसार हमें कहाँ जाना चाहिए?" यादवों की परिषद के मुखिया ने कहा।

"हम प्रभास चलें, जहाँ मैंने पांचजन्य असुर को परास्त किया और गुरु के पुत्र की प्राण रक्षा की थी। वहीं सागर पार द्वारावती नामक द्वीप है, हम वहीं सुरक्षित रहेंगे। चिंता मत करो। मैंने पहले ही सारी व्यवस्था कर दी है। मेरे पास सदा बचाव की योजना पहले से मौजूद रहती है।"

वसुदेव श्याम की इस चतुराई पर मुग्ध थे। यादवों ने उनके विवेक को सराहा। उन सबने अपना सामान बाँधा और चुपके से मथुरा से निकल गए। श्याम और बलराम वहीं रहे ताकि कालयवन की सेना का ध्यान भटका कर, उससे लड़ सकें।

- कृष्ण के आगमन के साथ सारे ग्वाले गोकुल से वृंदावन आए और यादव मथुरा से द्वारका प्रस्थान कर गए।
- महाभारत में अठारह की संख्या निरंतर आती है। इस महाकाव्य में अठारह अध्याय हैं। इसका युद्ध अठारह दिन चला जिसमें अठारह सेनाएँ थीं। भागवद् गीता में भी अठारह अध्याय थे। हरिवंश में भी कहा गया कि किस तरह जरासंध मथुरा पर अठारह बार हमला करने के बाद ही उसे पराजित करने में सफल रहा।
- महाभारत कथा के जैन पुनःकथनों में, ज्योतिषी कृष्ण को उसके विलंबित पतन के बारे में बताते है। इसलिए वह यादवों को मरुस्थल के पार द्वारावती ले जाते हैं। देवता चिताओं का एक भ्रम पैदा करते हैं ताकि जरासंध को लगे कि सभी यादव लोगों ने अपने प्राण ले लिए। इस तरह यादव बिना किसी भय के मथुरा से प्रस्थान कर पाते हैं।

- गंगा के मैदानी इलाक़ों से जाने के बाद, कृष्ण को गुजरात के तट पर आश्रय मिलता है। गंगा के मैदानी इलाक़ों में मुस्लिम हमलावरों से आक्रांत कृष्ण भक्ति, गुजरात के तट पर और राजस्थान की राजपूत हवेलियों में आश्रय पाती है। गुजरात में कृष्ण की वयस्कावस्था से जुड़े तीर्थ, गंगा के मैदानी इलाक़ों में कृष्ण के बाल्यकाल से जुड़े तीर्थों जितने लोकप्रिय नहीं हैं।
- पद्‌म पुराण में कहा गया है कि भक्ति, जिसका जन्म तमिलकम में हुआ, वह कर्नाटक में युवती हुई, गुजरात में बूढ़ी हुई और गंगा के मैदानी इलाक़ों में नया जीवन पा लिया।
- गुजरात का तट, देवी हरसिद्‌धि से भी जुड़ा है जिन्हें वाहनवती और सिकोटर-माता भी कहते हैं। कहते हैं कि कृष्ण ने द्वारका में बसने के बाद उन्हें पूजा था। वह कई स्थानीय जड़ेजाओं की इष्ट देवी हैं, जो स्वयं को यादवों के वंशज कहते हैं।

द्‌वारावती का निर्माण

श्याम ने देवताओं का आह्‌वान किया जो प्रभास के किनारे बनने वाली नगरी को अपना आशीर्वाद देने आए थे। देवों के शिल्पी विश्वकर्मा ने बागों, अलंकृत द्‌वारों व चौकों से युक्त श्याम की कीर्ति के अनुरूप भव्य नगरी का निर्माण किया।
देवों के कोषाध्यक्ष कुबेर ने उसे अन्न और धन-धान्य से भरपूर कर दिया। इंद्र ने यादवों की सभा के लिए सुधर्म नामक सभा कक्ष तैयार करवाया, ठीक वैसा, जैसा मथुरा में था।

श्याम ने अपनी दिव्य शक्तियों के बल पर, जरासंध की सेना को भ्रमित कर दिया ओर उन्हें यादवों के इस महाविस्थापन का कुछ पता नहीं चला। यादव अपनी नई नगरी को देख मोहित हो उठे। उन्होंने अपने ताने-उलाहने वापस लिए और श्याम को आशीर्वाद देने लगे।

- द्‌वारावती को कई जगह तट नगरी या द्‌वीपीय नगरी के नाम से पुकारा गया है।
- द्वारका तट पर प्राचीन पनडुब्बियों की खुदाई से जो निकला, उसे द्‌वारावती माना जाता है और कहते हैं कि कृष्ण एक ऐतिहासिक व्यक्तित्व थे। यह आस्था का ही विषय रहा है और वैज्ञानिक तथ्यों पर आधारित निष्कर्ष नहीं कह सकते।
- बौद्धगाथा जातक में, वसुदेव और बलदेव सहित दसों भाई नगरों को जीतने के लिए संसार में निकलते हैं। उन्हें द्‌वारावती नामक नगर मिलता है जो एक द्‌वीप पर तैर रहा है ताकि

शत्रुओं से रक्षा हो सके। उन्हें पता चलता है कि यह तब हुआ था जब एक गधा सामने से आ रही सेना को देख कर रेंकने लगता है। भाई गधे के पैरों पर गिर कर उससे नहीं रेंकने का आग्रह करते हैं। गधा कहता है कि वह ऐसा नहीं कर सकता। परंतु तभी वह स्वयं ही हल भी देता है। वह कहता है कि वह तभी रेंकेगा जब दस में से चार भाई चार लौह हलों के साथ, चार लोहे की जंज़ीरों से नगर के चार प्रवेश द्वारों को धरती से बाँध देंगे। जब एक बार ऐसा हो जाएगा, तो नगरी द्वीप की ओर नहीं उड़ सकेगी और दसों भाई आसानी से उस पर जीत हासिल कर लेंगे।

श्याम ने दिया मुचुकुंद को आशीर्वाद

इस दौरान, जरासंध की सेना मथुरा में घुस आई और उसे ऐसी प्रेत नगरी मिली जिसमें ना तो लोग थे और ना ही उनका वैभव। कालयवन ने गुस्से में आ कर सारी नगरी को आग में नष्ट करने आदेश दे दिया।

ज्यों ही आग की लपटें फैलने लगीं, कालयवन ने सड़कों पर भागते श्याम और बलराम को देखा। वह उनके पीछे भागा ताकि उनके सिर काट कर जरासंध को उपहार में दे सके। दोनों भाई जलती हुई नगरी से निकल कर, मथुरा के निकट एक पर्वत पर खड़े हो गए। कालयवन ने दोनों भाइयों को पहाड़ी की एक गुफा के भीतर जाते देखा।

उस गुफा में एक प्राचीन योद्धा मुचुकुंद रहते थे। वे अनेक दानवों को मारने के बाद थक गए थे, तब उन्होंने देवों से बिना किसी बाधा के गहरी नींद का वरदान चाहा था। देवों ने कहा, "ठीक है, जो भी तुम्हें नींद से जगाएगा। वह उसी समय आग की लपटों में भस्म हो जाएगा।" यह रहस्य केवल यादवों को ज्ञात था। पीढ़ियों से, यादवों की संतानों को कहा जाता रहा था कि उन्हें मुचुकुंद की गुफा में प्रवेश नहीं करना।

चूँकि कोई यादव उसे परास्त नहीं कर सकता था इसलिए उन्होंने मुचुकुंद को मिले उस वरदान का लाभ उठाने की योजना बनाई।

कालयवन भी उनके पीछे गुफा में आ गया। उसे अंधेरे में कुछ नहीं सूझ रहा था। कई घंटों की खोजबीन के बाद, वह सोते हुए मुचुकुंद से जा टकराया। उसने उसे ही श्याम समझा और ज़ोर से ठोकर दे मारी। मुचुकुंद ने ज्यों ही आँखें खोलीं, कालयवन वहीं जल कर भस्म हो गया।

तब मुचुकुंद ने उनींदी आँखों से श्याम को देखा, परंतु वे भस्म नहीं हुए। तब उसे अहसास हुआ कि वे कोई साधारण मानुष नहीं थे।

उसने श्याम के चरणों पर गिरते हुए कहा, "आप निश्चित रूप से कोई देवता हैं। मैं हज़ारों वर्षों से सोया हुआ था पर अब भी मानसिक शांति नहीं मिली।"

"संसार की ओर से आँखें बंद करने से शांति नहीं मिलती। शांति तभी मिलती है जब तुम संसार के सच्चे स्वभाव को सराहते हुए अपने सच्चे स्व को पहचान लेते हो।" श्याम ने कहा।

इस प्रकार मुचुकुंद को ज्ञान प्राप्त हुआ और वे पुनः सोने नहीं गए। वे हिमालय की ओर प्रस्थान कर गए और बदरी गुफा में आश्रय लिया। वहीं उन्होंने अनेक ऋषि-मुनियों की संगति में माया के इस संसार को जाना और मोक्ष प्राप्त किया।

- मुचुकुंद का संबंध राम के सूर्यवंश से था। उनके पिता मांधाता, एक पुरुष की देह से जन्मे थे। मांधाता के पिता ने, भूलवश अपनी पत्नियों को गर्भवती बनाने के लिए तैयार द्रव्य पी लिया था। मांधाता का युग, प्राचीन काल के लिए लोकप्रिय भारतीय रूपक है।
- भारतीय पौराणिक गाथाओं के अनुसार जो व्यक्ति नींद, नेत्रहीनता या ध्यान के कारण लंबे समय तक नेत्र बंद रखता है तो उसका पहला दृष्टिपात बहुत शक्तिशाली हो जाता है। इस प्रकार जब सगर के पुत्रों ने रामायण काल में कपिल मुनि का ध्यान भंग किया तो वे उनके दृष्टिपात से जल कर भस्म हो गए थे।
- कृष्ण कालयवन को मारने के लिए चतुराई दिखाते हैं क्योंकि वे जानते हैं कि उसे कोई यादव नहीं मार सकता।
- मुचुकुंद वाली घटना, गुजरात के गिरनार पर्वत के निकट हुई थी, इसके बाद, वे हिमालय के बद्रिका आश्रम की ओर चले गए थे।
- आंध्र प्रदेश की मूसी नदी को एक समय में मुचुकुंद नदी कहते थे।
- जब वे गुफा से बाहर आए तो मुचुकुंद को अहसास हुआ कि जब वे सो रहे थे तो संसार कितना सिकुड़ गया था। हिंदू पौराणिक गाथाओं में, यह माना जाता है कि संसार के युवाकाल में लोग लंबे थे और जब संसार बूढ़ा हुआ और धरती उनका भार सहने करने योग्य नहीं रही तो वे आकार में सिकुड़ गए।
- सारी दुनिया की पौराणिक गाथाओं में इसी तरह के प्रसंग सुनने को मिलते हैं। ईसाई और अरबी कथाओं में, सात भिक्षु प्रार्थना करने गुफा में गए और उन्हें नींद आ गई। जब वे उठे तो दो सौ वर्ष हो चुके थे।
- तमिलनाडु की लोकप्रिय मंदिर परंपरा के अनुसार, मुचुकुंद की सेवाओं से प्रसन्न हो कर इंद्र ने उन्हें एक वरदान दिया था। मुचुकुंद ने उनसे वह शिवलिंग चाहा जिसकी देव पूजा करते थे। इंद्र वह शिवलिंग अपने से अलग नहीं करना चाहते थे। उन्होंने उन्हें सात शिवलिंग दिखा कर कहा कि वे उसमें से अपने लिए उपयुक्त शिवलिंग चुन लें। मुचुकुंद

ऐसा करने में सफल रहे। नतीजन उन्हें वे सातों शिवलिंग दे दिए गए। उन्हें वे धरती पर ले आए और सात अलग-अलग जगह पर स्थापित किया गया। उन्होंने मूल शिवलिंग को तिरुवरुर के मंदिर में रखा और अन्य शिवलिंग तिरुनल्लर, वेदारण्यम, तिरुवैमूर, तिरुकरवासल, तिरुकुवलई और नागपट्टनम में रखे गए।

पर्वत पर आग

मथुरा नष्ट हुई परंतु इसकी प्रजा बच गई। कालयवन मारा गया परंतु दोनों भाई सकुशल थे।

जरासंध के गुस्से और कुंठा की सीमा नहीं थी। उसने श्याम और बलराम को मुचुकुंद की गुफा से सुरक्षित बाहर आते देखा तो वह चिल्लाया, "पर्वत पर आग लगा दो। इन्हें जल कर मरने दो।"

जल्दी ही पर्वत को आग ने घेर लिया। उस घनघोर हड़कंप के बीच श्याम और बलराम बच निकले और जरासंध की सेना को पता नहीं चल पाया। जब जरासंध यह मान कर मगध लौटा कि उसने दोनों भाइयों को मरवा दिया था, तब वे दोनों भाई, अपनी प्रजा के पास द्वारावती की ओर यात्रा कर रहे थे।

- जरासंध ने मथुरा को नष्ट किया और यादव शरणार्थी हो गए। उन्हें पश्चिम की ओर जाना पड़ा। जहाँ रामायण वैदिक लोगों के उत्तर से दक्षिण प्रस्थान की कथा है, वहीं हरिवंश में पूर्व से पश्चिम की ओर जाने के प्रसंग आते हैं।
- युद्ध क्षेत्र से भागने वाले कृष्ण रणछोड़राय कहलाते हैं। गुजरात के डाकोर व द्वारावती में उनका यही रूप पूजा जाता है। जबकि यह क्षेत्र राजपूतों का है जो अपनी आन के लिए जान देने में संकोच नहीं करते। हालाँकि कृष्ण को चतुराई से युद्ध से विमुख होने और भावी युद्ध के लिए स्वयं को बचाने में कोई लज्जा महसूस नहीं होती।

रेवती और बलराम का विवाह

द्वारावती द्वीप से लगे घने वनों में दो असुर रहते थे। एक बूढ़ा था और दूसरी उसकी पुत्री थी। उनके भय के कारण यादव नई नगरी में बस नहीं पा रहे थे।

जब श्याम और बलराम पधारे तो वे मामले की छानबीन करने निकले।

"हम तुम्हें कोई हानि नहीं पहुँचाना चाहते। हमें इस द्वीप पर बसने दो, हम मिल कर शांति से रहेंगे।" बलराम ने बूढ़े असुर से कहा।

वह बोला, "मेरा नाम रेवत है। यह द्वीप कभी मेरा राज्य था। इसे कुशस्थली कहते थे। बहुत पहले की बात है, मैं अपनी पुत्री रेवती को ब्रह्माजी के पास ले गया ताकि वे इसके लिए कोई सुयोग्य वर तलाश दें। मैंने उस स्थान पर केवल एक दिन बिताया परंतु यह नहीं जानता था कि उनका एक दिन हमारी धरती के हज़ारों वर्षों के समान था। जब मैं लौटा तो मेरा राज्य विलुप्त हो चुका था, चारों ओर वन उग आए थे और धरती के मानव आकार में सिकुड़ गए थे जिस वजह से हम उनके आगे दैत्य लगने लगे। अब मेरे पास कोई राज्य नहीं है और मेरी पुत्री इतनी लंबी है कि उसके विवाह के लिए कोई सुयोग्य वर नहीं मिल सकता। अगर कोई यादव इससे विवाह कर, इसका भार ले तो मैं आभार मानूँगा।"

"हम आपकी पुत्री से मिलना चाहेंगे।" बलराम ने कहा।

रेवती वन से बाहर आ गई। वह ताड़ वृक्ष से भी लंबी थी

"मैं इसका मुख नहीं देख पा रहा।" बलराम ने अपना हल घुमाया ताकि उसे रेवती के कंधे पर टिका कर उसे झुका सकें और उसका मुख देख सकें। ज्यों ही उनके हल ने रेवती को छुआ, उसका क़द घटने लगा। वह एक सुंदरी थी और सदा स्त्रियों की संगति से दूर रहने वाले बलराम भी उससे प्रेम कर बैठे।

यादवों ने धूमधाम से बलराम और रेवती का विवाह करवाया। रेवती ने दहेज के रूप में, यादवों को द्वीप पर छिपे सारे ख़ज़ानों का पता बता दिया। नवविवाहित युगल और यादवों को आशीर्वाद देने के बाद रेवती के पिता ने सांसारिक जीवन से संन्यास लिया और मोक्ष प्राप्ति की राह पर चल दिए।

- कई बार रेवती का संबंध, सुरा की देवी वारुणी से जोड़ा जाता है। उन्हें भी अपने पति की तरह मदिरा बहुत प्रिय थी।
- कई बार रेवती के पिता को रेवत या फिर रेवत का पुत्र रैवत कहा गया है। वे काकदुमि के नाम से भी जाने जाते हैं। उनकी कथा, हरिवंश, भागवत पुराण तथा देवी भागवतम् में मिलती है।
- मुचुकुंद और रेवत दोनों ही सूर्य वंश से हैं। एक लंबी नींद से उठे और दूसरे ब्रह्मा के लोक के भ्रमण के बाद लौटे तो पता चला कि त्रेता युग बीत कर, द्वापर युग आरंभ हो गया था, दुनिया बदल चुकी थी। लोगों के क़द छोटे हो गए थे। उनके जीवन की अवधि घट गई थी। दोनों ही हिमालय के बद्रिका आश्रम में चले जाते हैं।
- बलराम और रेवती के दो पुत्र निशात और उलमूक हैं।
- पुरी, ओड़िशा में, जगन्नाथ के भाई, बलभद्र मंदिर की पारंपरिक गाथाओं के अनुसार बैरागी है। देवदासियाँ रात को उनके लिए नृत्य करते हुए, गुप्त अनुष्ठान करती हैं ताकि धरती पर वर्षा हो सके।
- मुचुकुंद और रेवत की कथाओं को पढ़ कर, कई लोगों का मानना है कि प्राचीन युग के लोग समय के कालखंडों की यात्रा करना जानते थे या उन्हें सापेक्षता के सिद्धांत की जानकारी थी - समय अलग-अलग लोगों के लिए विभिन्न लोकों में अलग तरह से गति करता है।

ग्यारहवाँ खंड

पति

व्यास ने शुक से कहा, "श्याम की पत्नियों ने पाया कि वे बहुत ध्यान रखने वाले, कर्तव्यपारायण और उदार थे परंतु वे कभी बाँसुरी नहीं बजाते थे। ये प्रसंग तुम्हें उत्तरदायित्व और घरेलू प्रेम के विषय में ज्ञान देंगे।"

अष्ट-भार्या कृष्ण

विदर्भ की रुक्मिणी

मथुरा पूर्व में, द्वारावती पश्चिम में तथा विदर्भ दक्षिण में था।

विदर्भ में, कुंडिन नगरी की राजकुमारी रुक्मिणी ने एक गोपियों के प्रिय, वृंदावन के ग्वाले युवक के बारे में सुना, जिसने मथुरावासियों को मोह लिया, बलशाली कंस का वध किया और जरासंध के बल को चुनौती दी। उसने तय किया कि उसका विवाह होगा तो उसी युवक से होगा। जब मथुरा से समाचार आया तो सबने यही कहा कि श्याम नहीं रहे। परंतु उसे पूरा यक़ीन था कि श्याम अभी जीवित थे।

उसने कहा, "मैं केवल श्याम को ही वरूँगी।" उसके पिता भीष्मक और भाई रुक्मी ने आग्रह किया कि श्याम मारे जा चुके थे और उन्होंने निर्णय लिया कि वे उसका विवाह, श्याम के रिश्ते के भाई और जरासंध के प्रिय, चेदि के शिशुपाल से कर देंगे।

रुक्मिणी ने उनकी बात सुनने से इंकार कर दिया। उसने एक संदेशवाहक को अपना पत्र दिया और उससे कहा कि वह यथासंभव सभी दिशाओं में जा कर पता करे कि यादव वंशी किस ओर गए हैं। सबने यही सुना था कि जली हुई मथुरा नगरी में एक भी शव नहीं मिला था। जब संदेशवाहक अपने काम पर निकला तो वह प्रतिदिन देवी गौरी का पूजन करती ताकि उसे अपना मनोवांछित पति मिल सके।

अपने विवाह वाले दिन, जब रुक्मिणी गौरी पूजन को निकली तो विदर्भ के मार्गों पर एक सुनहरा रथ दौड़ता दिखाई दिया। वह सीधा राजसी बाग में प्रवेश कर गया और सब सखी-सहेलियों के बीच से रुक्मिणी को अपने साथ उठा ले गया। उस जगह आए हुए राजाओं व योद्धाओं ने रथ को रोकना चाहा परंतु वे असफल रहे। रथ में श्याम आए थे!

- हरिवंश के अनुसार, कृष्ण रुक्मिणी को अपनी इच्छा के अनुसार हर लेते हैं। ऐसा कोई संदर्भ नहीं मिलता कि उन्हें राजकुमारी ने ऐसा करने का निमंत्रण दिया था। वे स्वयंवर में उपस्थित थे। जरासंध से उनके छिपने और रुक्मिणी का पत्र मिलने के बाद उनके नाटकीय प्रवेश की घटनाओं को लगभग पाँच सदियों के बाद भागवत पुराण में देखा जा सकता है।
- 'रुक्मिणी हरण' असम की वैष्णव परंपरा में, अंकीय नाट और सत्रीय प्रदर्शन के लोकप्रिय विषय हैं जिन्हें पाँच सदी पूर्व शंकरदेव ने स्थापित किया था। इसे रात को, नाम-घर के सामने, सत्र रंगमंच पर प्रदर्शित किया जाता है, जिस जगह दिन में कृष्ण का नामजप होता है।
- रुक्मिणी की कथा में, गौरी पूजन का प्रसंग, हिंदू इतिहास में मंदिर के संदर्भ का प्रारंभिक पाठ्यों में से है।
- धर्म-शास्त्रों में विवाह के अनेक रूपों का वर्णन मिलता है। उनमें से एक राक्षस-विवाह है, जिसमें वर वधू का अपहरण करता है। कृष्ण ने यही किया परंतु इसमें रुक्मिणी की अनुमति शामिल थी।
- कृष्ण के सारथी का नाम दारुक और उनके चार अश्वों के नाम शैब्य, सुग्रीव, मेघपुष्प और बालाहक हैं। महाभारत के 'अश्वमेध पर्व' में इनका विवरण आता है।
- पुरी, ओड़िशा में जगन्नाथ की रथ यात्रा के दौरान, सारथी अश्लील गीत गाता है जिसे दारुक बोली कहते हैं, जो कृष्ण का सारथी था।
- महाराष्ट्र, पंढरपुर में, कृष्ण को 'रुक्मिणीपति' के रूप में पूजा जाता है। इस जगह राधा का कोई उल्लेख नहीं है। रुक्मिणी को स्थानीय बोली में रुखुमाई या रुक्मती कहते हैं। इन्हें वैष्णव मंदिर परंपरा के अनुसार विभिन्न मंदिरों में रखते हैं, जहाँ देवी हमेशा देवता से स्वतंत्र होती हैं।
- स्थानीय किंवदंतियों में, विष्णु लक्ष्मी की खोज कर रहे हैं जो वैकुंठ छोड़ आई हैं, वे उन्हें पंढरपुर के निकट इमली के वृक्षों पास मिलती हैं, वे उस जगह विट्ठल की तरह कमर पर हाथ टिकाए उनकी प्रतीक्षा करते हैं और वे उनकी पत्नी रखुमाई में बदल जाती हैं।
- उत्तर-पूर्व भारत के वैष्णव मानते हैं कि रुक्मिणी अरुणाचल प्रदेश से थीं। मिलिनी में एक ऐसे मंदिर के खंडहर मिले हैं जहाँ पार्वती ने रुक्मिणी और कृष्ण को एक सुंदर पुष्पमाल उपहार में दी थी।

रुक्मी को मिला दंड

जब सभी योद्धा हार गए तब भी रुक्मी श्याम और अपनी बहन का पीछा करता रहा। उसने श्याम को जबरन रोका और अपनी चुनौती स्वीकार करने को विवश कर दिया।

श्याम ने जल्दी ही विदर्भ कुमार को अपने अधीन कर लिया। ज्यों ही वे अपनी तलवार से उसे मारने लगे, रुक्मी ने उनसे आग्रह किया कि वे उसके भाई के प्राण नहीं लें। श्याम ने उसे मुक्त कर दिया परंतु उसके आधे बाल और मूँछ काट दिए।

अपमानित रुक्मी ने अपने राज्य वापस लौटने से इंकार कर दिया और वहीं भोजकट नामक नया राज्य बसा कर रहने लगा।

- आज भी किसी पुरुष के बाल मुँडवाना और मूँछें काटना अपमान का विषय माना जाता है। भारत में पारंपरिक तौर पर पुरुष के बाल और मूँछों का संबंध उसके पौरुष से जोड़ा जाता है। हरिवंश में यह विवरण नहीं आता परंतु यह भागवत पुराण में मिलता है।
- हरिवंश में, रुक्मी की पुत्री का विवाह, कृष्ण और रुक्मिणी के पुत्र प्रद्युम्न से होता है और प्रद्युम्न के पुत्र का विवाह रुक्मी की प्रपौत्री से होता है, इस प्रकार पारिवारिक संबंध बने रहते हैं।
- रुक्मी बहुत डींगें मारता है। महाभारत के उद्योग पर्व में वह पांडवों की मदद का प्रस्ताव रखता है परंतु वे उसे नकार देते हैं। वह गुस्से में आ कर कौरवों के पास मदद का प्रस्ताव ले जाता है तो वे उसे यह सोच कर स्वीकार नहीं करते कि जिसे पांडवों ने नहीं रखा, उसके लिए वे कैसे हामी भर सकते हैं। बलराम की तरह, वह भी कुरुक्षेत्र के मैदान में नहीं लड़ा परंतु उसके कारण अलग थे। बलराम को दोनों पक्ष चाहते थे परंतु फिर भी वे लड़ने नहीं आए, रुक्मी लड़ना चाहता था परंतु उसे दोनों पक्षों ने नहीं लिया।
- कुरुक्षेत्र के युद्ध के कई वर्षों बाद, एक बार रुक्मी और कलिंग के राजा ने बलराम को जुआ खेलने का आमंत्रण दिया। यह खेल एक विवाद में समाप्त हुआ जिसमें बलराम रुक्मी के प्राण ले लेते हैं। यह कथा हरिवंश और भागवत पुराण में आती है।

स्यमंतक मणि की चोरी

एक यादव दरबारी सत्राजित् के पास एक अद्भुत रत्न था, जिसे स्यमंतक मणि कहते थे। उसे स्वयं सूर्यदेव ने वह मणि दी थी। वह मणि जिसके पास होती थी, वह सौभाग्यशाली माना जाता था।

श्याम को लगा कि ऐसी मणि तो यादव वृद्धों की परिषद के पास होनी चाहिए ताकि सारे यादव वंश को उसका सौभाग्य मिल सके जो हाल ही में द्वारावती नगरी में आया था। सत्राजित् चाहता था कि मणि उसके ही घर में रहे।

एक दिन उसके भाई प्रसेनजित् ने मणि धारण की और वन में आखेट के लिए चला गया। अगले दिन, वह वन में मृत पाया गया। उसके शरीर पर मणि नहीं थी। सत्राजित् को संदेह हुआ कि यह सब श्याम का किया-धरा था।

"यह दुष्ट ग्वाला पहले माखन और अन्य पुरुषों की पत्नियों को चुराता था और आज इसने मेरे भाई की हत्या कर, हमारी मणि चुरा ली।" सत्राजित् भरी सभा में विलाप करने लगा।

श्याम अपने माथे पर लगे कलंक के टीके को धोने के लिए वन में गए। वे प्रसेन के वास्तविक हत्यारे और मणि को खोजना चाहते थे।

- स्यमंतक की कथा सबसे पहले हरिवंश में आती है।
- माखन चोर और चितचोर कृष्ण, कुलीन यादवों के आगे रत्न चुराने वाले बनते हैं, उन्हें कृष्ण के ग्राम्य तौर-तरीक़े पसंद नहीं थे।
- स्यमंतक मणि का संबंध प्रसिद्ध कोहेनूर हीरे से जुड़ा है जो इस समय इंग्लैंड में है। सारी दुनिया में अनेक अमूल्य रत्न दुर्भाग्य के सूचक रहे हैं। स्यमंतक जिस जगह रहती है उसके आसपास सौभाग्य का परिवेश होता है परंतु इसके स्वामी को दुर्भाग्य का सामना करना पड़ता है।
- हिंदू ज्योतिष शास्त्र में यह अवधारणा आती है कि कोई दैवीय रत्न सौभाग्य या दुर्भाग्य का सूचक हो सकता है। लोग सौभाग्य पाने के लिए रत्न धारण करते हैं और ज्योतिषी उन्हें इस विषय में परामर्श देते हैं।

जांबवती, भालुक स्त्री

श्याम को शव के आसपास सिंह के पैरों के निशान दिखे। थोड़ा आगे जाने पर सिंह मरा हुआ मिला और उसके आगे एक भालू के पैरों के निशान दिख रहे थे।

"सिंह ने प्रसेन को मारा होगा और फिर वह सिंह भालू के हाथों मारा गया और वह मणि भालू के पास ही होगी।" श्याम ने निष्कर्ष निकाला।

भालू के पैरों के निशानों का पीछा करे हुए, श्याम एक ऐसी गुफा में आ गए जिसमें भालू के बच्चे मणि से खेल रहे थे।

"यह स्यमंतक मणि, एक यादव दरबारी की है, जिस पर उस सिंह ने हमला किया था, जिसे तुमने मार दिया।" श्याम ने भालू से कहा।

जांबवन नामक भालू ने कहा, "अगर आप इसे लेना चाहते हैं तो आपको युद्ध करना होगा।"

श्याम मान गए। इसके बाद श्याम ने अपनी फुर्ती और कौशल से जांबवन को प्रभावित कर दिया। जांबवन ने पराजय स्वीकार करते हुए कहा, "आप बलशाली हैं और इस मणि के अधिकारी हैं। आप ही मेरे दामाद बनने के योग्य हैं।"

और इस प्रकार श्याम द्वारावती लौट आए। उनके पास मणि के अतिरिक्त जांबवती नामक भालुक स्त्री भी पत्नी रूप में थी।

- इस प्रसंग में कृष्ण एक गुप्तचर की भूमिका में हत्या का रहस्य सुलझाते हैं।
- तर्कवादी यह नहीं मानते कि जांबवती एक भालू थी जो बाद में स्त्री बनी। उनका मानना है कि वह उस कबीले से होगी जो व्यक्ति भालू का गोदना धारण करते होंगे। इस तरह वे कृष्ण की जनजातीय पत्नी बनीं।
- रामायण के लोकगाथाओं के पुनः कथन में कहा गया है कि जांबवन ने राम को वानर सेना बनाने में मदद की, वे राम के साथ द्वंद्व युद्ध का आनंद लेना चाहते थे। राम ने कहा कि जब वे कृष्ण के रूप में जन्म लेंगे तो उनकी इच्छा पूरी करेंगे।
- हनुमान की तरह जांबवन की भेंट भी, राम व कृष्ण दोनों से होती है।
- जांबवती को जांबवन को हराने के बाद पाया गया इसलिए वह विजय का प्रतीक होने के कारण विजय-पत्नी है।

सत्यभामा, सत्राजित की पुत्री

सत्राजित् अपनी मणि वापस पा कर मुदित हो उठा। उसने श्याम से क्षमा माँगी कि उसने उन पर हत्या का अभियोग लगाया था।

"आपका पोषण भले ही ग्वालों के बीच हुआ परंतु आप किसी राजकुमार से कम नहीं हैं। मैं आपको अपना दामाद बनाना चाहता हूँ।" इस तरह सत्राजित् ने अपनी पुत्री सत्यभामा का विवाह श्याम से कर दिया।

इस विवाह के बाद जो लोग श्याम को यादवों के पुत्र के रूप में स्वीकार नहीं करते थे, उन्हें भी श्याम को यादवों का दामाद स्वीकारना पड़ा।

हालाँकि इस विवाह से यदुवंश के कई युवक कुपित हो गए जो सत्यभामा को अपनी संपत्ति समझते थे। शतधन्वा नामक एक युवा यादव ने गुस्से में आ कर सत्राजित् का वध कर दिया।

सत्यभामा के दुख की सीमा नहीं रही। श्याम ने धरती के दूसरे छोर तक शतधन्वा का पीछा किया और अपने चक्र से उसका सिर काट कर, अपने श्वसुर की मृत्यु का बदला ले कर लौटे।

- जैन पौराणिक गाथाओं में सत्यभामा कृष्ण की पहली पत्नी है और रुक्मिणी बाद में आती हैं
- सत्यभामा के माध्यम से, कृष्ण वैधता पाते हैं। उन्हें यादवों के बीच धन और मान की प्राप्ति होती है। सत्यभामा कृष्ण के जीवन में अपने महत्त्व को जानती हैं और इसलिए वे सदा वर्चस्व बनाए रखती हैं।
- *भामा कल्पम,* एक कुचीपुड़ी नृत्य नाटिका है जिसकी रचना सातवीं सदी में सिद्धेंद्र योगी ने की थी। यह उस नृत्य पर आधारित है जो आंध्र प्रदेश में कई सदियों पहले विकसित हुआ। इस जगह कृष्ण की गर्वीली पत्नी, सत्यभामा मंच पर दर्शकों के सामने पीठ किए हुए प्रकट होती हैं और अपनी चोटी में लगे आभूषणों का प्रदर्शन करते हुए, अपने आने की सगर्व घोषणा करती हैं। संभवतः यह विजयनगर राजाओं की महल राजनीति से प्रेरित प्रसंग रहा हो।
- सत्यभामा भूदेवी का प्रतीक है जो कृष्ण को संपत्ति और भौतिक शक्ति प्रदान करती है।

काशी में रत्न

अक्रूर को भी सत्यभामा से प्रेम था। वे श्याम को सराहते थे परंतु उनके और सत्यभामा के विवाह से प्रसन्न नहीं थे इसलिए वे काशी चले गए। जाने से पहले वे स्यमंतक मणि अपने साथ ले गए, 'भले ही श्याम को सत्राजित् की पुत्री मिल गई परंतु यह मणि तो मेरे पास ही रहेगी।'

मणि के जाते ही यादवों के सौभाग्य का सूर्य अस्त होने लगा। वर्षा नहीं हुई और द्वीप महामारी और सूखे की मार से घिर गया। यादवों ने अपने दुर्भाग्य के लिए श्याम को दोषी ठहराया।

"अगर श्याम ने सत्यभामा से विवाह नहीं किया होता सत्राजित् का वध नहीं होता और स्यमंतक मणि हमारे पास होती।"

सत्यभामा ने भी पति को ही इन घटनाओं का दोषी माना।

श्याम काशी गए और अक्रूर को खोज निकाला। "क्या यादवों के कष्ट से तुम्हारे प्रिय के वियोग की पीड़ा कम होगी?" अक्रूर ने सिर हिलाया तो श्याम बोले, "तब अपना गुस्सा त्याग दो। यह जान लो कि सारे सांसारिक भाव क्षणिक हैं। यादवों के साथ पुनः मित्रता कर वापस आ जाओ।"

अक्रूर वापस आए और सबके सामने अपना अपराध स्वीकार किया। उन्होंने वह मणि श्याम को देनी चाही परंतु श्याम ने उसे स्पर्श तक नहीं किया और उसे यादवों को सौंप दिया गया ताकि वह किसी एक व्यक्ति के पास नहीं रहे और सबको सौभाग्य प्रदान करे।

- स्यमंतक मणि का भी वही उद्देश्य है जो कौस्तुभ मणि का है। वह क्षीरसागर के मंथन के समय मिली थी जिसे विष्णु धारण करते हैं। इसका संबंध इच्छा-पूर्ति रत्न चिंतामणि से तथा पत्थर को सोना कर देने वाली पारस मणि से भी है।
- इसी तरह सौभाग्य प्रदान करने वाले दो रत्न नागमणि और गजमणि हैं जो नागों व गजों से संबंध रखते हैं।

कालिंदी, नदी की सुंदरी

एक दिन, एक श्यामल युवती श्याम के पास आई। श्याम ने पूछा, "तुम कौन हो?"

"मैं यमुना नदी की सुंदरी हूँ। मुझे कालिंदी भी हैं। जब से आप ब्रज से गए, मेरा हृदय भग्न हो गया। मैं सारे संसार में आपको खोजती फिरती हूँ। मैं आपके बिना नहीं रह सकती। मुझे अपनी पत्नी बना लीजिए।"

श्याम उस सुंदरी को ना नहीं कह सके जो उनके पीछे द्वारावती तक आ गई थी। उन्होंने कालिंदी को अपनी चौथी पत्नी के रूप में स्वीकार किया।

- नाथद्वारा, राजस्थान, श्रीनाथजी के मंदिर में, यमुना की जल पात्र के रूप में पूजा होती हे। वह कृष्ण के लिए विरहजनित प्रेम की प्रतीक है जो उसे छोड़ कर द्वारका चले गए हैं।
- शिव का संबंध छल-छल करती 'श्वेत' गंगा से है और विष्णु-कृष्ण का संबंध आलस्य से भरी शोकाकुल 'काली' यमुना से है।

कोसल की सत्या

रुक्मिणी ने श्याम को पति के रूप में वरा और कालिंदी भी स्वयं उनके पास आई। सत्यभामा और जांबवती के पिताओं ने उन्हें श्याम को सौंपा। सत्या के लिए श्याम को अपनी योग्यता प्रमाणित करनी पड़ी। उसके पिता, कोसल नरेश नग्नजित् ने घोषणा की थी कि जो पुरुष उसके सातों साँडों को नाथ देगा, वही उसकी पुत्री को वर सकता है। राजाओं को शेरों का शिकार करना या घोड़ों को बस में करना तो आता था परंतु उन्होंने कभी साँडों और बैलों को बस में नहीं किया था। जिन्होंने भी कोशिश करनी चाही, वे एक या दो को ही साध सके। सात बैलों को नाथना आसान नहीं था! एक ग्वाले के सिवा यह कार्य और कर भी कौन सकता था? संभवतः एक ग्वाला राजकुमार।

श्याम अखाड़े में आए और सबके देखते ही देखते श्याम की देह से, उनके छह और रूप प्रकट हो गए। इन सातों श्यामों ने एक साथ बैलों को नाथ दिया और यह असंभव कार्य होने के बाद, वे छह रूप ओझल हो गए और सातवें रूप ने सत्या को अपनी पाँचवीं पत्नी के रूप में स्वीकार किया।

- इस प्रसंग का संबंध तमिल संगम से है, कविता में कहा गया है कि किस तरह गोविंद देव सात बैलों को नाथ कर नपीन्नई से विवाह करते हैं। फिर वही नपीन्नई, *गीत गोविंद* में राधा और भागवत पुराण में सत्या बन कर आती हैं।
- सत्या नीला देवी का प्रतीक है, विष्णु की तीसरी पत्नी, कई बार उन्हें राधा के समान मानते हैं।

अवंति की मित्रविंद

प्रकृति में मादा पक्षी, अनेक योग्य नरों में से अपने संभोग के लिए नर का चुनाव करती है। इसी तरह, कई पिता अपनी पुत्रियों के विवाह के समय स्वयंवर आयोजित करते, जहाँ भावी वर अपनी सुंदरता और कौशल का प्रदर्शन करते और वधू अपने लिए वर का चयन करती।

श्याम को भी अवंति के ऐसे ही स्वयंवर में आने का न्यौता दिया गया। वे श्यामल देह, उज्ज्वल आँखें और मुस्कान के कारण भीड़ में अलग ही पहचाने जाते थे। वे अन्य पुरुषों की तरह नहीं थे, वे उनमें से थे जो स्त्रियों का आदर करते थे, अपनी देह को उनके आनंद के लिए प्रस्तुत करते, उसे चंदन के अंगराग, पुष्पों की माला और मोर पंखों से सुसज्जित कर, पीले वस्त्र धारण करवाते। राजकुमारी मित्रविंद ने उन्हें देखा और निर्णय लिया कि वे ही उसके पति होंगे।

परंतु उसके भाइयों को यह निर्णय पसंद नहीं आया। "वह कोई राजा नहीं है। वह तो ग्वालों के बीच रहता आया है। यह जहाँ जाता है, वहीं समस्या आ जाती है। जरासंध इससे घृणा करता है। तुम किसी और को भी तो वर सकती हो।" उन्होंने बहन को रोकना चाहा परंतु एक स्त्री के निर्णय का आदर होना चाहिए। श्याम ने उसके भाइयों को पीछे धकेला और उस स्त्री के आगे सिर झुका कर खड़े हो गए। उसने उन्हें जयमाल पहनाई और उनकी छठी पत्नी बन गई।

- कृष्ण की पत्नियों ने कलाकारों व कवियों को इतना प्रेरित नहीं किया जितना कृष्ण की प्रिय ग्वालिनों ने किया।
- कृष्ण वीरता दिखा कर अपनी पत्नियों का दिल जीतते हैं। इस जगह वृंदावन की तरह प्रेम या लुभाने वाली बात नहीं है। इस जगह कृष्ण की वृंदावन वाली कथाओं के स्थान पर हम उनके रूपांतरण के साक्षी होते हैं।

कैकेय की भद्रा

वसुदेव की बहन श्रुतकीर्ति का विवाह कैकेय नरेश से हुआ और उनकी भद्रा नामक पुत्री थी। श्रुतकीर्ति चाहती थी कि उसका विवाह श्याम से हो। कैकेय नरेश ने सहमति दे दी। इस तरह भद्रा श्याम की सातवीं पत्नी बनी।

यह विवाह छठे विवाह जैसा नहीं था। मित्रविंद के भाइयों ने अपनी बहन की पसंद से विवाह का विरोध किया था जबकि इस विवाह में भद्रा के भाइयों ने उन्हें मिलाने में योगदान दिया। श्याम ने जिस भी परिवार में विवाह किया, वे अपने-आप में अलग थे। कुछ परिवार उन्हें स्नेह करते थे तो कुछ केवल उन्हें सहते थे। उन्हें लगातार सबको प्रसन्न रखने के लिए अनुकूलन और समायोजन करना पड़ता था।

- मनुस्मृति के अनुसार, प्राचीन भारत में आठ प्रकार के विवाह संपन्न होते थे : जहाँ वर, वधू के पिता से आज्ञा ले कर विवाह करता है (ब्रह्म-विवाह); जहाँ कन्या वर के पास जा कर दहेज का प्रस्ताव रखती है (प्रजापति-विवाह); जहाँ किसी सेवा करने वाले को सेवा शुल्क के तौर पर अपनी पुत्री दी जाती है (देव-विवाह); जहाँ किसी ऋषि को गृहस्थ जीवन बिताने के लिए गौ-बैल और कन्या उपहार में दिए जाते हैं (ऋषि-विवाह); जहाँ एक कन्या को ख़रीदा जाता है (असुर-विवाह); जहाँ एक कन्या का अपहरण होता है (राक्षस-विवाह); जहाँ वर और वधू आपस में एक-दूसरे को चुनते हैं और किसी की स्वीकृति नहीं लेते (गंधर्व-विवाह); और जहाँ एक कन्या को उसकी इच्छा के बिना विवाह के लिए विवश किया जाता है (पिशाच-विवाह)।

मद्र की लक्ष्मणा

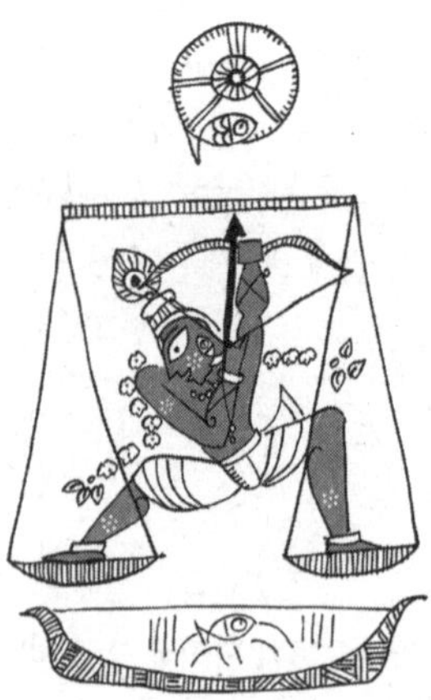

मद्र के बृहत्सेन ने धनुष प्रतियोगिता रखी और विजेता का विवाह उनकी पुत्री से होना तय हुआ था। प्रतियोगियों को एक मछली की आँख भेदनी थी जो एक घूमने वाले पहिए पर टिकी थी, जिसे छत पर बाँधा गया था। उन्हें तेल से भरे पात्र में उसकी परछाईं देखते हुए निशाना लगाना था और साथ ही तराजू के दोनों पलड़े भी संतुलित करने थे।

श्याम तराजू में खड़े हुए, अपना धनुष उठाया, सिर झुकाया और तेल में मछली की परछाईं देखते हुए, बड़ी सरलता से उसकी आँख भेद दी। इस तरह वे लक्ष्मणा का हाथ जीतने में सफल रहे, जो उनकी आठवीं और अंतिम पटरानी बनी।

- लक्ष्मणा को पत्नी रूप में पाने की परीक्षा, महाभारत में अर्जुन द्वारा द्रौपदी को पाने वाली परीक्षा से कहीं अधिक चुनौतीपूर्ण है। अर्जुन वाले प्रसंग में प्रतियोगी को किसी तुला पर

संतुलन नहीं साधना था। यहाँ किसी दूसरे धुर्नधर की तुलना में कृष्ण को सर्वश्रेष्ठ दिखाया गया है, हालाँकि उन्होंने कभी सार्वजनिक रूप से अपने इस गुण विशेष का प्रदर्शन नहीं किया।

- कृष्ण की अनेक पत्नियों का संबंध गुजरात के राज्यों से रहा : मद्र (आजकल का सिंध) कैकेय (बलूचिस्तान), अवंती (मध्य प्रदेश) व कोसल (उत्तर-प्रदेश)
- हरिवंश में कृष्ण की पत्नियों के जो नाम दिए गए हैं, वे विष्णु पुराण और भागवत पुराण में दिए गए नामों से अलग हैं।
- लक्ष्मणा को कई बार माद्री या रोहिणी भी कहा गया है।

श्याम और उनकी आठ रानियाँ

श्याम ने अपनी आठ पत्नियों के माध्यम से द्वारावती के आसपास के राज्यों से शक्तिशाली वैवाहिक संबंध स्थापित किए। इन राज्यों ने यादवों के नए घर को जरासंध से सुरक्षा प्रदान की, जब उसे पता चला कि श्याम ना केवल मथुरा की आग से बच गए बल्कि एक शक्तिशाली राज्य स्थापित करने में भी सफल रहे तो जरासंध के गुस्से की सीमा नहीं रही।

हालाँकि श्याम राजा नहीं थे परंतु वे द्वारकाधीश के नाम से जाने जाने लगे थे अर्थात द्वारका के अभिभावक। उनकी आठों पत्नियों को लक्ष्मी स्वरूपा माना जाता था, जो धरती की आठों दिशाओं से उनके राज्य में संपन्नता की लहर ले आई थीं। श्याम की पत्नियाँ लक्ष्मी की भाँति, उनके जीवन में प्रचुरता और संपन्नता का संदेश लाई थीं, वे अपने साथ अपने मायकों से फूलों, सब्ज़ियों और फलों के बीज लाईं ताकि उनके बगीचे लहराते रहें, वे अपने साथ मायकों की व्यंजन विधियाँ लाईं; उन्होंने अपने महलों की दीवारों पर चित्र अंकित किए, वे जीवन के प्रति नई सोच और विचार के साथ आई थीं और उन्होंने श्याम को संतानें दीं। श्याम को अहसास हुआ कि उनकी पुत्रवधुओं ने किस तरह घर को रूपांतरित कर दिया था, विविधता से भरपूर कर दिया था। उन्हें अपने भावों को प्रकट करने और अपनी तरह से जीने की पूरी स्वंतत्रता दी गई थी। किसी भी गृहस्थ घर में नए विचारों को ग्रहण करने के लिए हृदय को उदार बनाना पड़ता है।

- जैन नेमिचरित्र में, कृष्ण का एक भाई नेमि है जो वसुदेव के बड़े भाई, समुद्रविजय का पुत्र है। वे अपने विवाह वाले दिन कृष्ण द्वारा विवाह भोज के लिए हाँक कर लाए जा रहे जानवरों का सामूहिक क्रंदन सुन कर, संन्यास ले लेते हैं। वे बाईसवें तीर्थंकर बन कर, नेमिनाथ कहलाते हैं। उनका प्रतीक शंख है।
- कृष्ण के मंदिर उनके घर माने जाते हैं इसलिए उनके दैनिक अनुष्ठानों में प्रभु के दैनिक चक्र के कार्य शामिल हैं : सुबह उठना (मंगल आरती), साज-शृंगार (शृंगार आरती), मध्याह्न का भोजन (राजभोग आरती), झपकी से जगाना (उत्तापन आरती), दिन भर के गोचारण के बाद संध्या समय स्वागत करना (संध्या आरती), शाम का कलेवा (ब्यालूभोग आरती), रात के समय अक्सर कृष्ण का प्रिय झूला भी शामिल होता है (शयन आरती)। इस तरह इष्ट का मानवीकरण करते हुए, हम उन्हें एक गृहस्थ के रूप में देखते हैं। परंतु इनमें उनकी पत्नियों का कहीं कोई विवरण नहीं आता। वे कुछ दक्षिण भारतीय मंदिरों में पृष्ठभूमि में रहती हैं। वे सामने नहीं आतीं।
- पंढरपुर, पुरी, डाकोर व द्वारका में, कृष्ण की पूजा उनकी पत्नियों संग होती है परंतु वे अलग-अलग मंदिरों में प्रतिष्ठित हैं। इससे वैष्णव परंपरा झलकती है जिसमें विष्णु और कृष्ण को एक ही मंदिर प्रागंण में विभिन्न मंदिरों में रखा जाता है। कहते हैं कि ऐसा किसी कलह के कारण होता है और कुछ लोग कहते हैं कि लक्ष्मी अपनी स्वायत्तता बनाए रखना चाहती हैं।
- कृष्ण के प्रत्येक रानी से अनेक पुत्र हुए। कई बार कहा गया है कि हर रानी ने उन्हें दस पुत्र दिए और इस तरह उनके आठ रानियों से 80 पुत्र तथा 16,100 रानियों ने 1,61,000 पुत्र हुए। एक संपूर्ण गृहस्थी का चित्र खींचने के लिए तथ्यों को बढ़ा-चढ़ा कर बताया गया है।
- पारंपरिक तौर पर, कृष्ण को प्रतिदिन छप्पन भोग लगाए जाते हैं। ये वे सात व्यंजन थे, जो उनकी आठ पत्नियों द्वारा पूरे दिन में पकाए जाते थे।

श्याम का सौदा

एक दिन, महर्षि नारद द्वारावती पधारे। वे जानना चाहते थे कि श्याम की कौन सी पत्नी उन्हें सबसे अधिक प्रेम करती है। पत्नियों ने उनका स्वागत किया, उन्हें जलपान करवा कर उपहार दिए।

"उपहार, क्या उपहार में श्याम दे सकती हो?" नारद ने पूछा। पत्नियों ने कहा कि वे ऐसा तो नहीं कर सकती थीं। वे श्याम के बदले में कोई भी दूसरा उपहार ले लें। तब नारद ने कहा कि उन्हें श्याम के भार के बराबर कुछ दिया जाए।

महल में एक बड़ी सी तुला लाई गई। श्याम को एक ओर बिठाया गया। दूसरी ओर सत्यभामा ने अपने सारे रत्न और आभूषण रख दिए। उन्होंने पाया कि वे श्याम के वज़न के बराबर

नहीं थे। दरअसल, वे जितने आभूषण रखती जा रही थीं, उनका पलड़ा हल्का होता जा रहा था। उन्होंने रोते हुए हार मान ली।

रुक्मिणी ने सारे आभूषण हटा कर केवल तुलसी का एक दल उस पर रख दिया। "यह श्याम के प्रति मेरे स्नेह का प्रतीक है।" उन्होंने कहा और पलड़ा उसी समय झुक गया।

तब रानियों और नारद को अहसास हुआ कि श्याम संसार के सारे भौतिक साधनों से कहीं बड़े थे परंतु श्याम के प्रति प्रेम तो स्वयं श्याम से भी बढ़ कर था।

- तुलसी का पौधा भक्ति का प्रतीक है। इस कहानी में सुवर्ण के स्थान पर एक पौधे के लाक्षणिक रूप को अधिक महत्त्व दिया गया है।
- कई कृष्ण मंदिरों में, विशेष रूप से दक्षिण में, भक्त के भार के बराबर, नारियल, चावल और केले का भोग लगाया जाता है ताकि हमें तुला प्रसंग स्मरण रहे।
- तुलसी का पौधा राधा, लक्ष्मी या वृंदा देवी का प्रतीक है। यह कृष्ण के प्रति प्रेम का प्रतीक है। जिस प्रकार बिल्व पत्र शिव प्रेम का प्रतीक है। संभवतः इस तरह भागवत परंपरा में वृक्ष पूजन की पुरानी परंपरा को शामिल किया गया।
- कृष्ण के प्रति प्रेम, कृष्ण से भी बड़ा है या फिर राम का नाम राम से बड़ा है, यह भक्ति गाथाओं में बारंबार आने वाला विषय रहा है।
- कई बार कृष्ण की आठों पत्नियों की कल्पना, आठ दिशाओं के रूप में की गई है, जो बल और प्रतिबल के साथ सब कुछ साधे रखती हैं और कृष्ण उनके बीच प्रमुख ध्रुव के रूप में स्थित हैं।

राधा का प्रेम

"परंतु क्या रुक्मिणी का प्रेम राधा के प्रेम से भी गहरा है?" नारद विस्मित थे।

श्याम ने उत्तर नहीं दिया। कुछ दिन बाद, श्याम बीमार हो गए। द्वारावती के वैद्य कुछ नहीं कर पा रहे थे। देह का ताप बढ़ता जा रहा था। अंत में श्याम ने कहा, "केवल किसी ऐसी स्त्री की चरणरज से ही आराम आ सकता है जो मुझे सबसे अधिक प्रेम करती हो। पहले भी वृंदावन में ऐसा ताप हुआ था, तब इसी से उपचार किया गया था।"

द्वारावती की रानियों ने विरोध किया, "परंतु श्याम तो हमारे पति हैं। हम उन्हें अपनी चरण रज कैसे दे सकती हैं? संसार क्या कहेगा? हम नर्क की भागी होंगी?"

इस तरह वैद्यों को वृंदावन भेजा गया। गोपियाँ अपनी चरण रज देने को तैयार हो गईं।

नारद ने उनसे पूछा, "क्या तुम्हें अपने इस कर्म के परिणाम का भय नहीं है?"

राधा ने उत्तर दिया, "हमारे प्रिय श्याम के लिए तो हम कोई भी कष्ट सहने को तैयार हैं। हमारी चरण रज ले जाएँ और उन्हें स्वस्थ करें। उन्हें कहें कि उन्हें जब भी जो भी चाहिए, राधा हमेशा देगी। वह बदले में कुछ नहीं चाहती।"

और इस तरह नारद जाने लगे तो राधा ने आगे कहा, "श्याम की रानियों से कहना कि भले ही उन्हें महल में श्याम की बाँसुरी सुनने का सुख नहीं मिला परंतु वे दिन में उनके साथ सार्वजनिक आयोजनों में स्थान पाती हैं।" राधा तो केवल रात के एकांत में ही अपने श्याम को देख पाती थीं।

- कृष्ण की पत्नियाँ अलग-अलग स्थानों से थीं और गोपिकाएँ एक ही जगह से थीं। पत्नियों को वेदों की प्रमुख परंपरा का प्रतीक कहा जा सकता है जिसमें संयम का गुणगान किया गया है। गोपिकाओं को गुप्त तांत्रिक परंपरा का प्रतीक कहा गया है जिनमें संयम नहीं रहता, परंतु यह सब गुप्त रूप से ही होता है।
- जहाँ क्षत्रिय राजाओं से कर्म का मार्ग अपनाने को कहा गया, ब्राह्मणों ने अपने लिए ज्ञान का मार्ग चुना और समाज की सेवा करने वाले सामान्य जन ने भक्ति का मार्ग चुना, इसे गोपियों के व्यवहार के माध्यम से प्रकट किया गया, जो कृष्ण से प्रेम करते हुए उनकी सेवा करती हैं।
- *गोल्ल कल्पम्* आंध्र प्रदेश की एक महत्त्वपूर्ण नृत्य नाटिका है जिनमें गोपिका और ब्राह्मण के बीच लंबा संवाद होता है। ग्राम्य युवती व्यंग्यप्रधान शैली में मनुष्य के सामाजिक स्तर पर आधारित श्रेष्ठता को चुनौती देती है और सरलतम भाषा में दिव्य तत्व के ब्रह्माण्डीय रहस्य प्रकट करती है।

बारहवाँ खंड

गृहस्थ

व्यास ने शुक से कहा, "श्याम के घर में प्रत्येक का स्वागत था। कुछ अतिथि सहायता लेने में संकोच करते थे ओर कुछ उनकी उदारता का आभार तक प्रकट नहीं करते थे। तुम इन प्रसंगों से सीखो कि किस प्रकार देना, विवेक का सूचक है।"

अष्ट-भुजा कृष्ण

सुदामा

एक दिन, द्वारावती के द्वारपाल श्याम के पास संदेश ले कर आए। "द्वार पर आया एक भिक्षुक स्वयं को आपका बचपन का मित्र कहता है। उसका नाम सुदामा है।"

श्याम अपने सारे काम छोड़ कर खड़े हुए और सुदामा का स्वागत करने भागे।

"वह तो वास्तव में मेरा मित्र है, द्वारावती आने के लिए बाध्य होने से बहुत पहले हम सांदीपनि के आश्रम में एक साथ पढ़ते थे।" उन्होंने अपनी पत्नियों से कहा जो इस विशेष अतिथि के स्वागत में जुट गईं।

श्याम ने बड़े ही स्नेह से सुदामा को स्वादिष्ट भोजन करवाया। सुदामा इतने भावुक थे कि कुछ बोल नहीं पा रहे थे। श्याम ने बचपन के साथी से पूछा, "मेरे लिए कुछ लाए हो?" सुदामा ने संकोच से अपनी पोटली से मुरमुरे निकाल कर दिए जिन्हें श्याम ख़ुशी से खाने लगे।

"हमारे लिए भी थोड़ा छोड़ दें।" सत्यभामा ने सभी रानियों की ओर से कहा। सुदामा ने पत्नियों को आँखों ही आँखें में बातें करते देखा और समझ नहीं सके कि उनके घर का क्या नियम था।

जब सुदामा जाने लगे तो प्रसन्न थे पर मन में कहीं असंतोष भी था। वे अपने अभियान में असफल रहे। श्याम ने उन्हें एक भी उपहार नहीं दिया था। वे तो संपदा के लिए ही इतनी दूर आए क्योंकि वे निर्धन थे। जीवन ने उनके साथ बुरा बर्ताव किया। उन्हें आशा थी कि उनका सफल और धनी मित्र मदद करेगा परंतु वे संकोचवश स्वयं के लिए कुछ नहीं माँग सके।

परंतु जब सुदामा घर गए तो यह देख कर चकित हो उठे कि उनकी झोपड़ी महल में बदल गई थी और उनके बच्चे सुंदर परिधानों में घूम रहे थे। गौशाला में गौएँ, अस्तबल में हाथी और घोड़े बँधे थे और भंडार फल-सब्ज़ी और अनाज से भरे थे।

"ये सभी श्याम के उपहार हैं।" उनकी पत्नी ने कहा।

सुदामा को अहसास हुआ कि उन्हें अपने मित्र से सहायता माँगनी ही नहीं पड़ी। एक सच्चा मित्र सदा अपने मित्र की

आवश्यकता को जान लेता है। अब उन्हें श्याम और उनकी पत्नियों का वह संवाद भी समझ आ गया। दरअसल पत्नियों को भय था कि कहीं श्याम अपना सब कुछ ही दान नहीं कर दें क्योंकि उनके मन में संपत्ति का कोई मोह नहीं था। वे श्याम को याद दिला रही थीं कि उनका अपने घर के प्रति भी कुछ दायित्व है। उन्हें अपनी पत्नियों व संतानों का भी पोषण करना है। एक अच्छा गृहस्थ, अपने परिवार के साथ-साथ मित्रों व अजनबियों की भी सहायता करता है।

- सुदामा और कृष्ण सांदीपनि के शिष्य थे। कुछ कथाओं में कहा गया है कि किस तरह सुदामा ने बचपन में कृष्ण के साथ फल नहीं बाँटे इसलिए उन्हें जीवन में निर्धनता का सामना करना पड़ा। इन कथाओं को सामाजिक मापदंडों के आधार पर बनाया गया ताकि लोगों में अच्छे व्यवहार की नींव डाली जा सके।
- नामदेव के मराठी भक्ति काव्य में, ग्वालों के भाव प्रकट हुए हैं जिन्हें कृष्ण के द्वारका के स्वामी होने का पता चलता है। वे उनके इस नए पद के कारण उनसे भयभीत होते हैं। अब उन्हें उस व्यक्ति के आगे झुकना होगा जिसके साथ बचपन में खेलते थे। वे कहते हैं, "हम एक-दूसरे को धौल-धप्पे जमाया करते थे और अब हमें उनके आगे दोनों हाथ जोड़ कर पूछना चाहिए कि हम हमें वन वाले कृष्ण का ध्यान करना है और नगर वाले कृष्ण का?
- सुदामा और कृष्ण की कथा, भागवत कथाओं का महत्त्वपूर्ण अंग है। यह महाभारत के द्रोण और द्रुपद की कथा के विपरीत है। दोनों कथाओं में, एक निर्धन व्यक्ति है (सुदामा, द्रोण) जो एक धनी और सफल मित्र से मदद चाहता है (कृष्ण, द्रुपद)। परंतु जहाँ कृष्ण भूल के प्रति उदार हैं, वहीं द्रुपद यह कह कर मित्र का अपमान करता है कि मित्रता समान स्तर में ही सोहती है। द्रोण गुस्से में आ कर युद्ध कला का प्रशिक्षण प्राप्त करता है और कुरु राजकुमारों को क्षत्रिय योद्धा बना देता है। वह अपनी गुरु दक्षिणा के बदले में चाहता है कि वे उसे द्रुपद का आधा राज्य ला कर दें ताकि वह भी द्रुपद के समान स्तर पर आ सके। तब अपमानित द्रुपद ईश्वर से अपने लिए दो संतानें माँगता है; धृष्टद्युम्न नामक पुत्र, जो द्रोण का वध करेगा और द्रौपदी नामक पुत्री जो कुरु परिवार और उनकी धरती को विभाजित कर देगी। कृष्ण का सुदामा के प्रति व्यवहार, प्रेम के बीज बोता है जबकि द्रुपद का द्रोण के प्रति व्यवहार, घृणा का बीज वपन करता है।

नरक का अमरावती पर आक्रमण

सुदामा के जाते ही इंद्र आ गए। श्याम और उनकी पत्नियों ने उसी प्रेम और उदारता से इंद्र का स्वागत किया। परंतु इंद्र सुदामा नहीं थे। उन्हें सहायता माँगने में कोई संकोच नहीं था। उनके स्वर्ग पर नरक नामक असुर ने धावा बोल दिया था। उन्हें उसे जड़ से उखाड़ने के लिए किसी की मदद चाहिए थी।

"उसने मेरे सिंहासन, मेरे हाथी, मेरे छत्र व यहाँ तक कि मेरी माता के रत्नों पर भी अपना अधिकार कर लिया है। मैंने ब्रह्माजी से कहा तो उन्होंने मुझे विष्णु के पास भेज दिया। मैं वैकुंठ

गया तो मुझसे कहा गया कि आपको धरती पर खोजना होगा। वृंदावन गया तो आप उस जगह नहीं थे। मथुरा गया तो वहाँ भी नहीं मिले। अब आप इस सागर के मध्य मिले हैं, मेरी मदद करें, श्याम मुझे बचा लें! वैसे ही जैसे आपने ग्वालों को मेरी मूसलाधार वर्षा से बचाया था।" इंद्र ने कहा।

श्याम ने कहा कि वे अपनी ओर से जो कर सकते थे, अवश्य करेंगे। उन्होंने कौमुदकी गदा, सारंग धनुष, पांचजन्य शंख और नंदक तलवार ले कर पक्षीराज गरुड़ को बुलवाया ताकि वह उन्हें नरक की दुर्ग नगरी प्रागज्योतिष में ले जा सके।

सत्यभामा अपने पति को युद्ध में देखना चाहती थी। उसने कहा, "मुझे भी अपने साथ ले चलिए।"

वे मेघों के बीच से होते हुए, ऊँची दीवारों वाली दुर्ग नगरी में पहुँचे जिसके चारों ओर राक्षसों से भरी चौड़ी खंदकें और खाइयाँ थीं। उसी दुर्ग के बीच, स्वर्गों का विजेता नरक रहता था। श्याम ने उसे दो-दो हाथ करने की चुनौती दी व नरक बलशाली अस्त्र-शस्त्रों से लैस हो कर अपने रथ पर आ पहुँचा जिसे हाथी खींच रहे थे।

वह अद्भुत युद्ध था। श्याम आकाश से बाणों की वर्षा कर रहे थे और नरक धरती से गदा फेंक कर वार कर रहा था। प्रक्षेपास्त्रों से प्रक्षेपास्त्र टकरा रहे थे। शस्त्रों से शस्त्र टकरा रहे थे। आकाश में उनके टकराव के कारण आग की लपटें उठ रही थीं। देव क्षितिज से निहार रहे थे और व्याकुल इंद्र सोच रहा था कि क्या श्याम वास्तव में विष्णु थे जो नरकासुर को परास्त कर सकते थे।

अंततः वातावरण में निराशा व्याप्त होने लगी, नरक पर श्याम के किसी भी हमले का प्रभाव नहीं हो रहा था। तभी अचानक, नरक का एक भाला, भूल से श्याम के बजाए सत्यभामा को जा लगा। सत्यभामा ने वही भाला अपनी देह से निकाल कर वापस उसकी ओर दे मारा। उसने असुर राज की छाती भेद दी और वह वहीं मारा गया।

तभी पता चला कि नरक की मृत्यु अपनी माता के हाथों तय थी। वह भू देवी का एक पुत्र था। जब विष्णु ने वराह रूप में, भू देवी की रक्षा थी, तभी उसने गर्भ में प्रवेश किया था। वह इसलिए भौम कहलाता था। इस तरह श्याम, विष्णु के रूप में उसके पिता थे और सत्यभामा, भू देवी का एक रूप होने के नाते, उसकी माता थी।

- पहले-पहल हरिवंश में ही कहा गया है कि नरक विष्णु का पुत्र था और आगे चल कर विष्णु और भागवत पुराणों में इसे विस्तृत रूप दिया गया।
- कृष्ण की कथाओं में बारंबार यह प्रसंग आता है कि ईश्वर का पुत्र असंपूर्ण है। वराह पुत्र नरक के अलावा, हमें कृष्ण के एक और पुत्र सांब की असंपूर्णता का भी परिचय मिलता है।
- सत्यभामा के हाथों नरकासुर के वध की कथा आंध्र प्रदेश में लोकप्रिय है।
- नरक चतुर्दशी, दक्कन में तथा भारत के दक्षिणी हिस्से में, दीपावली वाले दिन मनाई जाती है। यह उत्तर भारत से विपरीत है जो राम के दक्षिण से उत्तर आगमन की ख़ुशी में यह त्योहार मनाते हैं। सुबह के समय स्त्रियाँ पतियों को तेल मालिश के बाद स्नान करवाती हैं और उनके पैर तले रखवा कर एक फल कुचलवाया जाता है जो नरक का प्रतीक है। गोवा में, इस दिन नरक के पुतले जलाए जाते हैं।
- नरक के पुत्र भगदत्त ने महाभारत के युद्ध में कौरवों का साथ दिया था। वह हाथियों की सेना के साथ था। दुर्योधन भगदत्त की पुत्री भानुमती से विवाह करता है।
- नरक की नगरी प्रागज्योतिष, असम में स्थित है जो बंगाल से परे, पूर्व में वैदिक जीवनशैली के प्रसार का प्रतीक है।
- कर्नाटक में, कई बार कठपुतलियों के साथ यक्षगान किया जाता है। ऐसे ही एक प्रदर्शन को नरकासुर वध का नाम दिया गया है। इस कहानी में थोड़ा सा परिवर्तन है। नरक की पत्नी द्वारका पर हमला करने वाले वानरों की मदद लेती है। जब गरुड़ उन्हें रोकना चाहता है तो उसे बस में कर लिया जाता है। परंतु जब वानरों को पता चलता है कि कृष्ण ही विष्णु यानी राम हैं तो वे अपने बुरे आचरण के लिए क्षमा याचना करते हैं।

पारिजात पर छिड़ी बहस

देवों ने नरक की पराजय और श्याम की विजयश्री का उत्सव मनाया। सत्यभामा ने देखा कि इंद्र ने उसके पति को धन्यवाद तो दिया परंतु उपहारस्वरूप कुछ नहीं दिया। क्या गृहस्थ से ऐसा करने की अपेक्षा नहीं की जाती? वे संसार के साथ अपना वैभव बाँटते हैं, भले ही वे उदारतापूर्वक ऐसा नहीं करें परंतु उन्हें किसी काम के बदले में तो कुछ देना ही पड़ता है। उसे अहसास हुआ कि इंद्र और देव सदा असुरों के साथ संघर्ष में क्यों रहते थे; उनके पास सब कुछ था परंतु उन्हें उसे आपस में बाँटना पसंद नहीं था। सत्यभामा ने निर्णय लिया कि वह इंद्र को कुछ उपहार देने को विवश कर देगी। वह धन के प्रति इंद्र की आसक्ति को दिखाना चाहती थीं, तभी देवराज होने के बावजूद वह पूजन के योग्य नहीं था।

सत्यभामा ने कहा, "आपने इंद्र की सहायता की। बदले में आप उसके प्रिय उपवन में पैदा होने वाले पारिजात वृक्ष को माँग लें। यह वृक्ष सभी मनोकामनाओं को पूर्ण करता है, यह क्षीरसागर मंथन के समय प्रकट हुआ था। हमें इसे अपने साथ द्वारावती ले जाना चाहिए।"

हालाँकि इंद्र पारिजात को अपने से अलग नहीं करना चाहता था। श्याम को इंद्र का यह स्वभाव नहीं भाया। यदि श्याम ने आ कर मदद नहीं की होती तो पारिजात तो दूर रहा, इंद्र के पास कुछ भी शेष नहीं रहता। श्याम ने पारिजात उखाड़ कर गरुड़ पर रखा और धरती की ओर चल दिए। वे उस वृक्ष को सत्यभामा के उपवन में लगाना चाहते थे।

इंद्र ने अपने हाथी पर उनका पीछा किया। वह पारिजात को वापस पाना चाहता था। उनके बीच युद्ध हुआ। श्याम ने आसानी से उसे पराजित कर दिया। तब पारिजात केवल इंद्र की ओर से उपहार नहीं, बल्कि इंद्र पर श्याम की विजय का प्रतीक भी बन गया।

- देवराज इंद्र, कृष्ण की मदद तो चाहता है परंतु उनकी पत्नी की इच्छा का मान रखने के लिए अपनी बहुमूल्य संपदा से वंचित नहीं होना चाहता। इससे उसका वस्तुओं के लिए मोह झलकता है। यही वजह है कि वैदिक देवों को पुराणों के काल में इतना उच्च स्तर नहीं दिया गया। वह अर्थलिप्सा का प्रतीक है।
- सुदामा और इंद्र परस्पर विपरीत हैं। सुदामा कुछ नहीं होने के बावजूद कृष्ण के लिए उपहार लाता है और कुछ माँगने से संकोच करता है। इंद्र सब कुछ होने के बावजूद, कृष्ण को कुछ नहीं देता जो उसके वैभव की रक्षा करते हैं।
- आंध्र प्रदेश में सोलहवीं सदी से *वीधी नाटकम्* बहुत ही प्रचलित रहे हैं। वे उत्सव मूर्ति के संग होते हैं। जिन्हें उत्सवों के समय मंदिरों से बाहर लाया जाता है। तब वे आमजन को भगवान की कथाएँ सुनाते हैं। तभी इन्हें बाद में *वीधी भागवत* कहा जाने लगा, इनकी अनेक कथाओं में कृष्ण और उनकी पत्नियों के प्रसंग आते हैं।

पारिजात के पुष्प

"कृपया इस पारिजात को रुक्मिणी के साथ भी बाँटना।" श्याम ने आग्रह किया।

सत्यभामा ने बेमन से हामी भर दी। वह अपने पति या श्याम की ओर से मिले उपहारों को उनकी अन्य पत्नियों के साथ नहीं बाँटना चाहती थी और रुक्मिणी से तो उसका विशेष बैर था। जहाँ सत्यभामा का विवाह श्याम से हुआ था, रुक्मिणी ने स्वयं श्याम को वरा था। सत्यभामा श्याम के लिए धन और सम्मान लाई थी परंतु रुक्मिणी अपने साथ कोई दहेज नहीं लाई थी। सत्यभामा घमंडी और ऐंठ वाली थी जबकि रुक्मिणी स्वभाव से विनम्र और सौम्य थी।

सत्यभामा ने पारिजात का पौधा रुक्मिणी के बाग में इस तरह लगवा दिया कि उस दिव्य पौधे की शाखाएँ उसके अपने उपवन में आ रही थीं। इस तरह श्याम के आग्रह से उसने अपनी सपत्नी के साथ पौधा बाँट तो लिया पर रुक्मिणी के हिस्से उसकी देख-रेख आई और वह स्वयं उसकी दिव्य सुंदरता का आनंद लेती थी।

श्याम ने सत्यभामा की शरारत भाँप ली। उसे सबक़ सिखाने के लिए वे बोले, "पारिजात तभी फूलेगा, जब मैं रुक्मिणी के साथ रहूँगा। जब भी सत्यभामा पारिजात को फूला हुआ देखेगी तो वह जान जाएगी कि मैं उसकी सौत के साथ हूँ।" उसी क्षण से सत्यभामा को पारिजात का सौंदर्य प्रसन्नता देना बंद हो गया। अब उसे देख कर सत्यभामा को जलन होती थी।

- सोलहवीं सदी में, शंकरदेव, कृष्ण भक्ति को 'एक नाम शरण धर्म' के रूप में असम लाए। इसमें नाम घर की स्थापना व चिह्न यात्रा शामिल थी जिसमें उनके नाटक अभिनीत होते थे। इस तरह सत्र परंपरा को प्रोत्साहन किमला। शंकरदेव मूर्ति पूजन में विश्वास नहीं रखते थे। उनकी कृष्ण उपासना में गोपियाँ तो थीं परंतु राधा नहीं थीं उन्होंने माधव देव की तरह कई नाटक रचे। उन्होंने मुक्ति के ऊपर भक्ति को प्रश्रय दिया। उन्होंने दास्य-भाव को प्रधान माना जबकि महाराष्ट्र में उनके समकालीन सख्य-भाव को प्रधान मानते थे और बंगाल में माधुर्य-भाव पर बल दिया जा रहा था। उनके लेखन, गीतों व नाटकों में संस्कृत तथा आरंभिक मैथिली भाषा का मिश्रण मिलता है जिसे ब्रजावली कहते हैं।
- शंकरदेव की पारिजात-हरण यात्रा में कृष्ण अपनी प्रिय सत्यभामा के लिए पारिजात लाने के लिए इंद्र को परास्त करते हैं। यह कथा सत्यभामा और रुक्मिणी के बैर को भी रेखांकित करती है, कृष्ण को प्रायः अपने परिवार की स्त्रियों के बीच इस स्थिति का सामना करना

पड़ता होगा। सत्यभामा अपने लिए पारिजात का वृक्ष चाहती थी और रुक्मिणी के पास पारिजात के पुष्प हैं।

- यदि राम एकपत्नी-व्रत लेते हैं तो कृष्ण की अष्ट भार्या हैं और उन्हें सबके कलह के बीच समाधान करना पड़ता है। वृंदावन की तरह द्‌वारावती में भी अनेक स्त्रियों के बीच कृष्ण अकेले हैं जो उन्हें किसी के साथ नहीं बाँटना चाहतीं।

सोलह हज़ार एक सौ पत्नियाँ

नरक ने 16,100 स्त्रियों को बंदी बना रखा था - देवियों, रानियों, राजकुमारियों और सुंदरियों को ब्रह्माण्ड के प्रत्येक कोने से अपहरण किया गया था।

जब श्याम ने नरक को मार कर स्त्रियों को मुक्त किया तो वे विलाप करने लगीं। अब हम कहाँ जाएँगीं? हमारे परिवार हमें स्वीकार नहीं करेंगे। नरक ने हमारी प्रतिष्ठ और मान धूल में मिला दिया है।

श्याम ने उन सबसे विवाह करने का वचन दिया। उन्होंने कहा, "मैं आप सबसे विवाह कर लूँगा और आप पूरे मान-सम्मान से द्‌वारावती में रहेंगी।"

नारद को यह सोच कर आश्चर्य हो रहा कि श्याम हज़ारों रानियों और अपनी पटरानियों को संतुष्ट कैसे रख सकते हैं इसलिए वे उनके पास भेंट करने आए।

द्‌वारावती में नारद को हर रानी के लिए एक महल दिखा। हर महल में रानी के साथ एक श्याम दिखे। कुछ रानियों के साथ वे कौड़ियों का खेल खेलते दिखे तो कुछ के साथ झूले पर बैठे थे। वे कुछ जगह भोजन कर रहे थे तो कुछ जगह स्नान कर रहे थे। वे कुछ रानियों के बच्चों के साथ बातें कर रहे थे तो कहीं कुछ रानियों से राज्य के हालात की चर्चा कर रहे थे।

श्याम को अलग-अलग जगह पर एक ही साथ देख कर, नारद हैरान रह गए। वे तो सभी रानियों को संतुष्ट रखे हुए थे। नारद को स्मरण हो आया कि श्याम विष्णु थे जो सर्वज्ञ थे।

- समय के साथ मूल्य बदलते हैं। प्राचीन युग में राजाओं के बीच बहुविवाह की प्रथा थी और कृष्ण की अनेक पत्नियों वाला प्रसंग उनके शौर्य और दिव्यता को समर्थन देता था। आधुनिक समय में, जब ब्रह्मचर्य या एकविवाह प्रथा को वरीयता दी जाती है तो लोग कृष्ण के अनेक विवाहों वाले प्रसंग को एक रूपक की तरह देखते हैं जिसमें अनेक नश्वर आत्माओं का अनंत परमात्मा से मिलन कहा गया है।
- काशी व मथुरा में, लोग प्रायः परिवार की विधवाओं को त्याग जाते हैं। वे कृष्ण भक्ति करते हुए, भिक्षाटन करती हैं और इस तरह उनका पूरा दिन कृष्ण की भक्ति में बीतता है।
- कहते हैं कि गोपिकाओं ने कृष्ण की उपरानियों के रूप में जन्म पाया। वे कृष्ण के बिना वृंदावन में नहीं रह सकीं इसलिए उनकी कृष्ण की पत्नी बनने की इच्छा पूरी हुई।
- विष्णु के अनेक दक्षिण भारतीय मंदिरों में, जैसे आंध्र प्रदेश के तिरुपति और तमिलनाडु के श्रीरंगम में, कई छोटे तीर्थ उनकी पत्नियों को समर्पित हैं जिनमें संत-कवि आंडाल तथा मुस्लिम राजकुमारी बीबी नचियार भी शामिल हैं। इन्हें चित्र रूप में प्रदर्शित किया जाता है।

पौंड्रक, पाखंडी

नारद ने सारे संसार में घोषणा कर दी कि श्याम कोई साधारण यादव नहीं थे। वे धरती पर ईश्वर का रूप थे, जो पाताल तक हो आए थे और स्वर्ग में इंद्र को भी अधीन करने वाले नरक असुर को पराजित कर चुके थे। उन्होंने यम को भी बस में कर लिया था। राजा पौंड्रक ने यह मानने से इंकार कर दिया और कहा, "श्याम कोई विष्णु का अवतार नहीं। वह नारायण नहीं है। मैं नारायण हूँ।" उसने द्वारावती में संदेशवाहक भेज कर कहलवाया कि श्याम अपने दैवीय शस्त्र उसके पास भिजवा दें क्योंकि वह उनका वास्तविक अधिकारी है।

श्याम ने उसके राज्य में आ कर देखा कि उसने उनकी तरह पीत वस्त्र पहन कर, गले में पुष्प माल धारण की हुई थी। उसके मुकुट में मोरपंख भी था। पौंड्रक ने श्याम को आदेश दिया, "मुझे मेरा सुदर्शन चक्र, मेरी कौमुदकी गदा, मेरा धनुष सारंग और मेरी नंदक तलवार वापस कर दो।"

श्याम ने मुस्करा कर सब कुछ उसकी ओर उछाल दिया, "ये लो।" वे सब उस राजा पर जा कर गिरे और वह वहीं मारा गया। इस घटना को देखने वाले जान गए थे कि कोई भी ईश्वर के समान वस्त्र धारण करने से ईश्वर नहीं बनता।

- कुछ तर्कवादियों का कहना है कि वसुदेव एक उपाधि थी जो महान व्यक्ति को दी जाती थी। इस प्रसंग में ग्वाले कृष्ण तथा राजा पौंड्रक के बीच, इस उपाधि के लिए संघर्ष दिखाई देता है।
- पुंड्र बंगाल में है और संभवतः पूर्वी बंगाल या बांग्लादेश की ओर संकेत करता है।

काशी की राक्षसी

काशी नरेश सुदक्षिण पौंड्रक का मित्र था। उसने अपने मित्र की हत्या का प्रतिशोध लेने का निर्णय लिया। उसने अपनी तांत्रिक विद्याओं के बल पर एक राक्षसी को जाग्रत कर लिया। उसके बालों के स्थान पर लपटें निकल रही थीं और हाथ में त्रिशूल था। उसे आदेश मिला, "जाओ, जा कर द्वारावती को नष्ट कर दो।"

राक्षसी आतंक मचाते हुए नगरी की ओर भागी। श्याम अपनी रानियों के साथ थे, जब उन्होंने लोगों को रोते सुना, "बचाओ, श्याम, हमें बचाओ। इस राक्षसी के सिर केशों के बजाए आग की लपटें निकल रही हैं।"

श्याम मुस्कराए और अपना सुदर्शन चक्र राक्षसी की ओर घुमा दिया। फिर वे उसी तरह रानियों के साथ व्यस्त हो गए। चक्र आग के गोले में बदला और राक्षसी की ओर चल दिया। वह उसे देख कर इतनी बुरी तरह डरी कि उसी समय काशी लौट गई।

आग का गोला उसके पीछे काशी तक गया। राक्षसी ने सुदक्षिण से सुरक्षा की गुहार लगाई परंतु इससे पहले कि राजा कुछ कर पाता, श्याम के सुदर्शन चक्र ने राजा, राक्षसी और काशी; सबको नष्ट कर दिया।

इस घटना के बाद, तीनों लोकों में, किसी के भी मन में संदेह नहीं रहा कि श्याम ही धरती पर ईश्वर का रूप थे।

- द्वारका के कृष्ण सुदर्शन चक्र का प्रयोग करते हैं, गरुड़ की सवारी करते हैं और वृंदावन वाले कृष्ण की तरह नहीं हैं, इसे ही ध्यान में रखते हुए कई विद्वानों ने निष्कर्ष निकाला कि कृष्ण एक नहीं, दो हैं, और हरिवंश में जबरन ग्वाले कृष्ण को राजनायक कृष्ण में बदलने की चेष्टा की गई है।
- पूर्व में राज करने वाले राज्यों से कृष्ण की शत्रुता जैसे काशी से सुदक्षिण और बिहार से जरासंध, असम से नरक और बंगाल से पौंड्रक; इनमें से सभी शिव उपासक थे, संभवतः यह वैष्णव और शैव उपासकों के मध्य बैर को स्पष्ट करता हो या फिर उस क्षेत्र में भक्ति व तंत्र के अनुयायियों के बीच तनाव को रेखांकित करता हो।
- आज से 2000 वर्ष पूर्व, कृष्ण की कथाओं - नायक, राक्षसों का हंता, राजाओं का विजेता - दक्षिण पूर्वी एशिया में इनका प्रचार होने लगा - जैसा कि कंबोडिया और इंडोनेशिया के मंदिरों में कृष्ण योद्धा की छवियों से संकेत मिलते हैं। धीरे-धीरे बौद्धधर्म ने इसे ढँक दिया। लगभग एक 1000 वर्ष पूर्व, भारत में, भक्ति परंपरा में कृष्ण के प्रेमी रूप पर केंद्रित हुए और पुरानी नायकत्व परंपरा विलुप्त हो गई।
- कृष्ण को चक्रधर कहते हैं जो चक्र चलाते हैं। उनके भाई बलराम को हलधर कहते हैं जो हाथ में हल लिए चलते थे।
- दक्षिण में कृष्ण के मंदिर, जैसे तमिलनाडु में मन्नारगुडी और केरल में गुरुवायुर को दक्षिण द्वारका भी कहते हैं। इन मंदिरों में कृष्ण एक बालक और ग्वाले के रूप में पूजे जाते हैं, हालाँकि द्वारका में कहीं बड़े व गृहस्थ कृष्ण का वास था जो अपनी पत्नियों के संग रहते थे।

तेरहवाँ खंड

संबंधी

व्यास ने शुक से कहा, "श्याम ने ग्वालों के लिए वृंदावन, यादवों के लिए द्वारावती और पांडवों के लिए इंद्रप्रस्थ को बसाया। अब मैं तुम्हें जो कहानियाँ सुनाने जा रहा हूँ, उनसे तुम्हें सृजन का मोल जान सकोगे।"

नर-नारायण

कृष्ण की बुआ

वसुदेव की बहुत सारी बहनें थीं, उनके विवाह कई राजाओं और शक्तिशाली मुखिया परिवारों में हुए थे परंतु धनी और बलशाली राजाओं से विवाह के बावजूद सभी प्रसन्न और संतुष्ट नहीं थीं।

उदाहरण के लिए, पृथा, उसे भोज वंश के कुंतीभोज ने गोद लिया था और कुंती नाम दिया। उसका विवाह हस्तिनापुर के पांडु से किया गया, वे भव्य कुरु वंश से थे। कुंती के पति अल्पायु में ही नहीं रहे और कुंती से रानी होने का स्तर छिन गया। वे अपने पति के नेत्रहीन बड़े भाई, धृतराष्ट्र के महल में रहने लगीं ताकि अपनी पांडव संतानों के उत्तराधिकार की रक्षा कर सकें। वे अपने तीन पुत्रों तथा अपनी सौत माद्री के दो जुड़वाँ पुत्रों की देख-रेख करने के लिए अकेली रह गई थीं। धृतराष्ट्र बीतते समय के साथ राज्य पर अपने शासन का अंकुश कड़ा करते जा रहे थे। उनके सौ पुत्र, कौरव, पांडवों को हस्तिनापुर के असली उत्तराधिकारियों के रूप में मान नहीं देते थे। वे उनसे बाहरी और उपद्रवी लोगों की तरह पेश आते।

एक दिन, द्वारका में समाचार आया कि हस्तिनापुर में महल में लगी आग में कुंती और उनके पुत्र जल कर भस्म हो गए। वसुदेव उस स्थान पर गए और अपनी बहन और उसके पुत्रों के शव देख कर विलाप करने लगे।

श्याम अपने पिता के साथ आए थे। उन्होंने धृतराष्ट्र के सौ पुत्रों के चेहरों पर गुप्त मुस्कानों को पहचान लिया। उन्हें इस बात का बड़ा सुकून था कि उनके बैरी चल बसे। श्याम भी मुस्कराए : पांडवों की कथा इतनी जल्दी कैसे समाप्त हो सकती थी। दरअसल यह तो अभी आरंभ ही हुई थी।

- भीष्म ने पांडु के छोटा होने पर भी उन्हें राजा बनाया क्योंकि बड़े भाई धृतराष्ट्र जन्म से ही अंधे थे। परंपरा के अनुसार, राजा में कोई शारीरिक विकृति नहीं होनी चाहिए। इसके बाद पांडु को श्राप मिला कि यदि उन्होंने अपनी पत्नियों से संबंध बनाए तो उनके प्राण नहीं रहेंगे, यह उन्हें संतानहीन करने का उपाय था। और इस तरह वे बैरागी हो गए और धृतराष्ट्र को उनके स्थान पर राजा बनाया गया।
- पांडु पांडवों के पालक पिता थे। उनके जैविक पिता देवता थे जिन्हें कुंती और माद्री ने मंत्रों के माध्यम से संतान उत्पन्न करने के लिए बुलाया था। युधिष्ठिर के पिता मृत्यु के देवता यमराज; भीम के पिता वायु देवता वायु; अर्जुन के पिता वर्षा के देवता इंद्र; तथा नकुल और सहदेव के पिता जुड़वाँ अश्विनी कुमार थे।
- जैन महाभारत में, कुंती और माद्री वसुदेव की बहनें हैं जो पांडु से विवाह करती हैं। उनके पुत्र, पांडव, वसुदेव के बड़े भाइयों की अनेक पुत्रियों से विवाह करते हैं।
- कुंती का मूल नाम पृथा था, जिसका अर्थ है भू देवी। धरती को वसुंधरा भी कहते हैं और कृष्ण इस धरती के स्वामी, वासुदेव हैं।
- लोकगाथाओं और महाकाव्यों में पुत्री दत्तक देने की परंपरा बार-बार सामने आती है। कुंती को कुंतीभोज गोद लेते हैं और रामायण में, रोमपाद दशरथ की पुत्री शांता को गोद लेते हैं।

ना सारथी, ना ग्वाले

कुछ महीने बाद, श्याम को पांचाल में एक धनुर्विद्‌या प्रतियोगिता में आने का न्यौता मिला। प्रतियोगी को छत पर घूम रही मछली की आँख को, नीचे पात्र में रखे जल में प्रतिबिंब देखते हुए भेदना था। विजेता का विवाह, राजा की पुत्री द्रौपदी से होना तय हुआ था। पांचाल नरेश द्रुपद ने कहा, "यह प्रतियोगिता इसलिए आयोजित की गई ताकि संसार के महानतम धनुर्धर को जाना जा सके। यह कार्य केवल पांडव अर्जुन ही कर सकता था। परंतु दुख की बात है कि उसका निधन हो गया। अब आशा करता हूँ कि मुझे अर्जुन के समकक्ष कोई दामाद मिल सके।"

श्याम ने द्रौपदी को देखा। वह उनके समान ही श्यामल थी, मानो देवी काली हो, जो मनुष्यों की मूर्खता को देख मुख से जीभ बाहर निकाल लेती है। क्या वह काली थी? उसका परिवार भी उसे कृष्णई या श्यामा ही कहता था। उसकी देहयष्टि देखते ही उसे पाने की इच्छा जाग्रत होती थी। परंतु यह भी स्पष्ट था कि द्रौपदी किसी सिंहनी के समान थी जिसे इतनी आसानी से वश में नहीं कर सकते थे।

उस स्थान पर आए हुए योद्‌धाओं में, कर्ण नामक योद्‌धा भी था। सूत पुत्र कर्ण का पालन-पोषण सारथी परिवार में हुआ और उसने अपनी योग्यता के बल पर धनुर्विद्‌या में महारत हासिल की। उसके धनुकौशल से अर्जुन असुरक्षित अनुभव करने लगा था और इस तरह कर्ण दुर्योधन का मित्र बना, वह सबसे बड़ा कौरव था, जिसने उसने अंग देश का राजा

बना दिया। जब वह सजीला युवक धनुष उठाने आया तो द्रौपदी ने उसे वहीं रोक दिया, "तुम अपने गुणों के बल पर राजा बने और आज क्षत्रियों के मध्य बैठे हो परंतु तुम्हें सारथी परिवार में पाला गया, तुम अपने जन्म देने वाले माता-पिता के बारे में भी नहीं जानते, इस प्रकार तुम एक शूद्र हो। तुम इस प्रतियोगिता में हिस्सा नहीं ले सकते।"

कर्ण को उसका सामाजिक स्तर दिखा दिया गया। उसने धनुष नीचे रखा और सभा से चला गया। तभी श्याम ने तय किया कि वे भी प्रतियोगिता में हिस्सा नहीं लेंगे। जिसे सारथी अयोग्य लगा हो, उसे भला एक ग्वाला भावी वर के रूप में कैसे स्वीकार होगा।

- महाभारत में कर्ण की कथा से स्तर से उत्पन्न व्याकुलता का परिचय मिलता है। हस्तिनापुर के सयाने लोगों के बीच एक सारथी के दत्तक प्रतिभाशाली पुत्र और दुर्योधन के बीच हुई मित्रता चिंता का विषय है। इसके विपरीत, मथुरा की परिषद को, ग्वालों के दत्तक पुत्र को अपनी परिषद का सदस्य बनाने में कोई बाधा नहीं थी। इससे प्राचीन भारत के विभिन्न वंशों की मानसिकता का पता चलता है जो वर्तमान समय के अनुसार नहीं थी। हालाँकि मथुरा में भी ऐसे लोग थे, अवसर पाते ही वृंदावन के माखन चोर कृष्ण पर स्यमंतक मणि चुराने का आरोप लगाने से पीछे नहीं हटे।
- यह कभी स्पष्ट नहीं हुआ कि कृष्ण ने द्रौपदी से विवाह क्यों नहीं किया, जिसे लक्ष्मीस्वरूपा माना गया है। जब विष्णु परशुराम के रूप में आए, तो लक्ष्मी उनकी माता रेणुका हैं। जब विष्णु राम के रूप में आए, तो लक्ष्मी उनकी पत्नी सीता है। जब विष्णु कृष्ण के रूप में आए तो लक्ष्मी द्रौपदी है और वह उनसे रक्त या विवाह के संबंध से नहीं जुड़ी परंतु फिर भी वे उसकी उसी तरह देख-रेख करते हैं, जैसे पिछले जन्मों में करते आए थे।
- परशुराम के रूप में, विष्णु गौ-माता के लिए लड़ते हैं। राम के रूप में अपनी पत्नी के लिए लड़ते हैं। कृष्ण के रूप में, वे द्रौपदी के लिए लड़ते हैं जो किसी और की पत्नी है। राधा भी परपुरुष की पत्नी है। जो तुम्हारा नहीं है, उसके लिए लड़ते हुए कृष्ण धर्म के अर्थ का विस्तार करते हैं, जो कि क्षत्रियों के लिए केवल अपने परिवार और प्रजा की रक्षा तक सीमित था। कृष्ण ने दूसरों को महत्त्व देते हुए लोगों को परमात्मा का अहसास करवाया।

पाँच पांडव

एक के बाद एक, राजा मछली की आँख भेदने आते रहे और असफल हो कर लौटते रहे। यह देख कर द्रौपदी की निराशा की अंत नहीं रहा। किसी को परवाह नहीं थी कि श्याम ने

हिस्सा तक नहीं लिया था। यह स्पष्ट था कि जिस सभा में योद्धाओं का स्तर अधिक महत्त्व रखता हो, उसमें यदु वंश के वंशज तो निकृष्ट ही माने जाते।

द्रौपदी के जुड़वाँ भाई धृष्टद्युम्न ने कहा, "कोई भी राजा इस प्रतियोगिता को पूरा नहीं कर पा रहा इसलिए हमें इसे अन्य व्यक्तियों के लिए भी खोल देना चाहिए।" अन्य व्यक्तियों से उसका अभिप्राय ब्राह्मणों से था, जिन्हें क्षत्रियों के समकक्ष ही माना जाता था। इसमें वैश्य और शूद्र शामिल नहीं थे। इस प्रकार वर्ण व्यवस्था को पूरा मान दिया जाता था।

एक क्षत्रियोचित आन-बान वाला ब्राह्मण कुमार प्रतियोगिता मंच पर आया और धनुष उठा कर निशाना भेद दिया। बाण सीधा मछली की आँख में जा लगा। सभा में उपस्थित लोग हतप्रभ हो उठे। परंतु कई लोगों को बुरा भी लगा कि इतने योद्धाओं के होते एक ब्राह्मण प्रतियोगिता कैसे जीत सकता था। कुछ लोगों ने उन्हें रोकना भी चाहा परंतु उस युवक के साथ अन्य चार ब्राह्मण भाई भी थे। उन्होंने मिल कर सबको पीछे कर दिया और द्रुपद के दरबार से, अपने साथ पांचाल कुमारी द्रौपदी को वधू बना कर ही निकले।

श्याम ने उनका पीछा किया तो देखा कि वे युवक द्रौपदी को नगर के बाहर बनी एक झोपड़ी में ले गए। उन्होंने छिप कर सुना, युवक की माँ ने आदेश दिया कि प्रतियोगिता में जो जीता है, उसे सभी भाई मिल कर आपस में बाँट लें। पाँचों पांडवों ने माता कुंती की आज्ञा का पालन करते हुए द्रौपदी को अपनी भार्या के रूप में स्वीकार किया।

श्याम को कोई संदेह नहीं था कि वे सब छिपे हुए वेश में पांडव ही थे। वे किसी तरह उस अग्निकांड से बच निकले होंगे। प्रतियोगिता में द्रौपदी का हाथ वरने वाला अर्जुन था और वह माता कुंती का परिवार था।

श्याम उनके सामने गए और माता कुंती के चरण स्पर्श कर कहा, "मैं आपको हानि नहीं पहुँचाने आया। मैं जानता हूँ कि आप कौन हैं। आप शूरसेन की पुत्री कुंती हैं, कुंतीभोज की दत्तक पुत्री। मैं आपके भाई वसुदेव का पुत्र श्याम हूँ। आप मेरी बुआ हैं और आपके पुत्र मेरे भाई हुए।"

- महाभारत काल में वनवासी ऋषियों तथा नगरवासी राजाओं के बीच बड़ा बैर था। ऋषि प्रायः राजाओं से कहते कि वे अपनी पुत्रियों का विवाह उनसे कर दें। और इस प्रकार अनेक ऋषियों की पत्नियाँ राजसी परिवारों से थीं - जमदग्नि का विवाह रेणुका से हुआ; अगस्त्य का विवाह लोपमुद्रा से हुआ; च्यवन का विवाह सुकन्या से हुआ। ऋषियों के लिए शस्त्र उठाना मना था परंतु परशुराम के बाद, उन्होंने गौओं की रक्षा के लिए शस्त्र उठाए।
- जैन महाभारत में, द्रौपदी केवल अर्जुन से विवाह करती है परंतु उसकी जयमाल के पुष्प दूसरे भाइयों पर भी गिरते है। जिससे यह अफवाह फैल जाती है कि उसके पाँच पति हैं।
- पुरी, ओड़िशा में, पाँच पांडवों को पाँच इंद्र कहते हैं, जो अकेले या मिल कर भी देवी द्रौपदी की रक्षा नहीं कर सके। उन्हें पाँच शिवों के रूप में पूजा जाता है जो जगन्नाथ की सहायता चाहते हैं ताकि वे अपनी पत्नी की रक्षा करते हुए उसके अपमान का प्रतिशोध ले सकें।

कुरु भूमि का विभाजन

कुंती अपनी झोपड़ी में खड़े उस अनजान श्यामल युवक को ताक रही थीं; उसकी मोहक मुस्कान, पीत वस्त्र, माथे पर मोर मुकुट और गले में वन्य पुष्पों की सुगंधित माला थी। अचानक, वर्षों से अपने बल पर संघर्ष करती कुंती को जैसे अपने लिए आश्रय और सुरक्षा का आश्वासन मिल गया था।

कुंती ने श्याम को कंठ से लगाया और फिर अपने पास बिठा लिया। वे अपने भाई के साथ बचपन में बीते दिनों को याद करते हुए रोने लगीं। उन्होंने श्याम का परिचय अपने पुत्रों से करवाया : युधिष्ठर, भीम, अर्जुन, नकुल और सहदेव। फिर वह श्याम को अपनी दुख भरी गाथा सुनाने लगीं।

“जब मेरे पति की मृत्यु हुई तो धृतराष्ट्र को उनके स्थान पर राज्य प्रतिनिधि नियुक्त किया गया। परंतु धृतराष्ट्र ने स्वयं को राजा मानना आरंभ कर दिया और उनके पुत्र मेरे पुत्रों को बैरियों की तरह मानने लगे। समय के साथ-साथ वे समझ गए कि मेरे पुत्र, उनके पुत्रों की तुलना में कहीं अधिक प्रतिभाशाली थे, वे और अधिक असुरक्षित अनुभव करने लगे। अंत में, उन्होंने हमारे महल को आग लगवा दी। परंतु हम किसी तरह बच निकले और अब निर्धन, निराश्रित, वनों में भटक रहे हैं। हम ब्राह्मण के वेश में छिपे हैं और सिर छिपाने को ठौर नहीं है।”

श्याम ने कहा, “आपके भटकने के दिन अब गए। आपके पुत्र अब पांचाल नरेश द्रुपद के दामाद हैं। और मैं भी उनके साथ रहूँगा, मैं यादवों का प्रतिनिधि हूँ जो बलशाली जरासंध के विरोधी हैं। अब इन्हें कोई नुक़सान नहीं पहुँचा सकता। अब लोग स्वयं आगे आ कर आपको सराहेंगे। हस्तिनापुर वापस जा कर अपने अधिकार की माँग करें। कौरव इंकार नहीं करेंगे।”

श्याम का कहा सत्य हुआ। कौरवों ने राज्य का बँटवारा स्वीकार किया और आधा हिस्सा पांडवों को दे दिया।

- महाभारत में निरंतर राज्य को मजबूत बनाने के लिए राजनीतिक विवाहों के संदर्भ दिए गए हैं। कृष्ण अनेक पत्नियों का वरण करते हैं, उनके पिता अनेक पत्नियों का वरण करते हैं जिससे उन्हें राजनीतिक स्तर और सुरक्षा मिलते हैं।

खांडवप्रस्थ से इंद्रप्रस्थ

पांडवों को कुरु भूमि का बंजर भाग दिया गया - खांडवप्रस्थ ऐसा वन था जिसमें केवल जंगली जानवरों और राक्षसों का डेरा था।

श्याम ने कहा, "इस हिस्से को साफ़ करने के लिए वन को जला दो। सब कुछ अग्नि देव को समर्पित कर दो। इस प्रकार तुम्हें देवों का आशीर्वाद मिलेगा। आग की लपटों में इन पक्षियों, पशुओं व राक्षसों को भस्म होने दो। इस तरह, कोई भी पुनः इस धरती पर दावा नहीं कर सकेगा।"

और इस प्रकार जंगल में आग लगा दी गई। ज्यों ही उसका धुआँ आकाश की ओर उठा तो श्याम और अर्जुन रथों पर सवार हो कर वन की ओर निकल गए। वे बच कर भागने की कोशिश करने वाले पक्षी, पशुओं और राक्षसों को अपने तीरों से मार डालते।

जंगल के वासियों ने इंद्र से गुहार लगाई कि वह वर्षा करे ताकि जंगल में लगी आग बुझ जाए। परंतु वह वर्षा कभी वन तक नहीं पहुँची क्योंकि श्याम के आदेश से अर्जुन ने बाणों का एक चंदोवा वन के ऊपर तान दिया था।

कई दिनों और रातों तक अग्नि जलती रही और अग्नि देव की क्षुधा शांत हुई। सब कुछ भस्म हो चुका था। उसी भस्म पर पांडवों ने अपनी नगरी तैयार की। "हम इसे इंद्रप्रस्थ कहेंगे।" युधिष्ठिर ने कहा। "इसे देवों की नगरी से होड़ लेने दो।"

श्याम इस नाम के चयन पर विस्मित थे। देवराज इंद्र, प्रचुर वैभव और विलासिता के बीच स्वर्ग में रहता था। वह अपने ही विलास में मग्न रहता और इस तरह अपने सौतेले भाइयों, असुरों की ईर्ष्या का कारण था। क्या पांडव भी यही चाहते थे? वे चाहते थे कि कौरव उनसे जलन करें? क्या राजा राज्य के लिए होते हैं या राज्य राजा के लिए होते हैं?

- कृष्ण का संबंध सदा नई बस्तियों और नगरों के निर्माण से जुड़ा रहा : बचपन में वृंदावन, वयस्क होने पर हस्तिनापुर व द्वारावती। यह कहानी हमें याद दिलाती है कि मनुष्य की बस्ती बनाने के लिए वन को नष्ट करना ही होगा। इससे उस हिंसा का पता चलता है, जिसे अग्नि देव को बलि चढ़ाने के रूप में प्रस्तुत किया गया, जो अर्जुन और कृष्ण को पुरस्कार में अनेक दैवीय शस्त्र प्रदान करते हैं। अर्जुन का प्रसिद्ध गांडीव धनुष भी उनमें से एक है।
- अर्जुन और कृष्ण के बीच एक विशेष संबंध विकसित होता है। वे नर तथा नारायण का रूप हैं। 1600 वर्ष पूर्व गुप्तकाल में, देवगढ़ में मंदिर की एक दीवार पर नारायण की परिकल्पना चार भुजाओं व नर की दो भुजाओं के साथ की गई है। नर-नारायण व अर्जुन-कृष्ण स्वामीनारायण संप्रदाय में प्रधान इष्ट हैं।
- पुराणों में विभिन्न प्रकार के स्वर्गों का वर्णन आता है - इंद्र के स्वर्ग में क्षुधा शांत होती है; शिव के स्वर्ग कैलाश में क्षुधा से पार हो जाते हैं; विष्णु के स्वर्ग वैकुंठ में, दूसरों की क्षुधा के बारे में विचार होता है। नर्क ऐसा स्थान है जहाँ क्षुधा कभी शांत नहीं होती।

श्याम और द्रौपदी

इंद्रप्रस्थ की रानी द्रौपदी ने पाँचों पांडवों से एक-एक पुत्र को जन्म दिया। वे उप-पांडव थे। वह अपने पतियों और पुत्रों के बीच बहुत प्रसन्न थी।

एक दिन, वह गंगा नदी के किनारे खड़ी थी। उसके पति, पुत्र और श्याम नदी में स्नान कर रहे थे। जब वे स्वयं को सुखा रहे थे तो उसने देखा कि श्याम की

पीली धोती उस जगह नहीं थी। वह शायद नदी में गिर कर, लहरों के साथ बह गई थी। उसने बिना किसी संकोच या लज्जा के अपनी धोती से एक टुकड़ा फाड़ा और श्याम को दे कर कहा, "मित्र, इससे तन ढाँप लो।"

श्याम ने द्रौपदी की दयालुता से द्रवित हो कर कहा, "आभार, जिस तरह तुमने ज़रूरत के समय मुझे वस्त्र दिया। मैं भी तुम्हारे कठिन समय में वस्त्र दे कर सहायता करूँगा।"

उसी दिन ने श्याम और द्रौपदी एक विशेष बंधन में बँध गए। वह राधा की तरह उनकी प्रिया नहीं थी। वह उनकी पत्नियों रुक्मिणी या सत्यभामा की तरह नहीं थी। वह उनकी बहन सुभद्रा की तरह नहीं थी। वह पांचाल की वह घमंडी राजकुमारी नहीं थी जिसने प्रतियोगिता में कर्ण को अपमानित किया था। वह उनकी सखी थी।

- यह कथा अनेक लोक कथाओं में से एक है जिनमें कहानी के अंत में बताया गया है कि जब द्रौपदी का राजसभा में चीर हरण हो रहा था तो कृष्ण उसकी रक्षा करने क्यों आए। एक और प्रसंग में, उसने कृष्ण के हाथ में चोट लगने पर अपनी साड़ी का वस्त्र फाड़ कर पट्टी बाँधी थी।
- द्रौपदी कृष्ण को अपना सखा कहती है। पारंपरिक तौर पर पुरुषों के लिए पुरुष ही सखा होते हैं और स्त्रियों के लिए स्त्रियाँ सखियाँ होती हैं। कृष्ण तथा परपुरुष की पत्नी द्रौपदी का सख्य भाव अनूठा है।
- द्रौपदी भी कृष्ण की तरह श्यामल वर्णा है और कृष्णई कहलाती है। वे श्याम हैं; वह श्यामा है। तमिल लोकगाथाओं में, वह काली का रूप है जो अपने धर्म से विमुख राजाओं का रक्तपान करके अपनी प्यास बुझाना चाहती है।

सुभद्रा का अर्जुन के साथ भागना

श्याम के परामर्श पर, पांडव सहमत हुए कि द्रौपदी प्रति वर्ष एक-एक भाई के पास रहेगी। इस तरह भाइयों के बीच कोई बैर या संघर्ष नहीं होगा। अगर कोई नियम तोड़ेगा तो उसे एक वर्ष तीर्थयात्रा पर जाना होगा।

एक दिन, श्याम ने अर्जुन का धनुष द्रौपदी के कक्ष में छिपा दिया और उसे उस समय द्रौपदी के कक्ष में जाने को विवश कर दिया, जब वह युधिष्ठिर के साथ थी। अर्जुन ने अपनी प्रतिज्ञा भंग करने की स्थिति में तीर्थ यात्रा पर जाने की तैयारी की। श्याम यही तो चाहते थे - वे जानते थे कि इस यात्रा के दौरान अर्जुन की भेंट कई राजकुमारियों से होगी और उनका उनसे विवाह होगा। ये विवाह संबंध इंद्रप्रस्थ को और मजबूत बनाने वाले थे। अर्जुन ने नाग कुमारी उलूपी और मणिपुर की राजकुमारी चित्रांगदा से विवाह किया।

जब वर्ष पूरा होने को आया तो अर्जुन द्वारावती आया, श्याम ने उसका स्वागत किया। बलराम और यादववंशी भी उससे मिल कर प्रसन्न हुए। वहीं अर्जुन को श्याम की बहन सुभद्रा से प्रेम हो गया।

"अगर तुम मेरी बहन से विवाह करना चाहते हो तो उसे भगा कर ले जाना होगा।" श्याम ने सलाह दी। "अगर तुम मेरे परिवार से उसका हाथ माँगोगे, तो वे मना कर देंगे। मेरे बड़े भाई चाहते हैं कि उसका विवाह दुर्योधन से हो।"

अर्जुन ने श्याम के कहे अनुसार ही किया और सुभद्रा को ले कर भाग गए।

पहले तो बलराम को बहुत क्रोध आया और उन्होंने प्रेमियों के जोड़े को मारने की क़सम खाई परंतु श्याम ने समझाया, "हमारी बहन अर्जुन को चाहती है। वह भी उससे विवाह करना चाहती थी। उसने स्वयं अर्जुन के साथ जाते हुए रथ की कमान सँभाली। अर्जुन का रथ उन्हें इंद्रप्रस्थ ले गया। क्या उसकी भावनाओं का आपकी इच्छा से अधिक मोल नहीं है?"

श्याम के शब्दों में अर्थ दिखाई दिया और बलराम ने शांत हो कर प्रेमी युगल को आशीर्वाद दिया।

अर्जुन और सुभद्रा के विवाह ने यादवों और पांडवों के नाते को और भी मजबूत कर दिया।

कुछ समय बाद सुभद्रा ने अभिमन्यु नामक पुत्र को जन्म दिया। वह इतना बुद्धिमान था कि उसने गर्भ में ही अपने माता-पिता की बातें सुन कर, अस्त्र-शस्त्र की शिक्षा ग्रहण कर ली।

- द्रौपदी ने अपने पतियों को क़सम दिलवाई थी कि वे अपनी किसी भी अन्य पत्नी को इंद्रप्रस्थ नहीं ले कर आएँगे। इस तरह अर्जुन सुभद्रा को घर नहीं ला सकते थे परंतु कृष्ण ने द्रौपदी को छलने की योजना बना ली। उन्होंने सुभद्रा से कहा कि वह एक गोपी के वेश में द्रौपदी से आश्रय माँगने जाए और कहे कि वह अपनी सह-पत्नी से दूर रहना चाहती है। ज्यों ही द्रौपदी आश्रय दे, तो सुभद्रा कृष्ण की बहन और अर्जुन की पत्नी के रूप में अपना परिचय दे दे। द्रौपदी ने उस गोपी को आश्रय के लिए हामी भर दी थी इसलिए उसे विवश हो कर सुभद्रा को इंद्रप्रस्थ में रहने की अनुमति देनी पड़ी।
- अर्जुन से विवाह के साथ यदु के वंशजों ने पुरु के वंशजों से विवाह किया। अंततः सुभद्रा का पौत्र परीक्षित, हस्तिनापुर का राजा बना जिसमें यदु और पुरु, दोनों का ही रक्त दौड़ रहा था।

- जैन महाभारत में, सुभद्रा किसी से विवाह नहीं करती। परंतु पांडवों के भाई, वसुदेव के भाइयों की पुत्रियों से विवाह करते हैं जो दस शक्तिशाली यादव भाई हैं। उनमें से सबसे छोटे, कृष्ण के पिता, वसुदेव थे।

श्याम और अर्जुन

श्याम और अर्जुन आपस में मित्र बने और वे अक्सर रोमांचक अभियानों पर निकल जाते।

एक बार अर्जुन ने डींग हाँकते हुए कहा कि राम को वानरों की मदद से अपने नाम लिखे पत्थर पानी में तैराने के बजाए अपने बाणों से पुल बना देना चाहिए था। हनु मान उस जगह पर एक बूढ़े वानर के रूप में सामने आए और उसे नदी पर वही काम करने की चुनौती दी। अर्जुन ने चुनौती स्वीकार करते हुए बाणों से पुल बनाया पर ज्यों ही वानर ने उस पर पैर रखा, पुल टूट गया। अर्जुन दंग रह गया। फिर श्याम ने अर्जुन से कहा कि वह राम नाम का जाप करते हुए पुल तैयार करे। इस बार पुल नहीं टूटा जबकि वानर ने इस पर छलाँगें भरते हुए पार किया। तब अर्जुन को अहसास हुआ कि केवल शस्त्रों से ही ताक़त नहीं मिलती; यह विश्वास से भी आती है। अर्जुन के बोध से प्रसन्न हो कर, श्याम ने हनुमान से कहा कि वे अपनी असली रूप में दर्शन दें।

एक बार एक निर्धन ने अर्जुन से आग्रह किया कि वह उसके पुत्र को यम के पाश से मुक्त कर दे जो बच्चे के पैदा होते ही उसके प्राण ले लेते थे। अर्जुन यम को रोकने के लिए धनुष-बाण ले कर खड़ा हो गया। परंतु फिर भी बच्चे ओझल होने लगे। तब अर्जुन ने श्याम से अपने साथ यमलोक चलने को कहा। वह चाहता था कि उन बच्चों को छुड़वा कर लाया जाए। परंतु जब वे उस जगह गए तो पता चला कि बालक तो उस जगह नहीं थे और उन्हें अभी मरना भी नहीं था। अर्जुन ने चकरा कर श्याम से कहा कि उन्हें हर लोक में जा कर देखना होगा कि बच्चे किस जगह हैं। बहुत लंबी खोज के बाद वे क्षीर सागर पहुँचे, जहाँ भगवान विष्णु अपनी शेष नाग पर विराजे हुए थे। विष्णु ने कहा कि वे ही बालकों को वैकुंठ ले आए थे ताकि श्याम और अर्जुन को बताया जा सके कि वे ही नर और नारायण थे, उन जुड़वाँ ऋषियों को, विष्णु के ही अस्तित्व के दो पक्ष माना जाता था और उन्हें धरती को कौरवों और अन्य असुरों से मुक्त करवाने के लिए भेजा गया था।

एक बार श्याम और अर्जुन के बीच कलह हो गई। आकाश में विचरते हुए, गया नामक गंधर्व ने अचानक ही श्याम पर थूक दिया और वे उसका सिर काटने को तैयार थे। गधंर्व ने भाग कर अर्जुन के पास शरण ली पर यह नहीं बताया कि उसे किससे बचाव करना था। जब अर्जुन को पता चला कि गया श्याम से छिप रहा था तो उसके लिए बड़ी विचित्र स्थिति पैदा हो गई। श्याम ने कहा कि उन्होंने गया को मारने का संकल्प लिया था और अर्जुन ने कहा कि वह उसे बचाने का वचन दे चुका था। कोई भी पीछे नहीं हट रहा था। सुभद्रा अपने भाई और पति से विनती करने लगी कि कोई उपाय खोजें। श्याम ने अर्जुन से शरारती मुस्कान के साथ कहा, "अगर गया मेरे हाथों मारा गया तो वैकुंठ जाएगा और सारे सुख व वैभव का आनंद लेगा। क्या तुम उसे इस सुख से वंचित करना चाहते हो?" अर्जुन ने हामी भर दी। अर्जुन अपने वादे से पीछे नहीं हटा परंतु गया को पता चल गया था कि श्याम कौन थे और वह अमर होने का अवसर नहीं छोड़ना चाहता था। उसने अर्जुन को उसके संकल्प से आज़ाद किया और श्याम के चरणों में गिर गया। वह उनसे अपने जीवन का अंत करने की विनती करने लगा। श्याम ने कहा, "तुमने पश्चाताप कर लिया है इसलिए मैं तुम्हें नहीं मारना चाहता। जाओ तुम, स्वतंत्र हो।" गया निराश हो कर चला गया और श्याम ने अर्जुन को उसकी उदारता और ईमानदारी के लिए कंठ से लगा लिया।

एक बार, अर्जुन को एक शक्तिशाली रानी अलि से प्रेम हो गया, जिसने उसे पति मानने से इंकार कर दिया। श्याम ने अर्जुन को साँप में बदल दिया। वह रात को उस रानी के कक्ष में गया और उसे अपना बनाने के लिए मना लिया।

एक बार, इंद्रप्रस्थ में एक तांत्रिक का ज़ोर था। श्याम और अर्जुन, एक बूढ़ी औरत और उसकी युवती पुत्री विजयमपाल के रूप में गए। तांत्रिक के पुत्र पोरम्मण ने बूढ़ी औरत से पूछा कि युवती से विवाह करने के लिए क्या दहेज देना होगा। बूढ़ी ने कहा, "तुम्हें अपने पिता की तीन अमूल्य चीज़ें देनी होंगी - जादुई ढोल, जादुई कोड़ा और हल्दी का

जादुई संदूक।" पोरम्मण युवती पर मोहित था। उसने अपनी सास को यह सब सामान दे दिया। इस तरह अर्जुन ने आसानी से उस पिता-पुत्र को परास्त कर दिया।

- अर्जुन और कृष्ण के बीच सख्य भाव का प्रेम था जो राधा और कृष्ण के रोमानी प्रेम, शृंगार भाव से अलग था। राम के लिए हनुमान का प्रेम दास्य भाव का था।

- भागवत पुराण में कृष्ण व अर्जुन के हनुमान और विष्णु से भेंट की कथा आती है। कर्नाटक में कृष्ण कथाओं के प्रचार के लिए, यक्षगान नाटकों को माध्यम बनाया गया, जिनके आरंभ और प्रचार-प्रसार के लिए नरहरि तीर्थ धन्यवाद के अधिकारी हैं, वे मध्वाचार्य के शिष्य थे, जो तेरहवीं सदी में हुए। यक्षगान नाटक, रात को खुले रंगमंच पर होते हैं और इनमें संगीतज्ञों का एक दल (हिम्मेला) तथा नर्तक-गायकों (मुम्मेला) का एक दल शामिल होता है। कथावाचक को प्रायः भागवत कहते हैं। इनमें से कुछ लोकप्रिय कथाओं में *सुभद्रा हरण* तथा *कृष्ण व अर्जुन कलेगा* का नाम ले सकते हैं। इस कथा में एक गया नामक गंधर्व कृष्ण के कोप से रक्षा के लिए अर्जुन के पास आता है।
- अलि और पोरम्मण की कथा, अनेक तमिल लोक महाभारत तथा अन्य तमिल लोकगाथाओं से आती है जो शास्त्रीय संस्कृत पुनःकथनों में नहीं पाई जाती। इन्हें तेरुकुट्टु रंगमंच पर अभिनीत किया जाता है।

जरासंध को चुनौती

जब इंद्रप्रस्थ की स्थापना हो गई और शक्तिशाली वैवाहिक संबंधों के साथ ही स्थिति भी मजबूत हुई तो युधिष्ठिर ने राजा बनने की इच्छा प्रकट की।

श्याम ने कहा, “उसके लिए तुम्हें इस धरती के सभी राजाओं का मान पाना होगा। ऐसा करने के लिए मगध के जरासंध को हराना आवश्यक है जिससे धरती का हर राजा डरता है। परंतु तुम्हारी सेना इतनी बलशाली नहीं है। उसे लड़ाई के बजाए द्वंद्व युद्ध में हराना ही संभव है।”

श्याम ने एक योजना बनाई। भीम, अर्जुन और वे ब्राह्मण वेश में जरासंध के आगे प्रकट हुए। जरासंध ने आतिथ्य धर्म निभाते हुए उन्हें भोजन, आश्रय और विदा के समय उपहार दिया।

श्याम ने कहा, “उपहार के रूप में, हममें से किसी एक के साथ द्वंद्व युद्ध करना होगा।”

जरासंध को तत्काल पता चल गया कि उसके सामने ब्राह्मण नहीं क्षत्रिय खड़े थे और उसे छला गया था। पर वह अपने वचन से पीछे नहीं हट सकता था, “यह बताओ कि तुम असल में कौन हो। तब मैं उसे चुनूँगा जो मेरे हाथों मारा जाएगा।”

जब पहचान बता दी गई तो जरासंध ने कहा, "श्याम, तुम कायर हो जो मथुरा की रणभूमि से भागे थे। तुमसे नहीं लड़ूँगा। अर्जुन, तुम धनुर्धर हो। मैं तुम्हारे भाई भीम से युद्ध करूँगा जो मेरी तरह पहलवान है।"

- कृष्ण का पांडवों के साथ संबंध, एक उद्देश्य के लिए जान पड़ता है। वे जरासंध वध के लिए उन्हें इस्तेमाल कर रहे हैं।
- कृष्ण भी भीम की तरह पहलवान हैं। परंतु जरासंध उन्हें कायर कह कर चिढ़ाता है जो युद्ध से भाग गए थे। कृष्ण ऐसे झूठे पौरुष की परवाह नहीं करते जो हिंदू देवों के लिए एक अनूठा लक्षण है।
- हिंदू पौराणिक गाथाओं में निरंतर इसी विषय की कथाएँ आती हैं कि किसी पुरोहित ने राजन की उदारता का अनुचित लाभ उठाया। वामन, विष्णु के अवतार थे, वे बलि से तीन पग धरती माँगते हैं और फिर विशालकाय रूप ले कर सारे संसार को अपने अधीन कर लेते हैं। इसी इसी तरह, कृष्ण एक पुरोहित ब्राह्मण के वेश में, जरासंध से मल्ल युद्ध करने की इच्छा प्रकट करते हैं।

भीम के हाथों जरासंध का वध

युद्ध के दौरान जरासंध और भीम आपस में जंगली साँडों की तरह गुँथ गए। भीम बलशाली था पर उसके लिए भी जरासंध के प्राण लेना कठिन हो रहा था। ऐसा इसलिए था क्योंकि जरासंध की देह तंत्र विद्या से बनी थी और बहुत कम लोग उसके जन्म का रहस्य जानते थे। किस तरह जरा राक्षसी ने दो भ्रूणों को जोड़ कर एक बालक को बनाया था। उसे केवल तभी मारा जा सकता था, जब उसके शरीर के दो टुकड़े करके, उन्हें विपरीत दिशाओं में फेंक दिया जाए ताकि वे आपस में जुड़ नहीं सकें।

इस युद्ध के दौरान, श्याम ने भीम को एक पत्ता दिखाते हुए उसे बीच से चीर दिया। भीम को संदेश समझ आ गया। उसने जरासंध को जाँघों से पकड़ कर चीर दिया। सभी यह देख कर हैरान हो गए कि जरासंध के दोनों हिस्से आपस में जुड़े और वह जीवित हो गया। भीम ने चकरा कर श्याम को देखा। फिर श्याम ने एक और पत्ता उठा कर, उसे बीच से चीरा और उसके दोनों

हिस्से अलग-अलग दिशा में उछाल दिए। भीम ने ठीक ऐसा ही किया और इस बार जरासंध के शरीर के दोनों हिस्से आपस में जुड़ नहीं सके।

- राजगीर, बिहार में जरासंध का अखाड़ा नामक मंच है। इस जगह भीम और जरासंध की कुश्ती हुई थी। कहते हैं कि यह कुश्ती अठारह दिन तक चली। महाकाव्य में यह संख्या बार-बार आती है। जरासंध मथुरा पर अठारह बार हमला करता है और कुरुक्षेत्र का युद्ध अठारह दिन तक चला जिसमें अठारह सेनाएँ शामिल थीं।
- जैन महाभारत, जैसे जिनसेन की हरिवंश में, जरासंध को पता चलता है कि वह यादवों के हाथों छला गया है। उसने उन्हें मरा मान लिया था और वे द्वारका में फल-फूल रहे थे। वह छह माह बाद कृष्ण से भेंट करता है और कुरुक्षेत्र में युद्ध की चुनौती देता है। इस जगह पांडव यादवों के साथ हैं और कौरव जरासंध के साथ हैं।
- प्राचीन हिंदू व जैन कथाओं के अनुसार, युद्ध और विशाल स्तर पर रक्तपात को टालने के लिए प्राचीन भारत के कई राजाओं के बीच इसी तरह मल्ल युद्ध हुए हैं।

श्याम के हाथों शिशुपाल का वध

जब जरासंध मारा गया तो आर्यावर्त में सबने युधिष्ठिर को अपने समान मान लिया। वे सभी इंद्रप्रस्थ में उनके राज्याभिषेक के लिए जमा हुए। समारोह के दौरान पुरोहितों ने पांडवों से कहा कि वे माननीय अतिथियों में से अग्र पूज्य अतिथि को चुनें। पांडवों ने श्याम को चुना, वे राजा तो नहीं थे परंतु वे ही उनकी सफलता के वाहक थे।

ज्यों ही श्याम अग्र पूज्य अतिथि के आसन पर विराजे तो शिशुपाल उठ कर चिल्लाया, "श्याम राजाओं के निमित्त आसन पर नहीं बैठ सकता। वह तो एक नीची जाति का ग्वाला है।" कक्ष में सन्नाटा छा गया। अर्जुन ने उसे सबक़ सिखाने को धनुष उठा लिया परंतु श्याम ने रोक दिया।

शिशुपाल चेदि नरेश था और रिश्ते में श्याम का भाई लगता था। उसका जन्म तीन नेत्रों व चार भुजाओं के साथ हुआ था। ऋषियों ने उसके माता-पिता से कहा था, "जो व्यक्ति तुम्हारे पुत्र को विकृति से मुक्त करेगा। वही आगे जा कर उसके प्राण भी लेगा।" वह व्यक्ति श्याम ही थे। ज्यों ही श्याम ने शिशुपाल को स्पर्श किया तो वह सामान्य रूप में आ गया था। शिशुपाल की माता ने श्याम से वचन लिया कि वे उसके प्राण लेने से पूर्व उसे सौ बार क्षमा करेंगे। श्याम ने कहा था, "ऐसा ही होगा।" शिशुपाल की माता को लगा था कि इस तरह उसने अपने पुत्र के प्राणों की रक्षा कर ली। परंतु वे ग़लत थीं। उन्होंने श्याम से तो वचन लिया पर अपने पुत्र को संयम का पाठ नहीं पढ़ाया।

राज्याभिषेक समारोह में श्याम का अपमान करने के बाद शिशुपाल ने उनके पूर्वज यदु का उपहास किया जिन्होंने अपने पिता के कष्ट सहने से इंकार कर दिया था। उसने सारे यादव

वंश का उपहास किया कि वे राजा नहीं बन सकते। उसने वसुदेव का उपहास किया, जो कंस के हाथों छह पुत्रों की हत्या के दौरान भी शांत रहे। उसने श्याम को मक्खन चुराने वाला, वस्त्र चुराने वाला और दूसरों की पत्नियों के साथ नृत्य करने वाला व्यभिचारी कहा। उन्हें अपने मामा का हत्यारा, मथुरा पर हमले के दौरान भागने वाला कायर कहा। उसने कहा कि श्याम ने हज़ारों विधवा रानियों का बलात अपहरण कर, उनसे विवाह किए। श्याम ने भाई होते हुए भी अपनी ही बहन के अपहरण की योजना बनाई। जरासंध को छल से मरवाया। सभी उसकी इस अवज्ञा और धृष्टता से चौंक गए। वह निरंतर अश्लील शब्दों का प्रयोग करता रहा।

श्याम ने सब शांति से सुना और जब शिशुपाल ने एक सौ एकवीं बार अपमानजनक शब्द कहे तो वे उठे और बोले, "मैंने तुम्हारी माता को दिया वचन निभाते हुए, तुम्हें सौ बार क्षमा दी। अब तुमने सीमा पार कर दी। अब कोई क्षमा नहीं। दंड का समय हुआ।"

श्याम ने अपनी अँगुली से चक्र को मुक्त किया जिसने शिशुपाल की देह से उसका सिर अलग कर दिया।

- शिशुपाल विष्णु के द्वारपालों में से एक था, पूर्व जन्म में उसका नाम जय था इसलिए उसके द्वारा कृष्ण की निंदा को भी निंदा स्तुति के रूप में लिया गया। यह विपरीत भक्ति का उदाहरण है।
- शिशुपाल जरासंध का ही उपजीवी है। उसे कृष्ण पसंद नहीं क्योंकि उन्होंने उसे रुक्मिणी से विवाह नहीं करने दिया।
- शिशुपाल भी पांडवों की तरह कृष्ण का भाई लगता है परंतु जहाँ कृष्ण के साथ उसका संबंध बिगड़ा हुआ है, वहीं पांडवों से कृष्ण के मधुर संबंध हैं।
- शिशुपाल की माता ने कृष्ण से वचन लिया था कि वे उसके पुत्र को दंडित नहीं करेंगे परंतु वह कभी अपने पुत्र को यह नहीं कहती कि उसे कृष्ण का अपमान नहीं करना चाहिए। यह कथा दर्शाती है कि किस तरह हम अपने आक्रमणकारी पर ही सारा दोष डाल देते हैं परंतु स्वयं कभी उस आक्रमण को उकसाने का भार अपने सिर नहीं लेते।

साल्व का उड़ने वाला रथ

शिशुपाल की मृत्यु से उसके अनेक मित्र व्याकुल हो गए। उनमें से एक सौभ नरेश साल्व भी था। उसने अपने उड़ने वाले रथ पर बैठ कर द्वारावती पर हमला कर दिया जो उसे शिव से मिला था। श्याम और बलराम उस समय युधिष्ठिर के राज्याभिषेक समारोह में ही थे।

श्याम के पुत्र और पौत्र वीरता से लड़े परंतु साल्व के उड़ने वाले रथ के आगे वे कुछ नहीं कर सके।

जब श्याम के पास इस हवाई हमले की ख़बर गई तो वे जल्दी से वापस आने लगे पर राह में उन्हें शिशुपाल के एक और मित्र करुष नरेश दंतवक्र का सामना करना पड़ा। उसने अपनी गदा से उन्हें चुनौती दी और श्याम ने उसे आसानी से परास्त कर दिया। फिर श्याम द्वारावती गए और अपने पुत्रों व पौत्रों को वीरता से नगरी की रक्षा करते पाया।

श्याम ने अपना सारंग नामक धनुष उठा कर राजा के उड़ने वाले रथ को इस तरह मार गिराया जैसे वह कोई पक्षी हो। फिर उन्होंने अपनी गदा कौमुदकी के प्रहार से उसे धूल में मिला दिया। उन्होंने अपनी नंदक तलवार ली और साल्व का सिर काट दिया।

यादव मारे प्रसन्नता के झूम उठे।

- दंतवक्र भी शिशुपाल की तरह, पिछले जन्म में विष्णु का अन्य द्वारपाल, विजय था।
- साल्व का उड़ने वाला रथ, सौभ विमान, रावण के पुष्पक विमान से मिलता-जुलता था। जिससे यह अनुमान लगाया जा सकता है कि प्राचीन भारतीयों के पास विमान बनाने की कला थी जिससे उसने द्वारका पर आक्रमण किया था।

चौदहवाँ खंड

पिता

व्यास ने शुक से कहा, "श्याम ने देखा कि किस प्रकार मित्रों या संतान की नियति को बदलना असंभव है। ये प्रसंग तुम्हें सीख दे सकें कि तुम संसार में सब कुछ नियंत्रित नहीं कर सकते। कई बार सब कुछ स्वीकार कर, साक्षी बनना ही बेहतर होता है।"

द्वारका के द्वारकाधीश, गुजरात

श्याम ने की द्रौपदी की रक्षा

जब श्याम द्वारावती की रक्षा करने में व्यस्त थे तो कौरवों ने पांडवों को हस्तिनापुर बुलवा लिया ताकि उनके बीच जुए का खेल हो सके। श्याम उनके आसपास सावधान करने के लिए नहीं थे और जुआ खेलने के शौकीन पांडवों ने इस निमंत्रण को स्वीकार कर लिया।

दुर्भाग्यवश, पांडवों की ओर से खेलने वाले युधिष्ठिर हर दाँव हारते चले गए। उन्होंने अपने अश्व, गौएँ, सुवर्ण, अनाज और अंत में अपनी राजधानी भी दाँव पर लगा दी और सब कुछ हारते चले गए। सभा कक्ष में यह देख कर सभी दंग रह गए कि इतने पर उन्होंने हार नहीं मानी। वे किसी मदमत्त अनियंत्रित जुआरी की तरह अपने भाइयों को, ख़ुद को और अंत में अपनी पत्नी द्रौपदी को भी दाँव पर लगा कर हार गए।

विजेता पांडवों का उपहास करने लगे। उन्हें अपमानित करने के लिए दुर्योधन ने द्रौपदी को सभा कक्ष में लाने का आदेश दिया। यह देख कर सभी स्तब्ध हो उठे। राजाओं की पुत्री, राजकुमारों की माता द्रौपदी को सभा कक्ष में घसीट कर लाया गया और वह किसी पशु की तरह चीत्कार कर रही थी। इंद्रप्रस्थ की रानी का इतना ही अपमान काफ़ी नहीं था, दुर्योधन ने उसे सबके बीच निर्वस्त्र करने का आदेश दे दिया।

द्रौपदी चिल्लाई, "मेरे पतियों, रक्षा करो।" पांडव कौरवों के हाथों परास्त थे। वे मारे लज्जा के सिर झुकाने के, और कुछ नहीं कर सकते थे।

वह चिल्लाई, "हे उपस्थित राजन, मेरी रक्षा करो।" वे लोग कुछ नहीं कर सकते थे। वे देख सकते थे कि अपने ही पति के हाथों जुए में हारी हुई स्त्री पर नए मालिक अपना अधिकार प्रयोग कर रहे थे।

"कौरवों, दया करो।" द्रौपदी चिल्लाई। परंतु कौरवों ने उसे अनुसना कर दिया। वे बहुत ही उदारता से अपनी विजय के उल्लास में मग्न थे।

जब दुःशासन द्रौपदी के वस्त्र उतारने लगा तो असहाय और अबला द्रौपदी आकाश की ओर बाँहें उठा कर चिल्लाई, "श्याम, मेरी मदद करो। मेरा तुम्हारे सिवा कोई आसरा नहीं है।"

ज्यों ही उसकी देह से वस्त्र छीना गया तो पांडवों ने घबरा कर नेत्र मूँद लिए। उनमें यह दृश्य देखने की ताब नहीं थी। जिन लोगों ने द्रौपदी को नग्नावस्था में देखने के लिए आँखें खुली रखीं, उन्हें एक चमत्कार दिखा। उसकी देह पर एक और वस्त्र लिपटा हुआ था, जाने वह कहाँ से आ गया था।

दुःशासन ने उसे भी खींचा तो उसे एक और वस्त्र दिखाई दिया। ऐसा बारंबार होता रहा। दुःशासन जितने भी वस्त्र उतारता रहा पर द्रौपदी को निर्वस्त्र नहीं कर सका।

सभा कक्ष में चंदन के अंगराग और पुष्पों की गंध महसूस की जा सकती थी। यह तो स्पष्ट था कि कोई स्वर्गिक शक्ति द्रौपदी की मदद कर रही थी। कौरवों के व्यवहार को दैवीय निषेध मिला था।

"विनाश या आपदा आने से पहले, पांडवों और ईश्वर से संधि कर लो।" कुरु वंश के वृद्धजन बोले।

धृतराष्ट्र ने अपने पुत्रों की रक्षा करने के लिए कहा, "बहुत हुआ, पांडवों को सभा कक्ष से जाने दो। वे जो भी लाए थे, उन्हें राजधानी में वापस ले जाने दो। उन्हें और उनकी पत्नी को मुक्त कर दो।"

किसी ने भी राजा के आदेश को चुनौती नहीं दी। परंतु जब पांडव जाने लगे तो दुर्योधन ने उपहास में कहा, "इस सभा कक्ष से भिखारियों की तरह वापस मत जाओ। तुम्हारे परिवार की प्रतिष्ठा सदा के लिए धूल में मिल जाएगी। एक और दाँव खेलो। अगर जीत गए तो इंद्रप्रस्थ तुम्हारा। अगर हार गए तो तुम्हें तेरह वर्ष के लिए इंद्रप्रस्थ का दावा छोड़ना होगा और एक वर्ष अज्ञातवास में बिताना होगा।"

पांडव यह खेल खेलने के लिए भी मान गए और फिर हारे।

- यह प्रसंग, महाभारत के 'सभा पर्व' में आता है। विद्वानों के अनुसार, कृष्ण द्वारा द्रौपदी के रक्षार्थ आने का प्रसंग बाद में जोड़ा गया है। यह मूल कथानक में नहीं था।
- आरंभिक महाकाव्यों में, लगभग 2000 वर्ष पूर्व, बहुत अधिक माया नहीं थी। परंतु जब 500 वर्ष बाद, भक्ति काल अपने चरम पर था तो कृष्ण की कथाएँ मायावी होती चली गईं।
- माया शब्द तंत्र-मंत्र के अलावा दार्शनिक विभ्रम के लिए भी प्रयुक्त होता था। रामायण में, राक्षसों ने राम के विरुद्ध माया का प्रयोग किया। महाभारत में, कृष्ण कौरवों के विरुद्ध माया का प्रयोग करते हैं।

- भक्ति परंपरा में, जब तक द्रौपदी अपने वस्त्रों से चिपकी रहती है तब तक कृष्ण नहीं आते। परंतु ज्यों ही वह दोनों हाथ उठा कर, असहाय अवस्था में पूर्ण समर्पण करती है तो कृष्ण उसे बचाने आ जाते हैं। इसे पूर्ण समर्पण या शरणागति कहते हैं।

चावल का दाना

द्वारावती की सुरक्षा का प्रबंध करने के बाद, श्याम हस्तिनापुर के लिए रवाना हुए। जब वे उस जगह पहुँचे तो पांडव जुए में हारने के बाद, अपनी नगरी छोड़ कर वन में रहने चले गए थे। अब वे निर्धनों की तरह जी रहे थे और हाथ के शस्त्रों के सिवा उनके पास कुछ नहीं था। वे श्याम का स्वागत करने दौड़े।

द्रौपदी ने अश्रु रोकते हुए कहा, "हर बार आप आते थे तो अपने हाथों से पका भोजन करवाती थी। आज, मेरे पास आपको खिलाने के लिए कुछ नहीं है।"

श्याम को थोड़ी ही दूरी पर बहुत से ब्राह्मण दिखे।

द्रौपदी बोली, "इन्हें भोजन करवाना चाहिए। हम इन्हें भोजन करवाने के बजाए वापस भेज रहे हैं, जो आतिथ्य धर्म के विरुद्ध है। हमें समझ नहीं आ रहा कि क्या करें। मुझे लगता है कि उन्हें कौरवों ने भेजा था ताकि मेरे पतियों का उपहास किया जा सके।"

"तुम्हारे हाथ में क्या है?" श्याम ने पूछा। "मुझे कुछ चावल के दाने दिख रहे हैं।"

द्रौपदी ने हथेली देखी। उसकी हथेली पर चावल का एक दाना चिपका रह गया था। "जब वे मुझे सभा कक्ष में घसीट कर ले गए तो मैं भोजन पका रही थी।" उसने कहा।

"मुझे वह दाना खिला दो।"

द्रौपदी ने स्नेह से वही चावल का दाना अपने सखा को खिला दिया। श्याम ने उसे खा कर संतोष से डकार ली। द्रौपदी मारे प्रसन्नता के रो दी।

जल्दी ही पांडवों के पास खड़े ब्राह्मणों को डकारें आने लगीं। उन्हें लगने लगा कि पेट इतना भर गया था कि अब कुछ भी खाना कठिन था। उनकी भूख मिट गई थी। वे वापस आ गए और कौरव खीझने के सिवा कुछ नहीं कर सके।

- महाभारत से जुड़ी लोक गाथाओं में, द्रौपदी अपनी पाक कला के लिए जानी जाती है। सूर्य देव ने उसे एक अक्षय पात्र दिया था जिससे हर रोज़ भोजन उत्पन्न होता था। जब द्रौपदी में उसमें से भोजन कर लेती थी, तभी उसकी आपूर्ति बंद होती थी। इस तरह द्रौपदी सबको भोजन करवाने के बाद अंत में भोजन करती थी।
- इस प्रसंग से भगवद् गीता के नौवें अध्याय का श्लोक 26 याद आता है, जिसमें कृष्ण ने कहा है कि वे स्नेह से पत्र, पुष्प, फल या किसी भी चीज़ का भोग स्वीकार करते हैं।

वचन का पालन

"मुझे कौरवों से घृणा है।" अर्जुन ने कहा।

"क्यों? उन्होंने तुम्हें जुआ खेलने का निमंत्रण दिया। तुमने उसे स्वीकार किया। अपने कर्मों का उत्तरदायित्व लो। तुम वापस आ सकते थे, अपनी हार मान सकते थे और अपमान सह सकते थे परंतु तुमने ऐसा नहीं किया। अब अपनी मूर्खता का फल भुगतो। उसका फ़ायदा उठाने वालों को दोष मत दो।"

"मैं अपनी सेना बना कर कौरवों का नाश करूँगा। मैंने तो जुआ नहीं खेला या कोई दाँव नहीं लगाया। वह तो युधिष्ठिर ने किया था," भीम बोला।

"नहीं।" श्याम ने कहा। "यह उचित नहीं होगा। जब तुम किसी को अपने लिए खेलने का अधिकार देते हो तो तुम अपना सोचने का अधिकार भी उसे सौंप देते हो। तब उसका वचन तुम्हारा वचन हो जाता है। और तुम्हें अपने वचन का पालन करना चाहिए। वचन का पालन करना ही धर्म है। घृणा करना धर्म नहीं कहलाता।"

"मेरे साथ जीवन कितना अन्यायी रहा। कुछ दिन पहले राजा था और अब रंक हूँ। मुझे तेरह वर्षों तक वन में रहने को विवश किया गया।" युधिष्ठिर ने शोक मनाते हुए कहा।

श्याम बोले, "मैं तुम्हें रघु कुल के राम, अयोध्या के राजकुमार राम की कथा सुनाता हूँ जिन्हें अपने राज्याभिषेक वाले दिन, अपने पिता के दिए वचन को निभाने के लिए चौदह वर्ष तक वनवास भोगने जाना पड़ा। तुमसे एक वर्ष अधिक। क्यों? क्योंकि उनके पिता ने उनकी विमाता को एक वचन दिया था कि राम को वन में जाना पड़ेगा ताकि उसका पुत्र राजा बन सके।

राम ने इस दुर्भाग्य को भी कर्मफल समझ कर स्वीकार किया। उन्होंने कोई उलाहना नहीं दिया जबकि उनका कोई दोष तक नहीं था। वहीं दूसरी ओर, तुम स्वयं को प्रताड़ित मान रहे हो, जबकि तुमने स्वयं जुए में अपना राज्य हारा है। यही वजह है कि राम की हर जगह पूजा होती है और तुम्हारी कभी नहीं होगी।"

- कृष्ण बल देते हैं कि पांडव अपने देशनिकाले का समय वन में बिताएँ। यह केवल वचन पालन करने के लिए नहीं बल्कि उन्हें आगामी राजसी पद के लिए तैयार करने का साधन भी था। हम देखते हैं कि वन में बिताया गया समय पांडवों को रूपांतरित कर देता है। वे विनय का पाठ पढ़ते हैं : भीम हनुमान से विनय सीखते हैं जो एक बूढ़े बंदर में रूप में आते हैं, शिव आदिवासी के रूप में अर्जुन से भेंट कर विनय का पाठ पढ़ाते हैं, और युधिष्ठिर को यम एक बगुले के रूप में मिल कर विनय सिखाते हैं।
- साम वेद के काल से ही भारतीय ग्रंथों में वनों का उल्लेख आता रहा है जो वन के संगीत और बस्तियों के सुखों के अंतर को स्पष्ट करता है। राम वनवास जाते हैं, कृष्ण अपने जीवन में वन से नगर की ओर जाते हैं और वन में जन्मे पांडव, इसमें वापस आते हैं। पहले वे कौरवों द्वारा महल जलाए जाने के बाद वन में आश्रय लेते हैं और फिर वनवास भोगते हैं। वन में मनुष्य का कोई नियंत्रण नहीं है। उस जगह जंगल का क़ानून चलता है।

द्रौपदी की संतानें

"कौरवों ने पांडवों को वनवास के लिए कहा था। यह उनकी पत्नियों और संतानों के लिए नहीं था। वे द्वारावती में रह सकते हैं।" श्याम ने कहा।

"मेरी संतानें तुम्हारे पास रहेंगी परंतु मैं द्वारका नहीं आऊँगी। मैं अपने मुक्त केशों के साथ, अपने पतियों के संग वन में तेरह वर्ष रहूँगी ताकि उन्हें मेरा अपमान याद रहे। मैं कौरवों के रक्त से केश धोने के बाद ही इन्हें बाँधूँगी।"

और इस तरह पांडव और द्रौपदी वन में रहे। द्रौपदी की संतानें सुभद्रा और उनके पुत्रों के साथ, यादवों के बीच पलीं।

- सभी पांडवों की द्रौपदी के अतिरिक्त अन्य पत्नियाँ रहीं। परंतु वे इंद्रप्रस्थ में नहीं रहीं; वे अपने मायके में रहीं। अर्जुन की पत्नी चित्रांगदा ने अपने पुत्र बभ्रुवाहन का पालन पिता के घर मणिपुर में किया; भीम की पत्नी हिडिम्बा ने अपने पुत्र घटोत्कच का पालन वन में किया।
- कृष्ण द्रौपदी की सभी संतानों के लिए पालक पिता बने।
- राम के रूप में, विष्णु को पिता बनने का आनंद नहीं मिला। उनके बच्चे वन में सीता के पास पले। कृष्ण के रूप में, विष्णु अपनी अनेक पत्नियों से उत्पन्न संतानों का सुख पाते हैं और साथ ही अपनी बहन सुभद्रा और सखी द्रौपदी की संतानों के भी पालक पिता बनते हैं।

श्याम पुत्र प्रद्युम्न

प्रद्युम्न रुक्मिणी का पुत्र था। जब वह पालने में ही था तो असुर शंबर ने उसका अपहरण किया और उसे सागर में फेंक दिया। उसे एक मछली ने निगल लिया। मछुआरों ने वह मछली किसी और राजा को उपहार में दी। जो कि स्वयं शंबर ही था।

असुर ने वह मछली, मायावती नामक रसोइया महिला को पकाने के लिए दी।

उसने मछली काटी तो श्याम का पुत्र उसके भीतर थ। वह जीवित था। मायावती ने बच्चे को गले से लगाया और उसे अपनी संतान की तरह पालने लगी।

बच्चा बड़ा हो कर इतना सुंदर बना कि मायावती को उससे प्रेम हो गया।

"परंतु तुमने मुझे माता की तरह पाला है। हम प्रेमी कैसे हो सकते हैं?" प्रद्युम्न ने पूछा।

मायावती ने कहा, "तुम अपने पिछले जन्म में कामदेवता थे और मैं तुम्हारी पत्नी रति थी। तुम्हें शिव के तीसरे नेत्र ने भस्म कर दिया था। परंतु उन्होंने वचन दिया था कि श्याम के पुत्र प्रद्युम्न के रूप में तुम्हारा फिर से जन्म होगा। मैं इतने वर्षों से धरती पर तुम्हारी ही प्रतीक्षा कर रही थी।"

यह सत्य जान कर प्रद्युम्न ने मायावती को पत्नी के रूप में स्वीकार लिया। उसने शंबर का वध कर दिया, जिसने उसे उसके माता-पिता से अलग कर दिया था। फिर वह द्वारावती वापस आ गया। श्याम और रुक्मिणी ने उसे और मायावती को अपने पुत्र और पुत्रवधू के रूप में स्वीकारा।

- जैन प्रद्युम्न-चरित में, जो कि जिनसेन की हरिवंश का भाग है, दुर्योधन वचन देता है कि वह कृष्ण के पहले पुत्र से अपनी पुत्री का विवाह करेगा। हालाँकि रुक्मिणी और सत्यभामा की संतानें एक साथ हुईं परंतु प्रद्युम्न को पहले जन्मा घोषित किया गया। परंतु तभी एक देव, प्रतिशोध लेने के लिए प्रद्युम्न का अपहरण कर लेता है, उसका पालन एक विद्याधर के घर में होता है और वह युवा होने पर वापस आ कर अपनी पत्नी पर दावा जताता है, जिसका विवाह सत्यभामा के पुत्र भानु से होने जा रहा था।
- प्रद्युम्न से माया का विवाह एक विचित्र सा प्रसंग है क्योंकि वह उससे आयु में बहुत बड़ी है। और उसने ही उसे माता की तरह पाला था। इस संयोग का आधार यह कहा जाता है कि माया, रति का पुनर्जन्म है और प्रद्युम्न पिछले जन्म में कामदेव था। इस तरह जिस कामदेव को शिव के तीसरे नेत्र ने जला कर भस्म कर दिया था, वह कृष्ण के पुत्र के रूप में जन्मा।

श्याम के पौत्र अनिरुद्ध

प्रद्युम्न के घर अनिरुद्ध का जन्म हुआ। वे भी पिता की तरह सुंदर थे। असुर राज बाण और शोणितपुर की राजकुमारी उषा ने एक रात सपने में उसे देखा। वह उनकी सुंदरता पर इतनी मोहित हुई कि उसने जादूगरनी चित्रलेखा से आग्रह किया कि वह अनिरुद्ध का अपहरण कर लाए।

जब बाण ने श्याम के पौत्र को अपनी पुत्री की बाँहों में देखा तो उसे बहुत गुस्सा आया।

उसने अनिरुद्ध को क़ैद में डाल दिया। यम ने बाण के राज्य में यादव सेना भेजी। बाण की सहायता के लिए शिव और काली भी आए परंतु वे उसकी रक्षा नहीं कर पाए। बाण परास्त हुआ। वह प्रद्युम्न के हाथों मारा जाता परंतु श्याम ने उसे रोकते हुए कहा, "बाण शिवभक्त है इसलिए इसके प्राण नहीं लेने।" बाण कृतज्ञ भाव से उनके चरणों में गिर गया।

अनिरुद्ध क़ैद से बाहर निकला और अपनी सुंदरी पत्नी उषा को ले कर द्वारावती लौट आया।

- *उषा-विलास,* को उड़िया भाषा में शिशु शंकर दास ने सोलहवीं सदी में लिखा था, इस रोमानी प्रेम कथा में अनिरुद्ध और उषा का प्रेम प्रसंग आता है।
- पंचरात्र तंत्र में, अनिरुद्ध को कृष्ण के भाई बलराम, उनके पुत्र प्रद्युम्न और सांब के साथ व्यूह माना गया है। भागवत संप्रदाय में अवतार की अवधारणा लोकप्रिय होने से पहले, व्यूह की अवधारणा प्रचलित थी।
- शोणितपुर नामक स्थान असम में पाया गया है, हालाँकि कुछ लोगों के अनुसार यह स्थान हिमाचल प्रदेश में है।
- युद्ध में, शिव अपने पुत्र कार्तिकेय और अपनी पत्नी शक्ति (जो अपने भयंकर रूप कोटावी में है) के साथ बाण का साथ देते हैं और कृष्ण, उनके भाइयों और पुत्रों के हाथों पराजित होते हैं। यह कथा, कृष्ण पूजकों और शैव उपासकों के बीच की शत्रुता से प्रेरित है।
- तमिल महाकाव्य *मणिमेघलई* में एक किन्नर (पेड्डी कोट्टु) के सार्वजनिक प्रदर्शन का वर्णन आता है जो इस बात का संदर्भ है कि किस तरह प्रद्युम्न ने स्त्री वेश में शोणितपुर में प्रवेश किया जहाँ बाण ने उसके पुत्र को अनिरुद्ध को बंदी बना रखा था।

विकृत सांब

संपूर्ण पुरुष का पुत्र सदा संपूर्ण नहीं होता। उसका अपना ही व्यक्तित्व और अपने ही नियम और कर्मफल होते हैं। उसका पालन जैसा भी हो, उसे भी अपने कर्मों का बोझ उठाना ही पड़ता है। श्याम और जांबवती के पुत्र सांब के साथ भी ऐसा ही था जो उनके जैसा ही दिखता था।

सांब अपने पिता के समान दिखता था और अक्सर इसी बात का लाभ उठा कर वह अक्सर महिलाओं के अंतःपुर में जा कर,

पिता की कनिष्ठ रानियों के साथ छल करता। सांब के व्यवहार से तंग आ कर श्याम से उसकी शिकायत की गई और उन्होंने अपने ही पुत्र को एक ऐसे चर्म रोग का श्राप दिया जिससे उसके सुंदर चेहरे पर सफ़ेद चकत्ते हो गए। अब हर कोई दैवीय पिता और विकृत पुत्र में पहचान कर सकता था।

जब सांब ने पिता से क्षमा चाही तो उसे सूर्य देव की तपस्या करने को कहा गया। और सूर्य देव ने उसके रोग का निदान कर दिया।

- जैन महाभारत में, सांब का वर्णन, सत्यभामा के सबसे छोटे उपद्रवी पुत्र सुभानु के रूप में आता है।
- कहते हैं कि सांब ने ही भारत में सूर्य मंदिर बनवाए। जो ओड़िशा के कोणार्क, गुजरात के मोढेरा और कश्मीर के मार्तंड में है।
- प्रति वर्ष जनवरी में, ओड़िशा में सांब दशमी मनाई जाती है जो सांब के रोगमुक्त होने के उपलक्ष्य में मनाई जाती है।
- सांब का त्वचा रोग सूर्य की आरोग्यकारी किरणों से ठीक हो गया था।
- भविष्य, वराह और स्कंद पुराण के उत्तरवर्ती संस्करणों में, सांब की ओर कृष्ण की रानियों के आकर्षित होने की कथा आती है, इनके कुछ हिस्से 500 वर्षों से भी कम पुराने हैं। संभवतः तत्कालीन राजसी अंतःपुरों में फैले व्यभिचार पर विचार करने के लिए ऐसा किया गया हो, दोषी पत्नियों को श्राप मिला कि कृष्ण की मृत्यु के बाद अभीर उनका अपहरण कर लेंगे।

बलराम की पुत्री

अर्जुन और सुभद्रा के पुत्र का विवाह बलराम की पुत्री, वत्सला से होना तय था। परंतु पांडवों के राज्य से जाने के बाद, बलराम ने यह सगाई तोड़ दी और कहा कि उनकी पुत्री का विवाह दुर्योधन के पुत्र लक्ष्मण से होगा।

वत्सला पिता के निर्णय से सहमत नहीं थी। श्याम के सहयोग से, वह अभिमन्यु के साथ भाग गई और छिप कर विवाह कर लिया।

बलराम को यह जान कर गुस्सा आया। उन्होंने अभिमन्यु को मारने के लिए अपना हल उठा लिया। श्याम ने उन्हें रोका और कहा, “भइया! क्या आपकी पुत्री की भावनाओं का कोई मोल नहीं है? क्या आप अपना अधिकार जमाने के लिए उसे विधवा करना चाहते हैं?”

बलराम ने हल नीचे किया और नवविवाहित जोड़े को आशीर्वाद देने के लिए मान गए।

सुभद्रा और अर्जुन की तरह, अभिमन्यु भी यादवों और पांडवों के बीच संबंध बनाने में कामयाब रहा।

- कुछ पुनर्कथनों में वत्सला को श्रीरेखा कहा गया है।
- अर्जुन-सुभद्रा और अभिमन्यु-श्रीरेखा की कथाओं में जो भाई-बहनों के बीच विवाह की परंपरा का वर्णन आता है, वह दक्षिण भारत के कुछ हिस्सों में होता है परंतु उत्तर भारत में दुर्लभ है।
- तेलुगु फ़िल्म मायाबाज़ार वह कथा सुनाती है जहाँ भीम का पुत्र घटोत्कच, अर्जुन के पुत्र अभिमन्यु का मित्र बन कर, वत्सला का दिल जीतने में सहायता करता है।

दुर्योधन की पुत्री

दुर्योधन यादवों से कुपित था। "मैं बलराम की बहन सुभद्रा से विवाह करना चाहता था। वह अर्जुन के साथ भाग गई। मैं अपने पुत्र का विवाह बलराम की पुत्री से करना चाहता था। परंतु वह अभिमन्यु के साथ भाग गई। ये यादव अपने वचन का पालन कभी नहीं करते।" उसने कहा।

यादवों को सबक़ सिखाने के लिए दुर्योधन ने श्याम के पुत्र सांब से अपनी पुत्री की सगाई तोड़ दी। "मैं अपनी पुत्री लक्ष्मणा के उचित वर को खोजने के लिए तीरंदाजी की प्रतियोगिता करवाने जा रहा हूँ। विजेता से ही उसका विवाह होगा।"

जब सांब को यह पता चला तो वह चोरी से हस्तिनापुर आया और देवों को साक्षी बना कर, लक्ष्मणा से गुप्त विवाह कर लिया। जब दुर्योधन ने सांब को अपनी पुत्री की बाँहों में देखा तो उसने सांब को कारागार में डलवा दिया।

बलराम ने उससे कहा, "मेरे भतीजे को मुक्त कर दो।"

दुर्योधन ने मना कर दिया और सभी यादवों का अपमान करते हुए कहा, "तुम यादव हमेशा ही कुरुओं से जलते आए हो क्योंकि तुम्हारे पूर्वज यदु बड़े होने के बावजूद हस्तिनापुर के राजा नहीं बन सके और हमारे पूर्वज पुरु को मुकुट पहनाया गया।"

दुर्योधन की बात सुन कर बलराम को गुस्सा आ गया। उनके पूरे शरीर का आकार बढ़ने लगा और सिर आकाश को छूने लगा। फिर उन्होंने अपने हल में हस्तिनापुर नगरी को अटकाया और उसे सागर की ओर ले चले। धरती काँप उठी। घर काँप उठे। कुरु भयभीत हो गए।

बलराम की शक्ति का अनुमान होते ही दुर्योधन दया की भीख माँगने लगा। उसने अपनी पुत्री के साथ सांब को बहुत सारे उपहारों के साथ विदा किया।

दुर्योधन की पुत्री लक्ष्मणा, श्याम की पुत्रवधू बनी और यादव व कुरु भी संबंधी हो गए।

- बलराम को हलायुध कहा गया है जो हल से लड़ता है।
- सांब का व्यवहार हमें याद दिलाता है कि एक महान व्यक्ति के पुत्र का भी महान होना ज़रूरी नहीं है, महाभारत में बार-बार यह आशय प्रकट किया गया है।
- मलेशिया में, हमें महाभारत की कथा, मलय भाषा में *हिकायत पंडवा जय* के रूप में सुनने को मिलती है जिसमें पांडवों व कौरवों के युद्ध पर बल है और कृष्ण व उनके पुत्र सांब की कथा *हिकायत संग सांबा* में कही गई है, जहाँ हमें पता चलता है कि किस तरह सांब को जनुवती से प्रेम हो जाता है जो राक्षस बोम, नरक की पत्नी है। उसे राक्षस पकड़ लेता है और कृष्ण उसकी रक्षा करते हैं। ये कथाएँ पुरा भक्ति काल में दक्षिण पूर्व एशिया तक गईं और लोकगाथाओं के रूप में आज तक जीवित हैं।

झील पर स्नान

एक बहुत बड़ा सौर ग्रहण लगा। और परंपरा के अनुसार, धरती के राजन, सामंतपंचक नामक पाँच झीलों के स्नान को चले, जिनमें कभी परशुराम के हाथों मारे गए इक्कीस क्षत्रिय वंशों का ख़ून बहा था। उन्होंने सबको मार दिया क्योंकि उन्होंने धर्म का पालन करने से इंकार किया और अपनी धन व संपदा का दान करने के बजाय उसका दुरुपयोग किया था।

अब उन झीलों में जल भरा था और तीर्थयात्री स्नान करने आते थे ताकि स्वयं को याद दिला सकें कि धर्म का पालन करना कितना महत्त्व रखता है। श्याम अपनी रानियों, पुत्रों, पौत्रों और उनकी पत्नियों सहित स्नान के लिए गए। यादव भी उनके साथ थे।

वहीं उनकी भेंट भरत, धृतराष्ट्र, गांधारी, सौ कौरवों और उनके परिवारों से हुई वे चेदि, अवंति और विदर्भ, मत्स्य, कैकेय, अग, बंग, कलिंग, प्रागज्योतिष और शोणितपुर के राजाओं से भी मिले परंतु पांडवों का कोई पता नहीं था।

झील के दूसरी ओर ब्रज समुदाय के ग्वाले थे। उस ओर यशोदा, नंद बाबा, उनके बचपन के मित्र श्रीदाम और सुबल, गोपियाँ और शायद राधा भी रही होंगी परंतु श्याम ने अपने परिवार सहित इस ओर रहना ही उचित समझा।

राजाओं से भेंट करने के लिए ऋषि भी पधारे थे - वशिष्ठ, विश्वामित्र, मार्कंडेय, अत्रि, मारीचि, अगस्त्य, और वेदपाठी ब्राह्मण आदि। उनके पास कई रहस्यों के उत्तर थे - एक पशु मनुष्य कैसे बना, केवल मनुष्यों के पास भय और क्षुधा से उठने की शक्ति क्यों है और वही इस धरती को स्वर्ग के समान बनाने वाली सभ्यता क्यों रच सकता है।

परंतु क्या राजा उनकी बात सुनने वाले थे?

श्याम ने आकाश में उड़ते पक्षियों के मुख से वेदों की रक्षा करने वालों की संपदा और वैभव का गुणगान सुना। उन्हें चारों ओर राजाओं की पताकाओं तले सुवर्ण और अन्न का दान ले जाते, दान में अपने साथ गौओं और पशुधन को ले जाते हुए लोग दिखे। उस जगह भारी चहल-पहल थी। परंतु श्याम जानते थे कि इस संपदा का एक दिन अंत होने वाला था।

राजा अपने धर्म का त्याग कर रहे थे, जैसा उन्होंने परशुराम के काल में किया था। राज्यों को उत्तरदायित्व के बजाए संपदा के रूप में देखा जाने लगा था। असुरक्षा का भाव मुखर था क्योंकि राजाओं को अपनी सत्ता स्थापित करने के सिवा कुछ नहीं सूझता था। जल्द ही पांडव वापस आने वाले थे क्या उन्हें उनकी धरती वापस मिलेगी? क्या धर्म की रक्षा होगी? या उनके बीच युद्ध होगा? क्या पंच झीलों के आसपास की सारी धरती मृत्यु व शोक का केंद्र होगी? केवल समय ही बता सकता था।

- भागवतपुराण में वर्णित, सामंतपंचक में राजाओं व ऋषियों-मुनियों का संगम, ऐसे मेल के आरंभिक संदर्भों में से एक माना जा सकता है जिसे वर्तमान में कुंभ मेले के नाम से जाना जाता है। यह बारह वर्ष में एक बार गंगा और यमुना नदी के संगम पर होता है।

- ययाति के पुत्र पुरु का भरत नामक वंशज था और उनके वंशज कुरु ने सामंतपंचक के निकट भूमि जोती थी और अपनी प्रजा के पोषण के लिए अपने मांस को बीज की तरह प्रयुक्त किया था। इस प्रकार यह स्थान कुरुक्षेत्र कहलाया। उस स्थान पर मरने वाले योद्धा तत्काल स्वर्ग की ओर प्रस्थान कर गए। यह स्थान, हरियाणा के पश्चिम में, दिल्ली के उत्तर में स्थित है।
- कृष्ण अपने अतीत से कभी संपर्क नहीं रखते। वे आगे बढ़ते जाते हैं। इससे उत्पन्न होने वाले दुख में विवेक छिपा है।

श्याम की रानियों व राधा की भेंट

जब श्याम राजाओं के भाग्य के बारे में विचार कर रहे थे और इस दौरान अपने बालसखाओं को भी उपेक्षित किया तो उनकी रानियाँ स्वयं को वश में नहीं रख पाईं। वे उन गोप और गोपियों से मिलना चाहती थीं जिनके डेरे शाही डेरों से बहुत दूर लगे थे। वे अपने पति के बचपन, उनकी शरारतों, उनकी लीलाओं, मित्रताओं, उनके मित्रों व उस युवती राधा के बारे में जानना चाहती थीं, जिसने उनके पति के मन को मोह रखा था।

राधा तो वैसी बिलकुल नहीं थी, जैसी उन्होंने सोचा था। राधा में कोई अद्वितीय सुंदरता नहीं थी। वह एक साधारण ग्वालिन थी जिसकी त्वचा पर धूप और आयु की मार दिख रही थी। वह गौओं की देख-रेख करने, उपले थापने और अपनी गृहस्थी के काम करने में मग्न थी।

जब रानियों ने अपना परिचय दिया तो राधा ने उत्साह से उनका स्वागत किया और उन्हें खाने को माखन दिया जो श्याम को बेहद भाता था। इसके बदले में आठों रानियों ने उसे अपने रेशमी वस्त्र और रेशमी जरी आदि उपहार में दिए। उसने उन्हें ग्रहण किया परंतु उसी समय

अपने बच्चों, बहनों और सखियों में बाँट दिया जो वहीं खड़ी यादव रानियों की इन वस्तुओं को हैरत से देख रही थीं।

"तुम्हारे वस्त्र मैले और फटे हुए हैं। तुम इनमें से एक रेशमी वस्त्र अपने लिए क्यों नहीं रखतीं?" रानियों को समझ नहीं आ रहा था कि उनके स्वामी ऐसी साधारण स्त्री के प्रेम में कैसे पड़ गए थे? राधा ने उत्तर दिया, "भले ही ये मलिन और फटे हुए हैं परंतु इन्हें इसलिए पहनती हूँ क्योंकि जब श्याम ने आलिंगन में लिया था तो यही वस्त्र पहने हुए थे। इनमें आज भी उनकी देह गंध बसी है। ये उनके प्रेम में सने हैं। मैं दुनिया भर के रेशमी वस्त्रों के लिए भी इनका त्याग नहीं कर सकती।"

श्याम की रानियाँ राधा के प्रेम की गहराई माप कर विनत हुईं और द्वारावती लौट आईं।

- यह कथा मौखिक परंपरा का एक अंग है। ऐसी अनेक कथाओं के बारे में सुना है जिनमें कृष्ण की पत्नियों और वृंदावन की गोपियों के बीच भेंट होती है और यह संवाद निरंतर बना रहता है कि उनमें से कृष्ण को अधिक प्रेम कौन करता है। उनकी विवाहिता पत्नियाँ (स्वकीय परंपरा) या फिर अन्य स्त्रियाँ जिनका विवाह दूसरे पुरुषों से हुआ था (परकीय परंपरा)।
- कृष्ण की कथा विशेष तौर पर व हिंदुओं की पारंपरिक गाथाएँ सामान्य रूप से उस 'संपत्ति' व मोह की बात करती हैं, जिसे हम अपना कहते हैं। एक ऋषि वही है जिसकी कोई संपत्ति या मोह नहीं है। गृहस्थ अपनी संपत्ति पर केंद्रित होता है। कृष्ण दूसरे की संपत्ति के प्रति प्रेम को मान्यता देते हैं और उसे अपने स्वामित्व में लेने की इच्छा को अधीन रखते हैं। जीवन में, यहाँ तक कि ईश्वर की भी सभी इच्छाएँ पूरी नहीं हो सकतीं।

पंद्रहवाँ खंड

सारथी

व्यास ने शुक से कहा, "कौरव वह चाहते थे जो श्याम के पास था; पांडवों को वह मिला जो श्याम थे। ये प्रसंग तुम्हें सीख दें कि किस तरह बलशाली और दुर्बल, दोनों ने ही एक-दूसरे के भय देखने के बजाए अपने ही भय में मग्न रहना बेहतर समझा।"

चेन्नई के पार्थसारथी, तमिलनाडु

शांति अभियान

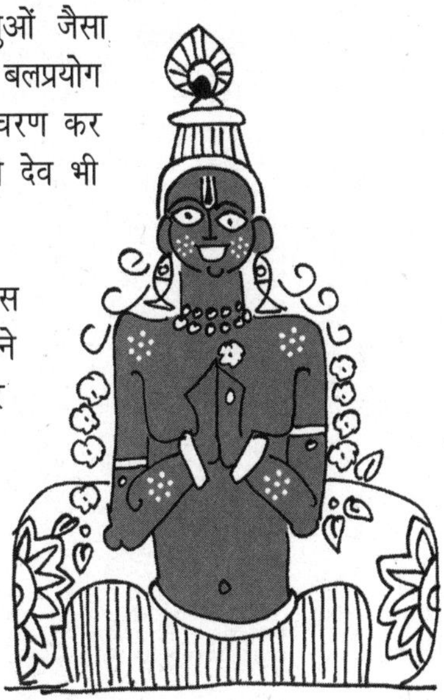

देवों ने राजाओं को बनाया ताकि मनुष्यों को पशुओं जैसा आचरण करने से रोका जा सके और वे दुर्बलों पर बलप्रयोग नहीं कर सकें। परंतु जब स्वयं राजा ही पशुवत आचरण कर रहे हों और अपने कर्मों को उचित ठहरा रहे हों तो देव भी क्या कर सकते थे?

वन में बारह वर्ष का वनवास और तेरहवाँ वर्ष अज्ञातवास में काटने के बाद, पांडव इंद्रप्रस्थ पर अधिकार करने वापस आए। परंतु दुर्योधन ने उसे वापस देने से इंकार कर दिया। उसने इसके लिए कई तर्क प्रस्तुत किए। परंतु श्याम ही असली कारण जानते थे। उन्होंने एक संदेशवाहक के तौर पर हस्तिनापुर जाने का निर्णय लिया। वे एक मध्यस्थ बन कर सत्य का साथ देना चाहते थे। दुर्योधन एक नेत्रहीन पिता और नेत्रों पर पट्टी रखने वाली माता का ऐसा पुत्र था जिसे कभी स्नेह, देख-रेख और ध्यान नहीं मिला। वह बहुत ही संवेदनशील और व्याकुल था। श्याम को बहुत सावधानी बरतनी थी।

- *शतपथ ब्राह्मण, मनुस्मृति* और चाणक्य के *अर्थशास्त्र* में यह वर्णन आता है कि राजा और उसका धर्म जंगल के क़ानून को बदलता है, वह मनुष्यों को पशुओं जैसा व्यवहार करने से रोकता है।
- दुर्योधन तर्क देता है कि अभी तेरह वर्ष पूरे नहीं हुए परंतु फिर उसे अधिक मास के बारे में बताया जाता है जिसके माध्यम से हर कुछ वर्ष बाद सौर और चांद्र पंचांग का मेल किया जाता है। तकनीकी रूप से इसका अर्थ था पांडवों ने वनवास में तेरह वर्ष से अधिक समय बिताया था। हालाँकि दुर्योधन इस तर्क को मानने से इंकार कर देता है।

विदुर का आतिथ्य

धृतराष्ट्र ने श्याम को महल में रहने का न्यौता दिया परंतु उन्होंने विदुर का आतिथ्य ग्रहण किया। कुंती भी उनके घर ही रह रही थीं। विदुर कौरवों की सेवा में थे परंतु वे उनका अन्न नहीं खाते थे। वे अपनी रसोई वाटिका में उगा अन्न ही ग्रहण करते थे।

उन्होंने श्याम को बाजरे की सादी रोटी और पालक का साग खाने को दिया। श्याम अपनी रानियों के हाथों छप्पन भोग खाने के अभ्यस्त थे परंतु उन्होंने प्रेम और स्नेह से दिए गए इस भोजन को भी उसी भाव से ग्रहण किया।

विदुर की पत्नी सुलभा वाटिका से केले तोड़ लाईं और श्याम को खिलाने लगीं। परंतु वे श्याम के चुंबकीय आकर्षण में ऐसा खोईं कि उन्हें पता ही नहीं चला कि वे केले फेंक कर, श्याम को छिलके खिलाए जा रही थीं। श्याम ने भी ऐसा दिखावा किया मानो उन्हें पता नहीं चल रहा और वे प्रेम के रस से भरे केले के छिलके खाते रहे।

- विदुर उसी तरह धृतराष्ट्र की सेवा करते हैं जैसे उनकी माता, धृतराष्ट्र की माता अंबिका की सेवा करती थी। अंबिका और उसकी दासी को मुनि व्यास ने गर्भवती किया, परंतु धृतराष्ट्र राजा बना क्योंकि उसकी माता राजा की विधवा थी और विदुर सेवक ही रहे।
- पंजाबी भक्ति गीतों में संदर्भ आते हैं कि विदुर ने स्नेह से कृष्ण को हरा शाक परोसा था।
- उत्तर भारत की मौखिक भक्ति परंपरा में यह कथा सुनाई जाती है कि विदुर की पत्नी स्नेहवश कृष्ण को केलों के बजाय केलों के छिलके खिला देती हैं।

शांति के लिए पाँच ग्राम

दरबार में श्याम धृतराष्ट्र के सामने बैठे थे और उनके पीछे कौरवों का स्थान था। श्याम ने निर्णय लेने वाले व्यक्ति को देखा। जो सबसे बड़ा कौरव दुर्योधन था। वह एक ओर शकुनि और दुःशासन के साथ बैठा था। दूसरी ओर भीष्म, द्रोण और कर्ण विराजे।

श्याम बोले, "मेरे पिता की बहन का विवाह इस नगरी के राजा से हुआ था। वह राजा, पांडु अब नहीं रहे। मैं पांडु की संतानों की ओर से, पांडु के बड़े भाई धृतराष्ट्र से बात कर रहा हूँ जो उनकी संपत्ति और राज्य के अभिभावक हैं।" यह सुन कर दुर्योधन अपने आसन पर व्याकुलता से पलटा। परंतु श्याम ने कहना जारी रखा, "पांडु के पाँच दत्तक पुत्र थे और धर्मशास्त्रों के अनुसार वे ही उनके क़ानूनी उत्तराधिकारी हैं क्योंकि उनका जन्म पांडु की विवाहिता पत्नी से हुआ है। उनका जन्म वन में हुआ। आपको उन्हें आश्रय देना चाहिए था परंतु आपने उनके महल में आग लगवा दी, उन्हें वनों में भटकने पर विवश कर दिया। वे अपनी पत्नी को ले कर लौटे और अपना उत्तराधिकार माँगा। आपने उन्हें हस्तिनापुर के स्थान पर खांडव वन थमा दिया। उन्होंने इंद्रप्रस्थ नामक महान नगरी बसाई। आपने युधिष्ठिर से छल करते हुए, जुए के नाम पर सब छीन लिया। उसे तेरह साल के लिए पुनः वन में भेज दिया। वे आप लोगों के कारण ही वन में बारह साल भिखारियों की तरह जीते रहे और फिर एक साल तक विराट के राज्य में नौकरों की तरह रहे। उन्हें कितना कष्ट सहना होगा? उन्हें और कितना अपमान सहना होगा? आपको उनसे इतनी घृणा क्यों है? उन्हें उनकी धरती दे कर चैन से रहने दें। भले ही आप उन्हें प्रेम नहीं करें परंतु शांति स्थापित करने के लिए उन्हें सहन करें।"

दुर्योधन ने नाक चढ़ाई, "मैं वन के उन अनजान लोगों से अपनी संपत्ति क्यों बाँटूँ? उन्होंने मेरे सिंहासन पर दावा किया और मेरे वंश के सयाने लोगों को विवश किया कि उन्हें आधा राज्य दे दिया जाए। फिर उन्होंने लापरवाही से जुआ खेला। कोई उन्हें वापस नहीं लाना चाहता था। उनके लिए रहने की कोई और जगह तलाश दें।"

"नहीं, एक और वन नहीं जलाया जाएगा। और अधिक पशुओं की हत्या नहीं होगी। एक ही खांडव बहुत था। अब और नहीं। पांडवों ने सारी शर्त पूरी की। वन में भी भी रहे और अज्ञातवास भी पूरा किया। अब तुम अपना वचन पूरा करो। उन्हें उनका राज्य वापस करो। यह मत भूलो कि कैसे राम, कैकेयी को उनके पिता का दिया वचन निभाने के लिए वन गए थे। आदरणीय राजा ऐसा ही करते हैं, वे अपनी कही बात का मान रखते हैं।"

दुर्योधन ने खीझ कर कहा, "आप कैसे उनके पक्ष में तर्क दे रहे हैं जबकि ऐसा कोई मामला ही नहीं है।"

"शांति स्थापना के लिए उन्हें पाँच ग्राम दे दो। वे क्षत्रिय हैं। उन्हें धरती पर शासन करना ही चाहिए।" श्याम ने आग्रह किया।

"नहीं," दुर्योधन बोला।

"एक गाँव में पाँच घर।" श्याम ने कहा।

"सुई की नोक के बराबर धरती भी नहीं मिलेगी।" दुर्योधन बोला।

श्याम मुस्कराए। दुर्योधन कभी धरती नहीं देना चाहता था, ये सब तर्क तो बहाने थे। वह अपने उन भाइयों से गहरी घृणा करता था। उसने इस सच को छिपाना चाहा पर अब यह सबके सामने आ चुका था।

- यह कथा महाभारत के उद्योग पर्व में आती है, जब कृष्ण दुर्योधन की कूटनीति के आवरण को हटा कर उसके मन में छिपी बात उगलवा लेते हैं।
- असुरक्षा के कारण हमारा मन संकीर्ण हो जाता है और हम संपत्ति पर उसी तरह अधिकार जमाने लगते हैं जैसे कुत्ता हड्डी से चिपक जाता है। असुरक्षा से उबरना ही मानवता है ताकि हमारे पास जो भी है, उसे आपस में बाँट सकें। जो हमारे अपने हैं, उनके साथ संपत्ति बाँटना तो कुछ ऐसा ही हुआ मानो कोई भेड़िया अपने ही झुंड का पोषण कर रहा हो। राजत्व का अर्थ है मनुष्य अपनी संतानों से परे - दूसरों पर भी ध्यान दे। दुर्योधन स्पष्ट तौर पर अपने नातेदार भाइयों को नकार देता है। इसी घृणा के कारण वह अनुबंध की शर्तों को भी नहीं मानता। दुर्योधन की बाँटने की अनिच्छा, अनुबंध की अवज्ञा और शांति स्थापना के लिए संधि से अस्वीकार ही उसे राजत्व पद के लिए अयोग्य बना देते हैं।

धृतराष्ट्र को दर्शन

इस तरह युद्ध की घोषणा करते हुए, दुर्योधन ने भाइयों को आदेश दिया कि श्याम को बंदी बना लिया जाए। "इसे जंज़ीरों में जकड़ कर इतने कोड़े लगाओ कि इसे अपनी औकात याद आ जाए। इसे यह भूल गया कि हम राजा हैं और यह एक ग्वाला है। इसने हमारी बराबरी पर आ कर बोलने की धृष्टता कैसे की? इस राजाओं के हत्यारे को कंस, जरासंध, शिशुपाल और दंतवक्र की हत्या के लिए दंड मिलना चाहिए। इसके पुत्र ने मेरी पुत्री का अपहरण किया, इसने मेरे पुत्र और अपनी भतीजी के विवाह में बाधा दी, अपनी बहन से मेरा विवाह नहीं होने दिया। इसे लगता है कि यह बहुत चतुर है, इसे तो दंड मिलना ही चाहिए।"

कर्ण ने कौरवों को रोकना चाहा परंतु उसने उन्हें उपेक्षित कर दिया। हालाँकि जब उन्होंने श्याम को पकड़ना चाहा तो कक्ष में एक अद्भुत तीव्र प्रकाश फैल गया जो श्याम की देह से फूट रहा था। श्याम ने विराट रूप धारण कर लिया। उनके एक हज़ार सिर और एक हज़ार जोड़ी हाथ और पैर दिखने लगे। उनके नेत्रों से ज्वाला निकल रही थी। यह दृश्य नेत्रहीन राजा को भी दिख रहा था। उन्हें पकड़ने के लिए आगे आने वाले यह

देखते ही वहीं सुन्न हो गए। वृद्धजनों ने झुक कर श्याम को प्रणाम किया क्योंकि वे धरती पर उतरे हुए ईश्वर को पहचान गए थे।

श्याम ने भीष्म, द्रोण व कर्ण को देखा, उनकी आँखें किसी बिजली की तरह थीं, वे तूफ़ान जैसी आवाज़ में गरजे, "परशुराम के रूप में, मैंने तुम्हें धर्म की शिक्षा दी। मैंने तुम्हें सिखाया कि बलवान को सदा दुर्बल की सहायता करनी चाहिए। अन्यथा मनुष्य और पशु में कोई अंतर नहीं रह जाता। परंतु तुमने अधर्म को उपेक्षित करने के कारण तलाश लिए और सबलों को प्रोत्साहित किया कि वे निर्बलों पर और अत्याचार करें। अब श्याम के रूप में, बिना अस्त्र-शस्त्रों के, सारथी बन कर, मैं तुम्हें नष्ट कर दूँगा, मैं तुम्हारे सौ भाइयों को नष्ट कर दूँगा जिन्होंने अपने पाँच चचेरे भाइयों के साथ धरती बाँटने से इंकार कर दिया।"

जब कौरवों को सुध आई तो श्याम का कोई पता नहीं था।

दुर्योधन ने बात बनाई, "मैं कह रहा था ना कि इस ग्वाले का कोई भरोसा नहीं है। यह तो तंत्र-मंत्र भी जानता है। इसकी मीठी बातों के जाल में नहीं आना। इसके मोह में नहीं पड़ना। यह उसी अप्सरा की तरह छल लेगा जो किसी तपस्वी को मोहित करके तपस्या भंग कर देती है ताकि इंद्र का स्वर्ग कोई नहीं छीन सके।"

- कौरवों की सेना के तीनों सेनापतियों भीष्म, द्रोण और कर्ण को विष्णु के आरंभिक अवतार परशुराम ने युद्ध कला के साथ धर्मशास्त्र की भी शिक्षा प्रदान की थी। परंतु उन्होंने अपनी सेवाओं को एक असुरक्षित व्यक्ति को सौंपा जो उदार होने के स्थान पर, सब पर वर्चस्व करना चाहता था। दूसरे शब्दों में, उन्होंने अधर्म की सेवा की, यही कारण है कि जब विष्णु कृष्ण के अवतार में आए तो उन्होंने उनका वध कर दिया।
- भागवत कथाओं में कई बार कृष्ण के विराट रूप दर्शन का प्रसंग आता है, रामायण में ऐसा कुछ नहीं देखा गया।
- कृष्ण के विराट रूप का संबंध, ऋग्वेद के -'पुरुष सूक्त' से है जहाँ सारे ब्रह्माण्ड की कल्पना एक एकल जीवधारी के रूप में की गई है।

कुंती का पुत्रों के नाम संदेश

श्याम ने तय किया कि वे हस्तिनापुर से चुपचाप निकल लेंगे ताकि कोई अप्रिय घटना नहीं हो। वे जाने से पहले कुंती बुआ से मिले ताकि उनके पुत्रों के नाम कोई संदेश ले जा सकें। कुंती ने अपने पुत्रों को तेरह वर्षों से नहीं देखा था। अब भी यह पता नहीं था कि वे युद्ध के बाद उन्हें जीवित देखेंगी या मृत?

कुंती ने पुत्रों को कहलवाया, "एक बार विदुला नामक रानी थी जिसने अपने पुत्र संजय को फटकारा था जो आगामी युद्ध में हार के भय से रो रहा था। उसने अपने पुत्र से जो कहा,

मुझे भी तुमसे वही कहना है, एक क्षत्रिय की तरह लड़ना, जो उचित है, उसके लिए लड़ना। चाहे प्राण ही क्यों नहीं देने पड़ें।"

श्याम मुस्कराए। कुंती ने अपने पाँचों पुत्रों को लड़ने के लिए आशीर्वाद दे दिया था जैसे गांधारी अपने सौ पुत्रों को देगी। दोनों माताओं का दावा था कि उनके पुत्र उसके लिए ही लड़ रहे थे जो उचित था। इसी बात से उनकी माताओं को प्रसन्नता थी। यह सब सत्ता और शक्ति का खेल था। यह धर्म की बात नहीं थी; जंगल के क़ानून को बदलने की बात, दुर्बल की ओर से सबल की रक्षा की बात थी।

- विदुला एक ठेठ राजपूत स्त्री है जो अपने पुत्र से कहती है कि अपमान से मृत्यु अधिक बेहतर है। यहाँ इसके विपरीत, कृष्ण के युद्ध से विमुख होने को देखा जा सकता है, जब वे जरासंध से होने वाले युद्ध में हिस्सा नहीं लेते। भारत की पारंपरिक वीररस की कथाओं में, विवेक के स्थान पर वीरता को प्रश्रय दिया गया है, कृष्ण का प्रसंग इस परंपरा के ठीक विपरीत है।
- हिंदू कथाओं में सौतेले भाइयों के आपस में लड़ने के प्रसंग बारंबार आते हैं। इस प्रकार कश्यप अपनी पत्नियों से उत्पन्न पुत्रों को आपस में लड़ते देखते हैं। कद्रू की संतानें, सर्प, विनता के पुत्रों, गरुड़ों से लड़ते हैं। अदिति की संतानें, देव दिति की संतान, असुरों से लड़ते हैं।

कर्ण ने श्याम का प्रस्ताव ठुकराया

श्याम ने कर्ण से भी भेंट की और युद्ध टालने के लिए उसे ऐसा कुछ बताया जो उसे आज तक किसी ने नहीं बताया था।

"यह जान लो कि तुम्हें जन्म देने वाली माता कुंती है। तुम शास्त्रों के अनुसार, उस व्यक्ति के ही पुत्र कहलाओगे, जिससे उसने विवाह किया, पांडु। इस तरह तुम सबसे बड़े पांडव हो और तुम्हें पांडवों की राजधानी और उनकी साझी पत्नी द्रौपदी पर पूरा अधिकार है। अपने भाइयों का उसी तरह साथ दो जैसे किसी भाई को देना चाहिए। राजा बनो और पांडवों व कौरवों पर राज करो। शांति स्थापना के लिए यही करो।"

कर्ण ने उत्तर दिया, "आपकी वार्ता असफल रही। आपकी संधि असफल रही। अब आप मुझे रिश्वत दे कर कौरवों की शक्ति घटाना चाहते हैं क्योंकि आप जानते हैं कि पांडवों में

जिस तरह अर्जुन है, उसी तरह कौरवों के दल में मैं हूँ। आप केवल एक कूटनीतिज्ञ ही नहीं, आपको सबका अनुचित लाभ उठाना भी आता है।"

"शांति अधिक महत्त्व रखती है," श्याम बोले।

"तो पांडवों से जा कर कहें कि वे राज्य पर अधिकार छोड़ दें और दुर्योधन को शांति से राज करने दें," कर्ण बोला।

"यदि दुर्योधन जैसे व्यक्ति को राज करने दिया जाए, जिसने अपने वचन का पालन नहीं किया, अपनी भाभी को सार्वजनिक रूप से अपमानित किया, अपने भाइयों को जीने का अधिकार नहीं देना चाहता, तब ऐसे में तो निर्बलों के लिए कोई आस नहीं बचेगी। तब कोई भी सीमाओं की रक्षा क्यों करेगा? तब राजा क्यों होंगे। तुमने दुर्योधन के प्रति प्रेम के कारण धर्म का त्याग कर दिया।"

"मैं एक अवसरवादी बनने के बजाए एक निष्ठावान मित्र बनना चाहूँगा। पांडवों को पता है कि जिसे वे सदा सूत पुत्र कह कर उपहास करते आए, वही उनका बड़ा भाई है? कुंती ने इतने वर्षों तक मौन क्यों साधे रखा? मेरे जन्म का रहस्य अब क्यों प्रकट किया जा रहा है, जब पांडवों के हारने की संभावना दिख रही है? मैं तो पांडवों की सफलता का साधन मात्र हूँ। श्याम, आपको मेरी परवाह नहीं है।"

"दुर्योधन को भी तुम्हारी परवाह नहीं है। उसे तुम्हारा कौशल चाहिए। तुम स्वयं को कौरवों की सफलता का माध्यम बना रहे हो।"

"कौरवों ने मुझे मेरे कौशल के लिए मान दिया और पांडवों ने उपहास किया कि मेरा जन्म सूत परिवार में हुआ। श्याम, मुझे किसका साथ देना चाहिए; उन कौरवों का, जिन्होंने मेरे उसी रूप को सराहा या पांडवों का जिन्होंने मेरे उसी रूप का उपहास किया?"

"तुम ना तो कुंती के जैविक पुत्र हो और ना ही अधिरथ के पालित पुत्र। तुम कर्ण हो। जिस तरह मैं भी देवकी के जैविक पुत्र और नंद के पालित पुत्र से अधिक हूँ। योद्धा, सारथी और ग्वाला; ये सभी तो कृत्रिम पहचानें हैं जो समाज ने थोपी हैं। तुम मात्र एक कौशल नहीं। केवल एक धनुर्धर नहीं। कर्ण, तुम एक ऐसा व्यक्ति हो जिसके पास युद्ध को रोकने की क्षमता है। यही सबसे अधिक महत्त्व रखता है, न्याय से भी कहीं अधिक। हम हमेशा उचित-अनुचित का तर्क दे सकते हैं परंतु कोई भी व्यक्ति मृतक को जिंदा नहीं सकता। हमें लोगों को मरने से बचाना होगा। हमें विधवाओं और अनाथों की भीड़ पैदा करने को रोकना होगा।"

"आपने कहा कि दुर्योधन को अपने वचन का पालन करना चाहिए क्योंकि एक प्रतिष्ठित राजन ऐसा ही करता है। अब आप मुझे ही अपना वचन भंग करने को कह रहे हैं। आप पर कोई विश्वास कैसे कर सकता है?"

"दुर्योधन एक राजा की तरह काम करता है और मैंने उसे बताया कि एक राजा को कैसे सुशासन करना चाहिए। तुम राजा के सहायक हो। तुमसे अलग तरह से बात होगी। संदर्भ मायने रखता है। राजसी परिवार के बड़े पुत्र राम के लिए बने नियम, श्याम के शासन पर लागू नहीं होंगे, जो एक ग्वाला परिवार का छोटा पुत्र है।"

"मैं आपकी इस सोच के बदले अपनी निष्ठा को चुनता हूँ। मैं दुर्योधन के लिए उसी तरह निष्ठा निभाना चाहता हूँ, जैसे राम के लिए हनुमान थे।" कर्ण ने सिर उठा कर दृढ़ शब्दों में कहा।

श्याम मुस्कराए। जिन्होंने स्वयं को सत्यनिष्ठ जाना, उन्होंने कभी किसी की नहीं सुनी। फिर भी वे बोले, "नहीं कर्ण, तुम हनुमान नहीं हो और दुर्योधन राम नहीं है। वह रावण है जो जबरन वह सब हासिल करना चाहता है जो उसका नहीं है। और इस तरह तुम कुंभकरण हो, तुम भी युद्ध में मारे जाओगे। जब तुम पाँच भाइयों के बनाए राज्य को मिटाने के लिए सौ भाइयों की मदद करते हो तो तुम सबल को निर्बल पर राज करने की अनुमति देते हो, अधर्म का साथ देते हो।"

- कर्ण अपने कर्मों का शिकार है। हिंदू दर्शन में, कर्म का अर्थ क्रिया और प्रतिक्रिया दोनों से है। हमारा प्रतिक्रिया यानी भाग्य पर बस नहीं है। कर्ण का इस बात पर बस नहीं कि उसे जन्म देने वाली राजकुमारी माता उसका त्याग करती है और उसका सारथियों के घर पालन-पोषण होता है, परंतु इन घटनाओं से समाज में उसका स्तर सुनिश्चित होता है। उसका अपनी इच्छा पर बस चलता है कि धनुर्विद्या सीखना चाहता है और वह इसे पूरी एकाग्रता से सीखता भी है। भाग्य चाहता था कि वह सारथी बने परंतु उसके गुण उसे रथी बना देते हैं।
- हिंदू दर्शन में निष्ठा के पात्र पर निष्ठा के भाव को नहीं माना जाता। निष्ठा का संदर्भ, कारण और परिणाम महत्त्व रखता है। इस प्रकार राम के प्रति निष्ठा को रावण के प्रति निष्ठा के समान नहीं माना जा सकता।

दो हिस्सों में विभक्त

हर मनुष्य के दो हिस्से होते हैं - वह क्या है और वह क्या था। उसकी पहचान किसमें छिपी है? पांडवों ने कर्ण को सूत पुत्र के रूप में देखा, जिसने छल से परशुराम से धनुर्विद्या सीखी। कौरवों ने कर्ण को बलशाली धनुर्धारी के रूप में देखा जिसे राजा बनने का पूरा अधिकार था। कर्ण को वास्तव में किसने देखा? क्या उसकी अपने माता-पिता के पेशे से भी अलग कोई पहचान थी? इसी तरह, श्याम को सही मायनों में किसने देखा?

कौरव और पांडव, दोनों ही द्वारावती आए ताकि आगामी युद्ध के लिए यादवों का साथ मिल सके। अंधक वंश के कृतवर्मा ने कौरवों का साथ देना निश्चित किया। वृष्णि वंश के सात्यकि पांडवों के साथ थे। श्याम के भाई बलराम ने दोनों ही पक्षों का साथ देने से इंकार कर दिया। दोनों पक्षों ने रुक्मि के ढोंगी स्वभाव को देखते हुए, उसकी सहायता नहीं ली।

प्रत्येक पक्ष श्याम को अपनी ओर चाहता था। पांडवों ने कहा, "आपकी बहन सुभद्रा अर्जुन की पत्नी है। आपको हमारा साथ देना होगा।" कौरवों ने कहा, "आपके पुत्र सांब का विवाह दुर्योधन की पुत्री से हुआ है।"

श्याम ने अपने दो हिस्से करते हुए कहा, "एक पक्ष वह ले सकता है जो मैं हूँ; दूसरा पक्ष वह ले सकता है जो मेरे पास है यानी मेरी सेना।"

दुर्योधन ने पहले चुनाव करने की अनुमति चाही क्योंकि वह अर्जुन की तुलना में, श्याम के कक्ष में पहले आया था। श्याम ने कहा, "यह अधिकार अर्जुन का है। जब तुम आए तो मैं सो रहा था। मैं नहीं जानता कि कौन सच बोल रहा है। मुझे इतना पता है कि जब मैं जागा तो मैंने पहले अर्जुन को देखा। मेरे लिए वह पहले हुआ। तुम इतने घमंडी थे कि मेरे पैरों के बजाय मेरे सिर के पास आ कर बैठे और इस तरह मुझे नहीं दिखे। तुम्हारे पास पहले चुनने का अवसर नहीं रहा।"

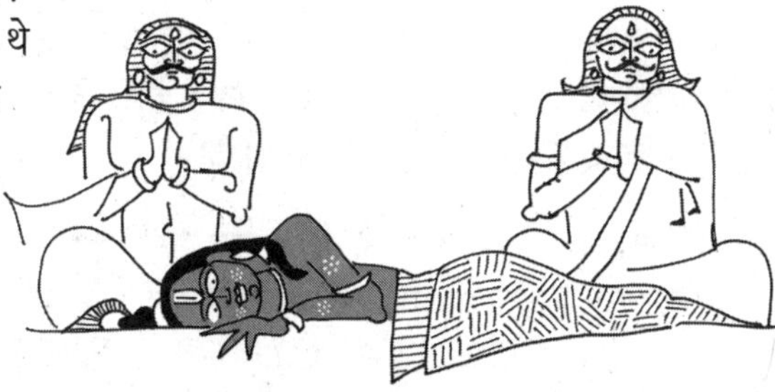

दुर्योधन श्याम के तर्कों से खीझ गया पर जब अर्जुन ने श्याम की नारायणी सेना के बजाए उन्हें ही चुन लिया तो उसे बहुत सुकून मिला।

श्याम ने कहा, "तुम्हें पूरा विश्वास है। कौरवों के पास ग्यारह सेनाएँ हैं और तुम्हारे पास केवल सात सेनाएँ।"

अर्जुन ने कहा कि उसे अपने चुनाव पर पूरा विश्वास था। श्याम मुस्कराए क्योंकि अर्जुन ने जान लिया था कि वे कौन थे।

- पांडवों और कौरवों का युदध परिवार को विभाजित कर देता है। कृष्ण धर्म की स्थापना के लिए इसमें हिस्सा लेते हैं। बलराम नहीं लड़ने का निर्णय लेते हैं। इस तरह वे दोनों विष्णु और शिव की तरह, संसार में शामिल होने और उससे अनासक्त होने का धर्म निभाते हैं।
- हिंदू गाथाओं में, दिव्यता को उसमें विभाजित किया गया है जिसे मापा ज़ा सकता है (देह व वस्तुएँ) और जो मापदंड को तुच्छ जानता है (विचार व भाव)। पहले को स्त्रैण माना जाता है इसलिए वह नारायणी है। दूसरा पौरुष संपन्न है इसलिए वह नारायण है। कौरव नारायणी पर और पांडव नारायण पर केंद्रित हैं। नारायण देही हैं, उस देह के वासी जो नारायणी है। हमारी देह हमारी मज्जा और संपत्ति है जिससे हम समाज में स्तर पाते हैं। शिव बैरागी हैं, वे स्त्रैण पक्ष का त्याग करते हैं जो देह है, इस प्रकार वह नारायणी या देवी है। ब्रह्मा उसके पीछे भागते हैं, इस प्रकार वह पूजने के योग्य नहीं। विष्णु सही मायनों में उसे सराहते हैं।

भीम के पौत्र का बलिदान

कौरवों और पांडवों के बीच होने वाले युद्ध का समाचार चारों ओर फैल गया और योद्धा इसमें भाग लेने के लिए आने लगे। उनमें से एक बर्बरीक भी था, जो नाग राजकुमारी अहिलावती और घटोत्कच का पुत्र था, घटोत्कच भीम का पुत्र था, जिसका जन्म राक्षसी हिडिम्बा के गर्भ से हुआ।

बर्बरीक अपने तूणीर में केवल तीन बाण ले कर आया था : पहले बाण में किसी को भी बचाने की शक्ति थी, दूसरे में कुछ भी नष्ट करने की शक्ति थी और तीसरा बाण तय करता था कि किसे बचाना है और किसे नष्ट करना है।

"क्या तुम्हारे बाण पेड़ के हर पत्ते को भेद सकते हैं?" श्याम ने बरगद के पेड़ की ओर संकेत किया। बर्बरीक ने एक बाण चलाया और पेड़ के सारे पत्ते भेदे गए। फिर वह बाण उनके पैरों के पास आ गिरा क्योंकि उन्होंने एक पत्ता अपने पैर के नीचे दबा लिया था।

"तुम बहुत अच्छे योद्धा हो। किस पक्ष का साथ देना चाहोगे?"

"निर्बल पक्ष के साथ।"

अब यह समस्या थी। बर्बरीक जिस ओर से भी लड़ता, वही पक्ष सबल हो जाता। बर्बरीक को पक्ष बदलना पड़ता। इस तरह युद्ध का नतीजा नहीं

निकल सकता था। और श्याम को यक़ीन था कि धर्म की स्थापना के लिए पांडवों को युद्ध में जीतना ही होगा।

श्याम बोले, "मैं तुमसे कुछ चाहता हूँ। क्या तुम मुझे दे सकते हो?" वे जानते थे कि इस चुनौती से युवक का गर्व आहत होगा।

वह बोला, "आप जो चाहें, आपको दे सकता हूँ।" बर्बरीक बोला।

श्याम ने बर्बरीक का सिर माँग लिया। बर्बरीक को अब समझ आया कि वह छला गया था पर उसने हामी भर दी थी। उसने अपना सिर काटने से पहले एक शर्त रखी। "आपको मेरे सिर को जीवित रखना होगा ताकि मैं स्वयं यह युद्ध देख सकूँ।"

श्याम ने ऐसा करने के लिए हामी भर दी।

- ओड़िशा, आंध्र प्रदेश, नेपाल और राजस्थान की लोक महाभारतों में बर्बरीक की कथा कही जाती है।
- बर्बरीक का सिर खाटू श्याम जी के रूप में पूजा जाता है, जो राजस्थान में श्याम का ही एक रूप है। तीन बाणों वाला धनुष, उनका प्रतीक है।
- महाभारत एक प्रतिशोध नाटिका जैसा लग सकता है जिसमें पांडव पीड़ित और कौरव खलनायक हैं। परंतु ऐसा नहीं है। महाकाव्य के युद्ध में विजेता अपनी संतान खो देते हैं। इस जीत के माध्यम से, व्यक्ति धर्म का गुणगान करता है।

अर्जुन के पुत्र का बलिदान

कहा गया कि युद्ध में जीतने के पांडवों को किसी संपूर्ण पुरुष को बलि चढ़ाना होगा ताकि देवी काली प्रसन्न हो सके। ऐसे संपूर्ण पुरुष तीन थे, उनकी देह बत्तीस लक्षणों से युक्त थी। वे थे - श्याम, अर्जुन और अर्जुन व नाग राजकुमारी उलूपी का पुत्र इरावन।

श्याम और अर्जुन की बलि नहीं दी जा सकती थी इसलिए इरावन से पूछा गया कि क्या वह बलि देने को तैयार है। वह मान गया परंतु उसकी भी एक शर्त थी। वह एक विवाहित पुरुष के रूप में प्राण देना चाहता था ताकि उसकी मृत्यु पर कोई स्त्री विधवा की तरह विलाप करे।

कोई भी स्त्री उससे विवाह नहीं करना चाहती थी क्योंकि उसे विवाह के तुरंत बाद बलिदान होना था। अंत में श्याम ने एक स्त्री का रूप लिया और उससे विवाह करने के लिए मान गए। श्याम मोहिनी रूप में इरावन की पत्नी बने। उन्होंने एक रात साथ बिताई। सुबह इरावन को बलि चढ़ा दिया गया और मोहिनी ने उसकी विधवा बन कर विलाप किया। श्याम की चीख़ें सुन कर सभी द्रवित हो उठे।

- संस्कृत साहित्य के इरावन को तमिल साहित्य में इरावन के नाम से जानते हैं। हालाँकि संस्कृत साहित्य में केवल उसका नामोल्लेख है जबकि तमिलनाडु की लोक रामायणों में उसकी कथा भी आती है।
- ऐरावन के सिर को, तमिलनाडु के कूवागम ग्राम में कूठंडवर के नाम से पूजा जाता है। वे तमिलनाडु के किन्नरों के इष्ट हैं, जो प्रति वर्ष उनके विवाह और बलिदान की कथा दोहराते हैं। उनका संबंध शिव से माना जाता है।

श्याम का अर्जुन को परामर्श

सेनाएँ कुरुक्षेत्र में आमने-सामने थीं : कौरवों के पास ग्यारह और पांडवों के पास सात सेनाएँ थीं। जिनमें हाथी, अश्व और पैदल सैनिक शामिल थे। चमचमाते कवच, प्रभावशाली शस्त्रों और लहराती पताकाओं संग सभी पुरुष आपस में लड़-मरने को तैयार थे, जैसे कुत्ते आपस में मांस के लिए लड़ते हैं।

इससे पहले कि युद्ध आरंभ होता, अर्जुन ने श्याम से कहा कि वे उसे दोनों सेनाओं के बीच ले चलें। उसने एक ओर अपने भाइयों, ससुर और सालों को देखा। दूसरी ओर, उसके नातेदार भाई, संबंधी और गुरुजन खड़े थे। दोनों ही ओर उसका परिवार था। अर्जुन को अपने अतीव बल, युद्ध कौशल के लिए जाना जाता था। उसने अचानक अपने सामने दिख रही परिस्थिति पर विचार किया तो उसे ध्यान आया कि वह भूमि के टुकड़े के लिए अपने ही लोगों का वध करने जा रहा था। वह सोचने लगा कि यह धर्म कैसे हो सकता था? क्या एक योद्धा कर्तव्य यह नहीं होता कि वह अपने परिवार की रक्षा करे? परंतु यदि वह नहीं लड़ा तो क्या वह अन्याय को प्रश्रय देगा? उस धरती का क्या होगा जिस पर उसके भाइयों का अधिकार है? द्रौपदी के अपमान के प्रतिशोध का क्या होगा? बेशक, लड़ना तो उचित था। परंतु क्या संबंधियों और मित्रों को मारना अनुचित नहीं था? तभी अर्जुन भीतर से भावुक होने लगा। उसके हाथ काँपे और गला सूख गया। वह अपना धनुष झुका कर सोचने लगा कि क्या यही उत्तम नहीं होगा कि वह इंद्रप्रस्थ का दावा नहीं करे, तब इस हिंसा को त्याग कर, एक भिक्षुक का जीवन जीना कहीं बेहतर होगा।

श्याम बोले, "तुमने भी विचार करने के लिए कौन सा समय चुना है? तुमने ही एक राजकुमार होने की सुविधा का उपभोग किया और अब अपने दायित्व से भाग रहे हो क्योंकि सब कुछ असुविधाजनक हो गया, तुम्हें लज्जा आनी चाहिए।"

कौन परिवार है और कौन परिवार नहीं है यह धारणा कृत्रिम सीमाओं पर टिकी है। सीमित मन को वही परिवार लगता है जो हमारे लिए लड़ता है या हमें प्रसन्न रखता है। असीम मन के लिए सभी परिवार हैं। कोई भी दूसरा नहीं है।"

"मृत्यु जीवन का अंग है। शिकारी, अपने शिकार को खा कर ही जीवित रहता है। प्रकृति में, सबल अपनी उत्तरजीविता बनाए रखने के लिए दुर्बल को दबाता है। यही धर्म है। कुरु-क्षेत्र धर्म-क्षेत्र नहीं है क्योंकि सौ कौरवों की ग्यारह सेनाओं ने मिल कर दिखावा किया है कि पांडवों की सात सेनाओं ने उनकी अपनी नगरी को नियंत्रित करने का प्रयत्न किया। दुर्बल की परवाह नहीं करने वाले, सबल से, बिना किसी घृणा के लड़ना ही धर्म है। योद्धाओं का कर्तव्य बनता है कि वे धर्म का पालन करें।"

श्याम ने अर्जुन से कहा कि अगर वह एक क्षत्रिय की तरह लड़ेगा तो कर्मयोगी कहलाएगा। वह किसी ख़ास नतीजे की अपेक्षा नहीं करेगा या फिर लड़ने वालों से घृणा नहीं करेगा।

श्याम ने अर्जुन से कहा कि अगर वह इस ज्ञान के साथ लड़ेगा कि केवल नश्वर देह का नाश होता है, देह इस देही की अनश्वर सदस्य नहीं है, वही ज्ञान योगी है। अनश्वर देही इस देह में मौजूद है और देह के सभी अनुभवों की साक्षी है। यह जन्म के समय नए वस्त्र की तरह देह धारण करती है और मृत्यु के समय इसे एक पुराने वस्त्र की तरह त्याग देती है।

श्याम ने अर्जुन से कहा कि अगर वह स्वयं को ईश्वर के हाथों सौंप दे और यह मान ले कि ईश्वर के सभी जीव परिवार हैं, कोई भी गैर या शत्रु नहीं है, तो वह भक्ति योगी होगा। ईश्वर हमारे आसपास परम आत्मा के रूप में उपस्थित है और हमारे भीतर जीव आत्मा के रूप में रहता है। जीव आत्मा देही है, यह सभी शरीरों अमर उपस्थिति है, यह साक्षी है कि जब भूख और भय बुद्धि को अपने अधीन कर लेते हैं तो मन अधर्म के चंगुल में उलझ जाता है। ऐसे कृत्य धर्म से सुदूर होते हैं और हम बार-बार जन्म लेने के चक्कर में उलझ जाते हैं। ऐसा तब तक जारी रहता है जब तक हमारी मति नहीं लौटती और हम भूख और भय के कारण नहीं, दूसरों के प्रति समानुभूति के कारण काम करते हैं।

श्याम ने कौरवों और पांडवों के प्रति अपनी समानुभूति को प्रकट किया। उन्होंने दुर्योधन की भूख और भय को देखा, जिसे एक नेत्रहीन और महत्त्वाकांक्षी तथा आँखों को ढँक कर रखने वाली असुरक्षित माता की ओर से पालन-पोषण मिला। परंतु वे दुर्योधन की अपने पाँच चचेरे भाइयों के प्रति समानुभूति के अभाव को समर्थन नहीं दे सके। "अपनी धरती से इतना मोह

रखने वाले व्यक्ति राजा नहीं बन सकता। इसका वध करना चाहिए। इसे समर्थन देने वालों को भी मारना होगा। देवों ने राजाओं को बनाया ताकि वे ध्यान दें कि मनुष्य पशुओं जैसा व्यवहार नहीं करें और लोग दूसरों की संपत्ति का आदर करें।"

- कृष्ण की भगवद् गीता, महाभारत के 'भीष्म पर्व' में आती है। हमें 700 श्लोकों का यह संवाद, संजय के मुख से सुनने को मिलता है जिसे दिव्यदृष्टि का वरदान मिला है इसलिए वह कृष्ण और अर्जुन के बीच होने वाले वार्तालाप को सुन सकता है।
- भगवद् गीता में वैदिक दर्शन का सार प्रस्तुत किया गया है। इस जगह, हिंदू गाथाओं में पहली बार भक्ति और ईश्वरवाद का अन्वेषण मिलता है। जहाँ आठवीं सदी में शंकर जैसे आचार्यों ने अपने संस्कृत भाष्यों में इसके ज्ञान मार्ग की व्याख्या की, वहीं रामानुज और माधव ने बारहवीं और तेरहवीं सदी में इसके भावात्मक पक्ष यानी भक्ति मार्ग को उभारा। ध्यानेश्वर जैसे प्रांतीय बोलियों में लिखने वाले संत-कवियों ने भगवद् गीता को कृष्ण के शब्दों में भक्ति सिद्धांत का प्रचार माना। अठारहवीं सदी में, अंग्रेज़ों के भारत में आने से, गीता के अंग्रेज़ी अनुवाद आए क्योंकि उन्हें लगा कि यह ग्रंथ वेदों के बहुदेववादी झुकाव की तुलना में इसका एकेश्वरवादी झुकाव कहीं अधिक स्वीकार्य था। नतीजन भगवद् गीता, हिंदू दर्शन के उन ग्रंथों में से है जो अनूदित हुए। हिंदू राष्ट्रवादियों ने गीता के सामाजिक पक्षों पर ध्यान केंद्रित किया और यह देखा कि कृष्ण कर्म मार्ग को अधिक प्रश्रय व प्रोत्साहन देते हैं। हिंदू धर्म की निंदा करने वाले तर्क देते हैं कि भगवद् गीता, लिंग और जाति अनुक्रम का प्रचार करती है।
- यदि भगवद् गीता नहीं होती तो कृष्ण के भक्त सारथी कृष्ण के बजाय ग्वाले कृष्ण पर केंद्रित होते।

श्याम का दैवीय स्वरूप

फिर श्याम ने अर्जुन को अपने विराट विश्वरूप के दर्शन करवाए। उन्होंने अपने शरीर का इतना विस्तार कर लिया कि उनका सिर आकाश से जा लगा और उनके पैर धरती के नीचे थे। उनकी भुजाएँ आठों दिशाओं में फैली थीं। उनके सिर कई हज़ार हो गए थे। हर मुख से आती-जाती श्वास के साथ कई संसार निकल रहे थे। हर संसार में कई खनिज पदार्थ, पौधे, पशु, देव, दानव, राक्षस, राजा व मुनि आदि देखे जा सकते थे। यह श्याम का विराट रूप था : वे अनंत के साक्षात प्रतीक थे।

जो कुछ भी यहाँ, वहाँ, मध्य में या उससे परे था, वह उनके भीतर उपस्थित था। जो कुछ भी है या होना था, वह उनके भीतर ही मौजूद था।

वे बोले, "मैं ही मन और विषय हूँ। मैं ही स्व तथा अन्य हूँ। मैं ही श्याम और श्यामा, कृष्ण और काली, प्रेमिका और प्रेमी, खाने वाला और खाया गया, मारने वाला और मारा गया हूँ।

मैं किसी से प्रेम नहीं करता, मुझे किसी से घृणा नहीं। परंतु संस्कृति के प्रचार के लिए जंगल के नियम को भंग करना होगा। मनुष्यों को अपनी पाशविक वृत्तियों का त्याग करना होगा। केवल धर्म ही सफलता, आनंद और स्वतंत्रता ला सकता है।"

अर्जुन ने अपने भाई, मित्र, सलाहकार व सारथी का यह रूप देखा तो उसे अनुभव हुआ कि उसने श्याम को कभी सही मायनों में देखा ही नहीं था। वह श्याम के पैरों में गिर कर उनसे साधारण रूप में आने की विनती करने लगा। वह अब वही करेगा जो उससे कहा जाएगा क्योंकि उसे पूरा विश्वास हो गया था कि श्याम जो कर रहे थे, वही उचित था।

- कृष्ण का विराट स्वरूप उन्हें ईश्वर के रूप में प्रतिष्ठित करता है। इससे पूर्व उन्होंने अन्य लोगों के साथ, कुरु राजसभा में नेत्रहीन धृतराष्ट्र को यह दिव्य दर्शन करवाया था। इस तरह अर्जुन कर्म में निरत होता है परंतु धृतराष्ट्र अपने पुत्र मोह के चलते कृष्ण के विराट रूप को समझ नहीं पाते।
- धृतराष्ट्र के लिए अपने पुत्रों और बैरी के पुत्रों का अंतर पूरी तरह से स्पष्ट है। अर्जुन युद्ध के मैदान में दोनों ओर अपना परिवार देखता है। कृष्ण पूरे संसार को परिवार की तरह देखते हैं, वसुधैव कुटुंबकम।

- कृष्ण इस घटना में संपूर्ण ब्रह्माण्ड का प्रतीक हैं। जब वे बालक थे तो माता ने उनके मुख में तीनों लोक और ब्रह्माण्ड देखा था। वे संसार हैं, वे संसार में हैं और संसार उनके भीतर है।
- वेदांत दार्शनिकों ने संसार को दैवीय तत्व से अलग नहीं देखा (अद्वैत या मधुसूदन सरस्वती की अभेद विचारधारा), संसार और दैवीय तत्व अलग हैं (द्वैत या माधव की भेद विचारधारा), संसार और दैवीय तत्व एक साथ अलग और एक समान हैं (रामानुज की भेदाभेद विचारधारा)। रामानुज ग्यारहवीं सदी में तमिलकम में हुए, माधव तेरहवीं सदी में कर्नाटक में तथा मधुसूदन सरस्वती सोलहवीं सदी में, बंगाल में हुए और दैवीय तत्व को कृष्ण रूप में स्पष्टतः देखा। हालाँकि इन दार्शनिकों ने कृष्ण के प्रति भक्ति को प्रकट किया जो ईश्वर का संसारी रूप है परंतु इन्होंने बैरागी जीवन को अपने लिए चुना।

पिता का वध

इस तरह युद्ध का आरंभ हुआ। कौरवों की सेनाओं ने पांडवों की सेनाओं पर धावा बोला जो वन में तेरह वर्ष बिताने के बाद अपना अधिकार लेने वापस आए थे। जंगल का क़ानून नगर में प्रवेश कर चुका था। सबल ने निर्बल का अधिकार दबा लिया था। परंतु फिर भी भीष्म ने कौरवों का साथ दिया।

भीष्म, परशुराम के शिष्य थे और सब जानते थे। परंतु अपने वंश के प्रति निष्ठा के आगे, गुरु की शिक्षाएँ धूमिल हो गईं। वे चाहते थे कि कुरुओं का वंश और भूमि बनी रहे। उन्होंने दुर्योधन को अपनी इसी सोच का लाभ लेने दिया। इस तरह वे कौरवों की सेना के सेनापति बने और पूरे नौ दिन तक ऐसा परिवेश बनाए रखा कि दोनों पक्षों के बीच कोई हार या जीत नहीं हुई।

भीष्म के पास स्वेच्छा से जीने और मरने का वरदान था। वे अपने वंश की रक्षा के लिए जीना चाहते थे। उन्होंने अपने वंश के लिए संकट बनने वाले प्रत्येक व्यक्ति का विरोध किया जैसे सूतपुत्र कर्ण उन्हें खटकता था।

अंत में, दसवें दिन, श्याम ने रथ में अर्जुन को उतारा तो अर्जुन के रथ का संचालन शिखंडी के हाथों में था। भीष्म ने तर्क दिया कि शिखंडी एक स्त्री था और वह युद्ध में भाग नहीं ले सकता था। श्याम ने स्पष्ट किया कि भले ही शिखंडी का जन्म एक स्त्री रूप में हुआ परंतु वह एक यक्ष की मदद से पुरुष बन चुका था ताकि युद्ध में भाग ले सके। भीष्म अपनी बात से टस से मस नहीं हुए और शिखंडी पर शस्त्र उठाने से मना कर दिया। श्याम मुस्कराए और अर्जुन व शिखंडी के बाणों का शिकार हो कर भीष्म धरती पर आ गिरे।

"आपको मारा नहीं जा सकता परंतु आपको धरती व आकाश के बीच लटका कर, गतिहीन कर सकते हैं। पुरखे आपको नहीं स्वीकारते क्योंकि आपने संतान को जन्म नहीं दिया और धरती आपको नहीं स्वीकारती क्योंकि आपने साधारण मनुष्यों से कहीं अधिक समय तक धरती पर रहने का निर्णय लिया। आप धर्म की स्थापना होते हुए देखेंगे; निर्बल अपने अंश के लिए लड़ेंगे और सबल से घृणा भी नहीं रखेंगे।"

अर्जुन इस घटना से विचलित था। उसके हाथों भीष्म को मरना था।

- भीष्म आश्रम धर्म को तोड़ते हैं जो यह कहता है कि बूढ़े व्यक्ति को अपने स्थान से हटना होगा ताकि युवा के लिए स्थान बनाया जा सके।
- हिंदू शिक्षाओं में यह प्रश्न बार-बार पूछा जाता है कि वास्तविक पिता कौन है? जो माता को गर्भवती करता है (अर्जुन के मामले में इंद्र), जो माता से विवाह करता है और क़ानूनन अभिभावक बनता है (अर्जुन के मामले में पांडु), जो बालक का पालन करता है (अर्जुन के मामले में भीष्म)? अर्जुन को इंद्र से प्रतिभा मिली, पांडु से उत्तराधिकार मिला और भीष्म से प्रेम प्राप्त हुआ।

- अठारहवें दिन के युद्ध के दसवें दिन, कृष्ण मैदान में एक किन्नर को लाते हैं और उसकी उपस्थिति युद्ध को पांडवों के पक्ष में कर देती है। भीष्म स्त्री से पुरुष बने शिखंडी को नकार कर गतिरोध पैदा करते हैं; कृष्ण का किन्नर के प्रति स्वीकार भाव उनकी विजय को सुनिश्चित कर देता है।

गुरु का वध

भीष्म के बाद, द्रोण को कौरवों की सेना का सेनापति बनाया गया। वे भी परशुराम के शिष्य थे परंतु अपने महत्त्वाकांक्षी पुत्र अश्वत्थामा के मोह में औकर धर्म को त्याग दिया था।

उनके कहने से युद्ध के कई नियम बदले गए। उनका तर्क था कि पांडवों ने ही शिखंडी को लाकर ऐसा करना आरंभ किया था।

द्रोण ने अर्जुन के पुत्र अभिमन्यु को कौरव योद्धाओं के साथ घेर लिया और यह परवाह भी नहीं कि सभी अनुभवी लोगों के बीच अभी वह एक बालक ही था।

फिर उन्होंने कर्ण से कहा कि उसे अपना शक्ति बाण भीम के पुत्र घटोत्कच पर छोड़ना चाहिए जो कर्ण ने भीम के लिए रखा था। कर्ण को ऐसा करना पड़ा परंतु द्रोण को परवाह नहीं थी।

द्रोण युद्ध में हाहाकार मचा रहे थे और अगर श्याम युधिष्ठिर को द्रोण से झूठ कहने को नहीं मनाते तो पांडवों की हार निश्चित थी। उन्होंने युधिष्ठिर के मुख से कहलवाया कि अश्वत्थामा मारा गया। यह एक झूठ था क्योंकि भीम ने अश्वत्थामा नामक हाथी को मारा था। यह सुन कर द्रोण को लगा कि उसके पुत्र की बात हो रही है। द्रोण ने उसी समय अपने हथियार डाल दिए, उनका युद्ध धर्म के लिए नहीं अपने पुत्र के लिए था। उन्होंने अपना धनुष झुकाया और श्याम के संकेत पर धृष्टद्युम्न ने उनका सिर काट दिया।

इस तरह श्याम ने पांडवों के हाथों उनके गुरु का वध करवाया।

- जब द्रोण गुरु होने के स्थान पर योद्धा बनते हैं तो वर्ण धर्म को भंग करते हैं और अपने इस नए स्तर से शोषित की सहायता करने के स्थान पर शोषण करते हैं। वे परशुराम नहीं हैं।

- द्रोण की कथा में बार-बार स्तर के लिए व्याकुलता दिखती है। द्रुपद उन्हें हीन कहता है तो वे कुपित हो उठते हैं। वे अपने छात्रों की सेना तैयार करते हैं और गुरु दक्षिणा के बदले द्रुपद के आधे राज्य की माँग करते हैं। द्रुपद अपमानित होने के बाद शिव की तपस्या से अपने लिए द्रोण का वध करने और कुरु वंश को नष्ट करने वाले पुत्र और पुत्री का वरदान लेता है। इस तरह, कुरु वंश का गुरु उन्हें मूल्यों की शिक्षा देने के बजाय विनाश के बीज बोता दिखाई देता है।
- द्रोण की हत्या गुरु-हत्या और ब्रह्म-हत्या दोनों ही है। एक गुरु और एक ब्राह्मण की हत्या। कृष्ण इसके लिए सहायक होते हैं क्योंकि उनके लिए शत्रु का सामाजिक स्तर नहीं, धर्म के विचार के लिए वचनबद्धता अधिक मायने रखते हैं।
- शिव पुराण में, शिव ब्रह्मा और दक्ष का वध करते हैं जो दोनों ही ब्राह्मण हैं। रामायण में, राम रावण का वध करते हैं जो ब्राह्मण है। महाभारत में, कृष्ण द्रोण के वध के योग्य मानते हैं जबकि वह ब्राह्मण है। इन ग्रंथों में ब्राह्मणों की हत्या जैसा प्रसंग बार-बार आता है जो हिंदुत्व में इस मानसिक तनाव को प्रकट करता है कि कोई व्यक्ति अपने शुद्ध विचारों या वर्ण से ब्राह्मण है या वह जाति से ब्राह्मण होता है। हम देख सकते हैं, आत्मा विविध रूप रखती है और इस तरह वह स्तर की व्याकुलता से मुक्त है। उत्तराधिकार में प्राप्त स्तर में जाति अनुक्रम पर बल दिया जाता है, यह हमें सुविधाभोगी स्तर प्रदान करता है।
- युधिष्ठिर एक सत्यनिष्ठ व्यक्ति है और हम यह मान कर चलते हैं कि ऐसे लोग अच्छे होते हैं परंतु हिंदू शिक्षाओं के अनुसार यदि निष्ठा धर्मसम्मत नहीं (दुर्बल की सहायता) तो इसका कोई मूल्य नहीं है। कृष्ण के कहने से युधिष्ठिर ने झूठ कहा। इस घटना के बाद उसका रथ हवा में उड़ना बंद हो गया। दूसरे शब्दों में, वह वास्तव में धरती पर उतर आए।

बड़े भाई की हत्या

कर्ण भी भीष्म और द्रोण की तरह परशुराम का शिष्य था। उसने भी उनकी तरह धर्म की शिक्षा पाई थी और उसने भी मित्रता के नाम पर धर्म को त्याग दिया था।

कर्ण का तर्क था कि जब किसी ने उसका साथ नहीं दिया तो कौरवों ने ही उसे अपनाया इसलिए वह उनके साथ ही लड़ेगा। परंतु पशु ही अपने झुंड या छत्ते के लिए वफ़ादार होते हैं; मनुष्य यह चुनाव कर सकता है कि उसे किस पक्ष का साथ देना है। और यह चुनाव धर्म पर आधारित होना चाहिए : क्या सबल निर्बल को उसका अधिकार देने से इंकार कर रहे हैं, जैसे पांडवों के मामले में दुर्योधन ने किया था?

कर्ण ने कौरवों के सेनापति भीष्म के रहते युद्ध करने से इंकार किया था। उसने युद्ध में तब भाग लिया जब द्रोण ने नेतृत्व सँभाला। परंतु वह द्रोण के आदेश से अपना शक्तिशाली अस्त्र खो चुका था। द्रोण की मृत्यु होते ही उसे सेनापति बनाया गया था।

युद्ध के दौरान अर्जुन के बाणों ने कर्ण के रथ को कई हज़ार हाथ पीछे कर दिया जबकि अर्जुन का रथ केवल कुछ ही हाथ की दूरी तक जा सका। फिर भी श्याम ने कर्ण को सराहा। जब अर्जुन ने इसका कारण पूछा तो वे बोले, "तुमने एक मनुष्य का रथ पीछे धकेला परंतु उसने उस रथ को धकेला, जिस पर स्वयं देव सारथी बन कर विराजमान थे। क्या वह प्रशंसा के योग्य नहीं है?"

कर्ण को मृत्यु का अभिशाप था, जो स्वयं परशुराम ने दिया था। उसके रथ का पहिया मिट्टी में धँसा तो उसे स्वयं ही उसे निकालने के लिए उतरना पड़ा। जब वह ऐसा कर रहा था तो श्याम ने अर्जुन से कहा कि वह निहत्थे कर्ण को मार दे। इस तरह जो सूत पुत्र लड़ते हुए मारा जाना चाहता था, वह एक सारथी का काम करते हुए ही मारा गया।

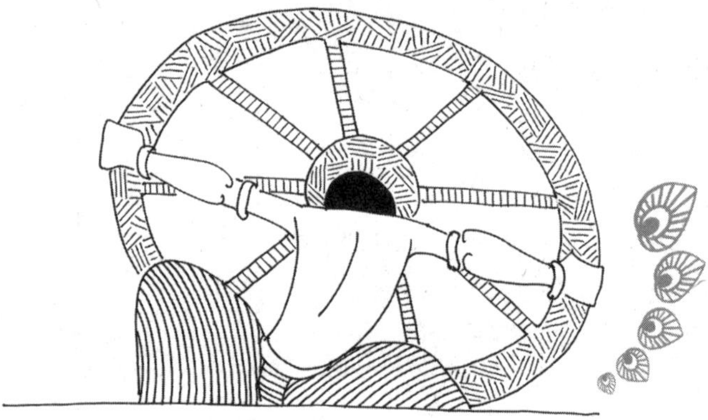

श्याम ने देखा कि पांडव कर्ण को सूत पुत्र कह कर उपहास करते हुए उसकी मौत का जश्न मना रहे थे। वे नहीं जानते थे कि कर्ण तो उनका बड़ा भाई था जो कौरवों, पांडवों और बलराम से भी आयु में बड़ा था। उन्होंने देखा कि सीमित ज्ञान के साथ मनुष्य कैसे पेश आते हैं। अगर वे कर्ण के जीवन के बारे में अधिक जानते तो यह उत्सव शोक में बदल जाता। सत्य सामने आना था, परंतु वह सब युद्ध के बाद हुआ।

- रामायण में, राम सूर्य के पुत्र सुग्रीव के लिए इंद्र के पुत्र बाली का वध करते हैं। महाभारत में इसके ठीक विपरीत हुआ। कृष्ण सूर्य के पुत्र कर्ण को मारने में सहायक हैं ताकि इंद्र के पुत्र अर्जुन की रक्षा हो सके। इन कथाओं से श्रेष्ठता पाने के लिए दो वैदिक देवों के बीच का संघर्ष झलकता है : सूर्य देव और इंद्र देव।
- हमारा प्रेम और घृणा, हमारी परिवार की और अन्य अवधारणाएँ, हमारी सूचना के आधार पर होती हैं। सीमित ज्ञान कर्ण को सामाजिक तौर पर हेय बनाता है, जो पांडवों के लिए भी अप्रिय है। इस तरह हम देखते हैं कि सारी घृणा और अनुक्रम सीमित व मिथ्या ज्ञान पर आधारित है। असीम ज्ञान या सत्य तभी मिलता है जब मन (मन) का अनंत विस्तार (ब्राह) होता है। इस तरह ब्राह्मण का अर्थ हुआ जो ब्राह्मण होना चाहता है, अनंत रूप से विस्तृत मन जिसमें असीम ज्ञान भरा हो। इस धरती पर ऐसे व्यक्ति केवल कृष्ण ही हैं।

युधिष्ठिर और अर्जुन की लड़ाई

जब कर्ण सेनापति था तो उसके पास युधिष्ठिर को मारने का अवसर था परंतु उसने युधिष्ठिर का अपमान करने का ही निर्णय लिया। युधिष्ठिर अपमानित हो कर लौटे। अर्जुन ने श्याम से डेरे पर जाने को कहा ताकि अपने भाई की हालत सँभाल सके।

हालाँकि युधिष्ठिर को यह सही नहीं लगा कि अर्जुन युद्ध छोड़ कर उनके पास आया था। "तुम रणभूमि से वापस क्यों आए? कर्ण से लड़ कर मेरे अपमान का बदला लो। क्या गांडीव इतना दुर्बल हो गया कि सूत पुत्र के प्राण नहीं ले सकता?"

अर्जुन ने कहा, "आप भले ही मेरा अपमान करें परंतु मेरे गांडीव के लिए कुछ नहीं कहें।" अर्जुन को इतना गुस्सा आ गया कि वह अपनी तलवार खींच कर अपने ही भाई को मारने दौड़ा। उसने संकल्प लिया था कि वह हर उस आदमी के प्राण ले लेगा, जो उसके प्रिय धनुष का अपमान करेगा। श्याम ने किसी तरह भाग कर उसे रोका तो उसे ध्यान आया कि वह क्या करने जा रहा था। "मुझे अपने संकल्प का मान रखना होगा और अपने ही भाई पर तलवार उठा ली इसलिए अपने प्राण लेने होंगे।"

सारे प्रकरण को उलझता देख श्याम ने सलाह दी, "जब कोई नेक आदमी अपने भाई का अपमान करता है तो यह उसकी हत्या के समान ही होता है। जब कोई नेक आदमी अपनी प्रशंसा करता है तो यह आत्महत्या करने के समान होता है। ये शब्द ही तुम्हारा काम कर देंगे। इस शारीरिक नहीं मानसिक देह की हानि होने दो। अपने हथियार पीछे रख दो।"

- इन घटनाओं से पता चलता है कि युद्ध का योद्धाओं पर क्या प्रभाव हुआ। पांडव तक आपस में लड़े थे।
- कृष्ण उन लोकप्रिय लोगों में से हैं जो तर्कों को अपने अनुसार पलटना जानते है। परंतु हर तर्क पलटने वाला व्यक्ति कृष्ण नहीं हो सकता। कृष्ण होने के लिए, वे तर्क धर्म की राह पर जाने चाहिए जहाँ दुर्बल, दुर्बल की रक्षा करता है और हम बलवान की परवाह किए बिना, दुर्बल के लिए लड़ते हैं।

अश्वों को पानी पिलाना

युद्ध के दौरान, श्याम को अपने अश्वों का बहुत ध्यान रखना पड़ता था। वे अर्जुन से कह कर रथ के आसपास बाणों की बाड़ बनवा देते ताकि उनके अश्व कुछ देर विश्राम कर सकें। फिर एक बाण मार कर धरती से पानी निकाला जाता। अश्व पानी पीते, स्नान करते और युद्ध में वापस जाने के लिए तैयार होते।

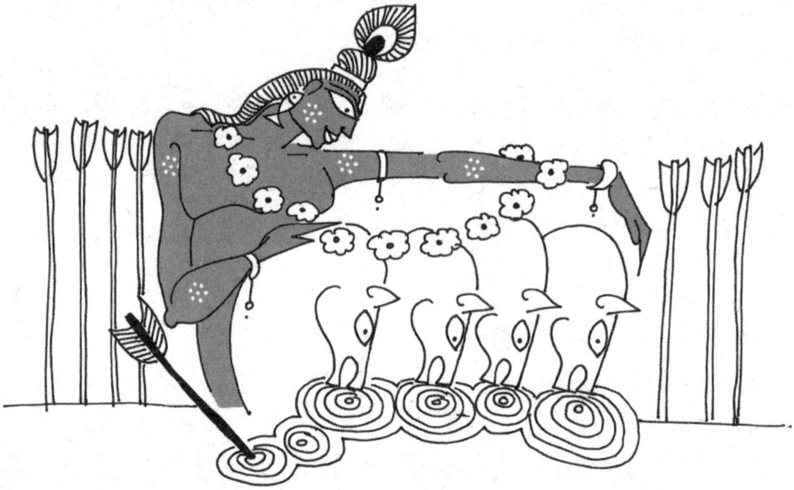

- जीवन के विशाल परिप्रेक्ष्य में, जीवन मृत्यु से अधिक महत्त्व रखता है। जब मनुष्य संपत्ति के लिए एक-दूसरे के प्राण लेते हैं, वहीं कृष्ण अपने अश्वों की प्यास के लिए संवेदनशील दिखते हैं जिन्हें मनुष्य की महत्त्वाकांक्षा पूरी करने को नियुक्त किया गया है।
- चेन्नई में एक ऐसा मंदिर है जिसमें कृष्ण को अर्जुन, पार्थसारथी के सारथी के रूप में चित्रित किया गया है। इस जगह उन्होंने मूँछें रखी हुई हैं और उनके हाथ में एक शंख है।

श्याम के वस्त्र

एक दिन, भोर के समय, जब सिपाही युद्ध के लिए तैयार हो रहे थे तो युधिष्ठिर ने श्याम को अपने मोरपंख की खोज के लिए भागदौड़ करते देखा। "इस महायुद्ध में भी आपको अपने मोरपंख की चिंता है?" उन्होंने पूछा।

श्याम ने मुस्करा कर कहा, "युधिष्ठिर, तुम्हारे लिए यह धर्म युद्ध है। मैं तो हर क्षण धर्म में रहता हूँ इसलिए न्याय और नैतिकता के साथ सौंदर्य बोध भी उतना ही महत्त्व रखता है।

ये सभी एक साथ चलते हैं। जब धर्म कोई वस्तु नहीं, एक जीवनशैली होगा तो तुम इसका अनुभव कर सकोगे।”

- यह प्रसंग एक लोक कथा पर आधारित है जो मनुष्य के उस द्वेष की निरर्थकता को प्रकट करती है जो युद्ध को जन्म देता है।
- कृष्ण भक्ति में, वीर रस का भाव, शृंगार रस के आगे हीन हो जाता है।
- मंदिरों में, कृष्ण की साज-सज्जा पर विशेष ध्यान दिया जाता है। जब उन्हें पुष्पों, रेशमी वस्त्रों, चंदन के अंगराग तथा आभूषणों से सुसज्जित किया जाता है, उसके बाद इष्ट को एक दर्पण दिखाया जाता है ताकि वे अपने परिधान और छवि का आनंद ले सकें।
- कृष्ण की पूजा में वस्त्र, संगीत तथा भोग का विशेष महत्त्व है।

श्याम ने करवाया दुर्योधन का वध

कर्ण के बाद, शल्य कौरवों का सेनापति बना। उसे युधिष्ठिर ने मार दिया। जब भीम ने अठानवे कौरवों को मारने के बाद अंततः दुःशासन और दुर्योधन के भी प्राण ले लिए, तब युद्ध अपने अंत पर आ गया।

भीम ने दुःशासन की आँतें चीर कर, उसका रक्तपान किया और द्रौपदी ने उसके रक्त से केश धोकर बाँधे।

फिर भीम ने दुर्योधन का पीछा किया और एक झील के भीतर उसे जा पकड़ा। उनकी मुठभेड़ के बीच श्याम ने अपनी जंघा थपथपाई और भीम को संकेत किया कि दुर्योधन की जंघा पर वार करे, वही उसके शरीर का सबसे संवेदनशील अंग था। ऐसा करना युद्ध के नियमों के विरुद्ध था।

श्याम जानते थे कि दुर्योधन के शरीर में केवल जंघा पर ही शस्त्रों का असर हो सकता था। एक बार उसकी माता गांधारी ने उसे अपने पास निर्वस्त्र बुलवाया। गांधारी ने अपने विवाह वाले दिन से ही आँखों पर पट्टी बाँध रखी थी और वह चाहती थी कि पट्टी हटा कर, अपनी दृष्टि से पुत्र को बलशाली बना दे। इतने वर्षों से कुछ नहीं देखने के कारण उसके पास एक पहले दृष्टिपात की शक्ति आ गई थी। परंतु

लज्जा के मारे दुर्योधन ने अपनी जंघा वाले हिस्से को लंगोट से ढँक लिया था। नतीजन, सारी देह को छोड़ कर केवल जंघा ही दुर्बल अंग रह गया। केवल श्याम को ही यह रहस्य पता था और उन्होंने इसे भीम को बता दिया जिससे दुर्योधन की हत्या करना सरल हो गया। इस तरह भीम ने द्रौपदी के अपमान का बदला लिया।

जब बलराम ने सुना कि भीम ने युद्ध के नियम तोड़ते हुए दुर्योधन की पीठ से नीचे प्रहार किया तो उन्होंने गुस्से में आ कर, भीम की हत्या करने के लिए हल उठा लिया परंतु श्याम ने उन्हें समझाया और उन्हें तसवीर का बड़ा रुख़ देखने में मदद की। दुर्योधन ने कभी बलहीन की परवाह नहीं की। ऐसे राजाओं की रक्षा के लिए नियम कैसे हो सकते थे जो अपने सभ्य समाज में जंगल का क़ानून लागू करना चाहते थे?

- कृष्ण निरंतर नीति व परंपराओं को मोड़ते चलते हैं, वे राम की तरह नहीं है। जो नियमों व परंपराओं को बनाए रखते हैं। नियम पशुओं को वश में रखने और मनुष्यों को जंगल के क़ानून यानी मत्स्य न्याय को अपने अधीन रखने के लिए बनाए गए हैं। जब नियम पाशिवक वृत्ति को अपनाने की अनुमति देते हैं तो वे अपने उद्देश्य में असफल हो जाते हैं। नियम से कहीं अधिक महत्त्व इस बात का है कि नियम को मानते या तोड़ते हुए हमारी मंशा क्या थी।
- राम नियमों का पालन करने वाले मर्यादा-पुरुषोत्तम कहलाते हैं। नियमों को भंग करने वाले कृष्ण लीला पुरुषोत्तम कहलाते हैं। जो व्यक्ति जो नियमों को पालता है या जो तोड़ता है, दोनों में से कोई संपूर्ण नहीं, संपूर्ण वही है जो धर्म की रक्षा करता है, सबल की असुरक्षाओं को सराहे बिना दुर्बलों की रक्षा करता है।
- ग्रीक पौराणिक गाथाओं में भी यह प्रसंग आता है कि एक माता अपने पुत्र की मौत से रक्षा करना चाहती है परंतु उसका एक अंग संवेदनशील रह जाता है। थेटिस अपने पुत्र एकीलिज को स्टाइक्स नदी में डुबकी देती है ताकि उसकी देह पर शस्त्र असर नहीं कर सकें परंतु वह उसे जिस एड़ी से पकड़ती है, वही पानी के संपर्क में नहीं आती और वही वार करने योग्य हो जाती है।
- बलराम भीम और दुर्योधन दोनों को ही गदा चलाने का प्रशिक्षण देते हैं परंतु दुर्योधन उन्हें सदा प्रिय रहा। वे चाहते हैं कि उनकी बहन सुभद्रा का विवाह दुर्योधन से हो और बाद में वे अपनी पुत्री का विवाह दुर्योधन के पुत्र से करने को इच्छुक हैं। परंतु कृष्ण अपनी बहन सुभद्रा का विवाह अर्जुन से करवा देते हैं और बलराम की पुत्री का विवाह अर्जुन के पुत्र अभिमन्यु से होता है। बलराम उस शिव के समान हैं जो सुर व असुर में भेद नहीं करते जबकि कृष्ण, विष्णु की तरह, देवों के साथ खड़े रह कर असुरों का विरोध करते हैं।
- एक बार लक्ष्मण ने अपने भाई राम से शिकायत की थी, "मुझे हमेशा आपका आज्ञा पालन करना पड़ता है क्योंकि आप मेरे बड़े भइया हैं। अगले जन्म में मैं ही बड़ा भाई बनूँगा।" राम ने हामी भरी और साथ ही यह भी कहा, हालाँकि मैं कृष्ण के रूप में छोटा

भाई रहूँगा परंतु फिर भी तुम्हें मेरी बात माननी ही होगी क्योंकि तुम्हें अहसास होगा कि में कभी अपने पद के बल पर तुम्हें प्रभावित नहीं करूँगा। मैं सदा तुम्हारी प्रेम करने की शक्ति को ही जगाता आया हूँ। इस तरह कृष्ण ने सदा जल्दी गुस्सा होने वाले बलराम को शांत रखा और विधान के प्रति स्नेह पैदा करते हुए, उन्हें उनकी भूलें दिखाते चले।

श्याम ने किया बचाव

युद्ध के दौरान, श्याम ने पांडवों को दैवीय अस्त्र-शस्त्रों की मार से बचाया।

जब एक राजा ने अर्जुन पर वैष्णव अस्त्र चलाया तो श्याम ने उसे अपनी छाती पर झेल लिया। वह शस्त्र माला में बदल गया क्योंकि उसने श्याम को विष्णु के अवतार के रूप में जान लिया था।

जब दूसरे राजा ने नारायण अस्त्र चलाया तो श्याम ने पांडवों से कहा कि वे प्रक्षेपास्त्र को प्रणाम कर, उसकी शक्ति को स्वीकार कर लें। वह शस्त्र उसी समय ओझल हो गया और किसी को हानि नहीं हुई।

जब अर्जुन पर नाग अस्त्र चलाया गया तो श्याम ने रथ को धरती में धकेल दिया ताकि वह वार अर्जुन के शरीर के बजाए मुकुट पर हो।

अंत में, जब युद्ध समाप्त हुआ तो अर्जुन रथ से उतरा, श्याम भी सारथी के आसन से उतर आए। ज्यों ही रथ उनके आभामंडल से दूर हुआ, पिछले अठारह दिनों के वार झेल रहा रथ आग की लपटों में भस्म हो गया।

- महाभारत के अतिसाधारण तत्वों को बाद में शामिल किया गया, जब भक्ति आंदोलन ने लोकप्रियता पा ली। लोग चाहते थे कि धरती पर आने वाले ईश्वर के पास असाधारण शक्तियाँ हों, केवल असाधारण प्रज्ञा पर्याप्त नहीं थी।
- महाभारत में दैवीय अस्त्रों का उल्लेख मिलता है जिनमें कई देवों की शक्ति समाई थी जैसे नाग अस्त्र में सर्पों की शक्ति थी; ब्रह्मास्त्र में ब्रह्मा जी की शक्ति थी; पाशुपात में शिव जी का बल था और नारायण अस्त्र व वैष्णव अस्त्र में विष्णु की शक्ति समाई थी।

श्याम का अश्वत्थामा को शाप

पांडव अपनी विजय के उत्सव में मग्न थे। "हमने धरती से दुष्टों का नाश कर दिया।"

श्याम ने इसमें हिस्सा नहीं लिया। वे सभी कौरवों को दुष्ट नहीं मानते थे और यह भी जानते थे कि उनके निष्ठावान लोग पांडवों को कभी क्षमा नहीं करेंगे।

रात को जब सब सो रहे थे तो द्रोण के पुत्र अश्वत्थामा ने डेरे में प्रवेश किया और उसे आग लगा दी। फिर इसी कोलाहल के बीच, उसने पाँच लोगों की हत्या कर दी और उसे लगा कि उसने पांडवों को मार दिया है परंतु वे द्रौपदी के पाँचों पुत्र थे।

सुबह के समय, द्रौपदी को पता चला कि उसके भाई और पुत्र नहीं रहे। उसने कहा कि अश्वत्थामा को पकड़ कर लाया जाए और मौत के घाट उतार दिया जाए।

श्याम ने कहा, "नहीं, हमें इस हिंसा का अंत करना होगा।"

इस दौरान, अश्वत्थामा कौरवों की हार का प्रतिशोध लेने को इतना उतावला हुआ कि उसने पांडवों के अंतिम वंशज, अभिमन्यु के अजन्मे पुत्र की उत्तरा की कोख में ही हत्या करनी चाही।

श्याम ने बाण को रोका ताकि शिशु सुरक्षित हो। इस तरह परीक्षित का जन्म हुआ। वह सुभद्रा का पौत्र और पांडवों का एकमात्र

जीवित उत्तराधिकारी था। फिर उन्होंने अश्वत्थामा को शाप दिया, "तुम्हारी कभी मृत्यु नहीं हो। तुम्हारे घाव कभी नहीं भरें। तुम इस धरती पर कष्ट सहते हुए विचरते रहो।"

संसार ने पहली बार श्याम को इतने गुस्से में देखा। मानो उनके धैर्य की सीमा नहीं रही। रणभूमि में सबने झुककर उनसे क्षमा चाही। इस तरह युद्ध का अंत हुआ।

- अश्वत्थामा एक चिरंजीवी है, जो संसार के अंत तक नहीं मरता। अन्य चिरंजीवियों में हनुमान, विभीषण, मार्कण्डेय और मुचुकुंद का नाम ले सकते हैं।
- अश्वत्थामा को शिव का रूप कह सकते हैं, जो पांडवों के युद्ध डेरे को नष्ट कर देता है। कौरवों के विनाश के उत्तरदायी द्रौपदी और धृष्टद्युम्न भी शिव की कृपा से जन्मे हैं। शिव किसी का पक्ष नहीं लेकर, दोनों पक्षों का नाश करते हैं। कृष्ण पांडवों का पक्ष लेते हैं और वे इस विनाश को रोक नहीं पाते।
- हमेशा यही मान्यता रही कि विष्णु ने संग्राम में देवों का साथ दिया। परंतु देवों की विजय भी उन्हें प्रसन्न नहीं कर सकी क्योंकि उनका स्वर्ग सदा ही किसी के घेरे में रहता। जैसे कृष्ण ने विजय श्री पाने में पांडवों की मदद की परंतु उन्हें प्रसन्नता नहीं मिली क्योंकि उनकी संतानें नहीं रहीं। युद्ध प्रतिशोध का दूसरा नाम नहीं है। यह शत्रु से घृणा करने के लिए भी नहीं है। यह धर्म के लिए है, अपनी पाशविकता से उबरने के लिए है ताकि हम सबल से घृणा किए बिना दुर्बल की सहायता कर सकें। कृष्ण, विष्णु और शिव किसी का पक्ष नहीं लेते। वे सबके भीतर मानवीय संभावना को जगाना चाहते हैं - विष्णु प्रेम और स्नेह के माध्यम से ऐसा करते हैं और शिव अनासक्त भाव से करते हैं।
- प्रत्येक व्यक्ति संसार को अपने दृष्टिकोण से देखता है। युद्ध लड़े जाते हैं क्योंकि दोनों पक्षों को लगता है कि वे ही सही हैं। ऐसा पशु जगत के लिए सत्य है जिसमें पशु अपने साथियों और इलाक़ों के लिए लड़ते हैं। यह सभ्य जगत के लिए उचित नहीं है, जहाँ युद्ध तभी होते हैं जब मनुष्य देने, बाँटने और अपनी भूख व भय से उबरने में अयोग्य हो जाता है।

धृतराष्ट्र का आलिंगन

अब विजेताओं और पराजितों के मिलने का समय आ गया था। नए राजा को पुराने राजा से भेंट करनी थी। पांडवों को धृतराष्ट्र से मिलना था।

धृतराष्ट्र बूढ़ा और अशक्त था। उसने किसी तरह अपनी मर्यादा बनाए रखी। अपने भतीजों से पूरे मान से पेश आया जिससे दरबार में सभी प्रभावित हो गए।

हालाँकि जब उसने भीम को गले से लगाया तो वह द्रवित हो उठा और बोला, "इन्हीं सशक्त भुजाओं ने मेरे सौ पुत्रों को लील लिया।" फिर उसने भीम को इतने ज़ोर से कस कर भींचा

कि एक हाथी के भी प्राण निकल जाते। एक तेज़ आवाज़ सुनाई दी और ज़ोर से कुछ टूटने का स्वर सुनाई दिया। राजा को अपनी इस अधीरता पर लज्जा आई और उसने पूछा, "मैंने क्या किया, क्या मैंने अपने पुत्रों के हत्यारे को कुचल कर मार दिया?"

श्याम ने कहा, "आप ऐसा ही करने वाले थे। परंतु जब आप भीम को आलिंगन में ले रहे थे तो मैंने उसे हटा कर उसके बजाए एक लौह मूर्ति को आगे कर दिया था। मुझे भय था कि कहीं आप उसे हानि नहीं पहुँचा दें, जैसा कि आपने अभी किया। भीम सुरक्षित है परंतु वह मूर्ति दो टुकड़े हो गई है।"

धृतराष्ट्र के लिए तय करना कठिन था कि इस समाचार से उन्हें शांति मिली या वे अप्रसन्न हुए।

- कृष्ण घृणा, दुख व असफलता के परिणामों को जानते थे। वे अपने से बड़ों का आदर करते हैं परंतु हालात के लिए व्यवहारिक समझ का प्रदर्शन करते हैं।
- महाभारत में, धृतराष्ट्र को उसके असाधारण बल के लिए जाना जाता है।

गांधारी का शाप

पांडव और द्रौपदी दुख और उदासी से भरे हुए, गांधारी के पास गए। श्याम भी उनके साथ थे और वे एक ऐसी माता का दुख झेलने को तैयार थे जिसने अपने सारे पुत्रों को गँवा दिया था। गांधारी श्वास नहीं ले पा रही थी क्योंकि वह तय नहीं कर पा रही थी कि उसे अपने प्रिय संतानों के नाम लेने चाहिए या श्याम के नाम का जाप करना चाहिए। उसे अपने पुत्रों की मौत का दोष अपने सिर लेना चाहिए, नियति को स्वीकार करना चाहिए या ईश्वर को दोषी मानना चाहिए? बुद्धि चाहती थी कि वह दिमाग़ से काम ले परंतु देह प्रतिशोध चाहती थी।

अश्रु से भरी आँखें लिए, उसकी दृष्टि अचानक युधिष्ठिर के पैर के अँगूठे पर गई। दुर्योधन को नग्न देखने के बाद यह गांधारी का दूसरा दृष्टिपात था। उस दृष्टि से गुस्से से भरी लपटें निकलीं और वह अँगूठा नीला हो गया। युधिष्ठिर ने किसी तरह अपनी कराह रोकी और सहारे के लिए श्याम का हाथ थाम लिया।

गांधारी को अपने किए पर लज्जा आई और उसने द्रौपदी को मिलने के लिए आगे बुलाया। "तुमने अपने पुत्र खोए हैं। तुम मेरी पीड़ा समझ सकती हो। तुम समझ सकती हो कि मैंने

अपने सौ पुत्र खोए हैं, मेरा दुख कैसा होगा। ये पुरुष कभी इस पीड़ा को नहीं समझ सकते क्योंकि इन्होंने कभी किसी जीव को अपनी देह में रख कर नहीं पाला। ये इस अधूरेपन को नहीं जान सकते।" गांधारी ने महसूस किया कि द्रौपदी के केश बँधे थे। ओह, सौ कौरवों, पाँच उप पांडवों और असंख्य महारथियों की मृत्यु की क़ीमत पर ये केश बाँधे गए।

जब पांडव और द्रौपदी जाने लगे तो गांधारी को श्याम की उपस्थिति का आभास हुआ। "तुमने मेरी पुत्रवधुओं का विलाप सुना। तुमने उनकी संतानों को रोते सुना। तुमने मेरे पुत्रों की देह नोचने वाले भेड़ियों को देखा। तुमने उनकी लाशों पर जश्न मनाते पक्षियों के स्वर सुने। ये सब रोका जा सकता था। परंतु तुमने यह सब होने दिया। क्यों?"

श्याम ने कुछ नहीं कहा। वे जानते थे कि गांधारी कोई सफ़ाई नहीं चाहती थी। वह अपना मन हल्का करना चाहती थी। वह लगातार रोती-बिलखती रही। सबको अपने दुख का दोषी ठहराया। अपने पिता का दोषी माना जिसने उनका विवाह एक नेत्रहीन से किया, भीष्म को दोषी माना जिन्होंने पांडवों को अपना जाना। अंत में श्याम को दोषी मानते हुए शाप दिया, "तुम भी अपनी संतानों, उनकी भी संतानों और अपने सारे वंश के समूल नाश के साक्षी बनो और यही पीड़ा भोगो। तुम भी यादव विधवाओं का ऐसा ही रुदन सुनो। फिर मेरे पुत्रों की तरह रणभूमि में नहीं, जंगल में, एक नीच जाति के आदिवासी के हाथों पशु की मौत मरो।"

श्याम ने एक शब्द भी नहीं कहा। उन्होंने कौरवों की माता को गले से लगाया और सारा विष पी लिया, उनकी देह और भी गहरा गई थी।

- कृष्ण धर्म के लिए लड़ते हैं परंतु कर्म के नियम को नहीं नकारते। एक अच्छे कर्म का भी बुरा फल हो सकता है। उन्हें गांधारी का श्राप मिलता है जो उनके पूरे वंश का नाश कर देगा। रामायण में, राम रामराज्य की स्थापना करते हैं परंतु उनकी अपनी पत्नी व संतान वन में रहते हैं। महाभारत में, पांडवों की जीत से कृष्ण को भी प्रसन्नता नहीं मिलती।
- देव को श्राप दे कर उन्हें भौतिक जगत के नियमों से बाँधना और इसका कर्म का नियम, यह प्रसंग हिंदू शिक्षाओं में कई बार देखने को मिलता है।
- युद्ध कौरवों व पांडवों की संतानें लील जाता है। और महाभारत के स्त्री पर्व में, सभी स्त्रियाँ पुरुषों की इस हिंसा पर विलाप करती हैं।
- ईसाई व इस्लामी मान्यता के अनुसार, हिंदू धर्म में ईश्वर न्यायाधीश नहीं है, वह किसी की परख़ नहीं करता।

युधिष्ठिर को परामर्श

श्याम ने पांडवों को परामर्श दिया कि वे भीष्म के मरने से पहले, उनके साथ कुछ समय बिता लें और उनसे वह ज्ञान प्राप्त करें जो उन्होंने अपने इतने लंबे जीवन में पाया। कुरु वंश के पितामह की मौत के बाद युधिष्ठिर ने अपने वंश के सभी लोगों के अंतिम संस्कार का प्रबंध किया जिसमें उनके चचेरे भाई, पुत्र और कर्ण तक शामिल था जिसे अब वे अपने भाई के रूप में जान गए थे। शोक की अवधि पूरी होने के बाद राज्याभिषेक का समय आया। युधिष्ठिर ने सारे संस्कार पूरे कर दिए थे परंतु मन को शांति नहीं थी। वे लज्जा, ग्लानि और हिंसा के पश्चाताप से घिरे थे।

कई दिन बाद, जब श्याम के द्वारका वापस जाने का समय हुआ तो वे पांडवों के बड़े भाई से बात करने लगे जिसे अर्जुन ने भी सुन लिया।

"युधिष्ठिर, सुनो, कामदेव ने अपने बारे में क्या कहा है। जो शस्त्रों के माध्यम से अपनी वासना का अंत करना चाहता है, वही अंत में उन शस्त्रों के मोह में आ जाता है। जो दान से वासना का अंत करना चाहे, वह दान के मोह में आ जाता है। शास्त्रों से वासना का अंत करने वाला, उनके ही मोह में आ जाता है। सत्य से वासना का अंत करने वाला, सत्य के ही मोह में आ जाता है। वासना का अंत नहीं हो सकता परंतु इसे धर्म के माध्यम से अच्छी जगह प्रयुक्त कर सकते हैं। धर्म के अंत की इच्छा रखो, तुम धर्म को चाहने लगोगे! और यही सारे संसार के लिए कल्याणकारी होगा।"

- भीष्म और पांडवों का सुशासन के विषय में वार्तालाप, शांति पर्व और अनुशासन पर्व में आया है।
- काम गीता, महाभारत के आश्वमेधिक पर्व में आती है।
- रामायण व महाभारत, दोनों ही ज्ञान के हस्तांतरण के साथ समाप्त होती हैं। रामायण में रावण राम के आग्रह पर अपना सांसारिक ज्ञान देता है। महाभारत में कृष्ण यह देखते हैं कि भीष्म का ज्ञान युद्ध में जीत हासिल करने वालों को मिले। फिर वे बाद में स्वयं भी युधिष्ठिर को ज्ञान देते हैं।
- मध्यकालीन युग में, अनेक पूर्वी संतों व दक्षिण भारतीय संत कवियों ने जैमिनी अश्वमेध पर्व रचा, जिसमें बताया गया है किस तरह कृष्ण की सहायता से, युधिष्ठिर का राजसी अश्व पूरे संसार का भ्रमण करते हुए, पड़ोसी राज्यों से मधुर संबंध स्थापित करता है तथा कौरवों के संबंधियों व मित्रों से विरक्त रहते हैं। यहाँ कृष्ण भक्ति लोगों को एक करने में महत्त्वपूर्ण भूमिका निभाती है। व्यास की महाभारत के इस अंत को चाहने वाले राजाओं को यह प्रिय था। कवियों ने जैमिनी को व्यास का शिष्य कहा जिन्होंने उन चार पक्षियों से यज्ञ का विवरण सुना था, जिन्होंने वह सब देखा जो व्यास ने भी नहीं देखा था।

अर्जुन के लिए दूसरी गीता

जब श्याम वापस जाने लगे तो अर्जुन ने उनसे भेंट कर कहा, “युद्ध आरंभ होने से पूर्व, मुझे जीवन के सत्य को जानने के लिए प्रवचन दिया था। मुझे आपकी कही हर बात याद नहीं है। क्या आप अपनी बातों को दोहरा सकते हैं?”

श्याम को यह सुन कर खीझ हुई क्योंकि उन क्षणों में उनके मुख से निकले शब्द दैवीय प्रेरणा से अनुप्रेरित थे। परंतु अर्जुन की इच्छा का मान रखते हुए और अपनी अंतिम संभावित भेंट को ध्यान में रखते हुए, उन्होंने अपनी कही बातों को दोहराया।

इस बार यह प्रवचन लंबा था। इसमें अधिक अध्याय थे, बहुत सारे दृष्टांत और केवल उनके निजी विचार नहीं बल्कि दूसरे ज्ञानियों के विचार भी सम्मिलित थे। इसमें कर्मयोग के बारे में बताया गया; फल की इच्छा के बिना कर्म करने का महत्त्व। ज्ञान योग के बारे में बताया गया; यह समझना कि दृश्यमान नश्वर देह के भीतर अदृश्य अमर देही का वास है। परंतु इसमें भक्ति योग नहीं था। श्याम ने अपना दैवीय रूप नहीं दिखाया और ना ही आस्था और विश्वास पर बात की। उसकी आवश्यकता शांति के समय नहीं, युद्ध के दौरान ही थी।

इस तरह अणु गीता दोहराने के बाद, श्याम अपनी द्वारावती लौट गए।

- गीता, भगवद् गीता के लिए कहा जाता है, यह संवाद कृष्ण व अर्जुन के बीच रणभूमि में हुआ। हालाँकि महाभारत में अनेक गीता हैं जिनमें काम गीता व अणु गीता भी हैं, जिन्हें स्वयं कृष्ण ने सुनाया था, अनेक व्यक्ति इसके विषय में अनभिज्ञ हैं।
- कृष्ण एक गुरु की भूमिका में थे परंतु छात्र अर्जुन सब कुछ याद नहीं रख पाता और अपनी शिक्षाओं को दोहराने के लिए कहता है जिससे उनके मन में खीझ पैदा होती है।

बोलने वाला सिर

भीम और अर्जुन के बहस छिड़ी कि उनके बीच बड़ा योद्धा कौन था। जिसने सारे कौरवों को मारा या जिसने भीष्म और कर्ण को मारा। श्याम की अनुपस्थिति में पांडवों से कहा गया था उस कटे सिर को एक पहाड़ पर रखा जाए ताकि वह सारा युद्ध स्वयं देख सके।

जब उससे यह प्रश्न पूछा गया तो वह बोला, "भीम कौन है? अर्जुन कौन है? पांडव कौन हैं? कौन हैं कौरव? मुझे तो केवल मूर्ख लोभी राजा लड़ते दिखे जिनके रक्त का पान धरती ने किया। धरती रूपी गौ के थन, मनुष्य की महत्त्वाकांक्षा से सूज गए थे। उन्हें तो उसकी रक्षा के लिए भेजा गया था। गौरी ने काली का रूप धरा। वह श्यामा थी और श्याम उसके ग्वाले थे।"

- लोक गाथाओं में दृष्टिकोण के विचार पर ध्यान दिया गया है। संसार के प्रति हमारा नज़रिया मिथ्या है परंतु ईश्वर का दृष्टिकोण असीमित है। हमें लगता है कि हम कथा के नायक हैं परंतु दूसरे के दृष्टिकोण के अनुसार ऐसा नहीं है।
- सभी हिंदू मंदिरों में, प्रवेश द्वारों पर एक सिर रखा रहता है जिसकी जीभ बाहर निकली रहती है। यह हमें याद दिलाता है कि संसार वैसा नहीं है जैसा हम इसे देखते हैं। जैन दर्शन में इसे अनेकता-वाद का सिद्धांत कहते हैं।

सोलहवाँ खंड

ज्येष्ठ

व्यास ने शुक से कहा, "श्याम ने पूरी मर्यादा से गांधारी के कोप का विष सहा। इस कोप में कंस से लेकर कौरवों तक सभी कर्म फल शामिल थे। जिन्होंने यह देखा, वे उसे ऐसे ही रहने देंगे। तुम इन प्रसंगों से सीख लो कि किस तरह ईश्वर की उपस्थिति भी बुनियादी तौर पर संसार को नहीं बदलती। बस सभी चीज़ों को स्पष्ट करती है।"

पुरी के जगन्नाथ, ओड़िशा

दुर्वासा की अनुचित माँगें

युद्ध के बाद वाले वर्षों में, श्याम और उनकी रानियों ने संपूर्ण गृहस्थ होने का सम्मान पाया। वे पूरी उदारता और स्नेह से अतिथियों का स्वागत करते कि कोई इच्छा अधूरी नहीं रहती। महर्षि दुर्वासा ने स्वयं द्वारावती जाकर उनकी इस प्रतिष्ठा को परख़ने की सोची।

श्याम व रुक्मिणी ने आतिथ्य धर्म निभाते हुए दुर्वासा की हर माँग पूरी की परंतु दुर्वासा की माँगें नाजायज़ होती चली गईं। वे किसी भी हद तक जाने को तैयार थे ताकि श्याम स्वयं उन्हें महल से बाहर निकाल दें। उन्होंने महल के पर्दे फाड़ दिए और रसोई में सभी पात्र व भांडे तोड़ डाले। उन्होंने दरबार के बीच संध्या वंदन किया और फिर राजसी आभूषण सागर में फेंक आए। उन्हें भोजन करते हुए अपने बैठने लायक़ कोई मुलायम या कोमल आसन नहीं मिला। उन्होंने कहा कि वे श्याम की पीठ पर बैठ कर भोजन करेंगे। वे द्वारावती की सैर के लिए रथ में जाना चाहते थे परंतु वे चाहते थे कि उनके रथ को अश्व नहीं रुक्मिणी स्वयं खींचें। श्याम और रुक्मिणी ने उनकी हर इच्छा का पालन किया। दुर्वासा को मन ही मन स्वीकार करना पड़ा कि श्याम और उनकी पत्नी का आतिथ्य धर्म बेजोड़ था।

अंत में दुर्वासा ने अपने लिए थोड़ा तेल लाने को कहा। जब वह आ गया तो उन्होंने श्याम से उसी तरह खड़ा होने को कहा, जैसे वे राधा के लिए बाँसुरी बजाते हुए खड़े होते थे। वे जानते थे कि यह देख कर रुक्मिणी को यह देख कर दुख होगा क्योंकि वे सदा यही चाहती थीं कि श्याम उनके लिए भी इसी मुद्रा में बाँसुरी बजाएँ, उन्होंने वृंदावन छोड़ने के बाद से ऐसा करने से इंकार कर दिया था। अब उनकी पत्नी ने उनकी वह मुद्रा देखी जिसे वृंदावन के गोप और गोपियों ने देखा था।

दुर्वासा ने वह तेल रुक्मिणी को दे कर कहा, "इसे श्याम के चेहरे पर ही नहीं, शरीर के सारे अंगों पर मलना होगा।" रुक्मिणी ने रोते हुए ऐसा ही किया।

जब यह सब हो गया तो दुर्वासा ने कहा, "तुम दोनों ने हर तरह का अपमान

सहते हुए भी मेरी सारी इच्छाओं को पूरा किया। मैं प्रसन्न हुआ। तुम वास्तव में सच्चे गृहस्थ हो। मैं तुम्हें यह वरदान देता हूँ कि इस गृहस्थी की नींव बनने वाले, श्याम सदा अमर रहेंगे। श्याम के जिन अंगों पर तुमने तेल लगाया, उन पर विष या शस्त्रों का प्रभाव नहीं होगा।"

रुक्मिणी यह सुन कर प्रसन्न हुईं। श्याम की दूसरी पत्नियों को भी अच्छा लगा। फिर उन्हें याद आया कि श्याम के शरीर के एक अंग पर तेल नहीं लगा था - उनके पैर के तलुवे, जब वे खड़े हो कर बाँसुरी बजा रहे थे।

- यह एक लोककथा है जो कृष्ण के शिकारी के हाथों मरने की कथा सुनाती है। अनेक पौराणिक गाथाओं में यह संदर्भ आया है कि सारी देह मजबूत हो गई परंतु कोई एक अंग दुर्बल रह गया। इसके अलावा कई और पौराणिक गाथाओं, जैसे ग्रीक पौराणिक गाथाओं में एसिलीज की अतिसंवदेनशीलता और नोर्स पौराणिक गाथाओं में बलदुर की मृत्यु की कहानी में, इसी तरह का विवरण आता है।
- द्वारका में, रुक्मिणी का मंदिर, कृष्ण के मंदिर से अलग है। मंदिर परंपरा की गाथा के अनुसार, जब उनसे दुर्वासा का रथ खिंचवाया गया तो उन्हें प्यास लगी और उन्होंने दुर्वासा को जल अर्पित किए बिना स्वयं ही पहले जल पी लिया। तब उन्हें यह श्राप दिया गया कि वे इस मंदिर में अपने पति के साथ नहीं पूजी जाएँगी।
- मंदिरों में, कृष्ण का दायाँ पाँव सदा राधा की ओर होता है जो उनके बाईं ओर खड़ी होती हैं। जब बायाँ पैर, दाईं ओर होता है तो इस अशुभ माना जाता है जो दुर्भाग्य और मृत्यु का सूचक है।
- कृष्ण स्वयं प्रद्युम्न और फिर युधिष्ठिर को दुर्वासा द्वारा उनसे और रुक्मिणी से की गई अनुचित माँगों के बारे में बताते हैं। यह महाभारत के 'अनुशासन पर्व' में आता है।

लोहे का मूसल

अपने चर्म रोग के उपचार के बाद, सांब फिर से लोगों को सताने का काम करने लगा।

एक बार वह दुर्वासा के पास गर्भवती स्त्री के वेश में गया और उनसे पूछा कि उसका पुत्र पैदा होगा या पुत्री। दुर्वासा तो सब जानते थे, वे बोले, "तुम एक लोहे का मूसल पैदा करोगे जो सारे यादव वंश का नाश कर देगा।"

सांब ने लोहे के मूसल को जन्म दिया। श्राप को टालने के लिए उस मूसल को पिसवा कर, उसके अंश सागर में

फिंकवा दिए गए। सागर ने उन्हें प्रभास तट पर वापस उगल दिया। वे बीजों के रूप में बदल गए उन मूसलों के रूप में ही उग आए जो यादव वंश का नाश करने वाले थे।

- विभिन्न पुनर्कथनों में, दुर्वासा, नारद अथवा स्वयं व्यास ऋषि ने यादवों को शाप दिया है।
- अच्छे और बुरे कामों के लिए कृष्ण कथाओं में विपरीत लिंगी की तरह वस्त्र पहनने के संदर्भ आते हैं। प्रद्युम्न भी अपने पुत्र बाण की रक्षा के लिए ऐसा करता है। सांब ऋषियों का उपहास करने के लिए स्त्री वेश धारण करता है।

प्रभास की हिंसा

कुरुक्षेत्र में पांडवों की विजय की छत्तीसवीं सालगिरह पर, यादवों ने तय किया कि वे प्रभास के तट पर जा कर अपने पुरखों को श्रद्धांजलि देंगे। श्याम ने वृष्णि, अंधक और भोजों से कहा कि वे अपने हथियार नहीं ले कर जाएँ। वे चाहते थे कि किसी तरह गांधारी का श्राप टल सके।

जब सारा अनुष्ठान पूरा हो गया तो यादव स्नान करने लगे। वे सागर तट पर बैठकर, मदिरापान करते हुए युद्ध के संस्मरण दोहराने लगे। जिन यादवों ने अंधक के कृतवर्मा के साथ कौरवों का साथ दिया था, वे उन यादवों के साथ बहस करने लगे जिन्होंने वृष्णि के सात्यकि के साथ पांडवों का साथ दिया था।

जल्दी ही उनकी बहस भयंकर हाथापाई में बदल गई। श्याम असहाय भाव से अपने पुत्रों, पौत्रों, संबंधियों, मित्रों व अनुयायियों को परस्पर लड़ते हुए देखते रहे।

जब उन्हें कोई हथियार नहीं मिला तो उन्होंने तट पर उगे सरकंडे उखाड़ कर उनसे प्रहार करना आरंभ कर दिया। लौह चूर्ण से उगे वे सरकंडे मूसलों में बदल गए जिन्होंने यादवों के सिर फाड़ दिए। देखते ही देखते तट पर यादवों के निर्जीव शरीर दिखने लगे और सागर रक्त से लाल हो गया।

श्याम और बलराम को छोड़ कर, कोई जीवित नहीं रहा।

- महाभारत के मौसल पर्व में यादवों के गृहयुद्ध का वर्णन आता है। मूसल को ही मौसल कहा जाता है। यह पौधों से बना, लोहे जैसी मजबूती वाला झाड़ होता है जो सागर किनारे उगता है। यादवों ने आपस में लड़ने के लिए इनको ही उखाड़ा था।
- सारला दास की ओड़िया महाभारत, महाकाव्य के पहले प्रांतीय अनुवादों में से है, कृष्ण लोगों से कहते हैं कि उन्होंने एक विचित्र सा जीव देखा है जिसे नगरी में कोकुआ कहते हैं। रात को यादव इस जीव को देखते हैं और उस पर वार करते समय आपस में लड़ने लगते हैं। ओड़िया पुनर्कथन में, लड़ाई के दौरान कृष्ण बेसुध हो जाते हैं। जब वे उठते हैं तो देखते हैं कि प्रद्युम्न जीवित है और उनके सुदर्शन चक्र से अपने पुत्र का गला काट रहा है।
- बौद्धजातकों, जैसे गाथा जातक और समकिच्च्च जातक में वृष्णियों के आंतरिक युद्ध का वर्णन है जो सारे वंश का नाश कर देता है।
- जिस प्रकार कृष्ण के वंश का हिंसक अंत हुआ। उसी तरह बुद्ध का वंश भी एक राजा का अपमान करने के कारण नष्ट हुआ। वह एक शाक्य स्त्री से विवाह करना चाहता था परंतु उसे एक दासी से ब्याह दिया जाता है। इस विवाह से उत्पन्न संतान शाक्य लोगों पर हमला करके उन्हें नष्ट कर देती है। सभी मारे जाते हैं। इस कथा में, सरकंडों से कुछ शाक्यों की जान बचती है और हत्यारे एक प्रलय जैसी लहर आने से सागर में डूब जाते है। दोनों कथाओं के प्रतीकों और प्रसंगों में साम्यता पर अनेक विद्वानों का ध्यान गया है।

बलराम ने किया जीवन का त्याग

"हमने लिया, हमने दिया और हमने पाया। अब सब छोड़ने का समय हुआ।" श्याम ने कहा।

बलराम कोई उत्तर नहीं सके। उन्होंने अपने ही लोगों के रक्त से लाल हुई लहरों को देखा और अपनी देह त्यागने का निर्णय ले लिया। उन्होंने आँखें मूँदीं और हज़ार फन वाले नाग के रूप में मुख से अपनी प्राण ऊर्जा को बाहर निकाल दिया।

बलराम के जाते ही, आदि शेष नाग भी वैकुंठ लौट गए। श्याम जान गए अब उनका भी धरती से विदा लेने का समय हो गया था।

- बौद्धगाथा जातक में, बलदेव को एक बौने की ओर से चुनौती मिलती है जो पहलवान मुष्टिका का पुनर्जन्म है।
- जैन महाभारत में, कृष्ण की मृत्यु के बाद, बलदेव विक्षिप्त हो जाते हैं और यात्रा पर निकलते हैं। एक जैन भिक्षु उन्हें मृत्यु और जीवन की नश्वरता से उबरने में मदद करता है।

जरा का बाण

थके हुए श्याम बरगद के वृक्ष तले आराम कर रहे थे, उनका बायाँ पैर उनकी दाईं जंघा पर रखा था। ऐसा अक्सर नहीं होता था। वे तो दाएँ पैर को अपनी बाईं टाँग के आगे मोड़ कर खड़े होते थे। मानो वे आसन्न मृत्यु को जानते थे और जान कर अपने शरीर का सबसे संवेदनशील अंग स्वयं ही आगे कर दिया था।

सांब ने जिस लौह मूसल को जन्म दिया था, उसका एक हिस्सा चूर्ण नहीं बन सका था। उसे यूँ ही सागर में डाल दिया गया था। जरा नामक आदिवासी शिकारी को वह एक मछली के पेट से मिला। उसने उससे एक विषबुझा बाण तैयार किया और शिकार खेलने चल दिया। तभी उसे बरगद के पेड़ के पास एक हिरण का थूथन दिखा। या फिर वह हरे-भरे पत्तों के बीच किसी तोते की चोंच थी। उसने सच जाने बिना ही, अपना बाण चला दिया।

जरा का बाण, श्याम के बाएँ पैर के तलवे में जा लगा। बाण ने मांस को भेद दिया। उनके प्राण देह से जा रहे थे।

जरा को अपनी भूल का अहसास हुआ तो वह श्याम की ओर भागा व क्षमायाचना करने लगा।

“तुम अपने पिछले जन्म में बाली थे। मैंने राम के रूप में, तुम पर तब वार किया जब तुम सुग्रीव से लड़ रहे थे। अब तुमने मुझे हिरण समझ कर प्रहार किया। कर्म का फल तो भोगना ही पड़ता है।” श्याम बोले। “ना तो तुम अपराधी हो और ना ही मैं पीड़ित हूँ। यह तो मेरे पिछले कर्मों के लिए ब्रह्माण्ड की प्रतिक्रिया है, जिसमें गांधारी के भग्न हृदय की आह भी छिपी है।”

- जैन महाभारत में, जरतकुमार, वसुदेव का एक पुत्र है, जब उसे यह पता चलता है कि उसके हाथों कृष्ण का वध होगा तो वह नगर का त्याग कर वन में रहने चला जाता है। वह कृष्ण को हिरण समझ कर बाण चलाता है और नियति पूरी होती है। जब जरतकुमार पांडवों को कृष्ण के निधन का समाचार देता है तो वे उसे अपने राज्य का राजा बना कर संसार का त्याग कर देते हैं।
- बौद्धगाथा जातक में, वसुदेव भी जरा नामक शिकारी के हाथों मारे जाते हैं।
- राम के रूप में, विष्णु का धरती पर जीवन पर अंत इस तरह होता है कि वे जल समाधि ले लेते हैं। कृष्ण के रूप में, विष्णु के पैर में विषैला बाण लगने से उनकी मृत्यु होती है। दोनों महाकाव्यों में दैवीय जीवों को नश्वरता को स्वीकार करते दिखाया गया।

उद्धव गीता

प्रभास की त्रासदी का समाचार द्वारावती में गया तो श्याम की पत्नियों ने उनके मित्र उद्धव को सत्यता जानने के लिए भेजा। उद्धव प्रभास तट पर आए तो अंधक, वृष्णि और भोज योद्धाओं के गले हुए शव देखने को मिले। जिनकी दुर्गंध से कुत्ते और कौए आ जुटे थे। कुरुक्षेत्र में भी तो ठीक यही हुआ था। गांधारी का शाप फलीभूत हुआ।

उद्धव ने तट पर ही बलराम का निर्जीव शरीर देखा। थोड़ी ही दूरी पर, बरगद तले, श्याम धरती पर पड़े थे और उनके पैर पर लगे घाव से प्राण विदा ले रहे थे।

"तुम इस कष्ट में भी इतने शांत कैसे हो?" उद्धव ने पूछा।

श्याम ने अपने दुखी मित्र को दिलासा देते हुए, अपने जीवन की चौबीस घटनाओं से मिले चौबीस सबक़ दोहराए जिन्होंने एक मोहासक्त गृहस्थ को गृहस्थ जीवन बिताते हुए भी एक अनासक्त वैरागी व एक अवधूत बना दिया था।

"धरती से मैंने धैर्य सीखा; वायु से सीखा कि किस प्रकार गति से श्वास पैदा होती है; अग्नि से सीखा कि हर चीज़ की लपट एक सी होती है; जल से ताजगी; सागर से अपनी सीमाओं का संयम; सूर्य से वस्तुओं का चक्रीय स्वभाव; चंद्रमा से जीवन के बदलते रस; बहेलिए के हाथों पकड़े गए विरही हंस से सीखा कि हमारी किसी भूल के बिना भी संबंध समाप्त हो सकते हैं; शिकारी पक्षी के नख पर लगे मांस के कारण उस पर बड़े-बड़े गिद्धों ने हमला किया और मैंने उससे सब कुछ त्याग कर आगे बढ़ने का सबक़ पाया; भालू के हमले से आक्रांत शहद के छत्ते को देख कर सीखा कि संग्रह में संकट है; पुष्प को आहत किए बिना उससे मकरंद लेने वाली तितली से सीखा कि अपनी क्षुधा को समझदारी से कैसे शांत करें; विचरते सर्प से कभी विश्राम नहीं करने का महत्त्व जाना; अजगर से सीखा कि सामने आने वाले अवसर की प्रतीक्षा करनी चाहिए; आग की ओर आकर्षित होते पतंगे, मादा हाथी की कामुक गंध से अपनी इंद्रियों पर नियंत्रण खोने वाले पगलाए हाथी, शिकारी के संगीत के जाल में फँसे हिरण व

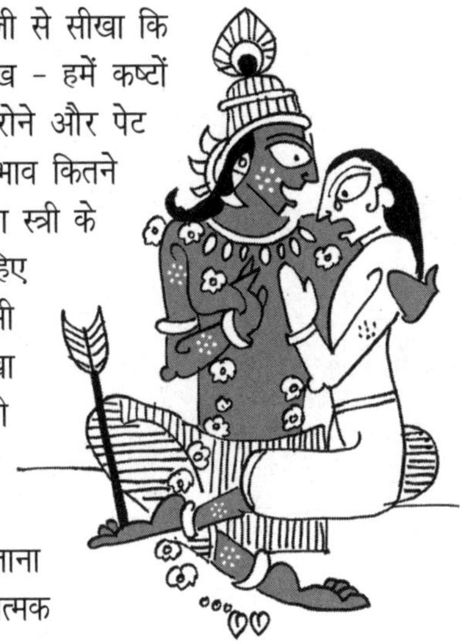

मछुआरे के काँटे में लगे कीड़ों के लोभ में फँसी मछली से सीखा कि किस तरह हमारी इंद्रियाँ - आँख, नाक, कान व मुख - हमें कष्टों से भरे संसार में उलझाए रखती हैं; भूख के समय रोने और पेट भरने पर किलकारी मारने वाले शिशु से सीखा कि भाव कितने अस्थायी हैं और माँगों व इच्छाओं से जुड़े हैं; रसोइया स्त्री के हाथों में छनकती चूड़ियों से सीखा कि अगर मौन चाहिए तो किसी की संगति से अकेलापन बेहतर है; प्रेमी की प्रशंसा चाहने वाली युवती की प्रसन्नता से सीखा कि स्वायत्तता की ताक़त क्या होती है; राजा को भी अनदेखा करने वाले बाण बनाने वाले से एकाग्रता सीखी; मकड़े के जाले से सीखा कि सब चीज़ें आपस में जुड़ी हैं; कीटों की निरंतर भुनभुन से जाना कि किस प्रकार नकारात्मक स्वर हमारे भीतर नकारात्मक भावों को जन्म देते हैं।"

यह सुन कर उद्धव शांत हुए और यादवों के वंश के अंत और श्याम की मृत्यु को स्वीकारा। वे इस शोक समाचार के साथ द्वारावती लौटे परंतु उनका चित्त शांत था।

- ओड़िया महाभारत में, द्वारका में कुमारोत्सव के दिन, कृष्ण अपनी सारी संपदा दान कर देते हैं। फिर वे अक्रूर से कहते हैं कि अब जब अपने परिवार, पत्नियों व संतानों को छोड़ कर जाने का समय आ गया है तो वे दुख अनुभव कर रहे हैं। वे अक्रूर से यह भी कहते हैं कि अगर वे योग के अष्टांग पथ का पालन करें और परम दैवीय नियम को जान लें तो वे स्वर्ग के अधिकारी होंगे।
- उद्धव गीता को हंस गीता भी कहते हैं, यह अवधूत का गीत है जिन्हें अत्रि व अनुसूया के पुत्र दत्त के रूप में पहचाना गया, एक गौ और चार कुत्तों के साथ उनकी परिकल्पना की जाती है।
- सोमनाथ मंदिर के पास, बल्ख तीर्थ में ही वह स्थान है, जहाँ कृष्ण को जरा का बाण लगा था।

अर्जुन ने किया अंतिम संस्कार

प्रभास का यह समाचार हस्तिनापुर भी पहुँचा। जब तक अर्जुन आया तब तक श्याम के पिता वसुदेव हृदयाघात से चल बसे। सागर के जल से स्नात शवों को देखने के बाद, अर्जुन ने अंत में, वृक्ष तले श्याम की देह को पहचान लिया।

श्याम की मृत्यु के बाद भी उनकी देह इतनी सुंदर थी कि वन के पशु और पक्षी मंत्रमुग्ध से उनके आसपास घेरा डाले खड़े थे। किसी दीमक, गिद्ध या श्वान ने उनकी देह को स्पर्श

तक नहीं किया था। अर्जुन को उनका अंतिम संस्कार करना था। पहले तो वह उनकी देह से चिपक गया और उनका अंतिम संस्कार करने से मना कर दिया। फिर उसने विचित्र दृश्य देखाः एक ऋषि चट्टान पर पानी डाल रहा था और उसे लगता था कि ऐसा करने से उसमें कमल उगेगा।

"यह तो कैसी विचित्र बात है।" अर्जुन ने कहा।

"यह विचित्र बात नहीं है। तुम एक शव से चिपक कर सोचते हो कि तुम्हारे अश्रुओं से उसे जीवन मिल जाएगा।" ऋषि ने अपना असली रूप प्रकट किया। स्वयं भगवान शिव पधारे थे।

शिव ओझल हो गए। और फिर अर्जुन को क्षितिज पर एक विचित्र जीव दिखा; उसका कुछ अंश मुर्गे, मोर, सिंह, बैल, हाथी, हिरण, चीते व सर्प जैसा था और मनुष्य जैसे हाथों में कमल थामा हुआ था। पहले तो अर्जुन को यही लगा कि कोई राक्षस उस पर हमला करने आ रहा था। उसने अपना धनुष उठा लिया परंतु फिर उसे अहसास हुआ कि वे तो श्याम थे जो उसे आने वाले समय की आशा देने आए थे जबकि भगवान शिव ने अतीत का साथ छोड़ने को कहा था।

फिर अर्जुन ने श्याम का अंतिम संस्कार संपन्न किया। ज्यों ही चिता जली तो द्वारावती की स्त्रियाँ विलाप कर उठीं। अब धरती पर ईश्वर नहीं होंगे। यह कलियुग का उदय था, जहाँ सीमाओं का हनन होगा और नियमों का उल्लंघन सामान्य माना जाएगा।

- ओड़िया महाभारत में सहदेव अर्जुन को चेतावनी देता है कि वह कृष्ण को स्पर्श नहीं करे जबकि कृष्ण उसे स्पर्श करना चाहेंगे। अर्जुन देखता है कि कृष्ण सागर किनारे अंतिम श्वास ले रहे हैं और वे उसे छूना चाहते हैं परंतु अर्जुन पीछे हो जाता है। अंत में वह अपने गांडीव को स्पर्श करने देता है। ज्यों ही कृष्ण गांडीव को छूते हैं, उसकी सारी दिव्य शक्तियाँ तिरोहित हो जाती हैं। कृष्ण का देहांत होता है। जरा और अर्जुन उनके अंतिम संस्कार की व्यवस्था करते हैं, तब उन्हें पता चलता है कि उस जगह से सारे वृक्ष अलोप हो गए, वे उसे अग्नि का ईंधन नहीं बनना चाहते थे जो कृष्ण की निर्जीव देह भस्म करेगी। अंततः देह का अंतिम संस्कार होता है परंतु कृष्ण का पिंड नहीं जलता और इसे सागर में डाल दिया जाता है। यह लकड़ी के लट्ठे के रूप में वापस तैर आता है, उसे ही प्रयुक्त कर इंद्रद्युम्न पुरी में प्रतिष्ठित, जगन्नाथ की प्रसिद्ध प्रतिमाओं का निर्माण करता है।
- ऋग्वेद में एक पंक्ति की व्याख्या में कहा गया है : 'सुदूर, सागर किनारे एक स्थान पर, पुरुषोत्तम नामक इष्ट देव की प्रतिमा है जो काष्ठ से बनी है, यह इस तरह तैर रही है

मानो सागर में हो। इस अभेद्य काष्ठ को पूजने से परम स्थान की प्राप्ति होगी।' लोगों का मानना है कि यह जगन्नाथ पुरी की प्रतिमा के लिए ही कहा गया है।

- नौ अंगों वाला जीव, नवगुंजारा कहलाता है। इसे सारला दास की ओड़िया महाभारत में कृष्ण का ही रूप कहा गया। इसे कृष्ण के विराट रूप का स्थानीय संस्करण माना जाता है।

द्वारावती का पतन

ज्यों ही श्याम की देह भस्म हुई। आकाश में काले मेघ छा गए और मूसलाधार वर्षा होने लगी। सागर उठा और द्वारावती के मार्गों में बाढ़ आ गई। नगरी की आधारशिला काँप उठी। दीवारें धराशायी हो गईं। मानो प्रलय आ गई हो।

द्वारावती की असहाय स्त्रियों ने अर्जुन की ओर देखा जिसने उन्हें सुरक्षा का आश्वासन दिया था। परंतु खेद से कहना पड़ता है, जब वे हस्तिनापुर की ओर जा रहे थे तो उन पर हमला हुआ और अभीर नामक जंगली कबीले वालों ने उनका अपहरण कर लिया।

अर्जुन ने अपना धनुष उठाया परंतु सारी सेनाओं को नष्ट करने वाला वह धनुष उसी दिन उन लुटेरों को वश में नहीं कर सका। अर्जुन को अहसास हुआ कि कर्म की शक्ति के आगे मनुष्य कितना बेबस है। जो होना है, वह तो हो कर ही रहेगा। भले ही मनुष्य, देव या असुर; इसे चाहे या नहीं चाहे।

- जैन परंपरा में, वसुदेव के सभी बड़े भाई, देवकी और रोहिणी को छोड़ कर उनकी सभी पत्नियाँ, सभी पांडव, कृष्ण की बहनें और पुत्रियाँ जैन धर्म में दीक्षित हो जाते हैं।
- बारहवीं सदी में आए रामानुज तथा तेरहवीं सदी में आए माधव जैसे दार्शनिक-संतों ने कृष्ण को परम आत्मा के प्रतीक के रूप में देखा, उन्हें सभी वस्तुओं के स्रोत और विनाश के रूप में देखा। जो संसार को रचते हैं और उसका विनाश करते है। उसमें से ही पुष्पित होते हैं और उसमें ही समा जाते हैं। वे वृंदावन और द्वारावती जैसे नगर बसाते हैं और उन्हें गोकुल और वृंदावन की तरह नष्ट कर देते हैं।
- श्री वैष्णवों के बीच, ईश्वर 'परा' है; उनके विराट रूप, 'व्यूह' तथा पार्थिव रूप, 'अवतार' भी हैं। वे हमारे भीतर बसते हैं, 'अंतर्यामी' और इसके साथ ही उन प्रतिमाओं में भी

पाए जाते हैं, 'अर्चा' जो आंध्र प्रदेश के तिरुपति तथा तमिलनाडु के श्रीरंगम जैसे स्थानों पर हैं।

- कृष्ण के निधन के साथ ही कलियुग का आरंभ होता है, यह संसार के जीवन चक्र का चौथा और अंतिम चतुर्थांश है। परंपरावादियों के अनुसार, यह 5000 वर्ष पूर्व हुआ था।

पत्र पर शिशु

जब अर्जुन को उन क्षणों में अपनी असहायता का बोध हुआ, तो उसे एक नई आशा और उत्साह का दृश्य दिखा।

अचानक श्याम बरगद के एक पत्र पर किलकारी भरते शिशु के रूप में सामने आए वे उन लहरों की गोद में थे, जिन्होंने द्वारावती नगरी को लील लिया था।

बालक अपने पैर का माखन में लिपटा अँगूठा चूस रहा था। शिशु के श्वास लेते ही अर्जुन उसकी देह में समा गया। उसे उस देह के भीतर तीनों लोक, धरती, आकाश व पाताल दिखे और इनके बीच मनुष्य रहते थे। उसने स्वर्ग में इंद्र को, पाताल में बलि को, वैतरणी के पार यम को, नागलोक में वासुकि को, कैलाश पर्वत पर शिव को, सत्य लोक में ब्रह्मा को और वैकुंठ में विष्णु को देखा।

इनसे ऊपर, क्षीर सागर से परे उसे गो-लोक दिखाई दिया।

- भागवत पुराण में, ऋषि मार्कण्डेय को दिखाई देता है कि एक बालक अंजीर के पत्र पर लेटा, माखन लगा अँगूठा चूस रहा है और प्रलय की लहरों पर झूल रहा है। अक्षय वट या अंजीर का पत्र अमरत्व का प्रतीक है और शिशु पुनर्जीवन का प्रतीक है, जल सभी वस्तुओं के अंतिम विलय का प्रतीक है। तंजौर और मैसूर की चित्रकला में इसी विषय पर बने अनेक चित्र देखे जा सकते हैं।
- कृष्णअट्टम एक नृत्य नाटिका है, इसे सातवीं सदी में मानवेद ने कृष्ण के जीवन की घटनाओं के आधर पर तैयार किया था। उन्होंने देखा कि कृष्ण बालरूप में मंदिर में खेल रहे हैं। उन्होंने बालक को पकड़ना चाहा परंतु उसका मोर पंख ही हाथ आ सका। तब उन्होंने छह नाटक रचे, जो आज भी निश्चित वरदान पाने के लिए, केरल के कुछ मंदिरों में किए जाते हैं। बच्चे के जन्म के लिए, *अवतारम* का प्रदर्शन होता है। विष का प्रभाव मिटाने के लिए *कालियमर्दनम* का प्रदर्शन होता है। अविवाहित कन्याओं के कल्याण तथा युगलों के बीच विवाद को मिटाने के लिए रसक्रीड़ा का प्रदर्शन होता है। शत्रुओं से छुटकारा पाने के लिए *कंसवधम्* का प्रदर्शन होता है। एक सुखद वैवाहिक जीवन के लिए *स्वयंवरम* का प्रदर्शन होता है। *बाण युद्धम्* का प्रदर्शन निर्धनता और दुर्भाग्य के शमन के लिए होता है। निर्धनता दूर करने और अच्छी फ़सल के लिए *विविधा वधम* का प्रदर्शन किया जाता है। *स्वर्गारोहणम* का प्रदर्शन किसी दिवंगत आत्मा की शांति के लिए होता है।

गो–लोक, गौओं का स्वर्ग

गो-लोक में नदियाँ संतोष से भरपूर, ताल आनंद से भरपूर, घास ओस से भीगी हुई और नरम और पेड़ संतोष के फलों से लदे थे। आकाश में सूर्य, चंद्र, सभी ग्रह और सितारे कुंजों से उठती धुनों पर नाचते थे। आठों दिशाओं से बहती वायु, स्नेह की धारा प्रवाहित करती थी। गौएँ झुक कर अपना आभार प्रकट करतीं, उनके गले में बँधी घंटियों की मधुर ध्वनि अर्जुन के लिए आकाश दीप का काम कर रही थीं।

अर्जुन को ऐसा पथ मिला जो उसे स्वर्गिक यमुना की ओर ले गया, नदी की देवी एक कछुए पर विराजी थीं, उन्होंने अर्जुन को अपने जल में स्नान करने को कहा। वह उस देवी की देह के जल से स्नान कर तरोताज़ा हो कर निकला, वह इच्छाओं से भरपूर था और युद्ध से मिले घाव भर गए थे। उसके हाथों में थमा धनुष अब पान के पत्तों की बेल थी। यमुना ने कहा, "सबके लिए अभय। किसी को मारना नहीं। गो-लोक में सबका पोषण होता है, यह गौओं का स्वर्ग है।" उसने अर्जुन को कई तरह के लेप करने के बाद पहनने के लिए वस्त्र दिए और रत्नों से सुसज्जित किया। फिर वह खिलखिला कर उसे गीत की ओर ले गई।

इच्छा पूरी करने वाले कल्पतरु के तले, प्रसन्नमना गौओं और स्त्रियों के बीच श्याम खड़े थे, उनकी देह तीन जगह से मुड़ी थी, वे अपने बाएँ पैर पर खड़े थे, दायाँ पैर बाईं ओर मुड़ा था, जहाँ कामधेनु उसे संतोष से चाट रही थी। अर्जुन ने उनके गले में वन्य पुष्पों की माल देखी जिस पर भौंरे और तितलियाँ मँडरा रहे थे। चमकदार श्यामल त्वचा, पीली धोती और मोर

का पंख तो पहचाने हुए थे। परंतु वे जिस सारथी को जानते थे, वो तो ये नहीं थे। ना ही वे द्वारावती के अभिभावक थे। यह तो कोई छोकरा था, जो राधा का प्रिय, राधा का प्रेमी था।

अब अर्जुन भी उसी गोलाकार घेरे में शामिल हो गया जो बाँसुरी बजाने वाले श्याम के आसपास था। उसने स्त्रियों को पहचाना : यशोदा, देवकी, सत्यभामा, रुक्मिणी, सुभद्रा, द्रौपदी व गांधारी। उसने पलकें झपकाईं तो अहसास हुआ कि इनमें से अनेक स्त्रियाँ तो वे थीं जिन्हें उसने कभी पुरुष रूप में जाना था : वसुदेव और नंद, जरासंध और दुर्योधन, कर्ण - अब वे स्त्री रूप में एक-दूसरे को माखन खिलाते हुए, एक लय में अपने हाथ-पैर हिला रहे थे। गौरांगी राधा ने अपनी संयमित वाणी में कहा, "ये पूतना, अरिष्ट, अक्रूर, कालिय और कंस हैं।"

शिव शिवानी के रूप में नाच रहे थे, वराह वराही के रूप में और नरसिंह, नरसिंही के रूप में नाच रहे थे। ब्रह्मा, ब्रह्मी बने हुए थे। कुमार कुमारी के रूप में थे। विनायक विनायकी बने हुए थे। इंद्र इंद्राणी के रूप में नाच रहे थे। ऋषि ऋषिकाओं के रूप में नृत्यरत थे। यक्ष यक्षियों के रूप में, गंधर्व गंधर्वियों के रूप में, असुर असुरियों के रूप में, राक्षस राक्षसियों के रूप में, भैरव भैरवियों के रूप में और योगी योगिनियों के रूप में नाचते दिखे। एक के बाद एक घेरा, घड़ी की दिशा और उसकी विपरीत दिशा में, जैसे चंद्रमा और सितारे, जैसे सूर्य के आसपास मेघ, जैसे सागर के आसपास नदियों की हिलोर, जैसे मन और पदार्थ का भँवर।

श्याम के नेत्र अर्जुन से मिले और श्याम का जन्म और मृत्यु अर्जुन के आगे नाच उठे। उसने राधा के साथ उनके मिलन और विरह को भी देखा। उसने देखा कि श्याम निरंतर वैकुंठ से गोकुल, वृंदावन से मथुरा, द्वारावती से खांडवप्रस्थ, इंद्रप्रस्थ से कुरुक्षेत्र और हस्तिनापुर से गो-लोक की चक्रीय यात्रा में रहते हैं। फिर उसने सभी नामों और रूपों से परे, भाषा में रूपक को देखा, देही को देह में देखा, पुरुष को प्रकृति में और पात्र व उसे देखा जिसे पात्र में डाला गया।

उसने दूध निकालने वाले ग्वाले, दूध देने वाली गाय तथा पोषण पाने वाले वत्स को देखा। वह गर्भ से जन्मे योनिज और स्वयं जन्मे स्वयंभू को जान गया। उसने आश्रित, स्वतंत्र और निर्भर को जाना।

"मुझे देखा गया।" अर्जुन ने कहा और उसके हृदय से आनंद का स्रोत फूट पड़ा। "और अब मैं भी देख सकता हूँ।"

- यह कथा पद्म पुराण से है, जिसमें अर्जुन कृष्ण की रासलीला देखना चाहता है। तब नारद उसे यमुना में डुबकी लगाने को कहते हैं। जब वह बाहर आता है तो वह अर्जुनी नामक युवती बन चुका है और स्वयं को वृंदावन में पाता है जिस जगह कृष्ण का बालपन बीता। वह उस जगह पर गोपिकाओं की मंडलाकार रासलीला का साक्षी बनता है।
- जब 500 वर्ष पूर्व कृष्ण भक्ति लोकप्रिय हुई तो वैकुंठ से भी परे, गौ-लोक नामक स्वर्ग की परिकल्पना सामने आई। भागवत पुराण में भी, जो 1000 वर्ष पुराना है, कृष्ण को विष्णु से बड़ा माना गया है। ये भागवत के कृष्ण-गोपाल हैं, जो महाभारत के आरंभिक नायक, कृष्ण-वसुदेव पर छा जाते हैं।
- गो-लोक का कल्पतरु, धरती का कदंब वृक्ष है। गो-लोक की कामधेनु धरती पर नश्वर गाय है। गो-लोक की चिंतामणि, धरती पर स्यमंतक मणि है। इस प्रकार धरती पर कृष्ण की गाथा, स्वर्ग में विष्णु की गाथाओं का प्रतिबिंब है।
- वैदिक काल से ही हिंदू परंपरा में गौओं के रूपक प्रयुक्त होते आए। वेदों को गौ के समान माना गया जिसका दूध गीता है, यह भयभीत वत्स अर्जुन को दिया जाता है और ग्वाले श्री कृष्ण हैं।
- दक्षिण भारत में विष्णु को गोविंद कहते हैं और वे गौरक्षक हैं। मंदिरों के प्रवेश द्वार 'गोपुरम' कहलाते हैं।
- चारागाही गतिविधियों से जुड़े अनेक समुदाय, यहाँ तक कि शाही परिवार भी, यादवों व कृष्ण के वंशज होने का दावा करते हैं।
- उत्तर भारत में, अनेक लोकगाथाओं में कहा गया कि किस तरह कृष्ण और पांडव राजपूतों के रूप में पैदा हुए ताकि कुरुक्षेत्र में जो रक्त पिपासा अधूरी रह गई थी, उसे पूरा किया जा सके। *आल्हा-ऊदल* में युधिष्ठिर और भीम पहलवान बनते हैं और पराजित होने पर गुरु गोरक्षनाथ से क्षमा का पाठ पाते हैं। *रमोला,* कृष्ण अपनी बाँसुरी बजा कर, बहन

के पति को अप्सराओं से बचाते हैं और अपनी काली देह से काली मधुमक्खियों को पैदा करते हैं ताकि अपने भाइयों से संवाद कर सकें।

- वर्तमान द्वारका के तले, सागर से मिले पुरातत्व अवशेष, हड़प्पा युग के प्राचीन खंडहरों के अस्तित्व के साक्षी हैं जिसे देख कर कई लोग मानते हैं कि कृष्ण की नगरी का अस्तित्व वास्तव में था। इतिहासकार निश्चित तौर पर नहीं कह पाते। आस्थावान को इससे कोई अंतर नहीं पड़ता।

उपसंहार

परीक्षित मृत्यु को स्वीकार करते हैं

वृंदावन के बाँके बिहारी जी

जब तक कथा समाप्त हुई, शुक अपने पिता की गोद में उनका हाथ थामे बैठे थे। वे संसार की सच्ची प्रकृति, इसके काम करने का तरीक़ा, इसके भाव, भावों से उपजे कलह, हमारी नियंत्रित करने की इच्छा, कुछ बनने, स्नेह पाने ओर अकेले छोड़ दिए जाने के बारे में समझ गए थे। उन्होंने अपने संसार और पिता को देखा और अपने पिता व संसार द्वारा देखे गए। जी, वे इस आदान-प्रदान में भाग लेंगे। वे बिना किसी मोह या अपेक्षा के देंगे। वे निर्बलों की मदद करेंगे परंतु सबलों से घृणा नहीं करेंगे।

पिता और पुत्र दोनों मिल कर, श्याम के नामों का जप करने लगे : 'कृष्ण, वैकुंठ नाथ, श्रीनिवास, पद्मनाभ, लक्ष्मीप्रिय, विष्णु, नारायण, हरि, यशोदा नंदन, नंद किशोर, वासुदेव, शौरि, यदुवंश-चूड़ामणि, गोपाल, गोविंद, मुरारी, जगन्नाथ, राधा रमण, गोपिका, वल्लभ, बाँके बिहारी, मधुसूदन, मनमोहन, द्वारकाधीश, मथुरेश, मुरलीधर, चक्रधर, पुरुषोत्तम, केशव, ऋषिकेश, माधव, चतुर्भुज, चक्रिन, रुक्मिणी प्रिय, जनार्दन, यज्ञ, विराटरूप, आदिदेव, सखा!'

शुक ने अपने पिता को दिया वचन निभाया। उन्होंने पिता व्यास सुनी गई कथा को ज्यों का ज्यों संसार को सुनाया, उन सबको सुनाया जो सुनते, हस्तिनापुर के राजा, अर्जुन के पौत्र परीक्षित को सुनाया। यह उस समय की बात है जब वे शैय्या पर मृतप्राय थे और सर्प का विष देह में फैल रहा था।

परीक्षित ने आह भरी, "श्याम की इस कथा ने आपको जीवन दिया। अब यह मुझे प्राणों का त्याग करने में सहायता करेगी। मैं सर्प के काटने से कुपित था, अपने प्राण खोने से भयभीत था परंतु अब ऐसा नहीं है। मैं कर्म को अच्छी तरह समझ गया। हम जो देते हैं, उसे अपने वश में कर सकते हैं, जो पाते हैं, उसे नियंत्रित नहीं कर सकते। श्याम को भी पांडवों को न्याय दिलवाने के बावजूद, गांधारी के श्राप का सामना करना पड़ा।"

हालाँकि परीक्षित के पास कुछ प्रश्न थे : श्याम की मृत्यु के बाद उसके दादा-दादी का क्या हुआ? शुक ने उत्तर दिया, "वे महान राजा बने और शक्तिशाली साम्राज्य स्थापित किया। परंतु जब उनकी माता, काका और काकी वन में रहने लगे तो वे कुछ नहीं कर सके। धृतराष्ट्र और उनकी पत्नी

गांधारी, पांडवों को कौरवों की हत्या के लिए क्षमा नहीं कर सके। जब उन्हें श्याम की मृत्यु का पता चला तो उन्होंने भी सिंहासन का त्याग किया और तुम्हें राजा बना दिया। फिर वे पर्वतों की पैदल यात्रा करते हुए इंद्र के स्वर्ग की ओर चल दिए।"

क्या वे यात्रा पूरी कर सके? परीक्षित सोचने लगे। शुक ने कहा, "द्रौपदी का पैर फिसला और वह नहीं रहीं। किसी ने उन्हें मुड़ कर नहीं देखा। सबने स्वयं को संपत्ति और संबंधों से अनासक्त कर लिया था। फिर सहदेव, नकुल, अर्जुन और फिर भीम गिरे। परंतु युधिष्ठिर आगे ही बढ़ते रहे और स्वर्ग पहुँचे। वहीं उन्होंने कौरवों को इंद्र के निकट बैठा पाया। वे सोमरस का पान कर रहे थे। गंधर्व गा रहे थे और अप्सराओं का नृत्य जारी था।"

"क्या! वे खलनायक?" परीक्षित ने कटुता से कहा।

शुक मुस्कराए। "जब युधिष्ठिर ने कौरवों को स्वर्ग में देखा था तो उनकी भी ठीक यही प्रतिक्रिया रही। जब कौरव जीवित थे तो उन्होंने पांडवों के साथ धरती का कण तक नहीं बाँटा। जब वे मरे तो पांडव उनके साथ स्वर्ग नहीं बाँटना चाहते थे। तब तुम गो-लोक की खोज कैसे कर सकोगे?"

परीक्षित इस पर विचार करने लगे। ईश्वर की शिक्षाओं को भूलना कितना आसान है। अपने द्वेष से चिपके रहना कितना आसान है। "शुक, मुझे कहें, श्याम हमेशा मुस्कराते क्यों हैं? उन्हें यशोदा और राधा को छोड़ कर यादवों और पांडवों की राजनीति में उलझना पड़ा। उन्होंने इंद्र की सहायता की परंतु पारिजात के लिए लड़ना पड़ा। वे न्याय के लिए लड़ते हैं परंतु गांधारी का श्राप पाते हैं। उन्होंने अपनी संतानों को स्नेह से पाला किंतु उनकी नियति को वश में नहीं कर सके। उनकी सहायता से बसे राज्य को जुए में गँवा दिया जाता है। उनकी बनाई नगरी को समुद्र लील लेता है। वे सिखाते हैं परंतु कोई नहीं सीखता। अर्जुन तक भगवद् गीता भूल जाते हैं और श्याम को अणु गीता में अपने शब्द दोहराने पड़ते हैं। युधिष्ठिर इंद्र के स्वर्ग तक जाते हुए काम गीता भूल जाते हैं। श्याम को तो कुपित, कुंठित व व्याकुल होना चाहिए परंतु वे तो सदा मुस्कराते हैं।"

शुक ने उत्तर दिया, "श्याम ने अनेक जीवन देखे, बहुत से लोगों से मिले। विविध अवतारों में वैकुंठ से उतरे। वे वह देखते हैं जो दूसरे नहीं देखते। वे एक ऐसे अभिभावक की तरह मुस्कराते हैं, जो जानते हैं कि उनकी संतानें उनकी बात नहीं सुनतीं, चाहे वे उनके आगे कितना भी सिर हिलाती रहें। वे अपने हृदय का विस्तार करने के स्थान पर परख़ने को कहीं अधिक उत्सुक हैं। परख़ करना आसान है परंतु समझना और अनुमति देना कठिन है। मनुष्य बुनियादी तौर पर पशु है। पशु लेते हैं; परंतु वे देते नहीं हैं। पशु अपनी संतान का पेट भरते हैं परंतु उनके बच्चे बदले में कुछ नहीं देते। परंतु मनुष्यों के पास कल्पना की शक्ति है जो उन्हें पशुओं से अलग करती है। हम चीज़ों का आदान-प्रदान कर सकते हैं और मुक्त मन से यज्ञ में हिस्सा ले सकते हैं। समाज हमें बार-बार याद दिलाता है कि अभी बहुत से ऋण अधूरे हैं। परंतु मनुष्य के लिए यह संभव है कि वह बदले में कुछ भी चाहे बिना दे। श्याम भी इसी तरह जीए, उन्होंने कभी बदले में कोई चाह नहीं रखी, ज़िम्मेदारियों के बोझ तले नहीं दबे और अपने अधिकारों का दावा नहीं किया। वे जीवित रहने पर भी संसार के ऋणों से परे, जीव-मुक्त थे। उन्हें लगा कि पांडव भी यही करेंगे, वे स्वेच्छा से उनके सलाहकार, सारथी और गुरु बने। परंतु भगवद् गीता, अंणु गीता तथा काम गीता का ज्ञान पाने के बाद भी अर्जुन, युधिष्ठिर और उनके भाई अपने मनस् का विस्तार नहीं कर सके। उन्होंने राज्य और संबंधों का त्याग किया परंतु अपनी इच्छाओं व द्वेष को नहीं त्यागा। उन्होंने अपनी नेकी के बदले में स्वर्ग में स्थान पाने की अपेक्षा रखी। उन्हें लगा कि वे उसके अधिकारी थे। युधिष्ठिर को लगा कि उनके भाइयों और पत्नी को स्वर्ग में स्थान मिलना चाहिए। उन्हें स्वर्ग में स्थान मिला परंतु उन्होंने कौरवों का स्वागत नहीं किया। उन्होंने अपने ही पिता यम को परख़ा और उनसे पूछा कि कौरवों को स्वर्ग में स्थान क्यों दिया गया? उन्हें लगा कि वे ईश्वर से भी अधिक जानते थे हालाँकि उन्होंने सार्वजनिक रूप से कई बार दैवीय इच्छा के आगे झुकने का ऐलान किया था। परीक्षित, युधिष्ठिर को लगा कि कौरवों को स्वर्ग में स्थान नहीं मिलना चाहिए परंतु श्याम ने सबका स्वागत किया। उन्होंने गो-लोक में कंस, पूतना, कालयवन, जरासंध, दुर्योधन व दुःशासन का भी स्वागत किया।"

शुक के शब्दों को समझना आसान नहीं था, उन्हें स्वीकार करना और भी कठिन था। यदि परीक्षित स्वर्ग में प्रवेश चाहते तो उन्हें यह स्वीकार करना पड़ता कि उन्हें काटने वाले तक्षक को भी उसमें स्थान मिले। उन्हें स्वयं को एक पीड़ित के रूप में नहीं देखना था। दरअसल, उन्हें यह भी स्वीकार करना था कि वे तक्षक की दृष्टि में अपराधी थे क्योंकि उनके पूर्वज पांडवों

नागों के घर, खांडवप्रस्थ को जला कर इंद्रप्रस्थ नगरी बसाई थी। इस तरह तक्षक अपना बदला चाहता था। उन्हें अपने मन के बैर का त्याग करना था। उन्हें अपनी अपेक्षाओं से परे जा कर, अपने मन को सारी धारणाओं व पूर्वाग्रहों से मुक्त करना था। तभी वे श्याम के यज्ञ में सही मायने में स्वाहा कर सकते थे। जब मन का विस्तार होता है, जब हृदय उन्मुक्त होता है, तो हम सच्चे अर्थों में, बिना किसी शर्त के, पूरी उदारता से देते हैं और बदले में कुछ नहीं चाहते।

शुक ने कहा, "मनुष्यों ने संसार को मेरा और तुम्हारा में विभाजित कर दिया है। हम सीमाएँ रचते हैं। जो अच्छा लगता है, उसे शामिल करते हैं और जो अच्छा नहीं लगता, उसे शामिल नहीं करते। इस तरह हमारे संबंधों में एक दरार आ जाती है। गांधारी कुंती से जलती है, कुंती माद्री से, अर्जुन कर्ण से और दुर्योधन भीम से जलता है। यही कारण है ययाति ने यदु की बजाए पुरु का साथ दिया। यही वजह है कि सत्यभामा रुक्मिणी से लड़ती है। परंतु श्याम के लिए कोई सीमा नहीं है। ना मेरा ना तुम्हारा। इस तरह कोई नायक या खलनायक नहीं है। कोई शिकारी या शिकार नहीं है। कोई उनका या हमारा नहीं है। वे मारने वाले और मारे गए, दोनों का साथ देते हैं। उनके विवेक में सभी परिवार हैं। वसुधैव कुटुंबकम। परंतु वे यह भी जानते हैं कि उनके परिवार के सदस्यों के मन और मस्तिष्क खुले हुए नहीं हैं; वे अपनी क्षुधा में दूसरों को पोषण मानते हैं; वे अपने भय में दूसरों को संकट मानते हैं, कल्पना में वे स्वयं को इतना भला मानते हैं जितने वे नहीं हैं; वे आत्ममुग्धता में दूसरों को नहीं देखते, वे अपने ही अपराध, लज्जा और ग्लानि में खोए हैं। इससे भी महत्त्वपूर्ण बात यह है कि वे

दूसरों को नहीं देखते इसलिए वे उस दैवीय तत्व को भी नहीं देख पाते। कौरव किसी की नहीं सुनते। कंस समझ सकता है परंतु नहीं सुनता। पांडव सुनते हैं परंतु समझते नहीं। श्याम इन बातों को बेशर्त स्वीकारते हुए मुस्कराते हैं।"

यह सुन कर परीक्षित भी मुस्करा दिए। उन्होंने जीवन, मृत्यु और संसार को उनके वास्तविक रूपों में स्वीकारा। वे अपने पुत्र जनमेजय को नहीं रोक सकेंगे कि वह नागों के विरुद्ध युद्ध नहीं करे। वे यम को उनके प्राण ले कर वैतरणी के पार ले जाने से नहीं रोक सकेंगे। उनके पुनर्जन्म का कोई आश्वासन नहीं है। पुनर्जन्म के चक्रों से मुक्ति का कोई आश्वासन नहीं है। वे समय की ताल को नहीं रोक सकेंगे। उन्हें प्रवाह के साथ बहना ही होगा।

वे एक क्षण के लिए, श्याम की तरह मुस्कराए। वे अपने विवेक और असहायता पर मुस्कराए। बस एक क्षण के लिए, और फिर वे चले गए।

- परीक्षित को सर्प ने काटा और उन्हें शुक के मुख से *कृष्ण-चरित* सुन कर शांति मिली, यही भागवत पुराण का प्रमुख विषय है।
- जैन महाभारत में, एक दिन द्रौपदी महर्षि नारद को अभिवादन नहीं करती तो वे राजा धतक्कीखंड की सहायता से उसका अपहरण करवा लेते हैं। कृष्ण उसे मुक्त करवाने में पांडवों की मदद करते हैं, परंतु वापसी पर सारे भाई विनोद में गंगा पार करने वाली नाव को छिपा देते हैं और कृष्ण को विवश हो कर अपने सारथी, रथ और अश्वों को सिर पर ढोना पड़ता है। जब उन्हें पता चलता है कि यह पांडवों का किया-धरा है, तो वे उन्हें दक्षिण के मथुरा, मदुरै में निष्कासित कर देते हैं, वह 1500 वर्ष पूर्व प्रसिद्ध जैन केंद्र था। फिर सुभद्रा के पौत्र परीक्षित को हस्तिनापुर का राजा बना दिया जाता है। गुजरात के जैन विद्वान, कृष्ण को एक बैरी देवता के रूप में देखते हैं और प्रायः कृष्ण के भाई तीर्थंकर नेमि नाथ की तुलना में उन्हें गुस्सैल और हिंसक बताया जाता है।
- कृष्ण ने अपना जीवन एक गोविंद, सारथी, योद्धा, सलाहकार, ऋषि आदि के रूप में जीया और पूर्ण अवतार कहलाए।
- कृष्ण एक पूर्ण अवतार हैं क्योंकि यह जानने के बावजूद कि वे ईश्वर, संपूर्ण और स्वायत्त हैं। वे सभी मानवीय भावों का आनंद उठाते हैं जिनमें पितृवत स्नेह के वात्सल्य भाव से ले कर, मित्रवत माधुर्य भाव तथा श्रृंगार रस भी शामिल है जो अधूरेपन और विरह से पैदा होता है। वे यज्ञ से पीछे नहीं हटते। वे कुछ नहीं चाहते परंतु फिर भी पाने के लिए देते हैं। वे जो भी मिलता है, उसके लिए मोह नहीं रखते। यही वैदिक प्रज्ञा है : यह पलायन नहीं, सजगता है जो उस अज्ञात के प्रति स्नेह उत्पन्न करती है।

जंबूद्वीप (भारतीय कृष्ण बदरी द्वीप) में प्रमुख कृष्ण तीर्थ

आभार

- मेरी माँ के नाम, जिन्होंने मुझे बहुत पहले कथा सुनाई थी कि किस प्रकार व्यास अपने पुत्र शुक को कृष्ण की कथा सुनाते हैं, जो स्वर्ग की ओर प्रस्थान कर रहा था।
- प्रदीप चक्रवर्ती, जिन्होंने श्रीरंगम यात्रा के दौरान, मुझे अलवार संप्रदाय को समझने में सहायता की।
- भूषण कोरगाँवकर, जिन्होंने मुझे पेंड्या के बारे में जानकारी पाने में सहायता की, यह मराठी भागवत कथाओं में, कृष्ण के बचपन से संबंधित पात्रों में से है।
- प्रतीक पटनायक, एक युवा छात्र जिसने मुझे ओड़िया भागवत संस्कृति में राधा व जगन्नाथ से संबंधित दुर्लभ लोक काव्य की जानकारी दी।
- कपिल मोटवानी, जिनके घर में, मैंने सबसे पहले, अनूठा महानुभव तीर्थ देखा जो कृष्ण को समर्पित है।
- पराग प्रधान, जिनके साथ मैंने वृंदावन और मथुरा की यात्रा की।
- पार्थ सेनगुप्त जिनके साथ मैंने पुरी, ओड़िशा की यात्रा की।
- हरप्रीत, और उनका परिवार, जिन्होंने आरंभिक प्रारूप पढ़े और कथानक को सँवारने में मदद की।
- हीरन, मेरा हाउसकीपर, उसने मेरे चित्रों को स्कैन करने में मदद की।
- धैवत, जो पाठ्य और छवियों की ले-आउटिंग का जादू चला कर मुझे हैरत में डाल देता है।
- मेरु और शतरूपा जिन्होंने मेरे साथ धैर्य बनाए रखा।
- सियाही में मीता और उनकी टीम, जिन्होंने मेरे लेखन के लिए अमूल्य योगदान दिया है।

Bibliography

- Abhisheki, Janaki. *Tales and Teachings of the Mahabharat.* Bharatiya Vidya Bhavan, 1998.
- Bryant, Edwin F. *Krishna: A Sourcebook.* New York: Oxford University Press, 2007.
- Chakravarti, Bishnupada. *The Penguin Companion to the Mahabharata.* Translated by Debjani Banerjee. Penguin India, 2007.
- Dange, Sadashiv Ambadas. *Encyclopaedia of Puranic Beliefs and Practices*, vol. 1–5. New Delhi: Navrang, 1990.
- Debroy, Bibek, trans. *Harivamsa.* New Delhi: Penguin Books, 2016.
- Dehejia, Harsha. *Krishna's Forgotten Poets.* Delhi: Roli Books, 2009.
- ———. *Radhayan: The Story of Radha through Myth, History & Fiction.* New Delhi: DK Printworld, 2018.
- ———, ed. *Radha: From Gopi to Goddess.* Delhi: Niyogi Books, 2014.
- Dhere, Ramchandra Chitaman. *The Rise of a Folk God: Vitthal of Pandharpur.* Edited and translated by Anne Feldhaus. New Delhi: Oxford University Press, 2012.
- Flood, Gavin D. *An Introduction to Hinduism.* Cambridge, UK: Cambridge University Press, 1996.
- Goswami, Shrivatsa. *Celebrating Krishna.* Vrindavan: Sri Caitanya Prema Samsthana, 2001.
- Gupta, Ravi M. and Kenneth R. Valpey. *The Bhāgavata Purāna: Selected Readings.* New York: Columbia University Press, 2016.
- Hawley, J.S. and D.M. Wulff, eds. *The Divine Consort: Radha and the Goddesses of India.* Boston, MA: Beacon Press, 1982.
- Hiltebeitel, Alf. *The Cult of Draupadi*, vol. 1. Chicago: University of Chicago Press, 1988.
- ———, ed. *Criminal Gods and Demon Devotees: Essays on the Guardians of Popular Hinduism.* Albany, NY: State University of New York Press, 1989.
- Hopkins, E. Washburn. *Epic Mythology.* Delhi: Motilal Banarsidass, 1986.
- Jakimowicz-Shah, Marta. *Metamorphoses of Indian Gods.* Kolkata: Seagull Books, 1988.

- Jayakar, Pupul. *The Earth Mother*. Delhi: Penguin Books, 1989.
- Kinsley, David. *Hindu Goddesses: Vision of the Divine Feminine in the Hindu Religious Tradition*. Delhi: Motilal Banarsidass, 1987.
- ———. *The Sword and the Flute: Kali and Krsna, Dark Visions of the Terrible and the Sublime in Hindu Mythology*. Los Angeles, CA: University of California Press, 2000.
- Klostermaier, Klaus K. *Hinduism: A Short History* (ebook). Oxford: Oneworld Publications, 2000.
- Knappert, Jan. *Indian Mythology: An Encyclopedia of Myth and Legend.* New Delhi: Harper Collins, 1992.
- Kosambi, Damodar Dharmanand. *Myth and Reality*. Mumbai: Popular Prakashan, 1994.
- Mani, Vettam. *Puranic Encyclopaedia*. Delhi: Motilal Banarsidass, 1996.
- Mazumdar, Subash. *Who Is Who in the Mahabharata.* Mumbai: Bharatiya Vidya Bhavan, 1988.
- Meyer, Johann Jakob. *Sexual Life in Ancient India: A Study in the Comparative History of Indian Culture.* Delhi: Motilal Banarsidass, 1989.
- Preciado-Solis, Benjamin. *The Krsna Cycle in the Puranas: Themes and Motifs in a Heroic Saga.* Delhi: Motilal Banarsidass, 1984.
- Subramaniam, Kamala. *Srimad Bhagavatam.* Mumbai: Bharatiya Vidya Bhavan, 1987.
- ———. *Mahabharata.* Mumbai: Bharatiya Vidya Bhavan, 1988.
- ———. *Ramayana.* Mumbai: Bharatiya Vidya Bhavan, 1992.
- Varadpande, M.L. *Mahabharata in Performance.* New York, NY: Clarion Books, 1990.
- Varma, Pavan K. *Krishna, the Playful Divine.* New Delhi: Penguin Books, 1995.
- Vemsani, Lavanya. *Krishna in History, Thought and Culture: An Encyclopedia of the Hindu Lord of*
- *Many Names.* Santa Barbara, CA: ABC CLIO, 2016.
- Walker, Benjamin. *Hindu World: An Encyclopedic Survey of Hinduism*, vol. 1, 2. Delhi: Munshiram Manoharlal, 1983.
- Watson, Duncan. *The Mahabharata: Chapter by Chapter Summary of the Great Indian Epic, as an*
- *Aid to Finding Passages within the Original 18 Volumes* (14th December 1992). Downloaded from the internet on 3rd April 2007.
- Wilkins, W.J. *Hindu Mythology.* Delhi: Rupa Publications, 1997.
- Zimmer, Heinrich. *Myths and Symbols in Indian Art and Civilization.* Delhi: Motilal Banarsidass, 1990.

अनुवादक की ओर से

साँवरे रंग राची...

श्याम को पढ़ते हुए कृष्ण की प्रेम दीवानी व उपासिका संत-कवि मीरा की ये पंक्तियाँ निरंतर मस्तिष्क के किसी कोने में गूँजती रहती हैं। लेखक ने साँवरे के रंग में रचते हुए ही *श्याम* को रचा होगा। इस पुस्तक का अनुवाद करते हुए कान्हा इतने नए नामों व रूपों में प्रकट होते हैं कि पाठक अभिभूत हो उठता है। कृष्ण उन भारतीय देवों में से हैं जिनके जीवन के बहुआयामी पक्षों को भक्तों ने सदैव सराहा और अपने-अपने तरीक़े से उन्हें पूजा। कहीं वे अपनी प्रेयसी राधा संग प्रतिष्ठित हैं तो कहीं अष्ट भार्या कृष्ण कहलाते हैं, कहीं वे गोप-ग्वालों संग सखा बन कर आनंद की वर्षा करते हैं तो कहीं गोपियों के बीच महा-रास रचाते हुए इस संपूर्ण ब्रह्माण्ड को ही आनंदलोक बना देते हैं। कहीं वे रणभूमि में दिग्भ्रमित अर्जुन के परामर्शदाता बनते हैं तो कहीं राजनीतिक की दुरभिसंधियों, चालों व कुचालों के बीच मानवता व धर्म को जीवित रखने के लिए प्रयत्नशील दिखते हैं।

इस पुस्तक में लेखक के मन में यह विचार आता है कि क्या विभिन्न कालखंडों में विविध रूपों में सम्मुख आने वाले कोई सटीक व प्रामाणिक कृष्ण मौजूद हैं? वे राजा हैं या गोविंद, बालक हैं या सखा, प्रेमी हैं या गुरु, पुरुष हैं या उभयलिंगी, आवेगपूर्ण हैं या शांत, श्याम हैं नील या फिर श्वेत? यह पुस्तक इन प्रश्नों की ओर संकेत करते हुए कृष्ण से जुड़ी प्राचीन प्रज्ञा व विवेक का स्थान लेने के बजाए, भागवत परंपरा का अन्वेषण करती है ताकि कृष्ण से जुड़ी पुरानी मान्यताओं को अस्वीकृत किए बिना, नई प्रज्ञा व समझ खोजी जा सके जिससे मनस् का विस्तार हो।

लेखक ने मानो सदियों पुराने, कृष्ण संबंधित बिखरे हुए इतिहास के पन्नों को किसी धरोहर सा एक पुस्तक के आकार में संजो दिया है। कृष्ण उपासकों के लिए तो यह पुस्तक अमूल्य है ही, अन्य धर्मावलंबी व अनुयायी भी श्याम के भक्ति रस में रचे परिपाक के माधुर्य से अपनी रसना को शांत कर सकते हैं।

वर्तमान परिप्रेक्ष्य में भारतीय पौराणिक गाथाओं को इस तरह तथ्यपरक व रोचक शैली में प्रस्तुत करना एक तरह से अनिवार्य भी हो गया है ताकि भावी पीढ़ी अपनी विरासत को सही मायनों में जान सके, अतीत की आँधियों में धूलिकण से छितराए हुए तथ्यों को समझ कर, अपनी महान सभ्यता व संस्कृति के गौरव का परिचय पा सके। देवदत्त पटनायक *श्याम* की रचना के लिए बधाई के पात्र हैं!

अनुवादक का परिचय

रचना भोला 'यामिनी', पिछले 24 वर्षों से मौलिक लेखन व अनुवाद के क्षेत्र में कार्यरत हैं। मौलिक लेखन में जीवनी साहित्य, धर्म, पत्रकारिता, समाज, अध्यात्म, सामान्य ज्ञान, साहित्य, महिलोपयोगी, बाल साहित्य, पेरेंटिंग आदि विविध विषयों पर पचास से अधिक पुस्तकें प्रकाशित। इनमें लघुकथा संग्रह *प्रयास,* द्रौपदी पर आत्मकथात्मक शैली में लिखा गया उपन्यास *याज्ञसेनी* तथा वर्ष 2018 में प्रकाशित रूहानी इश्क़ की इबादत में रचे गए लव नोट्स *मन के मंजीरे* उल्लेखनीय हैं।

वे अनुवाद के क्षेत्र में राष्ट्रीय तथा अंतरराष्ट्रीय ख्यातिनाम लेखकों की लगभग 170 से अधिक कृतियों का अंग्रेज़ी से हिंदी में अनुवाद कर चुकी हैं। उन्होंने खुशवंत सिंह, देवदत्त पटनायक, आनंद नीलकंठन, किरण बेदी, सुधा मूर्ति, शिल्पा शेट्टी, ट्विंकल खन्ना, नेपोलियन हिल, ज़िग ज़िगलर, अगाथा क्रिस्टी, डेल कारनेगी, राधाकृष्णन पिल्लै, ऑर्थर ऑसबोर्न, निक वुई चिक, डॉ. जोसेफ़ मर्फ़ी, डॉ. डेविड जे. श्वार्ट्ज़, डॉ. वेन डायर, रयुहो ओकावा, महात्रया रा, जेवियर मोरो, विक्टर ई. फ्रैंकल, श्री श्री रविशंकर, सिस्टर शिवानी, ब्रैंडा बार्नबी, नमिता गोखले, दुर्जोय दत्त, डोमिनीक लापियर, विनोद चौधरी, टी लोबसांग रम्पा, डान मिग्युअल रूइज़, अनीता रैना थापन, स्वामी राम, रॉबिन शर्मा, रूज़बेह एन.भरूचा व ब्रायन ट्रेसी, सोग्याल रिंपोचे आदि अनेक लेखकों की कृतियों का अनुवाद किया है।

रचना भोला 'यामिनी' की अनूदित कृतियों में *चार परम रहस्य, रमण महर्षि के अनमोल वचन, सीता, देवलोक-2, देवलोक-3, अजेय, कलि का उदय, असुर, असीम आनंद की ओर, रहस्य से परे, आकर्षण के नियम से आगे, फ़कीर, अधिकतम से अधिक, तिरुपति : एक जीवन दर्शन* व *ध्यान साधना का सरल अभ्यास* आदि उल्लेखनीय हैं।

उनके लिए उनका लेखन कार्य पैशन से प्रोफ़ेशन और मेडिटेशन तक जाने की एक अद्भुत यात्रा रहा है, जिसे वे अनवरत जारी रखना चाहती हैं। लेखन व पठन-पाठन के अतिरिक्त वे पर्यटन, संगीत की विविध विधाओं, विश्वस्तरीय सिनेमा व लोक परंपराओं के अध्ययन में विशेष रुचि रखती हैं।

संपर्क : rachnabhola25@gmail.com

मंजुल पब्लिशिंग हाउस द्वारा प्रकाशित
देवदत्त पटनायक की अन्य पुस्तकें

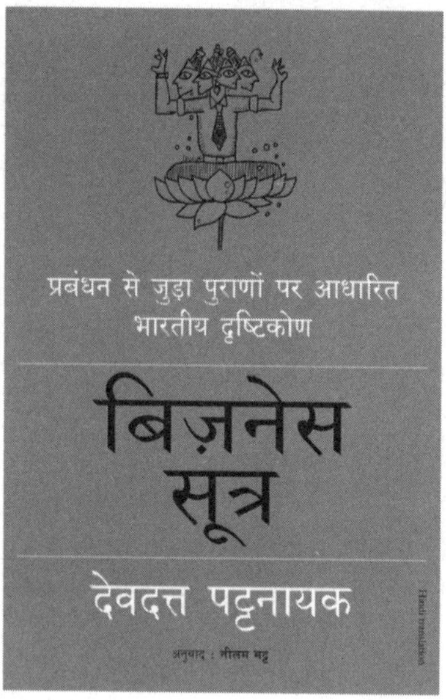